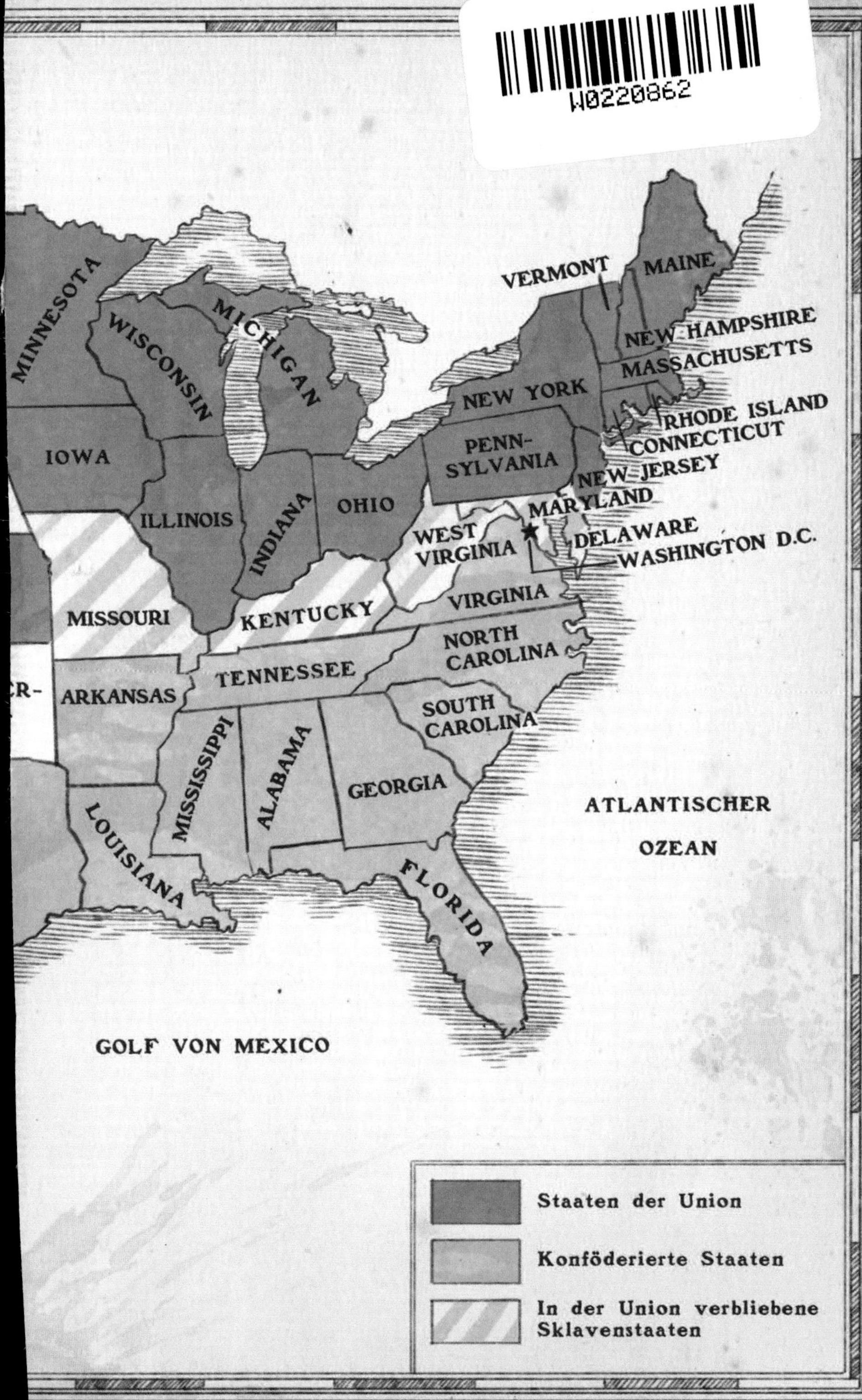

MINNESOTA
WISCONSIN
MICHIGAN
IOWA
ILLINOIS
INDIANA
OHIO
MISSOURI
KENTUCKY
VERMONT
MAINE
NEW HAMPSHIRE
MASSACHUSETTS
NEW YORK
RHODE ISLAND
CONNECTICUT
PENN-
SYLVANIA
NEW JERSEY
MARYLAND
WEST
VIRGINIA
DELAWARE
WASHINGTON D.C.
VIRGINIA
NORTH
CAROLINA
TENNESSEE
ARKANSAS
SOUTH
CAROLINA
MISSISSIPPI
ALABAMA
GEORGIA
LOUISIANA
FLORIDA
ATLANTISCHER
OZEAN
GOLF VON MEXICO
Staaten der Union
Konföderierte Staaten
In der Union verbliebene
Sklavenstaaten

Tränen der Freiheit

LISA SCHNEIDER

TRÄNEN DER FREIHEIT

Riverfield

1. Auflage 2016

www.riverfield-verlag.ch

Lektorat
Susanne Dieminger, Friedberg (D)

Korrektorat & Satz
ihleo verlagsbüro – Dr. Oliver Ihle, Husum (D)

Umschlaggestaltung
Hauptmann & Kompanie, Zürich (CH)

Druck und Bindung
CPI Ebner & Spiegel, Ulm (D)

Printed in Germany

ISBN 978-3-9524523-8-7

Denke immer daran, dass deine
eigene Entschlossenheit zu siegen
wichtiger ist als alles andere!

Abraham Lincoln

Prolog

Vicksburg, Mississippi, Herbst 1933

Langsam und mit Bedacht, die Hände hinter dem Rücken zusammengefaltet, setze ich einen Fuß vor den anderen. Ich betrachte wie früher die herbstliche Welt. Die Bäume, die die gepflasterte Straße links und rechts säumen, tragen ihr buntes Kleid nun in allen Farben. Einige Blätter erscheinen in einem zarten Gelb, sodass man denkt, bei ihrem Anblick in die Sonne zu schauen; andere tragen eine rubinrote Farbe, als wären sie das Feuer selbst. Wieder andere sind schon zu Boden gefallen und setzen dort braune Akzente.

Als ich die Landschaft wieder vor mir sehe, die Landschaft meiner Jugend, jagt mir ein kalter Schauer über den Rücken.

Ich muss plötzlich an die Stimme denken, die ich vor wenigen Tagen im Radio gehört hatte: »... Macht brauchen wir, um unseren Lebensraum zu erweitern ...« Ein Rauschen hatte die Stimme unterbrochen, es knisterte und dann sprach die Stimme weiter: »... Andersrassige wie Neger und Juden sind ...«, erneut übertönte ein Rauschen die Stimme, bevor Tausende begeistert »... Sieg Heil ... Sieg Heil ...« aus dem Radio schrien. Die Bedeutung der Worte hatte ich nicht völlig verstanden, doch die Botschaft, die dieser Mann mit seiner krächzenden Stimme in die Welt hinausschrie, war mir mehr als klar:

Hass! Lernen die Menschen denn nie aus den Fehlern der Vergangenheit?

Ein kühler Windhauch wirbelt die Blätter durcheinander und erinnert mich daran, weshalb ich den weiten Weg hierher auf mich genommen habe. Langsam gehe ich ihn weiter. Dicht hinter mir folgen die anderen, die Köpfe nachdenklich zu Boden geneigt.

Nach wenigen Minuten mache ich halt, stütze mich an einen Baum zu meiner Rechten und lasse meinen Blick nach vorn über eine weite, grüne Wiese schweifen.

Dann gehe ich noch ein paar wackelige Schritte und bleibe vor einem der unzähligen Grabsteine stehen. Die Inschrift auf dem grauen Stein ist alt und verwittert, meine Erinnerung daran jedoch so frisch, als sei alles erst gestern geschehen.

»Ich bin zurückgekommen«, flüstere ich lächelnd und mit Tränen in den Augen. »Ich bin wie versprochen zurückgekehrt!«

Nach einer Weile drehe ich mich langsam um. Die anderen, die mich mittlerweile eingeholt haben, sehen mich erwartungsvoll an. Ich beginne zu erzählen, aber meine Stimme bebt.

»Nach all den Jahren bin ich … nun wieder hier. Trotz meines Versprechens … hätte ich nie geglaubt, dass ich die Kraft dazu finden würde. Doch vor meinem Tod möchte ich, dass ihr alles erfahrt!« Ich stocke, schließe die Augen, bevor ich wieder Kraft finde und sie erneut öffne. »Der Krieg ist wie Feuer … Man weiß, dass man nicht damit spielen darf, dennoch tut man es. Ich frage mich, weshalb man es tut. Liegt es an der Neugierde des Menschen, an unserem Hochmut? Oder liegt es daran, dass wir immer alles beherrschen wollen, was uns nicht gehört? – Ich weiß es nicht. Ich wusste es nie. Doch ich weiß, dass wir mit dem Feuer spielen, bevor wir einen Brand verursachen, und ich weiß, dass dieser Brand Narben hinterlässt. So zumindest war es bei mir.«

Mein Blick verliert sich immer mehr in der Weite und ich spüre, wie ich in die Vergangenheit zurückgleite, während ich zu erzählen beginne.

Teil 1

Das Spiel mit dem Feuer

Kapitel 1

Lawrence, Kansas, 1858

Eine milde Brise umspielte die Festbesucher, blies ihre Haare durcheinander, hob die mondbeschienenen Blätter vom Boden in die Höhe. Die aufwirbelnden Blätter zwischen den freudigen Menschen und deren hastigen Tritten schienen zu tanzen, gehorchten dann immer wieder der Schwerkraft und sanken zu Boden. Dies aber schien nur mir aufzufallen – derjenigen, die immer alles »begreifen« wollte, wie Mrs. Darwinson nicht müde wurde zu sagen. Ich solle nicht immer alles hinterfragen und wissen wollen, herrschte sie mich oft an, und dies stimmte mich manchmal wütend und auch traurig. Doch auch wenn sie wohl recht damit hatte – und sie hatte recht, denn ich wollte immer alles wissen! –, munterte mich Mutter jedes Mal wieder auf.

An das dachte ich, während mich Mutter an der einen und meinen Bruder Matthew an der anderen Hand durch das Getümmel zog. Meine braun gelockten Haare wehten im Wind, der zwischen den Menschen hindurchblies und meine weiße, mit Sommersprossen übersähte Haut erzittern ließ. Meine kleinen Finger hielten die meiner Mutter fest umschlossen, meine Blicke schweiften wild umher. Die freudigen Gesichter der Menschen ließen Matthew und mich erstrahlen, und die Lichter, zusammen mit der fröhlichen Musik und den blond flatternden Haaren unserer Mutter vor mir, erfüllten mich mit einem tief empfundenen Glücksgefühl.

Während uns immer mehr Menschen entgegenkamen und gelegentlich mit uns zusammenstießen, beschleunigte Mutter ihren Gang und führte uns zu einem ruhigeren Platz. Dort griff sie in ihre alte, lederne Tasche und reichte uns je ein Stück warmes Brot, an dessen köstlichen Duft ich mich bis heute erinnern kann. Sie lächelte sanft, als sie unsere strahlenden Gesichter sah.

Und während ich ihren Blick erwiderte, wurde mir zum ersten Mal bewusst, wie schön sie war: Sie hatte bernsteinfarbene Augen, bei deren Anblick einem ganz warm wurde, eine gerade Nase und wunderschöne Haare, die sich wie geschmolzenes Gold über ihre Schultern ergossen. Als Mutter mich in diesem Moment anlächelte, setzte sich der sehnsüchtige Wunsch in meinem Herzen fest, dass diese dunkle und doch so strahlende Nacht nie wieder enden sollte!

Matthew und ich waren noch jung damals, er 13 und ich gerade mal 11 Jahre alt, und doch würden wir nie wieder den wundervollen Duft von geröstetem Brot und das Gefühl von Freiheit unter einem nächtlichen Sternenhimmel vergessen.

Wir schrieben damals den 1. September 1858. An diesem Tag kam in Vicksburg, Mississippi, in einer morschen Hütte ein Sklavenjunge zur Welt – ein Sklavenjunge, der mein Leben von Grund auf verändern sollte.

Kapitel 2

Zwei Jahre später, Oktober 1860

»Die Schwarzen sind schlecht!«, rief Mrs. Darwinson durch das hell erleuchtete Klassenzimmer.

»Schwarze sind schlecht und wertlos!«

Ihre Worte drangen immer und immer wieder aus ihrem zu einer feinen Linie zusammengepressten Mund. Wie eine Schlange erreichten sie zuerst Fenster, dann Tische und Stühle, bevor sie als eiskalter Hauch in meine Ohren drangen und mich jedes einzelne Mal erzittern ließen. Ich fühlte mich so wehrlos, so zurückgelassen und allein, als sie mit energischen Schritten unsere Stühle abklapperte, mit dem geraden Holzstock in den Händen im Takt klopfte und allen Kindern die Worte zwanghaft aus ihren Mündern presste.

Alle hassten sie. Sie erschien uns wie ein Monster, eine Kreatur des Bösen, und doch wagte es niemand, das Wort gegen sie zu erheben, niemand war mutig genug, aufzustehen und zu gehen. Niemand.

Noch heute kann ich mich an die Worte meines Vaters erinnern, als er mich ein letztes Mal in seinen schützenden Armen hielt, bevor er in den Krieg zog. Da muss ich etwa vier Jahre alt gewesen sein. Mutter und Vater hatten sich wenige Tage davor in der Küche gestritten, während Matthew und ich gelauscht hatten. Matthew hatte mir befohlen, ganz leise zu sein, und ich tat es, nicht weil ich Angst hatte, sondern einfach weil ich den Worten Vaters horchte, der Mutter erklärte, dass es seinem guten Freund in Südamerika sehr schlecht ginge und die Leute dort auf militärische Hilfe angewiesen waren. Es herrschte Krieg zwischen Brasilien und der Argentinischen Konföderation. Vater war ein überzeugender Redner, dennoch gelang es ihm nicht, Mutter zu beruhigen. Sie weinte, machte eine Pause und fragte immer wieder das Gleiche: Wieso um Gottes Willen Vater in einen Krieg eines anderen Volkes ziehen musste? Vater hatte nur gelächelt, ihr eine Träne aus dem Gesicht gewischt und leise die Worte geflüstert: »Weil ich helfen kann.«

Und so hatte er entschieden zu gehen. Vor seiner Abreise frühmorgens hatte er mich zuerst zärtlich umarmt, bevor er mir, seinen Mund ganz nah an meinem Ohr, einige Worte zuwisperte. Er sprach so leise, dass ich seine Worte mehr erahnen als verstehen konnte.

»Du darfst dich nie ergeben! Kein Mensch auf der Welt hat das Recht, dir vorzuschreiben, was du zu tun und zu lassen hast, Catherine!«

Ich war so überrascht gewesen, dass ich nur wie angewurzelt dastand und nickte. Meine Augen füllten sich mit glitzernden Tränen. Doch als er mit seiner Ausrüstung zur Tür schritt und mich ansah, konnte ich an seinen Lippen ablesen, wie er vor sich hin murmelte: »Bleib stark!« Er hatte es mehr zu sich selbst gesagt, doch seit diesem Tag wusste ich, dass Vater das Beste gewesen war, was Mutter hatte passieren können. Und nun war er verschwunden und Mutter allein.

Ich hasste mich dafür, Mrs. Darwinson nie meine Meinung zu sagen, genau wie die anderen Schüler, die jeden Tag mit gequälten Blicken ihren Aufforderungen gehorchten. Doch ich, als dreizehnjähriges Mädchen, was sollte ich schon gegen sie ausrichten können? Es war mir nicht erlaubt, mein Wort gegen sie zu erheben, und deshalb schwieg ich, tagein, tagaus. Schon viele Male hatte ich versucht, den Mund aufzumachen und ihr zu widersprechen, doch jedes Mal, wenn ich in meinem Kopf verschiedene Silben gebildet und zusammengesetzt hatte, verschluckte ich sie in der darauffolgenden Sekunde wieder. Und um ehrlich zu sein, war die Situation doch zu abwegig: ein Mädchen, das eine Lehrerin belehren wollte!?

Das immer näher kommende Klappern ihrer Schuhe und ein unmittelbar folgender lauter Knall rissen mich blitzartig aus meinen Gedanken. Ich blickte auf und sah Mrs. Darwinsons Kopf direkt über mir. Sie war schon älter, ich schätzte sie auf etwa Ende fünfzig. Ihre grauen Haare, die keine einzige Welle zu haben schienen, waren stets streng nach hinten gebunden, sodass keine einzige Strähne ihr Gesicht stören konnte. Sie hatte blaue, eiskalte Augen, die ihr Gegenüber zu durchdringen schienen und dazu zwangen, ihr zu gehorchen. Es mag ein wenig merkwürdig klingen, doch es war unvermeidlich, dass einem bei ihrem Anblick immer ein kalter Schauer erfasste – es fühlte sich an, als würde eine giftige Schlange sich am Rücken hinunterschlängeln und dann, unten angekommen, mit spitzen Zähnen ihr Gift ins Fleisch stoßen. Ein Gift, welches das Gehirn ihrer Opfer verdunkelte und sie auf ihre Seite zwang. Genau so empfand ich diese Frau: als eine gefährliche Schlange mit einem noch gefährlicheren Gift. Jetzt wurde mein Blick von ihren eiskalten, magischen Augen gebannt, bevor mich ihre zischenden Worte erreichten.

»Mrs. Lanchaster, ich höre Sie nicht den bekannten Satz sagen. Wollen Sie etwas anderes vortragen?«

Ich erschrak ob der hinter ihren Worten liegenden unausgesprochenen Drohung und antwortete schnell: »Nein, natürlich nicht, Mrs. Darwinson!«

»Gut, dann sehen Sie zu, dass Sie nach vorn kommen und den Satz der Klasse in aller Deutlichkeit vortragen!«

Ich holte tief Luft, bevor ich mich erhob und mit wackeligen Schritten meinen Platz verließ. Als ich kurz darauf vor meinen Mitschülern stand und in ihre ängstlichen Gesichter starrte, stieg ein Gefühl in mir hoch, das in seiner Intensität alle bisherigen Empfindungen überstieg. Langsam, wie ein Zittern, drang es von meinen Händen zu meinem Herzen, bevor die Gedanken in meinem Kopf zu Millionen Splittern zersprangen.

Mit steifen Lippen und in ohnmächtigem Zorn presste ich diesen Satz aus mir heraus: »Schwarze sind schlecht. Schwarze sind wertlos!«

Mein Bruder Matthew wartete an der Mauer des Schulhauses angelehnt, bis ich nach draußen kam. Das hatte er in der letzten Zeit nicht mehr getan. Viele Monate lang war er in der obligatorischen Militärausbildung gewesen und hatte dort gelernt, wie man eine Waffe in den Händen hält und Menschen umbringt. Auch wenn er mir nie etwas über seine Zeit im Camp in Missouri erzählen wollte und sofort das Thema wechselte, wenn ich fragte, so wusste ich doch, dass ihn die Erfahrungen, die er dort gesammelt hatte, belasteten. Mir wurde angst und bange, wenn ich daran dachte und mir den empfindsamen Matthew in einem einsamen Camp vorstellte, mit einer Waffe in den Händen den schlammigen Boden entlangrobbend! Das hatte er nicht verdient, niemand hätte das verdient: für den Tod zu arbeiten, statt für die Familie da zu sein! Doch Matthew war, wie unser Vater einst, zu stolz, um sich zu beklagen – zumal in einer Zeit, in der es schon genug Probleme gab. Aber seit er vor wenigen Wochen zurückgekommen war, bestand er darauf, mich zur Schule zu begleiten, »wann immer es ihm Gott erlaubte«, wie er zu sagen pflegte. Das Camp hatte ihn verändert, und viele mögen glauben, dass ein Mann mit solchen Erfahrungen über Leben und Tod härter wird, doch dem ist nicht so. Männer werden damit im Kern weicher, dessen war ich mir gewiss!

Matthew sah mich mit einem schiefen Grinsen an.

»Sag nichts«, zischte ich mit einem spöttischen Unterton.

»Das muss ich gar nicht, ich kenne sie!«, erwiderte er, nun ein wenig düsterer.

So liefen wir schweigend den langen Kieselpfad entlang, der seitlich von wundervoll grünen Weiden gesäumt war. Die Blumen, die der Sonne entgegenwuchsen, strahlten in allen Farben, einige schienen das Licht der Sonne selbst zu sein in ihrem Grellgelb, andere wiederum erinnerten an einen kalten Abend am Kamin, wenn sich die roten Feuerspitzen hin und her bewegten.

Ein flatterndes Geräusch riss mich aus meinen Tagträumen. Ich sah neugierig nach vorn über das Feld und konnte ganz dicht vor mir einen saphirblauen Vogel erkennen, dessen Schönheit mich sofort fesselte. Sein schwarz gefiedertes Haupt zierte ein feiner, aufgestellter Schopf, während der Rest seines Körpers bläulich glänzte und die prächtigen

Flügel in der Sonne beinahe türkisfarben schimmerten. Ich überlegte einen Moment lang, doch dann wusste ich es wieder: Das war ein Diademhäher, ein Singvogel, der uns oft mit seinem wundervollen Gezwitscher beglückte. Ich liebte Vögel, doch vor allem liebte ich den Gedanken, dass sie einfach nur ihre Flügel auszubreiten hatten, um sich schwerelos in die Lüfte zu erheben. Das ließ mein Herz ganz warm werden. Mit einem Lächeln sah ich dem Vogel hinterher, der nun mit einer Leichtigkeit zwischen den Blumen hindurchflatterte, bei deren Anblick ich schon fast neidisch wurde. Er war so wunderschön und frei, wie ohne Sorgen! Langsam flog er immer weiter fort, bis nur noch seine schwarzen Umrisse in der gelben Sonne zu sehen waren. Ich streckte meine Hand nach ihm aus, doch er war schon längst weit, weit weg.

Die tiefe Sehnsucht nach Freiheit und Leichtigkeit lag noch in meinem Blick, als ich Matthew nun mit meinen großen braunen Augen ansah, während ein feiner Windhauch meine lockigen Haare hin und her bewegte und schließlich auch Matthews Haar durchkämmte. Matthew legte seine Hand auf meine Schulter und gab einen leichten Seufzer von sich.

»Lass ihn gehen, Cathie, lass ihn gehen!«

Diese Worte sollten mich für immer an Matthew erinnern. Sie waren fortan in meinen Kopf gebrannt und sollten noch große Gefühle in mir auslösen. Obwohl ich das damals noch nicht erahnen konnte …

Mutter kam wie immer spät nach Hause, so spät, dass selbst Matthew ihr Kommen nicht bemerkt hatte, als er zu Bett ging. Matthew und ich schliefen in einem Zimmer, die Betten dicht aneinander, sodass wir uns an den Händen halten konnten und wussten, wir waren nicht allein. So hatte ich keine Angst, wenn Mutter spät nach Hause kam – diese Angst, sie würde nie wieder zurückkehren. Das war so, seit Vater im Krieg gefallen war. Ich hatte das damals nicht begriffen, und, um ehrlich zu sein, ich begreife es auch heute noch nicht. Wie konnte ein so guter Mann wie Vater einfach verschwinden? Wer hatte sich das Recht herausgenommen, uns unseren Vater zu rauben? Wer hätte je das Recht, so etwas zu tun? Obwohl die Tatsachen eine andere Sprache sprachen, gab es auf diese Fragen nur eine Antwort: niemand!

Diese Gedanken blieben allerdings in meinem Kopf. Ich wagte es nicht, als Frau, noch dazu als minderjährige, so zu sprechen.

Matthew hatte diese Ängste schon ein wenig länger als ich, doch er dachte das Gleiche, und ich wusste, es war dieser eine Grund, der uns so stark miteinander verband, und dieser eine Grund, der mir zeigte, dass Matthew mich verstand.

Ich konnte mir nicht erklären, weshalb ich so fühlte, doch tief in mir verfolgte mich die Angst, dass dieses vertraute Leben, das wir führten, schon bald enden würde.

Ich sollte recht behalten. Sonst hatte ich mich immer gefreut, wenn ich recht hatte, es war jedes Mal ein Gefühl der Genugtuung und des Stolzes – ich, das Mädchen, die junge Frau hatte recht! –, doch ich frage mich bis zum heutigen Tage, weshalb ich in dieser Sache nur recht haben musste.

Als Mutter endlich von der Arbeit kam, entkräftet und erschöpft, konnte ich durch das kleine Fenster an der Wand schon das zarte Rot der aufgehenden Sonne am Horizont erkennen. Und während ich nun aus dem Fenster sah und die in der rötlichen Sonne schimmernden Felder betrachtete, auf denen bereits einige Bauern arbeiteten, als ich den mir so bekannten Duft von frischen Blumen in meiner Nase roch, da spürte ich tief in mir ein leichtes Kribbeln, angefangen in den Fingerspitzen bis hinunter zu den Zehen: Der unwiderstehliche Drang, mich aus dem Haus zu schleichen und fortzurennen, diesem Horizont entgegen, wurde immer stärker. Ich wollte fort, einfach fort. Ich schloss die Augen und konnte das weiche, vom Nebel feuchte Gras unter meinen Füßen spüren, und ich fühlte den kühlen Morgenwind, der sich wie eine Decke um meinen Körper legte. Meine Lungen weiteten sich und sogen tief die frische Morgenluft ein, bevor mich meine Füße, so schnell sie es vermochten, in Richtung Sonnenaufgang trugen.

Als ich die Augen wieder öffnete, war alles weg: kein Gras unter meinen Füßen, keine kühle Luft in meinen Lungen. Nur die Beschämung, dass ein dreizehnjähriges Mädchen es sich anmaßte, überhaupt nur daran zu denken zu fliehen.

Einige Stunden später wurde ich durch ein Geräusch geweckt und blinzelte verschlafen in den frühen Tag. Direkt über mir konnte ich Matthews Gesicht erkennen; er sah frisch und munter aus, glücklich. Um ehrlich zu sein, sah er heute richtig gut aus. Seine kurz geschnittenen, braunen Haare waren nach hinten gekämmt, sodass keine einzige Strähne es wagte, das Zusammenspiel seiner feinen, roten Lippen und der leicht gekrümmten Nase zu stören.

Seine Wangen, die genau wie meine mit zarten Sommersprossen bedeckt waren, hatten in der Morgensonne einen goldenen Braunton angenommen, und als er mich nun anlächelte, erfüllte sich mein Herz mit Glück und gab sich für einen Moment der Leichtigkeit hin. Alles war in ein helles, warmes Licht getaucht, die Welt war in diesem Moment eine friedfertige, und in dieser Stimmung grinste ich auch unter der Decke hervor.

»Komm, Cathie, Mutter ist schon gegangen, du musst auch arbeiten!«

Mein Gesicht verdunkelte sich blitzartig und das fröhliche Lächeln verschwand. Ich nickte, bevor ich aufstand, mich wusch und zu arbeiten begann.

Als Frau war es mir bestimmt, an den schulfreien Tagen aus den Stoffen, die Mutter mir vom Markt mitbrachte, Kleidung herzustellen, die wir später auf dem alljährlich stattfindenden Fest verkaufen würden.

Mutter arbeitete von frühmorgens bis spätabends in einer Bandweberei nicht weit von hier und Matthew verdingte sich auf dem Feld. Er arbeitete hart, so wie jeder andere hier, das heißt, er stand mit den ersten Sonnenstrahlen des Tages auf und kam manchmal erst nach Hause, wenn die Dämmerung einsetzte. Tag für Tag, Woche für Woche, und manchmal musste er sogar sonntags arbeiten. Trotz der vielen Arbeit beklagte er sich nie über irgendetwas, auch wenn er oft einen Grund dafür gehabt hätte. Das war nur eine seiner guten Eigenschaften. Wann immer möglich und er mit der Arbeit schon fertig war, holte er mich von der Schule ab, um mich sicher nach Hause zu geleiten. Ja, Matthew war immer für mich da. Ich liebte meinen Bruder mehr als alles andere auf der Welt. Er verstand mich, und manchmal glaubte ich, er wäre der Einzige, der mich wirklich kannte. Ihn zu verlieren, konnte ich mir nicht vorstellen.

Ich schüttelte schnell den Kopf, um diesen grausamen Gedanken zu verdrängen, bevor mich Matthew zum Abschied auf die Wange küsste und mit einer Hacke in den Händen zu Tür hinausschritt.

Das Pfeifen des Windes war das Letzte, was ich vernahm, bevor ich gedankenverloren begann, die Stofffetzen zu Kleidern zusammenzunähen.

Als Matthew und ich heute, am Sonntag, die Straßen entlangliefen, beobachtete ich die Menschen, die uns entgegenkamen. Manche von ihnen hatten es eilig, andere schlenderten mit leeren Blicken an uns vorbei. Meistens aber waren die Leute, überwiegend Frauen, beschäftigt: Sie kauften Gemüse ein oder saßen am Straßenrand und in den Hauseingängen, um Kleidung zu nähen; dabei schienen sie konzentriert und zugleich müde, ihre Gesichter waren ohne jegliche Gefühlsregung und ihre Handbewegungen nur noch ein kaum hörbares Klopfen, wenn sie mit ihren Nähnadeln wie im Takt die Stoffteile zusammenfügten. Die meisten Männer arbeiteten auf dem Feld, als Handwerker oder als Händler außerhalb der Siedlung.

Mein Blick schweifte auf die großen Äcker hinter der Siedlung. Sie leuchteten im Sonnenlicht in einem bernsteinfarbenen Ton, Männer und Zugtiere waren nur als schwarze Umrisse zu erkennen. Ich wandte meinen Blick wieder nach vorn, und als ich die Häuser der Landleute musterte, fiel mir deren Schönheit auf. Sie waren zwar alt und einige von ihnen nicht mehr als vier Wände, manche drohten sogar, in sich zusammenzustürzen, doch es waren die Häuser, die mir so vertraut waren. Sie gehörten zu Lawrence, oder besser gesagt zu dessen Rand, an dem auch wir wohnten.

Matthew und ich erreichten den Dorfbrunnen. Obwohl er nicht mehr als eine kleine, runde Mauer aus Backsteinen war, mit unzähligen Rissen und einem tiefen Loch in der Mitte, bildete er das Zentrum des Dorfes, um das herum alle Veranstaltungen, Märkte und Feste stattfanden. Jeden Tag holten die Frauen ihr Wasser aus diesem Brunnen, da unser Dorf zu arm war, um sich Wasserleitungen leisten zu können. Außerdem gab es Lawrence erst seit einigen Jahren, sodass viele Dinge erst noch gebaut werden mussten. Wenn ich mich recht erinnere, galt Lawrence als ein Ort für Bewohner, die gegen die Sklaverei waren, da deren Erbauer zu der Anti-Sklavereibewegung gehörten. Wie Mrs. Darwinson, eine klare Sklavereibefürworterin, jedoch hier wohnen konnte, ist mir bis heute nicht verständlich.

Ich sah den Brunnen kurz an, bevor mein Blick zu den Häusern dahinter schweifte, die einen Halbkreis um den Brunnen bildeten. Hier wohnten die etwas wohlhabenderen Menschen des Dorfes. Auch sie arbeiteten hart für ihren täglichen Lebensunterhalt. Das war für die meisten Menschen hier selbstverständlich. Sie lebten, umgeben von Familie und Freunden, und waren glücklich; einige wenige sparten Geld, um sich eines Tages in die weite Welt zu wagen.

»Komm, Cathie, wir dürfen nicht mit leeren Händen nach Hause kommen!«, sagte Matthew und riss mich mit seinen Worten aus meinen Tagträumen. Dann zog er mich zum Gemüsehändler und kaufte mit dem wenigen Geld, das uns Mutter zugesteckt hatte, frisches Gemüse, bevor wir über den schmalen Pfad zwischen den Feldern wieder nach Hause schritten. Matthew lief vor mir mit großen Schritten, während ich mit den Gedanken bei den blauen Vögeln auf dem Feld war und hinter ihm her stolperte.

Es mochten wohl Dutzende gewesen sein, die sich auf dem Feld niedergelassen hatten, um zu ruhen, und zusammen mit den glühend roten Sonnenstrahlen im Westen verwandelte sich ihr Federkleid in eine rot-blaue Tracht, die ihnen ein äußerst majestätisches und elegantes Aussehen verlieh. Jedes Mal, wenn sie ihre Flügel bewegten, erfüllte mich ihre Schönheit mit Glück. Ein tiefer Drang breitete sich in meinem Körper aus, über das grüne Feld zu rennen und mit den Vögeln davonzufliegen. Das Gefühl wurde immer stärker und erfüllte mich mit solcher Sehnsucht, dass ich die Taschen fallen ließ und losrannte. Aufgeschreckt breiteten die blauen Vögel ihre Flügel aus und zischten schnell in die Luft, der Weite des roten Abendhimmels entgegen. Matthew sah mich mit großen Augen an, bevor auch er die Taschen fallen ließ und auf dem Feld zu tanzen begann, während die Vögel scheu und dennoch amüsiert, wie es mir schien, hoch über uns kreisten, als würden sie mit uns die Schönheit dieses Abends feiern. Es war ein wundervoller Anblick, der mein Herz bis ins Innerste berührte. Wir lachten tanzend Hand in Hand, bis wir müde auf den Boden glitten und den Himmel betrachteten. Langsam verschwanden die Vögel und der Himmel wurde immer dunkler, bis nur noch das Licht der Sterne die Äcker erhellte.

»Catherine, du verrückter Vogel!« Matthew machte eine lange Pause. »Danke!« Und das erste Mal seit Langem lachte er wieder laut und herzlich. Er lachte sein einzigartiges Matthew-Lachen, das ich schon viel zu lange nicht mehr hatte hören dürfen und dessen Wärme mich innerlich erglühen ließ.

So lagen wir glücklich Hand in Hand auf dem dunklen Feld unter den Sternen, bevor eine milde Brise ankündigte, dass das Wetter sich änderte, und wir uns auf den Heimweg machten.

Nachdem Vater gestorben war, war Mutter auf sich alleine gestellt. Matthew und ich waren noch sehr klein gewesen, zu klein, um arbeiten zu können. So schuftete Mutter Tag für Tag hart, um uns ernähren zu können.

Ich weiß noch, wie eines Tages ein Steuerverwalter zu uns kam und Mutter nach einem langen Gespräch eindringlich in die Augen sah und ihr vorschlug, unsere Schulausbildung abzubrechen, um Geld zu sparen. Doch Mutter hatte dazu nur den Kopf geschüttelt. Für sie kam dieser Vorschlag nie infrage, sie liebte uns zu sehr, um nicht das Bestmögliche für unsere Zukunft zu tun. Seitdem war das Geld tatsächlich knapp gewesen, es reichte gerade noch, um mich jeden zweiten Tag in die Schule zu schicken, wo ich Mrs. Darwinsons zischende Stimme ertragen musste, die mich immer an eine Schlange erinnerte. Unablässig, wenn ich still an meinem Platz saß und an die Freiheit dachte, bohrten sich ihre Worte in mein Bewusstsein: »Die Schwarzen müssen vertrieben werden.«

Keiner von uns teilte ihre Meinung, uns war es egal, welche Hautfarbe jemand hatte, die Hautfarbe war schließlich nicht entscheidend bezüglich des Charakters eines Menschen. Wieso sollten die Schwarzen weniger wert sein als wir? Wieso waren *wir* nicht weniger wert als sie? Oder einfach alle Menschen gleich viel wert? Doch je länger sie auf uns einredete, je länger sie uns schlug, desto schwächer wurden meine Mitschüler. Ich wusste, ich würde mich nicht ergeben, niemals. Ich würde mich an die Worte meines Vaters halten. Aber meine große Angst, die sich täglich verschärfte, war, dass sich die anderen Schüler umstimmen ließen! Ich kannte zwar ihre Eltern und wusste, dass diese, wie jeder hier in Lawrence, gegen die Sklaverei waren. Mrs. Darwinson allerdings, eine stolze Texanerin, befürwortete diese. Würde sie es schaffen, die Menschen umzustimmen?

*

Das Jahr neigte sich langsam dem Ende zu und die Landschaft verwandelte sich farbenfroh, Abertausende bunte Blätter fegte der Wind durch die Lüfte. Es war im Jahr 1860, als Amerika sich langsam zu spalten begann. Es gab Diskussionen, Aufstände und Streitigkeiten, die sowohl die Wahlkämpfe als auch die Menschen in den einzelnen Staaten beeinflussten. Ich hatte anderes im Sinn: Mir erschien die Natur so perfekt und wunderschön.

Erfolgreiche Männer wie der Jurist Stephen Douglas hatten sich aufstellen lassen, aber auch Männer wie John Breckinridge, ein eindeutiger Sklaverei-Befürworter und grausamer Mensch, wollten Amerika durch die nächsten Jahre führen. Auf der anderen Seite kandidierte John Bell, ein Demokrat, der weder für noch gegen die Sklaverei war. Doch nur einem gelang es, die Menschen mit weisen Worten und ohne jeglichen Hass zu überzeugen, sich ihm anzuschließen. Ein Mann, der tausend Worte sprach, den jedoch auch tausend Worte nicht beschreiben konnten. Der Mann, den ich fortan bewundern und dennoch hassen würde: Abraham Lincoln. Mit Parolen wie »Der Stimmzettel ist stärker als die Kugel!« gewann er im November 1860 die Wahlen und wir alle waren für einen Moment von Glück und Hoffnung erfüllt. Es dauerte allerdings nicht lange, bis wir wieder den Tatsachen ins Auge sahen und auf dem Boden der Realität ankamen.

Der Winter war hart und wir froren jede Nacht, sodass Mutter sich bereits sorgte, wir könnten ernsthaft krank werden. Ich wusste, ich musste stark bleiben und durfte mir nichts anmerken lassen, nicht einmal dann, wenn ich bis auf die Knochen zitternd im Bett lag und den weißen Atem vor meinen Augen sehen konnte. Auch Matthew schwieg, um Mutter keine Sorgen zu machen. Doch als wir dachten, es könnte nicht mehr schlimmer werden, erhielten wir eines Tages eine unvorhergesehene Nachricht, die das ganze Dorf in Schrecken versetzte. Und von einem Tag auf den anderen wusste ich, dass die Gerüchte wahr werden würden: ein Krieg.

Dezember 1860

Es war einer der Tage, an denen ich ohne Begleitung zur Schule laufen musste, da Matthew schon frühmorgens aus dem Haus gegangen war, um die Feldarbeit zu erledigen. Mutter war ebenfalls bereits bei der Arbeit, sodass ich an diesem schönen Dezembermorgen allein zu Hause war. Die Sonnenstrahlen auf meiner Haut ließen mich aus meinem Traum gleiten, und nachdem ich mich angezogen hatte, lief ich wie gewohnt den schmalen Kieselpfad neben den Feldern entlang. Eine dicke Schneeschicht hatte sich wie eine weiße Decke über das ganze Dorf gelegt, sodass meine Füße jedes Mal verschwanden, wenn ich einen Schritt vor den anderen setzte. An diesem Morgen hatte alles etwas Verzaubertes an sich: Meine Blicke folgten den langen Eiszapfen an den Bäumen und Häusern und in der Sonne glitzerten Eiskristalle auf dem Schnee. Ein Windstoß umwehte meinen Körper, blies einzelne Schneeflocken zuerst hoch in den Himmel, bevor er sie elegant wieder auf den Boden gleiten ließ. Und plötzlich vergaß ich die Kälte in meinen Armen und Beinen, das Zittern meiner Hände legte sich und ich atmete mit einem Lächeln die frische Luft des Tages ein, bevor ich das Klassenzimmer von Mrs. Darwinson erreichte.

Wie immer wartete sie vor der Zimmertür und musterte mich – wie jeden ihrer Schüler – eingehend, bevor ich mich vor ihr verbeugte und ins Zimmer huschte. Heute erzählte sie uns mit freudiger Miene etwas über die Staaten Amerikas und wir alle sahen verblüfft zu, wie sich ihr zusammengepresster Mund langsam entspannte und auch ihre Stirn sich glättete. Nun sah sie mehr wie eine reizende ältere Dame aus und man konnte ihren Gesichtsausdruck fast schon als nett bezeichnen. Verwundert über diese Veränderung beobachtete ich sie, während sie uns auf der Landkarte die verschiedenen Staaten zeigte und uns anlächelte.

Doch anstatt mich über die glückliche Wandlung von Mrs. Darwinson zu freuen, wie es die anderen Schüler machten, wurde mir plötzlich ganz flau im Magen und es fühlte sich an, als wollte er sich gleich umdrehen. Irgendetwas stimmte hier ganz und gar nicht. Und diese Gewissheit nahm immer mehr Gestalt an, als ich ihr die nächsten Stunden stillschweigend zuhörte, während sie immer wieder lächelnd auf den Osten der Amerikakarte zeigte. Sie sah uns eindringlich an, ihre Augen begannen zu funkeln. Bevor sie jedoch weiter ausholen konnte, erlöste uns ein lauter Gongschlag und erlaubte uns, unsere Sachen zusammenzupacken und zu gehen.

Als ich in der Reihe der Schüler aus dem Zimmer lief, fiel mir eine Zeitung auf Mrs. Darwinsons Schreibtisch auf. Gedankenverloren blieb mein Blick auf der Titelseite der Zeitung hängen. Als ich die einzelnen Wörter entzifferte und leise vor mich hin flüsterte, wurde ich kreidebleich. Plötzlich war mir übel und ganz schwindlig, alles drehte sich, als hätte mich jemand eine Klippe heruntergeworfen – ich befand mich im freien Fall. Ein heftiges Zittern überfiel meinen ganzen Körper.

Panisch rannte ich aus dem Gebäude über die offenen Felder, doch der tiefe Schnee hinderte meine Beine bald daran, schnell davonzulaufen. Ich blieb stehen, schloss die Augen und versuchte, meine Tränen zurückzuhalten. Plötzlich wusste ich, dass ich nie wieder so leben, so frei sein würde wie in diesem Moment. Ein tiefes Schluchzen brach aus mir heraus und ich sackte kraftlos in den kalten Schnee. Ich fühlte mich so einsam und orientierungslos, als hätte mir jemand den Boden unter den Füßen weggerissen. Die kalten Schneeflocken, die nun auf die Erde herabwirbelten, breiteten sich wie eine kalte Decke über mir aus.

Immer wieder musste ich an die Schlagzeilen der Zeitung denken, bevor ich die Augen schloss. Doch vor meinem inneren Auge sah ich sie wieder: *Amerika im Krieg? South Carolina tritt aus der Union aus!*

Es war dunkel. Nur das schwach flackernde Licht einer Öllampe erhellte die Gesichter von Mutter und Matthew. Sie sahen besorgt aus. Mutter hatte ihre Stirn zusammengezogen, ihre Augen hatten das Funkeln, das ich immer so geliebt hatte, verloren. Es schien, als wäre alles Licht aus ihnen erloschen. Ihre warme Hand umschloss besorgt die meine, die sich eiskalt anfühlte. Matthew neben ihr hatte den gleichen Ausdruck, doch als ein schwaches Lächeln über mein Gesicht huschte, erkannte ich ein schiefes Grinsen, welches sein Gesicht erhellte. Und für einen Moment vergaß ich all meine Sorgen, für eine Sekunde fühlte ich mich wieder leicht und glücklich. Doch sogleich kam die Erinnerung zurück: Krieg!

»Was hast du dir dabei gedacht, meine Liebe?«, flüsterte Matthew mit einem spöttischen Unterton.

Jetzt beugte sich Mutter vor und ich konnte im Licht der Öllampe ihre feuchten Wangen erkennen. Sie rieb sich die Augen.

»Weshalb hast du das getan? Matthew wollte dich nach der Arbeit abholen, doch er hat dich nicht gefunden, er hat dich stundenlang überall gesucht, Cathie!«

Sie schluckte tief, während sie beschämt wegsah.

»Nach einer Ewigkeit fand er dich zitternd im Schnee. Wir dachten schon, wir hätten dich verloren, als er mit dir in seinen Armen nach Hause stürmte und dich auf den Küchentisch legte.«

Sie unterdrückte ein Schluchzen, ihre Stimme war ungewohnt aufgeregt und glich beinahe dem Krächzen eines aufgescheuchten Raben. Jetzt bedeckte sie ihr Gesicht mit den Händen und weinte verzweifelt.

Matthew nahm sie in die Arme und versuchte sie zu beruhigen, während ich nur wie erstarrt zusah und nichts tun konnte. Es war nicht meine Absicht gewesen, Mutter zu verletzen, es tat mir weh, sie so zu sehen. Plötzlich fühlte ich mich wieder ganz schwer und zurückgelassen, als wäre ich ein Vogel, den man vom Himmel geholt hatte. Ich drehte meinen Kopf weg, um meine Tränen zu verbergen, doch es war zu spät. Ich schluchzte wie ein kleines Kind.

Als Mutter mein Schluchzen hörte, verstummte sie blitzartig. Sie sah mich verdutzt an, dann griff sie nach meiner Hand und beugte sich tief über mein Gesicht.

»Ist schon gut, mein Schatz!«, beruhigte mich Mutter mit ihrer zarten Stimme, während ihre Hände mich streichelten.

Es schien, als hätte mein Weinen ihre anfängliche Trauer verscheucht. Sie sah mich einen Moment lang mit besorgten Augen an, dann ging sie aus dem Zimmer, um mir einen heißen Tee zuzubereiten.

Nun waren Matthew und ich allein, und als er mich fragend ansah, flüsterte ich mit schwerer Stimme: »South Carolina ist aus der Union ausgetreten?«

Matthew sah mich verblüfft an, bevor er wissend nickte: »Weißt du, Catherine, die Staaten sind nicht alle gleich geschaffen. Wir im Norden leben von der Industrie und benötigen daher auch ausgebildete Fachleute, um die Maschinen bedienen zu können, wie Mutter es zum Beispiel in der Weberei macht. Auch hier ist das Leben hart, du siehst ja, wie Mutter Tag für Tag in den Ort laufen muss, um dort zu schuften. Und selbst diese Schufterei reicht nicht aus, um uns zu ernähren, deshalb muss auch ich zusätzlich auf dem Feld arbeiten und du musst nähen. Wir könnten uns keine Sklaven leisten, so wie die Bauern im Süden.« Jetzt wurde sein Tonfall bitterer. »Denn weißt du, der Süden besitzt große Plantagen, die die Weißen nicht alleine bestellen können, oder besser gesagt, sie sind zu faul, um sie zu bestellen, daher kaufen sie Sklaven, die Tag für Tag und Nacht für Nacht ihre Plantagen bestellen und sehr hart arbeiten!« Er schluckte. »Abraham Lincoln hat es sich zum Ziel gemacht, die Sklaverei abzuschaffen und Gerechtigkeit herzustellen. Die Menschen im Süden empfinden dies aber als Bedrohung, da sie ihre Existenz verlieren, wenn Lincoln sich durchsetzt. Deshalb hat South Carolina sich entschlossen auszutreten.«

Während er sprach, sah ich ihn mit großen Augen an, ich saugte jedes seiner Worte auf. Und bald schon begriff ich, auf was er hinauswollte.

»Aber wieso streiten sie sich? Die Südstaaten könnten die Sklaven doch einfach als freie Bürger einstellen und sie gut behandeln?«

Matthew lachte auf, dann strich er mir über die Schulter und sagte: »Das ist nicht so einfach, Cathie. Die Schwarzen wurden schon immer als minderwertig angesehen und die Weißen sind zu stolz, um sie gleichwertig behandeln zu können. So etwas kommt für sie gar nicht infrage! Und da ist noch mehr: Der Süden streitet sich mit der Regierung, weil er es ungerecht findet, wie diese mit ihrer Macht umgeht. Verstehst du, das ist kein einfacher Konflikt, und er wird sicherlich auch nicht einfach zu lösen sein, meine kleine Catherine.«

Als er schwieg, überkam mich ein leises Frösteln. Unzählige Bilder schossen mir durch den Kopf, bis ein furchtbarer Gedanke Gestalt annahm.

»Und was, wenn du geholt wirst?!« Jetzt spürte ich einen dicken Kloß im Hals.

Matthew legte seine Hände um mein Gesicht.

»Das werde ich nicht, Cathie. Niemals! Ich werde auf euch aufpassen, so wie es Vater mir aufgetragen hat!«

Ich lächelte ihn an. »Versprochen?«

»Versprochen!«

*

Man kann das ganze Volk eine Zeit lang täuschen und man kann einen Teil des Volkes die ganze Zeit täuschen, aber man kann nicht das ganze Volk die ganze Zeit täuschen.

Dieses Zitat von Abraham Lincoln kommt mir immer wieder in den Sinn, wenn ich mich an die Worte meines Bruders erinnere. Damals wusste ich kaum, wer dieser Lincoln war. Ich wusste nicht, woher er kam und wieso er sich in unser Leben einmischen würde. Doch wenn ich nun zurückdenke und den Namen Lincoln höre, bin ich nach vielen Jahren bereit, mir einzugestehen, dass er der Mann war, den Amerika gebraucht hatte.

*

Wenige Wochen nach Lincolns Wahl traten insgesamt sechs Staaten aus der Union aus. Wir hatten uns gerade vom Schock des Dezembers erholt, in dem South Carolina uns verlassen hatte, doch die Wunde riss wieder auf, als Mississippi, Florida, Alabama, Georgia und Louisiana diesem Beispiel folgten. Jeder Staat, der aus der Union austrat, brachte eine Welle der Angst, und uns wurde allmählich bewusst, dass wir diesen Keil, der sich zwischen die verschiedenen Staaten Amerikas gebohrt hatte, nicht mehr entfernen konnten. Der noch amtierende Präsident James Buchanan unternahm nichts gegen diese Austrittswelle, und so war es Amerika nur bestimmt zu warten und allenfalls zu beten.

Wir lebten und arbeiteten, wie wir es gewohnt waren. Doch mit jedem Monat, der verstrich, schien der Alltag immer härter zu werden, die Tage anstrengender, die Stimmung unter den Menschen angespannter und die ganze Situation ausichtsloser.

Am vierten März 1861 war es so weit. Die Wahl war entschieden: Lincoln wurde Präsident. Die Menschen waren unruhig, einige freuten sich, andere erfüllte dieser Tag nur mit unbeschreiblichem Hass.

»Wir sind keine Feinde, sondern Freunde. Wir dürfen keine Feinde sein. Leidenschaft mag die Bande unserer Zuneigung anspannen, aber zerreißen darf sie sie nicht. Die mystischen Klänge der Erinnerung werden ertönen, wenn – und das ist sicher – die besseren Engel unserer Natur sie wieder berühren.«

Diese Melodie, ein wahres Poem, erfüllte die Luft Washingtons, als Abraham Lincoln seine Rede hielt und damit Tausende Menschen berührte.

Doch genauso erzürnte er auch Tausende.

Ich mochte diesen Lincoln auf eine komische Art und Weise. Er war gerecht, dessen war ich mir bewusst, er war intelligent, und merkwürdigerweise beantwortete er bei jeder seiner Reden all meine Fragen, ohne dass ich sie ihm je gestellt hatte. Und trotzdem fürchtete ich mich auch vor ihm. Ich fürchtete mich vor seiner Macht, seinen Handlungen, und vor allem fürchtete ich mich vor seinen zukünftigen Entscheidungen. Es mag ein wenig merkwürdig klingen, doch tief in mir spürte ich, dass sich schon bald etwas Großes auf uns zubewegen würde. Etwas Unaufhaltsames, so gewaltig, wie wir es nie erlebt hatten. Doch immer, wenn ich daran dachte, kam ich mir so lächerlich vor, dass ich diesen Gedanken beschämt wieder verwarf.

*

Ich saß auf dem Kiesweg neben unserem Häuschen und lehnte meinen Rücken gegen die rissige Wand, als ich die ersten Vögel beobachtete, die ihren Weg zu uns gefunden hatten. Einen Steinwurf von hier entfernt thronte ein einzelner Baum auf einem großen, unberührten Feld, auf dem es bereits zu grünen begann. Der letzte Schnee zierte noch vereinzelte Teile des Feldes, was dessen frisches Grün nur noch greller und lebendiger erscheinen ließ. Der Baum sah so prächtig aus, dass man den Eindruck hatte, er würde ganz Lawrence verschönern. Mit den Gedanken weit weg, horchte ich der Melodie des pfeifenden Windes, während ich anfing, leise mitzusummen, bis das Summen zu einem freudigen Gesang wurde.

»Unbeschreiblich schön!«, hörte ich plötzlich eine tiefe Stimme dicht hinter mir. Matthew setzte sich neben mich, atmete tief die frische Luft ein und genoss diesen Moment in vollen Zügen. Sichtlich entspannt blickte er sich um und fuhr fort: »Wenn man so auf das unberührte Feld starrt, tut es einem fast leid, wenn man sich vorstellt, dass die Äcker, die wir bestellen, früher auch so wunderschön gewesen waren!«

Ich nickte, den Blick immer noch versonnen nach vorn gerichtet. So nahm ich die Worte meines Bruders gar nicht richtig wahr.

Matthew bewunderte noch immer das Idyll der Natur. Dann fragte er: »Alles in Ordnung, Catherine?«

Nun drangen seine Worte zu mir durch und ich wandte meinen Blick zu ihm, während ich bedrückt das Gesicht verzog.

»Mrs. Darwinson …«

Ich wusste nicht, wie ich meinem Bruder erzählen sollte, dass ich die Schwarzen akzeptierte und vorhatte, meiner Lehrerin gehörig die Meinung zu sagen. Ich hatte es mir in den letzten Tagen immer wieder vorgestellt, sogar geübt, wie ich es ihm gestehen sollte. Doch als ich nun in seine Augen schaute, die tief in mein Innerstes sahen, brachte ich die Worte nur mit größter Mühe hervor. Ich schluckte.

»Sie ist ein … ein böses Geschöpf. Sie will uns beibringen, die Schwarzen zu hassen, sie zu vertreiben …« Wieder schluckte ich tief, diesmal wurden meine Augen feucht.

»Sie will, dass wir sie zur Sklaverei zwingen! Das ist nicht richtig, Matthew.« Mit flehenden Augen sah ich ihn an: »Sag mir, dass das nicht richtig ist!«

Er wusste nicht, was er sagen sollte; sein Gesichtsausdruck wurde weicher und seine Augen schienen immer matter zu werden.

»Natürlich ist es das nicht! Aber du hast nicht das Recht, dich gegen deine Lehrerin zu stellen, Catherine!«, erwiderte er schließlich mit einer gewissen Härte in seinem Tonfall. Dann warf er mir einen fragenden Blick zu und zog mich energisch am Arm zu sich, bis wir ganz nah beieinanderstanden und ich seinen warmen Atem an meiner Oberlippe spüren konnte.

»Cathie, du darfst das nicht tun! Hast du mich verstanden?!«, beschwor er mich eindringlich.

Mir war, als stünde ein Fremder vor mir. Ein Fremder, der mir befahl, den Mund zu halten! Ich erkannte meinen geliebten Bruder nicht mehr und mein Herz wurde vor Trauer und Enttäuschung ganz schwer. Tränen rollten mir über die Wangen und ich schmeckte das Salz auf meinen Lippen, als ich den Mund aufmachte, um dem Fremden vor mir etwas zu sagen. Doch ich war zu aufgelöst, zu verwirrt, und ich fühlte mich, als wäre ich allein auf dieser weiten Welt.

Als wollte er ein Kind trösten, wurde Matthews Miene wieder weicher und er schlang seine Arme noch enger um mich.

Wütend stieß ich ihn weg, bevor ich aufstand, ihm einen vorwurfsvollen und zugleich verletzten Blick zuwarf und in das Haus rannte.

Mit verschwommenem Blick stolperte ich die Treppen nach oben, öffnete die Tür und rannte in mein Zimmer, wo ich mich auf mein Bett stürzte und verzweifelt in mein Kissen weinte.

Washington, D. C., März 1861

»Mr. Präsident, wir müssen in Gottes Namen etwas unternehmen! Die Union ist dabei zu zerfallen!«, erklang die tiefe Stimme eines älteren Mannes, der sich neben Lincoln an einen wuchtigen Schreibtisch aus Mahagoni lehnte.

Lincoln sah auf die vor ihm liegende ausgebreitete Karte mit den Staaten Amerikas, während er sich konzentriert an den Bart fasste und eine ernste Miene zog. Die Staaten, die aus der Union ausgetreten waren, hatte er mit rotem Stift markiert, den er nun neben der Karte und dem gegenüberliegenden Kompass hin und her rollte. Obwohl er die Worte Sewards wahrgenommen hatte, hüllte er sich in Schweigen und zog statt einer Antwort nachdenklich die Stirn in Falten.

Der Außenminister, dessen weißes Haar zur Seite gekämmt war, sah ihn intensiv an. Seine dicken Augenbrauen zogen sich zusammen und sein Mund versteifte sich vor Anspannung. Er bemühte sich, dem Gemurmel des Präsidenten zu folgen, der jedoch eher für sich selbst sprach als für jemand anderen. Jetzt begannen die Hände Sewards leicht zu zittern.

»Mr. Präsident, ist Ihnen bewusst, in welcher Lage wir uns befinden?«, fragte er leise, als bereue er seinen Satz bereits wieder.

Lincoln erhob sich und stand nun direkt vor Seward, in Gedanken immer noch bei der Karte.

»Unsere Lage ist mir durchaus bewusst, treuer Seward. Doch ich kann niemandem verbieten, mein Land zu verlassen, und mir ist es auch nicht bestimmt, die Bevölkerung weiter zu belügen, indem ich die Wahrheit verschweige.«

Er öffnete die Schublade seines prächtigen Schreibtisches und nahm ein Blatt Papier heraus.

»In euren Händen, meine unzufriedenen Landsleute, nicht in meinen, liegt die folgenschwere Entscheidung über einen Bürgerkrieg. Die Regierung wird euch nicht angreifen. Es wird keinen Konflikt geben, solange ihr nicht selbst die Angreifer seid!« Lincoln sah vom Blatt auf und schluckte: »Auch ich missbillige einen Bürgerkrieg, mein geschätzter Freund, doch stellt sich mir die Frage, was ich den Konföderierten noch erzählen soll. Und tief in mir spüre ich den Hass, und die Gewissheit darüber rückt Tag für Tag näher.«

Seward sah aus dem Fenster, betrachtete Mary Lincoln, die sich mit seiner Frau im Vorgarten unterhielt. Eine kurze Zeit lang war nichts zu hören, nur gespanntes Schweigen hing in der Luft.

»Welche Gewissheit?«, fragte Seward dann. Obwohl er die Antwort tief im Innern schon erahnen konnte, trafen die Worte des Präsidenten ihn wie ein Schlag.

»Die Gewissheit, dass keine Rede dieser Welt in der Lage ist, einen Krieg zu verhindern.«

Seward erstarrte, als hätte ihn ein dunkler Zauber getroffen. Blitzartig warf er seinen Kopf zurück und starrte Lincoln mit weit aufgerissenen Augen an. Nur mühsam konnte er das Zittern in seiner Stimme unterdrücken, als er nun zu sprechen begann.

»Sie wollen uns doch nicht in einen Krieg führen, Mr. Präsident? Das wäre, bei allem Respekt, ein unverzeihlicher Fehler!«

Lincoln nickte nur, ohne den ängstlichen Worten Sewards Beachtung zu schenken. Ganz im Gegenteil, es schien, als hätten sie ihm Kraft gegeben, und so fuhr er mit gelassener Stimme fort.

»Nein, mir ist natürlich bewusst, in welch angespannter Lage wir uns mit dem Süden befinden. Seit Jahren sind die Menschen unzufrieden und meinen, dass wir unsere Macht ausnützen würden, auf welche Weise auch immer. In den letzten Monaten hat sich eine dicke Ölspur zwischen uns und den Süden gelegt, und nun reicht ein winziger Funke, um sie brennen zu lassen.«

Während er sprach, begann sich Sewards Stirn zu krausen. Er konnte seinem geschätzten Präsidenten nicht folgen und wartete schon sehnsüchtig darauf, diese eine Frage stellen zu können, die ihn einerseits vor Neugier innerlich fast platzen ließ, ihm jedoch andererseits auch unbeschreibliche Angst einflößte.

»Auf was wollen Sie hinaus, Mr. Präsident? Glauben Sie etwa, dass die Südstaaten angreifen werden?«, fragte er schließlich, als er sich überwunden hatte, trotz seiner Furcht zu sprechen.

Lincoln sah ihn nicht an, seine Blicke waren nun auf den weißen Marmorboden gerichtet, der so weiß glänzte, dass man meinte, vor der Himmelspforte zu stehen. Als Lincoln antwortete, war seine Stimme ganz leise, kaum mehr als ein Flüstern, und dennoch wühlten die Worte Seward so auf, dass er sich am Fenstersims festhalten musste, um nicht in sich zusammenzusacken.

»Nein, das wollte ich damit nicht sagen. Der Süden ist deutlich in der Unterzahl und lange nicht so gut ausgerüstet wie wir, ein Krieg wäre für ihn sinnlos. Nein, das kümmert mich nicht. Ich sage nur, dass dieses Spiel mit Feuer sehr gefährlich ist!«

Zur gleichen Zeit in Lawrence, Kansas

Die Tage flogen schnell dahin, und Matthew und ich hatten uns wieder versöhnt. Trotz meiner Wut und Bekümmertheit, die ich immer noch empfand, konnte ich ihm nicht lange böse sein. Ich mochte ihn zu sehr und fühlte mich ohne ihn so allein, dass es unerträglich gewesen wäre, ihn zu verlieren. Obwohl ich seine Haltung nicht im Geringsten nachvollziehen konnte, ließ ich das Geschehene ruhen.

»Die Zukunft wird uns nur zu schnell noch einholen«, pflegte Großmutter früher bei ihren Besuchen immer zu sagen. Ich hatte diese Worte nie verstanden, ich begriff sie immer noch nicht so richtig, aber sie brachten mich jedes Mal aufs Neue zum Lachen und erinnerten mich an die wundervollen Zeiten mit ihr.

Ich glitt aus meinen Gedanken, während ich allein unser Häuschen verließ und dem Kieselweg folgte, um rechtzeitig den Unterricht von Mrs. Darwinson zu erreichen. Der Schnee war mittlerweile ganz verschwunden, sodass fruchtbare braune Erde den Pfad säumte. Ich starrte auf den Boden, während ich vor mich hin summte und die Worte Matthews durch meinen Kopf schossen.

›Du darfst das nicht tun, Cathie!‹

Wieder und wieder kreisten diese Worte in meinen Gedanken, bis ich die Umrisse des Schulgebäudes nur noch einen Steinwurf entfernt erkennen konnte. Die braune Erde glänzte durch den feinen Regen der letzten Tage. Ich grinste, während ich meine Schuhe in den feuchten Dreck bohrte, dessen Kälte mich freudig erschaudern ließ. Als ich die Füße wieder herauszog, klebte der Dreck an den

Schuhen. Dann kam mir ein neuer Gedanke. Einen Moment lang zögerte ich, während ich an Matthew dachte.

›Du darfst dies nicht tun, Cathie!‹

Mutter sagte immer, dass Matthew sie zunehmend mehr an Vater erinnerte, wenn sie in seine braunen Augen sah. Meine Erinnerung an Vater verblasste, doch wenn ich ihn mir manchmal versuchte vorzustellen, dann sah ich einfach Matthew an und malte mir aus, Vater stünde neben ihm und sie würden sich in den Armen liegen.

Die Worte meines Vaters kamen mir wieder in den Sinn: »Du darfst dich nie ergeben! Niemand hat das Recht, dir vorzuschreiben, was du zu tun und zu lassen hast, Cathie, niemand!«

Die Worte hatten sich in meinen Verstand gebrannt. Vater hatte mich damit aufgefordert, mich für das Gute einzusetzen. Für mich bedeutete das, die Schwarzen nicht zu verurteilen, wie es so viele andere taten. Doch wie konnte ich nur der Welt zeigen, dass wir im Grunde genommen gleich waren, wir und die Schwarzen?

Ich sah wieder auf den dreckigen Boden und fragte mich, ob meine Idee wohl die Antwort auf meine Frage war. Im selben Moment musste ich grinsen und die anfängliche Angst verschwand auf einen Schlag, als wäre sie nie da gewesen.

»Danke, Vater«, flüsterte ich, während ich begann, mir mit dem dunklen Schlamm des Bodens das Gesicht und die Arme zu beschmieren.

Mrs. Darwinson war gerade dabei, verschiedene Punkte auf einer großen Weltkarte einzuzeichnen. Sie stand mit dem Rücken zur Klasse und gab konzentriert ein paar

Worte von sich, die sie eher zu sich selbst als zu ihren Schülern sagte. Ruhig saß die ganze Klasse auf ihren Plätzen und hörte zu, so ruhig, dass man nur Mrs. Darwinsons brabbelnde Worte und den Wind draußen hören konnte. Es schien, als hätte niemand bemerkt, dass ich eingetreten war, bis Mary, meine beste Freundin, den Kopf hob und einen leisen, doch hörbaren Schrei von sich gab. Es war, als durchstieße ein zischender Pfeil die Stille des Raumes, und plötzlich sahen mich alle Schüler entsetzt an. Ich grinste, als ich die Gesichter der anderen musterte. Ich war den meisten von ihnen bis jetzt nie besonders aufgefallen, nun konnte keiner seinen Blick von mir wenden. Das Gefühl, endlich gesehen zu werden, erfüllte mich innerlich mit Stolz. All die Jahre, vor allem all die letzten Monate, hatte ich mich wie ein stummer Vogel gefühlt, der nur zu gerne zwitschern und davonfliegen wollte. Nun konnte ich zwar nicht meine Flügel ausbreiten und wegfliegen, doch ich konnte meine Mundfesseln lösen und der Welt ein Zeichen setzen.

Wenige Sekunden vergingen, bis sich Mrs. Darwinson mit eisigem Blick umdrehte, um für Ruhe zu sorgen. Ohne mich zu beachten, musterte sie zuerst die Klasse, dann drehte sie den Kopf zu mir und riss fassungslos ihre blauen Augen auf, als könne sie nicht glauben, was sie da vor sich sah.

Von einer Sekunde auf die nächste verengten sich ihre Augen wieder, als wäre ich ein Wort, welches sie nicht lesen könnte, und sie presste ihre Lippen angestrengt aufeinander, bis nur noch eine schmale Linie davon sichtbar war. Einen Moment lang herrschte gespenstische Stille, bis sie voller Entsetzten schrie:

»Was …? In Gottes Namen, was zum Teufel bist du für eine törichte Göre?!«

Sie atmete immer wieder tief ein, sodass sich ihr Brustkorb wie im Takt zu bewegen schien. Doch nach einem weiteren Moment der Stille hatte sie sich wieder so weit gefasst, dass sie auf diese ungeheure Provokation von mir reagieren konnte.

»Na warte, dir werde ich schon Gehorsam einbläuen!«

Das waren exakt ihre Worte, bevor sie mich am Ohr nahm und mit aller Kraft zu sich hochzog. Ich schrie, denn der stechende Schmerz breitete sich in meinem ganzen Körper aus. Ihr Gesicht war so nah an meinem, dass ich deutlich die kleinen Falten auf ihrer Oberlippe erkennen konnte.

»Du wirst schon noch erfahren, was Respekt heißt!«, flüsterte sie, bevor sie ohne jegliche Vorwarnung ihre Hand hob und mir ins Gesicht schlug.

Stöhnend fiel ich auf die Knie und hielt krampfhaft meine Hand an die sofort rot glühende Wange. Meine braunen Locken fielen mir vors Gesicht und verdeckten die glühende Stelle an meiner Wange.

Mrs. Darwinson sah mich ernst von oben herab an, trocknete ihre beschmutzte Hand an einem Tuch auf dem Tisch, dann zerrte sie mich wieder hoch und schlug erneut zu. Diesmal ließ sie mich jedoch nicht los.

Doch während die Schläge ihrer Hände auf meine Wangen klatschten, musste ich an Vater denken.

›Wäre er stolz auf mich, wenn er mich sehen würde?‹

Der Gedanke ließ mich erzittern, denn ich konnte mir die Frage nicht beantworten. Und der Gedanke, dass er sich für mich schämen würde, bereitete mir mehr

Schmerzen als die Schläge von Mrs. Darwinson. Doch ich bereute meine Tat nicht, keineswegs. Ich kämpfte für das Richtige und das konnte mir keine Menschenseele wegnehmen, oder?

Die Schläge hatten aufgehört, und bevor ich es realisieren konnte, bugsierte mich Mrs. Darwinson in die linke Ecke des Zimmers.

»Du willst eine Schwarze sein? Tu dir keinen Zwang an!«, schrie sie und zupfte ihren gestrickten Rock gerade. »Doch dann findest du schon bald deinen Schandplatz, so wie es sich für die Schwarzen gehört!«

Sie wendete sich der Klasse zu und fuhr mit ihrem Unterricht fort, als wäre nichts geschehen. Keiner meiner Mitschüler traute sich, mich auch nur anzusehen. Ich stand auf schwachen Beinen da, das rote Gesicht zur Wand gerichtet. Nur noch wenige Spuren Dreck waren auf meiner Haut zu erkennen, der Rest war mir aus dem Gesicht geschlagen worden. Meine Wangen brannten, und es fühlte sich an, als würde der Schmutz sich mit den Schlägen von Mrs. Darwinson vereinen und meinen ganzen Körper in Beschlag nehmen.

Lange Zeit stand ich dort und konzentrierte mich krampfhaft darauf, nicht zusammenzusacken. Immer mehr breitete sich in mir der Wunsch aus, diesem Drang nachzugeben – umzufallen und einfach nur zu schlafen. Vorsichtig legte ich meine kalten Finger auf meine Wangen und kratzte den letzten Dreck aus meinem Gesicht. Dann betrachtete ich den braunen Schmutz auf meinen Fingerspitzen und schrieb grinsend die ersten Worte, die mir durch den Kopf schwirrten, an die Wand. Während des Schreibens legte ich meinen Kopf neben die Schrift, bevor ich die Augen schloss und vor mich hin döste, die Füße immer noch krampfhaft gegen den Boden gestemmt. Das Letzte, was ich wahrnahm, war der Schulgong, während vor mir die Worte *We are all the same* an der rissigen Wand standen.

Weit entfernt hörte ich ein dumpfes Stimmengemurmel. Ich wusste nicht, wen ich hörte und was diese Personen sprachen, doch die Stimmen waren real. Langsam öffnete ich meine Augen, allerdings nur, um sie kurz darauf wieder blitzartig zu schließen, denn die Umgebung war unerträglich hell, fremd und kalt. Wo war ich nur? Ich versuchte mich zu orientieren.

Allmählich konnte ich die markante Stimme von Matthew erkennen. Er stritt sich, wie ich nun verschwommen wahrnahm, mit einer alten Frau, die ihre Arme immer wieder heftig hob und senkte.

Mein Kopf war schwer und dröhnte heftig. Ich zitterte vor innerer Kälte, obwohl mich die gelben Sonnenstrahlen, die es durch das Fenster geschafft hatten, angenehm wärmten. Es fühlte sich an, als würde die Sonne allein die Schmerzen lindern, die ich momentan empfand. Nun schalteten sich auch meine Sinne wieder ein und mein Kopf identifizierte die Stimme der Frau, mit der Matthew sich stritt. Mrs. Darwinson! Ich riss die Augen auf, und es verstrichen nur noch Sekunden, bis mir wieder einfiel, was passiert war. Mühsam hob ich meinen Kopf und fand mich auf einem der Schultische wieder, auf dem ein zusammengefaltetes Tuch lag, das mir wohl Matthew sorgfältig unter den Kopf geschoben hatte. Ich musste ohnmächtig gewesen sein.

Jetzt wandte Matthew seinen Blick zu mir um und lief mir mit erhobenen Armen entgegen; man konnte deutlich die Erleichterung in seinem Gesicht wahrnehmen, und auch ich war in diesem Moment überglücklich, ihn zu sehen. Er umarmte mich zärtlich, bevor er mich auf die Beine stellte und mich aus dem Raum geleitete.

Ich hatte die Türschwelle schon hinter mir gelassen, als Matthew einen letzten Blick mit Mrs. Darwinson tauschte und mit drohender Stimme zischte: »Sie sollten sich schämen, in Gottes Namen!«

Wir hatten das Schulhaus schon lange verlassen und waren gerade dabei, einen Pfad zwischen zwei Äckern zu passieren, als Matthew die Stille zwischen uns durchbrach.

»Was hast du dir nur dabei gedacht, Catherine! Dir das Gesicht zu färben, als wärst du schwarz, bist du noch bei Sinnen?«

Die Worte meines Bruders trafen mich mitten ins Herz. Wie konnte er mir Vorwürfe machen? Ich wollte den Mund gerade aufmachen, als mir seine Sätze noch mal durch den Kopf gingen und sich meine Trauer in Wut verwandelte. Ich schnaufte tief.

»Was ich mir dabei gedacht habe? Ich frage mich, ob du noch bei Sinnen bist, Matthew! Ich beginne, die Welt nicht mehr zu verstehen. Wieso sollten wir die Schwarzen hassen? Nenne mir nur einen Grund, Matthew, einen einzigen!«

Seine Gesichtszüge verschärften sich und er sah mich stirnrunzelnd an.

»Niemand hat das Recht, die Schwarzen zu verurteilen, niemand! Und ich verzweifle innerlich, wenn die Menschen mir verbieten zu sprechen – wenn vor allem du mir verbietest zu sprechen!«, rief ich.

Tränen liefen mir über die Wangen, doch es war auch ein befreiendes Gefühl, das auszusprechen.

»Ich weiß, Cathie, ich weiß!«, flüsterte Matthew. Er drückte mich an sich, während mich das gleichmäßige Schlagen seines Herzens an meiner Wange beruhigte.

Als Mutter abends nach Hause kam und mein gerötetes Gesicht sah, riss sie beunruhigt die Augen auf.

»Was ist passiert, Catherine, mein Gott?«

Ich wollte ihr gerade alles erzählen, als Matthew mir ins Wort fiel.

»Sie ist hingefallen. Ich wollte mit ihr noch ins Dorf, hab' sie aber zu schnell mit mir mitgezogen, und so ist sie auf dem nassen Boden ausgerutscht und hat sich das Gesicht aufgeschürft!« Seine Stimme bebte förmlich und er lief rot an, während er hektisch mit seinen Fingern spielte.

Mutter bedachte zuerst ihn, dann mich mit fragenden Blicken.

»Ja … genau so war es!«, sagte ich und nickte.

Ich verstand zwar nicht, weshalb Matthew Mutter angelogen hatte, doch ich verstand sehr wohl, dass er sie schützen wollte.

Mein Bruder sah mich dankbar an, während Mutter vorsichtig mein Gesicht reinigte. Spürbar machte sich bei uns allen Erleichterung breit – Erleichterung, dass in diesen schwierigen Zeiten nichts Schlimmeres passiert war.

Ich lag in meinem Bett und betrachtete sorgenvoll die graue Decke über mir. Obwohl es bereits dunkel war, erkannte ich die dunklen Risse im Putz. Könnte es sein, dass die Decke eines Tages einfach einstürzte und uns alle in den Tod riss? Doch sofort fiel mir ein, dass das ein schöner Tod wäre, im Vergleich zu dem, der uns immer mehr bedrohte. Ich wusste, der Krieg würde kommen, auch wenn Mutter noch so angestrengt versuchte, mich zu beschwichtigen und die Welt schönzureden. Nacht für Nacht brachte mich diese Angst um den Schlaf und ich fragte mich oft, ob es nicht besser wäre, wenn vorher die Decke über uns einbrechen würde. Wir würden einfach schlafen und den nächsten Morgen nicht mehr erleben, vielleicht wäre es besser so …

Auch in jener Nacht ergriff diese Angst von mir Besitz und ich spürte, wie mir die Schweißperlen langsam übers Gesicht liefen. Ich griff nach Matthews Hand, der sie sanft und wortlos in die seine nahm.

Das mochte ich so an ihm. Ganz gleich, was mich bedrückte, ich konnte mich ihm anvertrauen, und wenn es sein musste, konnte ich ganz einfach nur seine warme Hand halten, ohne dass er mir Fragen stellte, auf die ich keine Antwort geben konnte. Wenn ich so nachdachte, war Matthew der einzige Freund, den ich hatte. Ich kannte Kinder aus der Klasse und ich mochte einige von ihnen, wie zum Beispiel Mary, doch Matthew war anders. Ihm konnte ich alles auf der Welt anvertrauen, mit der Gewissheit, er würde mich nie im Leben verspotten – eine kostbare Gewissheit. Aus diesem Grund waren auch die Monate während seines Militärdienstes so hart für mich gewesen. Ich hatte Mutter, das war mir bewusst, und ich liebte sie von ganzem Herzen, doch Matthew, mit ihm war es … anders.

Virginia, April 1861

»Und: Stillgestanden!«, hallten die tiefen Worte eines schlanken, aufrecht stehenden Mannes.

Vor ihm standen in Reih und Glied etwa fünfhundert Männer, die er energisch anblickte. Gleich hinter ihnen befand sich eine mannshohe Gesteinsmauer und dahinter, einige Steinwürfe dem Meer entlang, war eine kleine Insel sichtbar, auf der sich eine Festung befand.

Der Mann, der die Soldaten an der Mauer immer wieder einzeln musterte und strammen Schrittes vor ihnen hin und her ging, hatte braunes, nach hinten gekämmtes Haar, braune Augen und eine spitze Nase, unter der sich ein gepflegter Schnurrbart befand, der seine schmalen Lippen fast vollkommen bedeckte. Der Gedanke, fünfhundert Mann unter seinem Kommando zu haben, erfüllte ihn mit Stolz. Er genoss es, dass sie still vor ihm standen, er genoss sogar die Stille der Nacht, glaubte er doch, dass dies sich bald ändern würde.

Die Männer standen an der Mauer, ihre Waffen krampfhaft in den Händen haltend, hörten die Kommandos ihres Vorgesetzten und das angstvolle Pochen ihres Herzens. Einige hatten die Augen noch kaum offen, so müde waren sie noch, andere rissen ihre Augen weit auf und trauten sich kaum zu blinzeln, aus Angst, eine einzige Sekunde zu verpassen und dadurch einen fatalen Fehler zu begehen.

Der Heerführer marschierte immer noch hin und her, während er nun tief Luft holte.

»Soldaten Amerikas, Brüder, es ist mir eine Ehre, Sie hier an meiner Seite zu haben. – Die Union ist trotz meiner Warnung nicht bereit, diesen Posten hier zu verlassen, deshalb ist es meine Pflicht, unsere Pflicht, die Gerechtigkeit entscheiden zu lassen!« Er räusperte sich, blieb vor seiner Truppe stehen und salutierte dann. »Auf mein Kommando soll der Krieg seinen Anfang finden!«

Auch die Männer vor ihm salutierten mit aufrechter Haltung, bevor sie sich hinter der Mauer niederkauerten und in Gefechtsstellung gingen. Schwere Kanonen fanden ihren Platz in Mauervertiefungen, während Hunderte von Soldaten sich bereithielten, dem Kommando Pierre Gustave Toutant Beauregards zu folgen. Dieser kauerte sich nun neben einen seiner Männer auf den Boden und beobachtete das nicht weit gelegene Fort Sumters durch ein kleines Loch in der Mauer.

Die Männer zitterten vor Angst und Aufregung, selbst Beauregard konnte sich nur schwer konzentrieren. Das tiefe Atmen der Soldaten durchbrach die Stille, bevor Beauregards befehlende Stimme durch die Luft zischte und unmittelbar darauf die Kanonen laute Schüsse von sich gaben. Pfeifend flogen die Kugeln über das Meer, bis sie die Mauern der Festung mit einem rot glühenden Knall durchbrachen.

Man hörte Hilferufe, Schreie und Panik. Sie feuerten weiterhin ihre zerstörenden Geschosse über das Meer, während jegliche Angst aus ihren Gesichtern gewichen war und nur noch Rausch sie erfüllte. Rausch, das Fort in Flammen stehen zu sehen.

Unter all den Schreien und klagenden Rufen, dem Leid und dem Gelächter, dem Lärm und dem Hass, unter all diesem Chaos befand sich auch ein junger Soldat, ein einziger, der an der Mauer saß und entsetzt seine Waffe hielt. Wie ein Häufchen Elend kauerte er dort, die Augen ins Leere gerichtet, das Bedauern auf die Stirn geschrieben. Er beteiligte sich nicht an dem Rausch, das Fort in Flammen aufgehen zu lassen, im Gegenteil: Er wollte alles beenden, alles. Er wollte diesen Krieg nicht, und er wollte auch dieses Leben nicht, denn mit Krieg hatte es keinen Sinn für ihn. Doch so sehr er sich den Frieden auch wünschte, er kam nicht.

Der junge Mann trug den Namen Bryan, Bryan Edwards, und obwohl er wie so viele andere Männer glaubte, dass ihre Sache gerecht und rechtmäßig sei, war er dennoch anders. Denn ihm sollte es gelingen – auch wenn er es momentan noch nicht wusste! –, einen anderen Menschen zu retten. Und auch wenn es nur ein einziger sein würde, sollte es die Zukunft verändern.

Lawrence, Kansas

Die Nachricht erreichte uns wenige Tage später und versetzte die ganze Siedlung in Angst und Schrecken. Sie traf uns wie ein Schlag. Viele, nahezu alle Bewohner unseres Dorfes hatten den Krieg abgelehnt und gedacht, es wäre nur eine Frage der Zeit, bis sich der Konflikt über die Sklaverei, der ganz Amerika in Atem hielt, einfach auflösen würde.

Doch ich hatte daran noch nie geglaubt – zu tief saßen Angst, Hass und Vorurteile, als dass sich die Menschen so einfach davon befreien konnten.

Matthew war das wohl auch schon immer klar gewesen, dennoch führte er sein Leben so gut und normal wie möglich weiter, und immer wenn ich ihn auf unsere Lage hinwies, stritt er nur alles ab, als würde allein der Gedanke bereits einen tiefen Schmerz in ihm auslösen. Ich hasste es, ihn so verletzlich sehen zu müssen, und noch mehr hasste ich es, mir von Mutter den Mund verbieten zu lassen, wenn ich darüber reden wollte. Aber vielleicht, so keimte ein winziger Hoffnungsschimmer in mir auf, hatte sie ja recht und der Angriff auf Fort Sumters vor wenigen Tagen würde die verfahrene Situation Amerikas lösen. Doch tief in mir wusste ich, dass sich weder Lincoln noch der Rest der Union einfach so ergeben würde.

Und dann kam der Brief. Ich wünsche mir bis heute jeden Tag, dass ich diese Nachricht nie gelesen hätte, niemand von uns. Doch hätte ich dies wissen können? Hätte ich mit meinen 14 Jahren wissen können, dass ein einfacher Brief mir so viel Leid zufügen könnte? Außerdem: Der Krieg wäre so oder so gekommen, und niemandem von uns war es bestimmt, ihn aufzuhalten, auch wenn wir es noch so gewollt hätten. Der Brief erreichte uns an einem Sonntagmorgen.

Mutter war gerade dabei, Brot zu backen, während ich alte Stofffetzen zu Kleidern zusammennähte, die ich später auf dem Markt verkaufen wollte. Mutter summte vor sich hin und der Geruch von warmem Brot ließ mir das Wasser im Mund zusammenlaufen. Es war so herrlich, mit Mutter an meiner Seite einen freien Sonntag zu genießen, und es machte mich glücklich, sie singen zu hören.

Matthew trat zur Tür herein, seine Hacke von der Feldarbeit immer noch über der Schulter. Mutter begrüßte ihn herzlich, und auch ich freute mich, ihn zu sehen. Doch Mutter hatte genauso wie ich bemerkt, dass etwas nicht stimmte. Wo eben noch Gesang zu hören war, lag nun bleierne Stille in der Luft. Ein kalter Schauer lief mir über den Rücken.

Matthew stand vor uns, kreidebleich, mit weit aufgerissenen Augen und den Mund zu einem großen O geformt, als wollte er etwas sagen. Seine Hände zitterten, während das Blatt Papier in seiner Rechten zu flattern begann.

Sofort eilte Mutter zu ihm, wischte ihm seine Tränen aus dem Gesicht und umarmte ihn mit einem Schluchzen. Irgendetwas Furchtbares musste passiert sein. Eben noch hatten wir dagesessen und gesungen, nun weinte Mutter still mit Matthew, und ich hatte keine Ahnung, was hier los war.

Ich rannte zu Matthew und zog ihm ohne ein weiteres Wort das Papier aus den Händen; dann las ich, während meine Augen sich weiteten und mein Herz sich mit schwarzer Leere füllte. Ich las nicht den ganzen Text, nein, das schaffte ich in diesem Moment nicht, doch schon allein die wenigen Worte, die ich entzifferte, ließen mich in ein tiefes Loch fallen.

Konföderierte Truppen … besetzt … Krieg … Patrioten … kämpfen …

Mein Herz wurde schwer, Tränen stiegen mir in die Augen und ich sah Matthew entsetzt an. Die Worte, diese Buchstaben auf weißem Papier, ließen mich verzweifeln. Meine schlimmsten Befürchtungen wurden wahr. Matthew würde gehen! Es wurde dunkel um mich.

*

Als ich die Augen wieder öffnete, lag ich auf unserem alten, nach vermodertem Stoff riechenden Sofa. Ein weiches Kissen stützte meinen Kopf, während eine Wolldecke meinen Körper warm hielt. Ich setzte mich auf und drehte meinen Kopf hin und her, doch niemand war zu sehen.

›Mutter ist bestimmt in den Ort gelaufen, um in der Fabrik zu arbeiten‹, doch ich fragte mich, wo Matthew war. Sollte er nicht heute Nachmittag freihaben? ›Matthew, der Brief!‹

Plötzlich kamen alle Erinnerungen zurück und ich konnte Matthew vor meinem inneren Auge sehen, wie er dastand, ganz bleich und mit leerem Blick. Mir wurde übel. ›Matthew soll bald gehen.‹

Mit tränenverschleierten Augen sah ich mich im Wohnzimmer um. Mein Blick blieb an unserem kleinen alten Esstisch hängen. Dort lag er, der Brief, der so viel Leid versprach. Mir schien, als wäre dieser Brief verflucht, als hätten diese schwarzen Buchstaben auf weißem Papier die Macht, alles zu zerstören, was mir wichtig war.

Wut stieg in mir hoch und schob energisch jegliche Trauer beiseite. Mit hochrotem Kopf stand ich auf und lief zum Tisch, wo ich den Brief in die Hände nahm und ihn noch einmal genau durchlas. Ich wollte ihn gerade in tausend Stücke reißen, als mein Blick bei einem Wort hängen blieb. Ich traute meinen Augen nicht, das konnte nicht wahr sein, dieses Wort, dieses wunderschöne Wort löste plötzlich alle Wut in mir auf! Das Zittern meiner Hände ließ nach, mein Herzschlag verlangsamte sich allmählich und ich las die Zeilen einige Male, bevor ich begriff, was da stand.

Der Staat beruft aus diesem Grund 75 000 freiwillige Soldaten ein, die sich ehrenvoll dem Krieg für die Freiheit und Gerechtigkeit Amerikas stellen.

»Freiwillig!«, schrie ich laut auf, obwohl niemand neben mir stand, der es hören konnte.

Mein Herz raste vor Freude und Erleichterung. Ich fühlte mich plötzlich so lebendig und frei, dass ich alles um mich herum vergaß. Mit bloßen Füßen rannte ich zur Tür hinaus, polterte die Treppen hinunter und lief nach draußen, in der Hoffnung, Matthew auf dem Weg über die Felder anzutreffen.

Das weiche Gras der Wiesen schien mich über den Boden zu tragen, während der Brief in meinen Händen bei jedem meiner Tritte hin und her flatterte wie eine Flagge im stürmischen Wind. Ich rannte und lachte zugleich, die Trauertränen wurden zu Freudentränen, meine Verzweiflung zu Hoffnung. Da erkannte ich auch schon Matthew einige Steinwürfe entfernt, wie er gerade von der Feldarbeit kam und mit einer schweren Hacke auf der Schulter nach Hause lief. Sofort begann ich wild zu schreien und rannte schnell auf ihn zu.

»Matthew, Matthew, sieh doch, was da steht!«, rief ich schrill, als ich vor ihm stand.

Er sah mich freudig und mit fragender Miene an, bevor er den Brief in meinen Händen entdeckte und sein Blick schlagartig ernst wurde.

»Cathie, was ist denn los?«, fragte er mit einem vorsichtigen Unterton in der Stimme und sah mich merkwürdig an.

»Sieh doch, der Brief, sie suchen *Freiwillige*, wir müssen uns nicht trennen!«, stammelte ich atemlos.

Kaum hatte ich die Worte ausgesprochen, verhärteten sich seine Gesichtszüge noch mehr und anstatt der erwarteten Miene der Erleichterung wurde sein Blick nun vollends finster. Ich wollte ihm in die Augen sehen, doch er wich meinem Blick aus und sah betrübt zu Boden, während er ein kaum hörbares Stöhnen unterdrückte.

»Was ist denn los, Matthew, freust du dich denn nicht? Sprich mit mir!«, forderte ich ihn unbeherrscht auf.

Da er mich noch immer nicht ansehen wollte, packte ich ihn und begann ihn zu schütteln, während ich ihn immer und immer wieder verzweifelt anbettelte, er solle mir sagen, was los wäre.

Dann, endlich, sah er auf. Krampfhaft versuchte er, die Tränen zu unterdrücken, doch wir kannten uns zu gut, als dass er mir seine Trauer hätte verheimlichen können.

»Ich weiß, Cathie, ich weiß es!«, brachte er schließlich keuchend hervor.

»Was? Weshalb benimmst du dich dann so merkwürdig? Was ist los, Matthew?«

Er schluckte, und ich wusste die Antwort, bevor er auch nur den Mund aufmachte.

»Ich werde gehen, Catherine!«, sagte er dann mit zitternder Stimme, bevor er mich an sich drückte.

Schreiend begann ich um mich zu schlagen, boxte meine Fäuste in Matthews Körper, konnte seine Muskeln und Knochen an meinen Handrücken spüren. Doch er bewegte sich nicht vom Fleck. Er stand einfach nur da und ließ sich schlagen, als hätte er es nicht anders verdient. Ich schlug, bis ich erschöpft zusammenbrach und mich an Matthews kräftigen Schultern ausweinte wie ein kleines Kind.

»Vater gab mir auf, euch zu beschützen. Und das kann ich nur, wenn es genug Freiwillige gibt, die diese Unruhen beseitigen, bevor ein Krieg daraus entsteht, Cathie«, flüsterte er mir ins Ohr, während er mich immer noch mit seinen Armen umfangen hielt. »Mir wird nichts passieren, das sind nur kleine Unruhen! Ich verspreche dir, dass ich zurückkehren und dann auf dich aufpassen werde, meine Cathie. Es tut mir leid, dass es nun so weit kommen muss«, fügte er noch mit bebender Stimme hinzu, bevor er mir einen Kuss auf die Stirn gab. Er umfasste mich und führte mich nach Hause.

Ich hasste mich dafür, dass ich nicht mehr gegen Matthews Entschluss unternahm, doch genauso hätte ich mich gehasst, wenn wir uns vor seinem Abmarsch darüber gestritten hätten. Also ließ ich es schweren Herzens sein. Innerlich jedoch schrie ich vor Schmerz und Leid, und vor allem vor Angst, den einzigen Menschen, der mich jemals verstanden hatte, meinen einzigen Freund und Bruder, zu verlieren.

Kapitel 3

Fünf Tage später in Lawrence, Kansas

Es war frühmorgens, so früh, dass nicht mal die ersten Sonnenstrahlen über den Berggipfeln zu sehen waren. Der Himmel war noch in schwarze Farbe getüncht, nur die unzähligen Sterne beleuchteten das Dorf schwach, und der helle Mond schien einen weißen Schleier über die Häuser und Felder gelegt zu haben – alles wirkte so friedlich. Mit leuchtenden Augen betrachtete ich durch das Fenster den Himmel, den ich so wundervoll fand, während ich mich, den Blick immer noch den Sternen zugewandt, neben Matthew setzte, der an die Wand gelehnt dasaß. Seine Beine hatte er zu sich gezogen, während er in sich gekehrt und lächelnd zum Himmel sah. Es machte mich glücklich, ihn noch einmal so ruhig zu sehen, und ich fühlte tief in mir die Liebe, die ich für ihn empfand.

»Matthew …«, begann ich stockend.

»Sag nichts!«, erwiderte er ohne jegliche Anspannung oder Wut in der Stimme. Er sah einfach nur in den Himmel und atmete gleichmäßig ein und aus, als bestünde die Welt nur noch aus ihm und den Sternen.

Ich schloss die Augen, während unzählige Gedanken meinen Kopf durchströmten: Erinnerungen, die ich mit Matthew geteilt hatte, Bilder unserer Kindheit, schließlich der Tag, an dem wir über das Feld gerannt waren, mit den blauen Vögeln zwischen uns. Wie wir uns gefreut hatten, wie wir am Boden lagen und die Welt heil war.

Ich lachte ausgelassen, während mir eine Träne übers Gesicht lief.

»Weißt du noch, als wir eine junge Katze auf der Straße gefunden hatten und ich sie mitnehmen wollte ...?«

Matthew sah mich nun von der Seite an, ein Grinsen ging über sein Gesicht, und auch er hatte Tränen in den Augen, die er jedoch sofort verschämt wegwischte.

»Ja, das weiß ich noch.« Jetzt lachte auch er. »Wir haben ihr Kinderkleidung angezogen und Mutter gesagt, dass wir einen Zirkus eröffnen wollen und die Katze uns als Unterhalt dienen würde.« Sein lautes Lachen erfüllte den Himmel um uns.

Ich stimmte ein und für kurze Zeit tauchten wir noch einmal in die Welt unserer Vergangenheit ein. Auch Matthew erzählte eine Geschichte von früher, und so saßen wir da, eingehüllt in unsere gemeinsamen Erlebnisse, über uns der erhabene Himmel mit Millionen von Sternen, vor uns die weite Natur und zwischen uns eine tiefe Verbundenheit.

Die Sonne stand bereits hoch am Himmel, als ich meine Augen öffnete und mich in meinem Bett wiederfand. Das Bett neben mir war leer, der Wandschrank vor meinen Füßen stand offen und einige Kleidungsstücke fehlten. Blitzartig stand ich auf, ich schämte mich zu tiefst. Hatte ich etwa Matthews Abschied verpasst? Hektisch rannte ich ins Bad, dann in Mutters Zimmer, immer noch verzweifelt und beschämt. Im Wohnzimmer schließlich atmete ich erleichtert auf: In ein Gespräch vertieft saßen Matthew und Mutter auf dem kleinen Sofa neben dem Kamin. Als sie meine Gegenwart bemerkten, drehte Mutter abrupt den Kopf zu mir und schwieg. Auch Matthew verstummte ertappt und die Stimmung war seltsam ruhig. Beide sahen zuerst sich an, dann mich, während sie versuchten, die Situation wieder zu entspannen und etwas zu sagen.

Irgendetwas stimmte hier nicht, doch ich konnte mir in diesem Moment nicht vorstellen, was noch schlimmer wäre, als dass Matthew in den Krieg ziehen würde.

Einen schier endlosen Moment lang sahen wir uns gegenseitig an, während Matthew sichtlich angestrengt nachdachte.

»Ah, Cathie …«, begann er langsam, als wollte er mir schonend etwas beibringen.

Aber noch während er sprach, breitete sich Wut in mir aus, Wut, dass mir Matthew etwas verschwieg, Wut, es nicht wissen zu dürfen, und vor allem Wut, weil er mich behandelte, als wäre ich ein kleines Kind. Ich schnitt ihm das Wort ab.

»Nein! Sag' mir die Wahrheit, sag' sie mir ins Gesicht, Matthew!«, schrie ich mit Tränen in den Augen.

Matthew sah mich verblüfft an, dann fing er noch einmal an.

»Mutter und ich haben gerade besprochen, dass ihr beide einen Zug nehmt, der euch in den hohen Norden bringen wird!« Er schluckte einen dicken Kloß herunter. »Das ist die einzige Möglichkeit, die ihr noch habt!«

»Was?«

Seine Worte erreichten langsam mein Bewusstsein, bis sie schließlich mein Herz in Beschlag nahmen. Mir wurde schwindelig.

»Cathie, du musst mit Mutter hier weg!«

Langsam fasste ich mich wieder. ›Er hat recht.‹ Mutter allerdings schüttelte den Kopf.

»Nein, Matthew, genau das wollen die Konföderierten ja. Es sind nur Kriegsdrohungen, die keine Bedeutung haben. Wir können hier nicht weg, das ist unser Zuhause!«

Ganz bleich und mit matten Augen starrte sie ins Leere. Matthew ballte seine Fäuste, sein Gesicht verzog sich krampfhaft und seine Augen funkelten. Ich hatte ihn noch nie so aufgebracht gesehen, noch nie diesen Ernst in seinem Gesicht. Er hatte sich verändert und plötzlich war er mir fremd. Es zerriss mein Herz, das zu spüren, doch es war die Wahrheit. Ich liebte ihn von ganzem Herzen, aber was wäre, wenn der Krieg ihn so verändern würde, dass wir nicht mehr zueinanderfänden? Was, wenn er genauso wie die Konföderierten würde? Ein kalter Schauer jagte mir den Rücken hinunter.

Jetzt packte Matthew Mutter mit festem Griff am Arm und sah sie ernst an. Seine Augen blitzten und schienen die ihren mit Leben zu füllen. Er presste die Lippen angespannt zusammen, während jeder Muskel seines Körpers hervortrat. Mutter sah ihn ängstlich und zugleich gefasst an, hörte ihm zu und nickte immer wieder still vor sich hin.

»Du und Cathie, ihr werdet den nächsten Zug nach Norden nehmen! Ihr geht nach Roseville, Michigan, und sucht Mrs. Kanlington. Dort werdet ihr sicher sein und ich werde euch dort auch suchen!«, zischte er, bevor er aufstand und Proviant in seinen großen Rucksack packte.

Mutter saß einfach nur still da und sah zu, wie die Flammen des Kaminfeuers in die Höhe schnellten. Ohne zu zögern, half ich Matthew beim Packen, legte ihm seine wärmsten Kleider zusammen und trug sie ihm ins Wohnzimmer.

Der Nachmittag verstrich schnell, und als die Dämmerung hereinbrach, machte Matthew sich auf den Weg. Er stand lange schweigend in der Tür, während Mutter und ich uns die Augen ausheulten. Schließlich trat Mutter ihm entgegen, umarmte ihn innig und gab ihm einen Kuss auf die Stirn. Dann trat sie schweigend zurück und schob mich mit ihrer linken Hand zärtlich vor. Nun stand ich vor Matthew, den Kopf auf den Boden gerichtet, schluchzte vor mich hin und traute mich nicht, ihm in die Augen zu sehen. Er umfasste mein Kinn mit seinen warmen Händen und kniete sich vor mir nieder.

»Wir werden uns bald wiedersehen, Cathie, mach dir keine Sorgen!«, sagte er. Seine Stimme war verblüffend ruhig und sein gleichmäßiger Atem wärmte meine Wangen angenehm.

Ich nickte, obwohl ich tief in mir befürchtete, dass er log. Dann legte ich meine Arme um ihn und flüsterte ihm ins Ohr: »Ich hab dich lieb, Matthew.« Tränen stiegen wieder in mir hoch, als ich weitersprach: »Es tut mir so leid! Es tut mir so leid, das hast du nicht verdient!« Ich presste meine Augen zusammen und spürte die nassen Tränen auf meinen Wangen.

Matthew sah mich mit einem warmen Lächeln an, wischte sich eine Träne aus dem Gesicht und flüsterte ganz leise: »Mir auch. Du musst den Zug nehmen, versprich mir das!«

Das sagte er zwar mehr zu sich selbst als zu mir, doch ich verstand und nickte schweigend, was seine Augen hoffnungsvoll aufhellen ließ. Er packte mich sanft am Nacken und zog mich ganz dicht zu seinem Gesicht heran, sodass unsere Köpfe sich berührten. Nun war er ganz still, man konnte nur noch mein unterdrücktes, leises Schluchzen hören.

»Ich habe Angst Matthew!«, sagte ich kaum hörbar.

Er lächelte, dann erwiderte er: »Ich auch …«

Mit diesem Lächeln schloss er die Tür hinter sich, während er seinen schweren Rucksack auf der einen Schulter hielt und sein Gewehr auf der anderen. So ließ er uns zurück. Mein Herz schien nicht mehr zu schlagen, erschöpft und müde, und meine tränenden Augen brannten wie Feuer.

›Werde ich ihn wiedersehen?‹

Als die Tür ins Schloss fiel und ein feiner Windhauch durch meine Haare fuhr, rannte ich verzweifelt in mein Zimmer. Dort legte ich mich auf Matthews Bett und grub mein verweintes Gesicht in sein Kopfkissen. Ich schrie, während sein Duft meinen Kummer noch verstärkte.

Später, als ich mich etwas beruhigt hatte, stand ich auf und ging zum Fenster. Auf dem Kieselweg draußen waren etwa dreißig Soldaten zu erkennen, die ihren Weg dicht hintereinander nach Süden gingen. Matthew musste wohl irgendwo unter diesen Söhnen des Dorfes sein. Ich fühlte mich leer. Ich sah junge Männer, die zum letzten Mal die Hand zum Abschied hoben, ich sah jene, die einfach nur betrübt vor sich hin liefen, und ich sah Väter, die ihre schreienden Kinder noch ein letztes Mal umarmten. Und ich sah die Angst im Gesicht ihrer Mütter, die sie an der Hand wegzogen.

Doch da, ich traute meinen Augen nicht, direkt unter dem Fenster, stand Matthew! Sein Gewehr immer noch in den Händen, seinen Rucksack am Boden zwischen den Beinen geklemmt. Es hatte den Anschein, als hätte er die ganze Zeit auf mich gewartet, und ich erstrahlte bei dem Gedanken, dass er gewusst hatte, ich würde ans Fenster kommen; wie früher, als wir klein waren, und er mich nach unten gepfiffen hatte, damit wir spielen konnten. Wir lächelten uns zu, bevor er ein letztes Mal die Hand zum Gruß hob. Mit rot verweinten Augen sah ich ihn an und legte meine Hand an die Fensterscheibe. Jetzt drückte ich mein Gesicht ganz nah ans Fenster, damit ich jede seiner Bewegungen sehen konnte. Er bewegte seine Lippen und ich schluchzte vor mich hin, als er »pass auf dich auf« sagte. Ich nickte, während er sich mit einem zufriedenen Lächeln umdrehte, als wäre er dankbar, dass ich ihm zugehört hatte. Dann nahm er seinen Rucksack und ging hinter den anderen Soldaten den Kieselpfad entlang, ohne sich nochmals umzudrehen. Noch bis heute verfolgt mich dieses Bild.

Fünf ganze Tage lag ich zusammengekauert in Matthews Bett. Ich wollte nicht mehr aufstehen, ich wollte nicht mehr leben, mit seinem Fortgehen war mein Herz wie erloschen.

Nachts, wenn ich träumte, streckte ich wie sonst meine Hand nach Matthew aus, bis mir klar wurde, dass er nicht da war, um sie zu halten. Es schmerzte nicht nur, dass Matthew fort war, nein, vielmehr war es die Ungewissheit, ob ich ihn je wiedersehen würde oder ob er, wie so viele junge Männer, sein Leben im Kampf verlieren würde.

In diesen Tagen fühlte ich tief in mir den Hass auf Lincoln; obwohl ich ihn als Präsidenten gemocht hatte, hasste ich ihn nun für seine Entscheidung: die Entscheidung, uns durch einen Krieg zu führen. Müttern ihre Söhne zu nehmen, Schwestern ihre Brüder und Kindern ihre Väter – und vor allem mir Matthew. ›Er hat kein Recht dazu, auch wenn er noch so mächtig ist!‹

Wenige Tage später in Washington, D. C.

»Sie haben mich zu sich gerufen, Sir?«, erklang die etwas zitternde Stimme Sewards.

Er wirkte noch besorgter als sonst, der Schrecken der vergangenen Tage schien ihn fest in der Hand zu haben. Seward steuerte geradewegs auf den Präsidenten zu, der in Gedanken versunken aus den großen Fenstern seines Arbeitszimmers starrte.

Der sagte nichts, sondern sah einfach nur stillschweigend in den prächtigen Garten, in dem seine Kinder umher rannten, während seine Finger mit dem langen Bart spielten, so wie er es immer tat, wenn er über etwas nachdachte, das ihm keine Ruhe ließ.

Das wusste auch Seward, und obwohl es ihn beunruhigte, riss er sich zusammen und blieb ruhig vor dem Präsidenten stehen, sein Rücken gerade, seine ganze Haltung angespannt.

Dann, plötzlich, in diese Stille hinein, fragte Lincoln: »Haben Sie sich schon einmal verbrannt, Seward?«

Die Frage kam unerwartet, dennoch beantwortete sie Seward, ein Mann von hohem Ansehen, ernsthaft.

»Ja, gewiss, als Kind, Sir. Mein Vater entfachte im Garten ein Feuer. Ich kann mich noch genau an seinen strengen Blick erinnern, als er mir befahl, ich solle das Feuer nicht berühren.« Er lachte. »Natürlich war ich so töricht und gehorchte ihm nicht.«

Lincoln hörte den Worten Sewards geduldig zu, ehe er eine zweite Frage folgen ließ.

»Und wie haben Sie sich danach gefühlt?«

Wieder wirkte Seward verblüfft, doch er beantwortete ohne Umstände die Frage.

»Ich hatte große Schmerzen, doch sie halfen mir zu begreifen, dass dies eine sehr dumme Entscheidung gewesen war. Und so schwor ich mir, nie wieder so töricht zu sein! Weshalb fragen Sie mich das, Sir?«

Lincoln schnaubte nur.

»Weil ich begriffen habe, dass wir ein Feuer brauchen, um eines löschen zu können!«

Kapitel 4

Lawrence, Kansas

Wochen verstrichen, in denen immer mehr Menschen Lawrence verließen. Das Dorf verwaiste langsam, mehr und mehr Familien verloren ihren einzigen Besitz – ihr Land und ihre Häuser, die sie verkaufen mussten. Sie zogen nach Norden, einige nach Nordosten, andere nach Nordwesten, aber ganz gleich, wohin sie fuhren, sie nahmen ein großes Risiko auf sich, denn es ging das Gerücht um, dass überall Konföderierte lauerten und Unionsbürger verschleppten oder gar noch Schlimmeres mit ihnen anstellten. Doch alles war besser, als hier auf den Krieg zu warten, der immer näher zu rücken schien. Gleichzeitig jedoch stieg die Angst, in einen dieser Züge zu steigen. Man erzählte sich, Konföderierte würden nach Norden vordringen und die Züge in Beschlag nehmen, Gerüchte wurden verbreitet, Sagen über Blutrausch den Kindern erzählt, und trotzdem flüchtete mehr als die Hälfte der Bewohner nach Norden. Doch wir blieben in Lawrence. Auch wenn ich Mutter noch so anbettelte, wir nahmen keinen Zug.

»Cathie, das ist das Risiko nicht wert«, pflegte sie mir dann zu sagen. »Und selbst wenn wir uns den Zug noch leisten könnten, so haben wir kein weiteres Geld für ein neues Leben; das hier ist das einzige, was wir haben!«

Ich wollte ihre Worte nicht wahrhaben. Matthews Wunsch war es gewesen, dass wir einen Zug nach Roseville nehmen, doch immer wenn ich Mutter daran erinnerte, schüttelte sie nur betrübt den Kopf.

»Der Krieg wird nicht kommen, Cathie. Das sind doch nur bedeutungslose Drohungen. Matthew … Matthew wird uns auch hier finden, er wird bald zurückkehren. Es wird keinen Krieg geben!«

Das sagte sie immer wieder, und es schien mir, als würde sie es absichtlich so lange sagen, bis sie es selbst zu glauben begann. Aber ich musste immerzu an Matthews funkelnde Augen denken und an seinen ernsten Gesichtsausdruck. Es beunruhigte mich zutiefst. Denn ich wusste, dass er damals genau wie ich den Krieg spüren konnte, und ich wusste, er wollte nur das Beste für uns.

›Ich kann schon auf mich aufpassen‹, waren seine Worte an mich gewesen, als er den Schmerz in meinem Gesicht wahrnahm. Obwohl ich nie an seinen Worten zweifelte, so musste ich doch immerzu an Vater denken. ›Vater hatte sicher auch gewusst, wie man auf sich aufpasst, aber wir haben ihn trotzdem verloren. Ich denke, jeder Mensch ist in der Lage, auf sich aufzupassen, nur sterben die Menschen, weil sie für den Bruchteil einer Sekunde nicht nachdenken, oder eben zu viel. Eine Sekunde braucht es, damit ein Schuss jemanden erreichen kann, eine einzige Sekunde nur, die das Leben so vieler Menschen für immer verändern kann.‹

Mir stiegen Tränen in die Augen.

›Bitte, bitte, oh Herr, lass Matthew nicht eine Sekunde lang aus den Augen!‹

Ich kniete nieder, während ich an die dachte, die schon den weiten Weg mit dem Zug auf sich genommen hatten, um ein neues, vielleicht besseres Leben zu beginnen. Sally, Thomas, Edward, Mary, Bethy, sogar Mrs. Darwinson hatten gestern den Zug nach Nordwesten genommen.

Immer wieder tauchten neue Namen in meinem Kopf auf – so viele, dass ich sie irgendwann nicht mehr zählen konnte.

Konnte man dies eine Zukunft nennen? Ohne Ziel in einen Zug zu steigen und auf ein besseres Leben zu hoffen, zugleich mit der Angst im Nacken, die Konföderierten würden die Züge durchsuchen?

Washington, D. C., Juli 1861

»Abraham …« Ihr Atem stockte für einen Moment, und sie nahm das heftige Klopfen ihres Herzens wahr, als sie an ihre Söhne dachte. Ihr Mann schien sich hinter einem riesigen und prachtvollen Stuhl zu verstecken, dessen roter Seidenüberzug an ein Königshaus erinnerte. Vor dem Stuhl stand der schwere Mahagonitisch, auf dem ihr Mann, wie so oft in diesen Tagen, eine große Karte ausgebreitet hatte.

Nächtelang hatte er verschiedene Punkte in die Karte eingezeichnet, mit verschiedenen Farben Linien gebildet, deren Bedeutung Mary nicht im Geringsten verstand. Doch das hatte ihr bis heute nichts ausgemacht, nein, ganz im Gegenteil. Sie liebte es, auf ihre Söhne achtzugeben und ihre Blicke über das weite Grün des Gartens schweifen zu lassen. Sie liebte es, die Gänge des Weißen Hauses entlangzuschlendern und die verzierten Wände zu berühren. Was ihr Mann Tag und Nacht machte, wie er arbeitete und wie er seine Reden gestaltete, hatte sie noch nie interessiert. Sie verstand nicht viel von Politik, und auch wenn sie es täte, könnte sie niemals so überzeugend klingen wie ihr geliebter Abraham. Zudem war es einer Frau nicht erlaubt, auch nur darüber nachzudenken, was sie als Präsidentin tun würde. Allein dieses Wort klang schon absurd in ihren Ohren, es existierte praktisch nicht. Mary wollte nichts mit all den Problemen Amerikas zu tun haben. Das überließ sie ihrem Mann, der ihr jedoch in letzter Zeit etwas fremd wurde.

Heute, an diesem wundervollen Julitag jedoch, wagte Mary es, sich in die Angelegenheiten ihres Mannes einzumischen, denn das, was sie gehört hatte, konnte sie nicht auf sich beruhen lassen. Es erfüllte sie mit Wut und Trauer, ihren Mann so verändert erleben zu müssen, und es erfüllte sie mit Zorn, dass er solche Entscheidungen traf. Aber nun konnte Mary nur die Lehne des prachtvollen Stuhles erkennen – was sie noch wütender machte.

»Abraham, dreh dich gefälligst um, wenn ich mit dir spreche!«, forderte sie ihren Mann auf, und ihre energische Stimme hallte von den weißen Wänden wider.

Mary erschrak selbst über ihren forschen Ton und schämte sich etwas, als sich ihr Mann verblüfft umdrehte und sie nun mit verschränkten Armen ansah. Er hatte diesen mysteriösen Blick, den Mary liebte. Seine Augen schienen mit ihr zu spielen, und besonders früher hatte sie seine geheimnisvolle Art fasziniert. Das war auch der Grund gewesen, weshalb sie sich in ihn verliebt hatte. Mary war schon immer eine sehr besondere, menschenfreundliche Frau gewesen, und auch wenn sie sehr wohlhabend war und es sich als anständiges Mädchen damals nun mal nicht gehörte, sich lachend im Garten zu verstecken und Schlammschlachten mit den Freunden zu veranstalten – sie wollte schon immer ihre eigenen Abenteuer erleben. So geschah es, dass sie sich auf den geheimnisvollen Abraham Lincoln einließ.

Doch heute, an diesem wundervollen Tag, erzürnten sie seine spielenden Augen und sie sah ihn ernst an.

»500 000 Soldaten? Um Gottes willen, Abraham, du führst uns in einen Krieg!« Sie fasste sich mit ihren Händen an den Kopf und massierte ihre Schläfen, um sich zu beruhigen. ›Ich darf mich nicht wieder aufregen, nicht jetzt!‹

»Mary, ich bin mir bewusst, dass ich uns, wenn es nötig ist, durch einen Krieg führe, doch habe ich ihn nicht begonnen.«

Seine Stimme war tief und ruhig, und allmählich drang sie zu Mary vor und beruhigte sie. Langsam entspannten sich ihre verkrampften Finger und ihr Puls wurde langsamer. Beschämt sah sie auf die weiße Kommode vor dem großen Fenster, auf der ein Foto stand, daneben frische Blumen. Das Foto zeigte ihren kleinen Sohn Edward, der vor elf Jahren den Tod gefunden hatte. Wieder stieg Wut in ihr hoch.

»Du bestiehlst einer halben Million Mütter ihrer Söhne, Abraham! Soll ich dir etwa zustimmen?«, schrie sie ihren Mann nun an. Die gerade wiedererlangte Ruhe war wie weggeblasen. Sie dachte immerzu an ihren Sohn, Edward, den sie bis heute jeden Tag vermisste. Sie konnte hören, wie ihr Mann seufzte, und setzte kopfschüttelnd nach: »Denk' an Eddi oder an die anderen drei Söhne, die wir haben! Es ist unsere Aufgabe, ihr Leben zu schützen und sie vor dem Krieg zu bewahren!« Ihre Stimme zitterte.

Abraham zupfte an seinem Bart, sah zu Boden und dachte schweigend über ihre Worte nach. Schließlich erwiderte er: »Ich bin mir darüber im Klaren, Mary. Doch der Krieg liegt nicht in meinen Händen. Ich habe den Konföderierten erklärt, dass wir ihnen nicht schaden werden, wenn sie sich unserer Politik anschließen, aber mir scheint, ich verfüge nicht über die Macht, den Krieg zu verhindern. Er hat schon längst begonnen.« Er sah seiner Frau nun tief in die Augen. »Ich kann nicht wehrlos zusehen, wie mein Land untergeht, Mary. Es ist meine Pflicht, Amerika möglichst gut durch einen Krieg zu führen, wenn er sich schon nicht verhindern lässt!«

Mary sah ihn verstört an: »500 000 verlorene Söhne – allein wegen einer Frage, die kein Mensch zu beantworten weiß?«

Abrahams Gesichtszüge verdunkelten sich. Mit leiser Stimme antwortete er: »Ich bin davon überzeugt, dass ein jeder Mensch diese Frage zu beantworten weiß, doch niemand hat den Mut dazu!«

So mussten Abertausende Mütter ihre Söhne in den nächsten Tagen loslassen, um sie in den Krieg ziehen zu sehen. Unendlich viel Leid und Trauer verbreitete sich unter den Bürgern der Union während der folgenden Tage – und noch viel mehr Leid, Tod und Zerstörung sollten in den darauffolgenden Jahren auf sie zukommen.

Damals, als ich um Matthew trauernd im Bett gelegen hatte, während Mutter die Wände anstarrte, war ihr der Faden gerissen. Vielleicht wurden in den Tagen, als sie schweigend die Wände angestarrt hatte, ihre Nerven zerrüttet, vielleicht musste sie irgendetwas unternehmen. Ich jedenfalls bin der Meinung, dass sie all die Zeit versucht hatte, sich die Dinge schönzureden und letztendlich erkannte, dass der Krieg der puren Realität entsprach.

Sie kam zu meinem Bett, riss mich mit aller Kraft auf die Beine und begann mich anzuschreien, ich solle mich zusammenreißen. Sie sagte, dass die Welt kein Zuckerschlecken sei und ich mich um Gottes willen nicht so kindisch benehmen solle.

Und ich begriff, dass sie recht hatte. Ich hatte die Augen vor der Wahrheit verschlossen und jemanden gebraucht, der sie mir wieder öffnete.

7. August 1861 in Lawrence, Kansas

Während ich die gewaschenen Bettlaken sorgfältig zusammenfaltete, um sie später in den großen Wandschrank zu legen, sah ich immer wieder aus dem Fenster, um die Menschen auf dem Pfad zu beobachten. Die meisten von ihnen arbeiteten tonlos und monoton, als hätte ihnen jemand die Kraft aus dem Leib gesaugt. Andere waren viel zu beschäftigt, genügend Feldarbeit zu leisten, um sich Gedanken über ihr Leben und das ihrer Liebsten zu machen. Ich hatte angefangen, dieses Dorf, das ich immer so geliebt hatte, zu verabscheuen. Die Stimmung hatte sich verändert und niemand ging mehr mit einem Lächeln über den Markt oder traute sich, am Brunnen zu plaudern. Und falls die Menschen doch einmal über etwas sprachen, dann nur über ihr schweres Schicksal.

Gedankenverloren faltete ich das weiße Bettlaken von Matthew zusammen, bevor ich mit leeren Blicken wieder nach draußen starrte. Doch … Ich blinzelte irritiert und sah noch einmal genauer hin, als ich einen schwarzen Schatten am Horizont wahrnahm! Blitzartig schoss es mir heiß durch meine Adern; es verstrichen nur Sekunden, bis ich begriff, dass es eine Kutsche war, die sich unaufhaltsam unserem Haus näherte. Und ich wusste genau, was Kutschen bedeuteten: Sie kamen, wenn ein Brief nicht genügte, sie kamen, wenn Männer gefallen waren und ein Brief des Staates nicht genug war, um der Familie den Verlust zu beichten. Kutschen brachten den Tod!

Panisch rannte ich aus meinem Zimmer. Mutter war gerade dabei, alte Spulen aufzuwickeln, und sah mich verwirrt an. Auch sie hatte diese Angst in den Augen, Angst, die sie früher nie gehabt hatte, und ihre Stirn war ständig voller Sorgenfalten.

»Cathie, was ist denn los?«, fragte sie mit zittriger Stimme.

Ich antwortete nicht, sondern zeigte nur immer wieder auf die Tür, während ich verzweifelt auf jedes Geräusch horchte. Mutter verstand. Sie atmete schwer, während die Luft um uns immer stickiger wurde und auch mir die Kehle zuschnürte.

Dann Schritte, schwere, deutliche Schritte unter uns. Geflüster, bevor jemand drei Mal an unsere Tür klopfte. Mutter und ich waren wie am Boden angewurzelt, als könnten wir so, in dieser Bewegungslosigkeit, das Schlimmste verhindern. Sie sah mich von der Seite her an, ängstlich, verstört; ich nickte nur. Ergeben schloss sie die Augen und atmete einmal tief durch, bevor sie zur Tür schritt und sie energisch öffnete. Vor uns standen zwei Männer, der eine groß und stämmig, der andere eher klein und rund. Beide sahen uns mit ernsten Blicken an und musterten uns, als wollten sie einschätzen, was nun auch auf sie zukommen würde. Der Kleinere drehte nervös an seinem gepflegten Schnurrbart, während der Größere uns mitleidig betrachtete und seinen Hut in die Hände nahm. Er senkte den Kopf, als sein Kollege uns freundlich begrüßte.

»Guten Tag, verehrte Frau.« Seine Stimme klang ernst, sie zitterte leicht. »Wir kommen wegen ihres Sohnes ...«

Er wagte es nicht, den Namen auszusprechen, während seine Blicke zwischen dem Boden und uns hin und her wanderten.

Mutter sah ihn verständnislos an, Tränen liefen über ihr Gesicht und sie hielt sich am Türrahmen fest, während ihre Hand vor dem Mund einen Schmerzensschrei unterdrückte.

Es war, als wäre ich nicht mehr wirklich hier, als sei alles nur ein ferner Traum: Mutter, die krampfhaft gegen ihre Tränen kämpfte, die beiden Männer, die uns respektvoll ihr Mitgefühl aussprachen, und ich, die zwar begriff, um was es ging, doch nicht begreifen wollte. Laut vor mich hin schluchzend sah ich mich um, entkräftet, sah die Männer an. Dann packte ich plötzlich den Kleineren am Kragen und schrie:

»Das kann nicht sein, er hat mir versprochen zurückzukommen, versprochen hat er es mir. Das kann nicht sein!«

Der Mann hielt mich am Arm und sprach geduldig auf mich ein, erklärte mir, dass es Dinge gäbe, die wir Menschen nicht begreifen könnten. Wie ein kleines Kind belehrte er mich.

Doch ich wollte seine Belehrungen nicht hören. Ich schlug um mich und weinte und schrie, dass das alles nicht sein könne. Nicht mein Matthew, mein über alles geliebter Bruder!

Auch dem größeren der Männer, der bisher geschwiegen hatte, stand die Trauer sichtbar ins Gesicht geschrieben. Nun setzte auch er zu ein paar tröstenden Worten an.

»Mrs. Donnalds, bitte, Sie haben dem Land einen so großen Dienst erwiesen …«

Ich stutzte, glaubte, mich verhört zu haben. Trotz meines Schmerzes hatte ich blitzartig wahrgenommen, was er gesagt hatte.

»Was? *Mrs. Donnalds*?!«, fragte ich nach. »Wir sind die Lanchasters! Mein Bruder Matthew Lanchaster?!«

Die Männer sahen mich verdutzt an, bevor sie sich gegenseitig musterten und ihr Notizbuch hervorholten. Eine Zeit lang starrten sie peinlich berührt auf das Blatt Papier vor sich, bevor der Große schließlich herauspresste: »Wir haben uns wohl geirrt … Wir suchen die Mutter von Martin Donnalds! Entschuldigen Sie bitte vielmals das Versehen.«

Für einen kurzen Moment durchströmte mich ich eine Welle der Erleichterung und des Glücks. Ich fühlte, wie mein Herz sein Pochen wieder verlangsamte und mein Atmen wieder regelmäßiger wurde. Es fühlte sich an, als könnte ich hoch in den Himmel fliegen, ins Paradies, über die Wolken, dorthin, wo es keinerlei Sorgen gab. Doch Mutters flüsternde Worte holten mich schnell wieder zurück.

»Oh nein, nicht Martin!«

Es war nur ein Wimmern, kaum hörbar, und doch so laut in dieser Stille. Meine Hoffnung fiel in sich zusammen. Ich war erleichtert, dass Matthew noch am Leben war, doch ich konnte die Freude in mir nicht genießen. Ganz im Gegenteil, es schien, als würde der Gedanke, dass der freundliche Junge nebenan nun gefallen war, jegliches Glücksgefühl in mir zum Erlöschen bringen. Was nützte mir dieser Tag, wenn morgen vielleicht die gleichen Männer vor unserer Tür standen und es wirklich Matthew war, den sie uns in einem Sarg brachten, bevor sie uns die amerikanische Flagge überreichten? Und wenn nicht? Dennoch quälte mich jeder einzelne Tag, die Ungewissheit, ob Matthew sich in feindlichem Land noch zwischen zwei Bäumen versteckte oder ob er schon neben Tausenden anderen Gefallenen lag. Es machte mich verrückt. Was war das für ein Leben?

10. August 1861 in Lawrence, Kansas

Es muss gegen fünf Uhr morgens gewesen sein, als das Dröhnen begann.

Ein lautes Pochen war an der Tür zu hören. Unregelmäßig, schnell, als wäre die Hand, die bei jedem Schlag die Tür erreichte, sehr nervös. Blitzartig sprang ich aus dem Bett und rannte zur Tür. Auch Mutter hatte ihre Zimmertür ängstlich geöffnet, sie hatte eine warme Jacke um ihre Schultern gebunden. Ohne sie zu begrüßen, lief ich weiter und riss die Tür auf.

Ein junger Mann, etwa 17 Jahre alt, stand mit bedrücktem Gesichtsausdruck vor mir. Ich hatte mich daran gewöhnt, jeden Tag in enttäuschte Gesichter zu sehen, die Menschen schienen älter als sie waren. Ich sah ihn mit strengen Blicken an, wollte meinen Mund öffnen, doch er schnitt mir das Wort ab.

»Schnell, in den Keller! Nehmt nur das Nötigste mit, sofort!« Er sah mich wirr an, seine braunen Haare standen ihm zu Berge, und während er hektisch die ihm beauftragten Worte schrie, zitterten seine Hände bei jeder seiner Bewegungen.

Ich begriff nicht, sah zu Mutter nach hinten, die ebenfalls die doch so simplen Worte nicht zu entziffern wusste.

»Aber … aber … Wieso in den Keller?«, stotterte ich.

Der Junge lief bereits wieder weiter, wandte sich nach meiner Frage noch ein letztes Mal um und rief schnell:

»Tut es um Gottes willen einfach!«

Die Worte schienen mir ganz weit weg zu sein, unbegreiflich, ungreifbar. Ich sah dem Jungen immer noch hinterher, beobachtete, wie er die Straße entlang raste und sich dabei fast die Füße brach, so schnell wollte er sein. Mein Gehirn setzte die gesprochenen Wörter immer wieder zusammen, doch noch immer ergaben sie keinen Sinn; tausend Gedanken schwirrten durch meinen Kopf.

Mutter muss mich wohl am Handgelenk genommen und nach draußen gebracht haben, denn ehe ich mich versah, stand ich mit den anderen Menschen des Dorfes in einer Reihe vor der schweren Tür des Erdkellers, in dem die gemeinschaftlichen Vorräte auch im Sommer kühl lagern konnten. Frauen begannen sich zu unterhalten, ihre ängstlichen Stimmen waren zu hören, kleine Kinder rannten umher und wurden von ihren Müttern ermahnt hierzubleiben. Sie begriffen den Ernst der Lage nicht, genauso wenig wie der Rest den Ernst der Sache begriff. Doch anstatt zu klagen, genossen die herumtobenden Kinder ihre Zeit – dieser Funken Hoffnung holte mich zurück. Ich erkannte, dass ich nur ein kleiner Punkt in dieser weiten Welt war, und das machte mir Angst. Ich hatte erfahren, dass Angst grausamer als alles andere war, hatte mich in den letzten Wochen fast nicht getraut, aus dem Haus zu gehen, doch die Frage, die sich mir in diesem Moment stellte, war, wie viel Leid es in dieser Welt noch geben würde.

Die Schlange setzte sich in Bewegung, alle drängelten sich in den Keller und nahmen auf dem kalten Boden Platz, bevor ein massiger Mann mit Glatze mit einem lauten Knall eine dicke Steintür vor den Keller zog und sie mit den daran befestigten Scharnieren an der Wand befestigte. Mutter schmiegte sich eng an meinen Körper, während sie versuchte, ihr Zittern zu unterdrücken. Fragend starrte sie mich von der Seite her an. Überall, wo ich hinsah, waren nur diese fragenden Blicke, die mich durchbohrten, alle schienen mich anzusehen, alle schienen etwas von mir zu wollen. Einige wenige starrten mit matten Augen, deren Ausdruck mich bis heute verfolgt, in die Leere.

Plötzlich war ein Dröhnen zu hören und ein tiefes Rütteln riss mich aus meinen Gedanken, und bevor ich erkennen konnte, was passiert war, breitete sich ein zweites Rütteln wie eine Woge über uns aus. Das Dröhnen schien weit entfernt, der Boden jedoch bebte, als wäre eine Bombe wenige Meter neben uns eingeschlagen. Die Kerzen, die ihr spärliches Licht verbreiteten, flackerten bei dieser Erschütterung, brannten aber gleich darauf gleichmäßig weiter. Schreie waren zu hören, Klagerufe und ängstliches Getuschel, gleich darauf fing jemand an zu beten.

Eine Frau vor uns hielt einen Säugling in den Armen, das Kind schrie ununterbrochen, während es die Mutter sanft wiegte und mit lächelnder Miene betrachtete. Eine Träne lief ihr über die Wange, unterdessen sie leise ein Dankgebet vor sich hin flüsterte. Ich setzte mich zu ihr, ihre ruhige Art tat mir gut.

»Wieso lächeln Sie, Miss?«, sprach ich sie an. »Wieso bedanken Sie sich, wo doch die Stunden so dunkel sind?«

Freundlich blickte sie auf und nun erkannte ich die Schönheit ihres Gesichtes. Sie hatte eine feine Nase, volle rote Lippen und braunes Haar, das mit einem Tuch nach hinten gebunden war. Sie lächelte sanft und ihre blauen Augen strahlten mich voller Hoffnung an, bevor sie eine Hand um meine Schulter legte und mir ins Ohr flüsterte:

»Ja, die Welt ist dunkel, da hast du recht. Doch das Schreien meines Sohnes zeigt mir, dass er noch am Leben ist, und dafür danke ich Gott.« Sie stockte und fuhr dann mit etwas zittriger Stimme fort: »Mein Mann ist da draußen, doch mit unserem Sohn habe ich immer einen Teil von ihm bei mir!« Liebevoll betrachtete sie ihr Kind, bevor sie ihren Blick wieder mir zuwandte.

Ihre Worte regten mich zum Nachdenken an. Es war beeindruckend und doch noch so schrecklich, was mir diese Frau, die noch keine dreißig Jahre zählte, gerade gesagt hatte. Ihr Lächeln ließ wieder einen Funken Hoffnung in mir aufkeimen, wenngleich ich in ihren Augen auch tiefe Trauer erkennen konnte.

Lange harrten wir auf dem Boden aus, manche hielten sich in den Armen, andere versuchten, Schlaf zu finden, wobei sie das Rütteln des Bodens, das Pfeifen der Granaten und ihr ohrenbetäubender Einschlag immer wieder hochriss.

Ich saß einfach nur da, Mutter hatte sich neben mich hingelegt, die Augen fest geschlossen, als würde sie sich vor der Außenwelt abschirmen wollen. Wasser tropfte gleichmäßig auf den Boden, und zusammen mit dem leisen Weinen der Säuglinge entstand eine Melodie der Trauer in mir. Ich blickte nach oben und sah eine Platte, die einen Spaltbreit offen stand und so für frische Luft im Inneren des Kellers sorgte. Erstaunt spähte ich von unten durch den Spalt, um einen Blick auf den Himmel zu erhaschen. Doch auch wenn ich mich noch so anstrengte, erkannte ich nichts als Schwärze. Gleich hinter mir war eine Leiter an der Wand befestigt, die zu dem Spalt nach oben führte und deren Eisenstreben sich in meine Wirbelsäule bohrten. Unruhig kreisten meine Gedanken um diesen Spalt: Was, wenn gerade dieser eine Spalt uns den Tod bringen würde?

Ich sah mich um, sah die vielen Kinder, die in den Armen ihrer Mütter Schlaf gefunden hatten. Einige alte Männer und Frauen hielten sich hoffnungsvoll die Hand, und mein Blick schweifte zuletzt zu Mutter, die neben mir leise döste und nun so friedlich wirkte. Was würde ich nicht alles dafür geben, dass Mutter und auch Matthew überlebten, überhaupt, dass wieder Frieden in diese Welt käme?

Ein lauter Knall und eine darauffolgende Welle der Erschütterung rissen mich aus meinen Gedanken. Ich hörte ein Dröhnen, und für einen Moment schien alles um sich zu wirbeln. Kinderschreie, Angst, Verzweiflung, alles gleichzeitig und ohne Vorwarnung. Alles so laut und nah.

Ohne zu überlegen, stand ich auf und stieg die Leiter hinter mir hoch, die bei jedem meiner Schritte polterte. Die Schrauben am rechten Ende hatten sich gelöst, und es schien, als würde die Leiter bei jeder Belastung ein Stück tiefer ins Gestein rutschen. Ich hatte keine Angst, nicht mal meine Gedanken erreichten die Leiter, nein, ich wollte einfach nur aus diesem Gefängnis raus.

Niemand hielt mich auf, niemand schrie mich an. Die meisten versuchten nur zu schlafen, andere beschäftigten sich damit, ihre Kinder zu beruhigen, und diejenigen, die mich betrachteten, schwiegen. Ich wusste nicht wieso, aber das musste ich auch gar nicht. Ich dachte nicht nach, ich handelte einfach.

Mit aller Kraft schob ich die Platte zur Seite und konnte endlich wieder einen Luftzug auf meiner Haut spüren. Ein schwacher Wind streifte durch meine gelockten Haare und der markante Geruch von Asche brannte in meiner Nase. Ich stieg auf das Dach, den Blick zum Himmel gerichtet. Vögel kreisten in der Luft und zogen kurz darauf ab. Am liebsten hätte ich meine Arme ausgestreckt und wäre mitgeflogen.

Mein Blick schweifte nach vorne in Richtung Dorf, hinter dem man die schwachen Umrisse der weiten Landschaft erkennen konnte. Es war dunkel, sehr dunkel. Dicke Wolken schienen die Sterne und den Mond vertrieben zu haben, auch sämtliche Lichter des Dorfes waren erloschen.

Doch plötzlich blitzte ein helles Licht am Horizont auf, es schien ganz weit weg und doch so grell, dass ich die Hand vor die Augen hielt; ihm folgte ein lautes, dröhnendes Geräusch, das meinen Ohren schmerzte. Ich trat zurück, geblendet, verwirrt, die sorgenden Stimmen der Menschen unter mir schienen ganz weit entfernt, nur noch ein Wispern in einer lauten Welt. Farben tanzten weit über mir, erschienen rubinrot und spalteten den Himmel. Sie machten den Sternen den Weg frei und fielen dann zu Boden, wo sie ein mächtiges Feuer entflammten.

Es war der wunderschönste und zugleich schrecklichste Anblick, den ich je erlebt hatte. Die Welt war so unberechenbar, so beängstigend, so ungreifbar, und ich war ein winziger Punkt in einer Bombenlandschaft.

Doch in diesem Moment genoss ich es. Ich atmete die kühle Luft ein und fühlte mich seit Langem wieder frei; es war die mysteriöse Natur, das Wissen, dass die Welt seit jeher ein Rätsel war, das Wissen, dass wir die Welt nie werden begreifen können – all das ließ mich für einen Moment glücklich sein.

Ich streckte die Arme aus und schrie so laut ich konnte: »Ich lebe!«

›Matthew. Ob er wohl dort, hinter diesem Horizont, ist? Ob er gerade auch an mich denkt?‹

Diese Vorstellung jagte mir einen kalten Schauer über den Rücken.

Ich sah noch einmal in den aufgerissenen, rot glühenden Himmel, bevor der Spalt sich hinter mir schloss und ich mich wieder auf dem Boden neben den anderen Menschen befand.

Irgendjemand musste mich nach unten getragen haben, ich weiß es nicht mehr. Doch was ich weiß, ist, dass ich in diesem Moment Matthew ganz nahe war.

Kapitel 5

In einem Militärstützpunkt der Union

»Denkst du an deine Familie, Harrison?«

Matthew kauerte auf einem provisorischen Bett, seinen Stift in der Hand, das zerknitterte Papier neben sich auf dem Bett. Gedankenverloren sah er nach oben, während das fahle Grün des Zeltes ihn an das wunderschöne Grün der Felder in Kansas erinnerte. Neben ihm auf dem Bett saß ein muskulöser junger Mann. Sein Hemd hatte er hochgekrempelt, sodass seine Muskeln sichtbar hervortraten, während seine blauen Augen nun auf den Boden starrten, die blassen Lippen zu einer feinen Linie zusammengepresst. Auch als ihn die Worte seines Nachbarn erreichten, hob er nicht seinen Blick.

»Ja, sehr oft«, erwiderte er mit seiner tiefen Stimme und ergänzte gleich darauf: »Doch im Krieg haben wir keine Zeit, um lange über etwas nachzudenken. Töte oder du wirst getötet!«

Nun sah er doch auf und im schwachen Licht der Lampe war eine tiefe Narbe quer über seine Nase zu erkennen.

»Matthew, komm auf den Boden zurück!«, sagte er nun, während er mit einer Hand seinen geschorenen Kopf massierte. »Es gibt kein Happy End für uns. Das muss dir bewusst sein!« Seine Hände tasteten unter sein Bett und er zog eine zusammengefaltete Zeichnung hervor. »Hier, das sind meine Frau Sophie und mein Sohn Kalvin.« Mit zitternden Händen übergab er Matthew die Zeichnung und schnaubte tief, als er sie losließ. Es schien, als hätte er mit der Zeichnung seine Familie losgelassen, als hätte er sich bereits verabschiedet.

Matthew entfaltete vorsichtig das Papier und konnte nun eine wundervolle Frau mit blauen Augen erkennen, die so groß und schön waren, dass man dachte, in ein Meer zu blicken. Ihre braunen Haare hatte sie mit einem Tuch nach hinten gebunden, nur eine Strähne schien ihr feines Gesicht zu berühren. Das Kind in ihren Händen zählte nicht mehr als einige Monate – ein bezaubernder Junge mit einem friedlichen Ausdruck im Gesicht. Mit Ehrfurcht gab Matthew die Zeichnung zurück und lächelte ehrlich.

»Meine Mutter und meine kleine Schwester sind in Lawrence. Ich habe ihnen gesagt, sie sollen auf einen Zug gehen, aber …« Eine hilflose Geste beendete seinen Satz.

»Das werden sie!«, sagte sein Nachbar und gab ihm damit einen Funken Hoffnung zurück.

Lawrence, Kansas

Das Dorf hatte den Angriff unerwartet gut überstanden und nur wenige Häuser lagen in Trümmern. Weit schlimmer hatte es die Landschaft hinter dem Dorf erwischt, überall waren schwarze Krater zu sehen. Zum Glück waren die Äcker mit der Ernte nur wenig beschädigt und auch der Dorfbrunnen lieferte noch frisches Wasser. Die Menschen jedoch, die nun wie ich und Mutter nach draußen gingen und benommen in die Sonne blinzelten, waren voller Angst und Schrecken. Wir waren wohl noch mal davongekommen, allerdings versetzte uns der

Gedanke, dass Granaten und Bomben schon Mississippi und Kansas erreicht hatten, in betroffene Stille.

Die Sonnenstrahlen wärmten mich, und erleichtert sah ich, dass auch unser Häuschen unbeschädigt dastand.

Einen Monat später

Lächelnd lag ich im Bett und hielt mit geschlossenen Augen Matthews Kissen wie ein Kind in den Armen, während ich mir vorstellte, ihn an meiner Seite zu haben. Ich hörte das Sirren einer weit entfernten Grille und der angenehme Duft von Kuchen weckte meine Sinne. Plötzlich drangen leise Stimmen an mein Ohr, Geflüster. Ich konnte die gesprochenen Worte mehr erahnen als hören, doch ich wusste, dass sie richtig waren.

»Komm, Meredith, setze dich hin, meine Liebe! Ich mache dir einen Tee und dann wird alles besser.« Die zarte Stimme meiner Mutter klang wie Musik in meinen Ohren.

Dann hörte ich ein tiefes Schluchzen: »Ich weiß deine Mühe zu schätzen, doch ein Tee bringt mir meinen Martin nicht zurück!«

Mutter musste sich wohl zu ihr gesetzt haben, denn nun wurden die Stimmen leiser. Angestrengt horchte ich auf das Gemurmel der Frauen.

»Sag nicht, es nützt nichts! Ich bin nur hergekommen, weil Martins letzter Wunsch …« Sie stockte und schluckte tapfer einen dicken Kloß hinunter. »… weil Martin mir mitgeteilt hat, dass dein Sohn nur will, dass du und Catherine in den nächstbesten Zug nach Norden steigen!«

Einen Moment lang war Stille, dann fuhr sie mit spitzer Stimme fort: »Es war Martins letzter Wunsch!«

Wieder folgte Stille, wahrscheinlich nickte Mutter und sah betrübt zu Boden, so wie sie es auch schon getan hatte, als wir von Vaters Tod erfahren hatten. Vielleicht aber dachte sie einfach nur nach, ich weiß es nicht.

Nun waren stolpernde Schritte zu hören, die sich der Tür zu nähern schienen und immer leiser wurden. Mutter stockte.

»Willst du nicht doch ein Stück Kuchen?«, fragte sie dann etwas unsicher.

Merediths Stimme war nicht mehr als ein gebrochenes Flüstern: »Nein, ich habe alles, was ich brauche!«

So ließ unsere Nachbarin uns zurück, ohne noch ein weiteres Wort zu verlieren. Ich fühlte Demut, als ich aufstand und noch etwas benommen in die Küche tappte.

»Komm, schnell, pack deine Sachen, wir gehen!«, rief mir meine Mutter statt einer Begrüßung zu, bevor sie in ihr Zimmer huschte und dabei den Tee vor sich auf dem Tisch verschüttete. Doch sie beachtete das Ungeschick gar nicht, sondern lief konzentriert durch die Zimmer und sprach verwirrt mit sich selbst. Ich stand nur da und beobachtete verblüfft meine Mutter, die mit zitternden Händen einen kleinen Koffer öffnete und einige Dinge aus meinem Zimmer darin verstaute. Sie sah anders aus als sonst, ganz blass und leer, und wenn ich sie ansprach, ignorierte sie mich, als wäre ich ihr fremd.

Kurze Zeit später waren wir fertig. Sie kam mit dem kleinen Koffer in den Händen, setzte sich einen Hut auf den Kopf und zog sich sowohl Jacke als auch Handschuhe an. Ihr blaues Kleid zusammen mit dem Hut und den schönen Schuhen ließen sie jünger und wunderschön aussehen. Sie hatte mir die Haare nach hinten geflochten und darauf bestanden, dass ich meine schönsten Kleider anzog; jetzt zierte ein stolzes Lächeln mein Gesicht, als ich mich im Spiegel betrachtete. Mit breitem Grinsen sahen wir uns an, bevor wir wie zwei Königinnen aus der Tür schritten. Das Letzte, was ich wahrnahm, bevor Mutter hinter uns die Tür schloss, war ein leises »Leb wohl!«.

Die Sonne war noch jung, und doch brannte sie auf meiner zarten Haut, als ich mit Mutter vor dem Häuschen auf eine Kutsche wartete. Mutter hatte wohl einen alten Freund um Hilfe gebeten, der uns zum Bahnhof bringen sollte, der wenige Meilen nordöstlich von Lawrence, in einer kleinen Stadt namens Leavensworth, lag. Sie hatte den schlichten Koffer neben sich hingestellt; nun sah sie konzentriert nach vorn und nahm einen so kräftigen Atemzug, als hätte sie seit Jahren keine frische Luft mehr eingeatmet.

Der Duft von Wärme und frischen Blumen entspannte mich, und ich stand still neben Mutter, während ich den langen Pfad vor uns entlangsah, der durch das Dorf bis weit hinter die Hügel reichte. Ich stellte mir Matthew vor, als wäre er neben mir, nahezu greifbar: wie er sich ein letztes Mal zum Fenster des Häuschens umdrehte und die Hand hob. Nun blickte ich schnell zum Fenster hoch, wo ich mich selbst erkennen konnte. Mit Tränen in den Augen presste ich meine Hand gegen die Scheibe und weinte, während sich Matthew umdrehte und ging. Er lief und drehte sich nicht mehr um, und das Mädchen am Fenster weinte immer noch, während ich in mir zusammenbrach.

Ich hatte versucht, nicht mehr an diesen Tag zu denken, er machte mich jedes Mal aufs Neue traurig. Doch als ich diesen Pfad sah, da kam alles wieder zurück. Wieso war ich ihm nicht nachgerannt? Wieso waren wir nicht einfach weggerannt und hatten ein neues Leben begonnen?

Hufgetrappel und das Wiehern eines Pferdes rissen mich aus meinen Gedanken. Matthew verschwand, das Mädchen löste sich ebenfalls in Luft auf, und ich erkannte vor mir eine Staubfahne, die hinter einer alten Kutsche hergezogen wurde. Mit einem lauten Befehl hielt die Kutsche vor uns an, und der Sand, der in der Luft herumwirbelte, fand bald den Weg zum Boden wieder.

»Seid gegrüßt, meine Damen. Kommen Sie, steigen Sie ein!«, begrüßte uns ein Mann mittleren Alters höflich. Er hatte braune, ungepflegte Haare, die er unter einem großen Cowboyhut zu kaschieren versuchte. Seine freundlichen Augen wurden von dicken Augenbrauen gekrönt, und er kaute mit gelblichen Zähnen lässig an einem Weizenhalm herum. Nun stieg er von der Kutschbank und verneigte sich vor uns, bevor er uns die Türen zum hinteren Teil der Kutsche öffnete. Mutter nickte dankend, während sie mich an der Hand nahm und mit mir einstieg. Dann schloss der Mann die Tür und setzte kurz darauf seine Pferde in Bewegung.

Ich sah mich um, doch es war so dunkel, dass ich gerade noch die Umrisse von Mutters Körper erkennen konnte. Einzig die wenigen Sonnenstrahlen, die es durch die löchrigen Vorhänge geschafft hatten, spendeten uns spärliches Licht; der stickige Innenraum machte uns das Atmen schwer. Mutter ließ sich nichts anmerken; sie setzte sich gerade an ihren Platz und versuchte so gut wie möglich das Gleichgewicht zu halten, als wir schon über die steinigen Wege hinwegrasten. Ich hätte gerne etwas gesagt, doch traute mich nicht, denn ich wusste, dass es Mutter ebenso erging wie mir. Bis jetzt hatte ich immer davon geträumt, mich eines Tages aus dem Haus zu schleichen und wegzulaufen, frei zu sein wie ein Vogel, hatte mir immer gewünscht, diesen Ort zu verlassen, doch nun, in dieser stickigen Kutsche, da wurde mir ganz flau im Magen. Dieser Ort war mein Zuhause, ich mochte es, auch wenn ich oft vom Fliegen geträumt hatte, und nun verstand ich weder, wo wir hingingen, noch weshalb Mutter nur so wenig gepackt hatte oder in wessen Kutsche wir saßen.

Der Raum um mich wurde immer enger und die Luft fühlte sich immer stickiger an. Ich atmete heftig und versuchte krampfhaft, an etwas Schönes zu denken. Doch alles Schöne, das mir einfiel, hatte ich mit Matthew erlebt – und der war nicht hier, um die Erinnerungen mit mir zu teilen.

»Mutter, mir ist heiß, ich kann nicht mehr!«, sagte ich matt, während mir Schweißperlen auf die Stirn traten.

»Catherine, es gibt Menschen, die es schlimmer haben!« Sie stockte und fuhr demütig fort: »Es gibt Menschen, die im Krieg kämpfen, also benimm dich gefälligst nicht so und genieße es, in einer Kutsche sitzen zu dürfen!«

Obwohl ich wusste, dass sie recht hatte … Ich vermisste Matthew. Ich vermisste seine überlegten Worte und seine Aufmunterungen, wenn ich traurig war. Aber am meisten vermisste ich, wie er mich in den Armen hielt, wenn ich Angst hatte. Müde schloss ich die Augen, meine Hände zitterten und mein Kopf dröhnte. Ich fühlte, wie eine dumpfe Müdigkeit von mir Besitz ergriff und ich langsam in den Schlaf glitt.

Die Tür wurde aufgerissen. Das grelle Licht ließ mich eine Weile benommen blinzeln, doch der Mann mit dem Cowboyhut griff energisch nach meiner Hand und zog mich schwungvoll aus der Kutsche. Auch Mutter hielt er seine Hand hin und half ihr ins Freie. Vorsichtig betrachtete ich die Außenwelt. Meine Blicke gingen von links nach rechts, aber das Einzige, was ich erkennen konnte, war ein kleiner Bahnhof gleich vor mir. Daneben säumten einige Büsche den engen Pfad, die Landschaft schien karg und verlassen. Außer wenigen Häusern neben dem Bahnhof war nur Natur zu sehen. Der Wind pfiff mir um die Ohren und ich verzog kritisch das Gesicht, als ich den Bahnhof sah.

»Danke, Tony, danke für alles«, verabschiedete sich Mutter schüchtern.

»Nicht der Rede wert, meine Teure!«, erwiderte er mit einem schelmischen Lächeln, bevor er ihre Hand nahm und sie küsste. Dann stieg er wieder auf die Kutschbank, wendete und fuhr mit hoher Geschwindigkeit auf dem Pfad zurück, auf dem wir gerade gekommen waren.

Mutter zupfte energisch ihren Rock zurecht und machte sich nach einem tiefen Schnauben mit dem Koffer in der Hand auf den Weg. Gedankenverloren tappte ich hinter ihr her; ich wagte nicht, sie zu fragen, wohin wir gingen, denn obwohl sie es nie zugeben würde, so wusste ich genau, dass es sie zutiefst schmerzte, Lawrence zurückgelassen zu haben. Nun stemmte sie sich mit aller Kraft gegen die schwere und rissige Holztür des Bahnhofs, die in den letzten Monaten schon so viele Schicksale berührt hatten. Die Sonne schien durch die milchigen Fensterscheiben, die die Wände des Gebäudes hoch oben säumten, und in ihrem hellen Licht konnte man unzählige winzige Staubpartikel sehen, die den Raum noch stickiger machten. Es gab eine Vielzahl von Schildern und Türen, die zu weiteren Türen und Eingängen führten, und die Bahnmitarbeiter neben den verschiedenen Schildern schrien laut, um sich jeweils Gehör zu verschaffen. So viele Menschen hatte ich noch nie auf einem Fleck gesehen! Sie müssen von überall her gekommen sein, Hunderte! Frauen mit Säuglingen auf dem Arm liefen zum nächstbesten Zug, während sie ihre anderen Kinder an der Hand mit sich zogen. Die Kinder schrien, doch die Mütter rannten weiter. Väter und Söhne waren zu sehen, die sich auf den Weg in den Krieg machten, und sogar alte Frauen und Männer konnte ich erkennen, die versuchten, so schnell wie möglich ans Bahngleis zu gelangen. Einige waren sie zu langsam, um mit der Menschenmasse mitzuhalten. Kleine Kinder saßen auf dem Boden, weinten laut und gerieten in Panik, weil sie ihre Eltern nicht mehr fanden. Wo ich auch hinsah: Überall glaubte ich Verzweiflung und Eile zu erkennen! Die Menschen beachteten einander nicht, sie vergaßen ihre Kinder oder rannten beinahe unter einen Zug. Ich sah die Menschen, ich sah, was passierte, wenn sie nicht mehr denken, verzweifelt und kopflos handeln. Die Menschen waren nur noch auf sich selbst bedacht, sie retteten ihr eigenes Leben, nicht das der anderen. Und dieses Geschrei! Überall dieses kreischende Geräusch von Kindern, das weinerliche Wimmern von Menschen, die ihre Heimat zurückließen, und das alles übertönende Schreien der Bahnschaffner. Wie eine Theaterkulisse zogen diese Szenen an mir vorbei.

Plötzlich verstummte das Gebrüll und ich sah nur noch die Gesichtsausdrücke der Leute. Ich sah in ihre Augen und dachte: ›Dies alles hier, all dieser Schmerz, all dieses Leid – das ist der Krieg!‹

»Komm schnell!«, drangen Mutters hektische Worte an mein Ohr. Sie wies mit dem Kopf zu dem Bahnmann, zog mich an der Hand hinter sich her und stemmte sich gegen die Menschenmasse. Vor dem Uniformierten hielt sie an, stellte ihren Koffer auf den Boden und wechselte ein paar Worte mit dem hochgewachsenen Mann.

Er sah sie nickend an; die Schweißperlen auf seiner Stirn verrieten seine Bedrängnis.

Mutter bedankte sich und rannte an den Menschen vorbei, mich so fest an der Hand hinter sich herziehend, dass meine Fingerknöchel weiß hervortraten. Ich ignorierte den Schmerz in meinen Fingern; ich durfte meine Mutter auf keinen Fall verlieren! Immer schneller schienen Mutters Füße sie zu tragen, während meine müde wurden. Aber ich biss die Zähne zusammen, ich musste durchhalten! Dann bog Mutter scharf links ab, bevor sie vor einer großen Menschenmasse stehen blieb und laut seufzte. Obwohl es ein bisschen ruhiger geworden war, dröhnten noch immer die Stimmen der Menschen in meinen Ohren. Mein Herz pumpte heftig, Schweißperlen rannen meinen Rücken hinunter. Was würde mit uns passieren?

Nun war eine laute Männerstimme zu hören, die mich aufmerksam werden ließ.

»Frauen und Kinder hier entlang, die Männer bitte dort! Eingeschränkt reisefähige Passagiere in diese Reihe!« Wie ein Echo hallten die schrillen Worte von den Wänden des Bahnhofs und prallten auf die Züge, die vor der Menschenmasse auf den Gleisen standen.

Nur wenige der Menschen vor diesen Zügen stiegen auch wirklich ein, was mich verwunderte; die meisten von ihnen verabschiedeten nur ihre Angehörigen oder Freunde; ich hörte unterdrücktes Schluchzen, während sie ihnen ein letztes Mal zuwinkten, aufmunternde Worte, ein »Alles wird gut!«. Ich fragte mich, weshalb sie nicht einstiegen, da es ja offensichtlich genügend Platz für alle gab, während Mutter und ich uns immer weiter vorschoben.

Als wir kurz vor dem Schaffner standen, zog mich Mutter sanft zur Seite und kniete vor mir nieder. Den Koffer hatte sie neben sich gelegt, ihre Hände umschlossen sanft die meinen. Nun lächelte sie mich unter Tränen an, während sie mit Bedacht den Koffer öffnete, ein goldenes Medaillon daraus hervorholte, und ihn dann sorgfältig wieder verschloss. Sie hob die Kette in die Höhe, begutachtete sie ehrfurchtsvoll und legte sie mir um den Hals.

»Es gehörte deinem Vater – er hatte mich gebeten, es dir zu geben.« Sie schniefte leise.

Mit funkelnden Augen betrachtete ich das goldene Medaillon und streichelte leicht mit den Fingerspitzen darüber. Es zeigte eine wunderschön geschwungene Feder. Dahinter waren Verstrebungen zu sehen, die der Feder Halt gaben. Mit zitternden Händen öffnete ich langsam den Verschluss an der Seite. Der Innenraum des Medaillons war mit einer prächtigen Uhr bestückt, deren wundervolles Ziffernblatt in dunkler, hoheitsvoller Farbe erschien. Hinter den Zeigern konnte man das Uhrwerk erkennen, welches die Uhr in goldene Farbe tauchte.

Mit einem breiten Lächeln schloss ich das Medaillon wieder, bevor ich Mutter fest in den Arm nahm. Ich atmete den Duft von Blumen ein, den sie immer verströmte.

Auch sie hielt mich lange im Arm. Schließlich lockerte sie die Umarmung und ich wollte schon weitergehen, als sie mich mit einem Ruck wieder zurückzog. Nun sah sie mich ernst an.

»Cathie, versprich mir, dass du dein Leben mit einem Lächeln im Gesicht weiterführen wirst! Der Krieg soll dich nicht daran hindern, ein erfülltes Leben gelebt zu haben!«

Sie lächelte, als ich verwundert nickte, und so liefen wir weiter, bis wir endlich vor der offenen Zugtür standen. Der Bahnmann mit der schrillen Stimme stand nun direkt vor uns und wies den Reisenden den Weg zu ihren Plätzen. Er war klein und dünn und seine blaue Uniform mit den goldenen Knöpfen schien sein ganzer Stolz zu sein. Seine braunen, glasklaren Augen spiegelten alles vor seinem Gesicht wider, während der Schnurrbart über seinen Lippen auf und nieder wippte, wenn er vor sich hin murmelte. Mit strengen Blicken musterte er unsere Gesichter, bevor Mutter ihm ein Bündel Scheine in die Hände drückte, die er konzentriert nachzählte. Sein eben noch freundliches Gesicht versteinerte sich schlagartig.

»Das Kind können wir mitnehmen, doch das Geld reicht leider nicht für einen weiteren Passagier, Madam!«, sagte er mit einem tiefen Schnauben.

Ich sah ihn verdutzt an, war mir nicht einmal sicher, ob ich mich verhört hatte oder ob ich träumte. Mutter nickte nur still, bevor sie dem Schaffner freundlich dankte und mich mit ihren zarten Händen nach vorn schob.

Er sah sie mitleidig an, dann nickte auch er.

Verwirrt betrachtete ich zuerst Mutter, dann den Mann von der Bahn. Mein Kopf dröhnte, mein Hals schwoll an und ein dicker Kloß schnürte mir die Luft ab. Im selben Moment packte mich ein anderer Uniformierter von hinten und hob mich in den Zug, während ich strampelnd protestierte. Ich schrie, doch meine Stimme klang heiser und erinnerte an ein Krähen.

»Nein, nein, Mutter, nein!«

Heiße Tränen rollten mir die Wangen hinunter, das Bild vor meinen Augen verschwamm, ich schluchzte, wehrte mich, doch nichts half mir.

Mutter sah mich unverwandt an, sie versuchte krampfhaft, sich gegen die Tränen zu wehren, doch auch sie musste weinen. Dann quetschte sie sich mit aller Kraft durch die Menschenmasse und streckte mir ein zerknittertes Stück Papier vor die Hände. Hektisch versuchte ich ihre Hand zu packen, versuchte mich gegen den Mann zu stemmen und Mutter zu erreichen. Meine Hände kamen denen von Mutter immer näher, meine Finger spürten schon ihre Wärme, und mit einem letzten Ruck packte ich das Stück Papier, während ich mit der anderen Hand nach Mutters Arm griff. Sie streckte die Hand nach mir aus, doch der Schaffner, dessen Geduld am Ende war, hob mich mit einem kräftigen Ruck in den Zug.

»Mutter, nein, du darfst das nicht tun!«, kreischte ich panisch. Ich schrie, flehte sie an mitzukommen, doch sie stand nur da, wischte sich die Tränen aus den Augen und nickte still. Dann wurden die Türen mit einem Ruck geschlossen. Meine Hand klatschte wild gegen die Fensterscheiben und meine Augen behielten starr meine Mutter im Visier.

»Nein, nein, ich will mich verabschieden!«

Mit geballten Fäusten hämmerte ich immer wieder gegen die Scheiben, während ein stechender Schmerz meine Finger durchfuhr und sich wie eine Welle in meinem Körper ausbreitete. So sahen wir uns an, Mutter und ich, eine Scheibe zwischen uns, unüberwindbar. Das Geräusch sich bewegender Räder auf den Gleisen setzte ein, dessen gleichmäßiges Klappern eine schreckliche Melodie.

Mutter stand bewegungslos da, die Hände zusammengefaltet, in ihrem Gesicht erstarrte Trauer. Sie versuchte, mir ein letztes Lächeln mitzugeben, als der Zug sich in Bewegung setzte.

Die Umgebung um mich herum veränderte sich, der Bahnhof, die Menschen, Mutter wurden immer kleiner und verschwanden langsam aus meinem Blickfeld. Fassungslos wandte ich mich vom Fenster ab.

›Nein, nein!‹

Ich drehte mich hektisch um und stolperte dabei über das Gepäckstück, das der Schaffner neben mich in den Zug gestellt hatte. Meine Knie rissen auf und begannen zu bluten, als ich auf dem Boden aufschlug, doch ich fühlte keinen Schmerz. Wie getrieben stand ich auf und humpelte benommen weiter nach vorne, ich keuchte schwer, mein Herz raste. Immer schneller schienen mich meine Füße über den Boden hinwegzutragen und immer stärker wuchs der Wille in mir, Mutter noch einmal sehen zu können. Mit verheulten Augen lief ich von Tür zu Tür, während eine feine Blutspur meinen Weg markierte. Als meine Beine langsam erschlafften, hüpfte ich mit letzter Kraft zu einem Fenster. Angestrengt sah ich nach draußen, konnte noch Teile des Bahnhofs erkennen. Meine Augen sahen in die immer weiter sich entfernenden Menschengesichter. Da, Mutter! Ich konnte sie deutlich sehen! Ihr blaues Kleid leuchtete förmlich zwischen den Kleidern der anderen. Sie sah dem Zug immer noch hinterher, die Hand ein letztes Mal zum Abschied erhoben – so sollte ich Mutter in Erinnerung behalten.

Was hatte sie wohl gedacht in diesem Moment des Abschieds? Diese Frage stelle ich mir bis heute. Immer noch sehe ich sie vor meinem geistigen Auge, in ihrem blauen Kleid, mit diesem schönen Hut, wie sie in der Menschenmenge leuchtete wie ein helles Licht in der Dunkelheit. Doch was sie sich dabei gedacht hat, weiß ich bis heute nicht. Lange glaubte ich, sie wollte wirklich mit mir weit weg verschwinden, doch wenn ich sie vor mir sehe, wie sie nur nickte und nichts gegen unsere Trennung tat, dann steigt der Verdacht in mir auf, dass sie gewusst haben musste, es würde nicht für uns beide reichen. Sie hatte sich so schick gemacht, weil sie die Hoffnung gehabt hatte, doch mitgehen zu können; allerdings war sie auch nicht überrascht, dass das Geld nicht für uns beide reichte. Ich denke, sie war darauf vorbereitet, Kansas nicht zu verlassen. Trotzdem quält es mich, sie einfach zurückgelassen zu haben.

An diesem Tag begann ich das erste Mal, an dem Allmächtigen zu zweifeln. Und wenn ich ehrlich bin, zweifle ich noch heute an ihm, denn er brachte so viel Leid nach Amerika, so viel Trauer und Vergeltung. Würde ein Gott so etwas tun?

Mit zusammengepressten Lippen lief ich zu meinem Koffer zurück. Meine Augen glühten rot und die Tränen auf meinen Wangen brannten. Der Zug war beinahe leer, nur wenige trübe Gesichter waren zu sehen, die in die Leere starrten, als hätte jemand das Leben aus ihnen gesaugt. Die meisten waren noch sehr jung, kaum jemand war alt genug, seine Familie alleine zu verlassen.

Ich nahm meinen Koffer, setzte mich auf eine Bank und sah nach draußen. Ausgedörrte Büsche und Bäume waren zu sehen, ansonsten erstreckte sich der ausgetrocknete Boden kilometerweit in alle Richtungen. Und inmitten von all dem saß ich in einem Zug in Richtung nirgendwo. Ich wusste weder, wo ich war, noch, wo ich ankommen und dann hingehen sollte. Das Einzige, was ich erahnen konnte, war, dass mich auf der anderen Seite Amerikas ein besseres Leben erwarten würde, und meine tiefsten Hoffnungen lagen darin, dass Matthew mich finden und uns alle wieder zusammenbringen würde. Verzweifelt sah ich aus dem Fenster in eine weite, öde Landschaft, während meine Finger mit dem Federmedaillon spielten und meine linke Faust noch immer das zerknitterte Papier umklammert hielt, das Mutter mir beim Abschied in die Hand gedrückt hatte. Stunden vergingen, in denen ich einfach nur aus dem Fenster sah und nachdachte. Die Sonne stand mittlerweile schon hoch am Himmel und ich schloss die Augen, um ein wenig Schlaf zu finden.

Ich weiß nicht, wie lange ich vor mich hingedöst hatte, als ich einige Männerstimmen hörte, die hektisch miteinander flüsterten. Nervöse Schritte waren zu hören, die hin und her gingen, ein dumpfes Rumpeln, dann wieder Stimmen.

»Verdammt noch mal, ich will nichts hören, ihr werdet sofort Kontrollen durchführen und alle Unionsbürger in diesem Zug verhaften!«

Die Stimme, die zu hören war, klang so aufgewühlt und scharf, dass man das Gefühl hatte, sich allein durch ihren Klang schneiden zu können. Gemurmel drang zu mir durch, Verwirrung, Unstimmigkeit.

»Aber Sir, da sind Frauen und Kinder darunter.« Die Stimme klang besorgt.

»Und wenn es ein räudiger Hund wäre!«

Für einen Moment schien die Luft in Stille zu versinken, bevor eine gedemütigte Antwort erklang, der schon bald weitere Männerstimmen folgten: »Ja, Sir!«

Mein Herz begann wild zu pochen. Was ging da draußen vor sich, und vor allem: Was würde gleich passieren?

Die Antwort traf mich wie ein Schlag: Es waren Konföderierte! Natürlich, deshalb waren so wenige Leute in den Zug eingestiegen: Die Fahrt verlief zum Teil durch die Südstaaten, die Fahrkarten waren entsprechend billiger, deshalb konnte Mutter mir die Fahrt ermöglichen! Ein kalter Schauer lief mir den Rücken hinunter, die Stimmen der konföderierten Männer dicht hinter mir hallten noch immer in meinen Ohren und ließen mich erzittern.

Jetzt konnte ich deutlich die immer näher kommenden Schritte hören. Ich sah wild um mich, meine Blicke schweiften vom Fenster über den Koffer neben mir. Hektisch riss ich den Verschluss auf, grub in den Kleidern, die mir Mutter eingepackt hatte, und fand ein blaues Kopftuch. Blitzschnell band ich es mir um den Kopf und senkte meinen Blick nach unten. Mein Atem stockte, während mein Brustkorb sich rasch hob und senkte. Krampfhaft versuchte ich das Zittern meiner Hände in den Griff zu bekommen, doch es gelang mir nur schwer. Also versteckte ich meine Hände in meiner Westentasche, kniff die Augen zusammen und wagte nicht, mich zu bewegen.

Die Tür des Zugabteils wurde zur Seite geschoben, zwei große Männer in Uniform traten in den Waggon und sahen sich um. Mit misstrauischen Blicken musterten sie die Reisenden.

»Gut, du durchsuchst nachher mit mir zuerst diesen, dann den nächsten Waggon, Parker und Wilson durchsuchen Waggon drei und sechs.«

Die markante Stimme dieses Mannes kam mir bekannt vor – das war der Mann von vorhin, der Kommandant der Truppe.

Ein kalter Schauer jagte mir den Rücken hinunter, ich versuchte angespannt, den dicken Kloß in meinem Hals hinunterzuwürgen, während ich die Augen schloss und mich konzentrierte. Die Angst verstärkte sich, mein ganzer Körper begann zu zittern, abwechselnd wurde mir heiß und kalt. Und an diesem Tag, in diesem Zug der Angst, der mich direkt durch feindliches Areal führte, schwor ich mir, dass niemals einer meiner Familie dieses Gefühl erleben sollte. Mein Atem stockte, der Kloß in meinem Hals schien unaufhaltsam immer näher an meinen Kehlkopf zu rücken, und ich fühlte, wie ich innerlich zu platzen drohte, bis ich ein lautes Keuchen herausposaunte. Sofort sahen die beiden Soldaten, die bis vor Kurzem noch grübelnd beisammenstanden, zu mir herüber.

»Ist alles in Ordnung, Ma'am?«, fragte der Unteroffizier und löste eine Welle der Furcht in mir aus. Ich wusste nicht, was ich tun sollte, was ich dem Soldaten antworten könnte, damit er mich in Ruhe ließ. Immer noch unregelmäßig atmend, sah ich nach unten und tat so, als hätte ich die Worte nicht gehört. Doch der Soldat, der etwa Mitte zwanzig war, beharrte auf einer Antwort.

»Ma'am?«

Verlegen sah ich zu ihm herüber und wagte kaum, meine Blicke zu heben. Mit angespannter Stimme sagte ich: »Ja, natürlich.«

Der Soldat sah mich merkwürdig an, bevor er seinen Vorgesetzten mit fragender Miene musterte und wieder fragte: »Sind Sie sicher?«

Ich geriet in Panik, versuchte jedoch, nicht hysterisch zu klingen. Dicke Schweißperlen traten auf meine Stirn und Furcht stieg in mir auf, Furcht um mein Leben.

»Ja, ganz sicher!« Meine Stimme klang genervt und dennoch schüchtern.

Nun verstummte der Soldat. Er stand auf und nahm einen Notizblock zur Hand, bevor er in den hinteren Teil des Waggons ging und die Passagiere nach ihrer Herkunft befragte. Der Befehlshaber saß weiterhin auf der Bank und schnaubte tief, während er seine Hände hinter den Kopf legte und die Augen schloss. Er murmelte ein paar Worte vor sich hin und ich bin mir sicher, »was wäre die Welt ohne einen Krieg?« gehört zu haben. Als die Worte mein Bewusstsein erreichten, biss ich meine Zähne fest aufeinander. Eine Träne rollte mir die Wange hinunter und tiefer Hass eroberte mein Herz. Ich musste an all das Leid denken, das unser Dorf in den letzten Monaten hatte ertragen müssen. An all die Soldaten, die uns verlassen hatten, an all diejenigen, die gestorben waren und an jene, die noch da draußen kämpften.

Und so dachte ich an Matthew. Ich dachte an sein hübsches Gesicht, an seine Art, mir die Dinge schönzureden, und an seinen Humor. Das Bild, wie er uns als Soldat verlassen hatte, tauchte vor meinem inneren Auge auf, und ich fühlte die Verzweiflung in mir. Zuletzt dachte ich an Mutter, wie sie in ihrem blauen Kleid dastand und mir zunickte, ein zufriedenes Nicken auf einem Bahnhof der Trauer. Ein Nicken, welches mir sagen sollte, dass alles gut werden würde. Wie ich Bahnhöfe hasste!

Früher hatte ich sie mir immer ganz wundervoll ausgemalt, damals, als die Welt noch hell war. Matthew und ich hatten uns immer vorgestellt, an einem wundervollen Bahnhof mit hohen weißen Wänden und einer Kuppel als krönendem Dach zu sein. Dann hatten wir uns immer vorgestellt, mit Mutter an den Strand zu ziehen und dort als Fischer zu leben, damit Mutter nicht mehr in der Nähfabrik schuften musste. *Bahnhof*, dieses Wort hatte für mich immer einen Zauber gehabt. Es erinnerte mich an Fischerträume und an Matthew, der Klang hatte förmlich ein Gefühl der Freiheit in mir geweckt. Und nun hatte das Wort eine ganz andere Bedeutung bekommen. Es bedeutete nicht mehr den Weg zur Freiheit, nein, das Wort erinnerte an den Abschied, es erinnerte mich an Mutter und an all die verlassenen Kinder, die ebenfalls ohne ihre Eltern in diesen Zug gestiegen waren, ohne zu wissen, wo er sie hinführen würde.

Doch das Schlimmste war das gleichmäßige Rattern der Räder auf den Schienen, das in meinen Ohren wie ein schrecklicher Singsang klang. Die Worte des Kommandanten, die mein Blut kochen ließen, kamen mir wieder in den Sinn.

»Die Welt wäre eine bessere!«, war plötzlich meine spitze Stimme zu hören.

Der Kommandant riss blitzschnell die Augen auf und drehte seinen Kopf in meine Richtung.

»Was haben Sie da gesagt?«

Ich sah immer noch nach unten, aber ballte nun meine Fäuste.

»Nichts!« Ganz leise schlichen sich die Worte aus meinem Mund und wurden mit einem feinen Windhauch zum Kommandanten transportiert.

»Ich bin mir aber sicher, dass ich etwas gehört habe. Und ich täusche mich nur selten!« Zufrieden knabberte er an seiner Unterlippe, während seine Blicke mich fokussierten. Dann, ohne jegliche Vorwarnung, stand er auf, setzte sich auf die gegenüberliegende Bank vor mich und grinste mich breit an.

»Miss, wieso sehen Sie mich nicht einmal an?« Obwohl seine Stimme ruhig und freundlich klang, schwang ein bedrohlicher Unterton mit.

Ertappt sah ich nach oben, während ich noch immer versuchte, mein Gesicht so gut wie möglich hinter dem Kopftuch zu verstecken. Doch nun sah ich direkt in seine blauen, eiskalten Augen, die die meinen fest fixierten. Seine spitze Nase streckte sich leicht in die Höhe, sein weißes Haar war glatt nach hinten gekämmt, auf seiner Stirn war noch der Abdruck seines Hutes zu erkennen. Die Sonne spiegelte sich auf den goldenen Abzeichen seiner Uniform wider und blendete mich unangenehm. Am liebsten wäre ich aufgestanden, hätte ihn am Kragen gepackt und immer wieder auf ihn eingeschlagen. In meinen Gedanken schrie ich ihn an und rächte mich für all das Leid der letzten Monate. Doch genauso stark war das Verlangen, das Versprechen einzuhalten, das ich meiner Mutter gegeben hatte. Ich hatte ihr versprochen zu leben, und ich wusste, dass ich mich dafür unauffällig verhalten sollte. Also biss ich mir auf die Lippen, um mich zusammenzureißen, doch das Gesicht dieses Befehlshabers ließ mich innerlich vor Wut erglühen.

»Da müssen Sie sich verhört haben!«, antwortete ich angespannt.

Er schnaubte und rutschte tief in den Sitz. »Tja, man weiß ja nie.«

Stille ließ die Luft zwischen uns schwer werden und ein Stein fiel mir vom Herzen, als er nichts mehr sagte. Doch ich hatte mich getäuscht.

»Was mich interessiert, ist, woher Sie eigentlich kommen«, setzte er nach einer Weile unser Gespräch fort.

Innerlich betete ich den Allmächtigen an, betete um mein Leben, bettelte förmlich darum, obwohl ich noch immer mit ihm haderte.

»Aus Arkansas«, antwortete ich knapp, wobei die Nervosität in meiner Stimme hörbar in der Luft hängen blieb.

»Arkansas, oh, wie ich diesen Staat liebe! Meine Großmutter lebte dort, und wir haben sie immer besucht, als wir noch jung waren.«

Ich versuchte möglichst interessiert zu wirken und nickte still vor mich hin.

»In welcher Stadt haben Sie gelebt?« Es schien ihn zu belustigen, mich nervös zu machen.

Ich überlegte erregt; auf seine Frage wusste ich keine Antwort. Was sollte ich tun? Mir wurde ganz kalt, und ich musste an Mutters Worte denken: ›Der Krieg soll dich nicht daran hindern, ein erfülltes Leben geführt zu haben!‹ Angestrengt dachte ich über seine Frage nach, doch mir fiel keine passende Stadt ein. Nun musterte mich der Kommandant mit gerunzelter Stirn. Ich sah nach draußen und begutachtete verlegen die von der Sonne ausgedörrte karge Landschaft.

»Ich lebte in Sunnyfield, das ist ein kleines Dorf in Arkansas.«

Still nickend grinste er mich nun vielsagend an.

Hinter ihm kam der Unteroffizier mit dem Notizblock in der Hand wieder zurück und sah überrascht von mir zu ihm und von ihm zu mir. Er hatte sein braunes, dichtes Haar gepflegt nach hinten gekämmt und seine meeresblauen Augen erstaunten mich, sie wirkten so gelassen. Zudem formten seine vollen Lippen ein schlichtes Lächeln, das mich nun mit ein wenig Hoffnung erfüllte. Er war noch jung, sehr jung, er schien nicht älter als sechzehn zu sein.

Er atmete unregelmäßig und seine Verwirrung war nun deutlich zu erkennen. Wenn ich sein fein geschnittenes Gesicht so betrachtete, war er mir sogar sympathisch, doch wenn ich seine Uniform betrachtete, auf der *CSA* für die *Confederate State Army* gestickt war, widerte er mich an.

»Komm, setze dich doch zu uns, Edwards!«, forderte ihn der Kommandant spitz auf.

Sofort nahm der Soldat den Hut von seinem Kopf und nahm neben seinem Vorgesetzten Platz, während er mich immer noch eindringlich musterte.

»Ich habe gerade eine sehr reizende Dame kennengelernt, sie kommt aus Arkansas, nicht wahr?« Seine Stimme schien mit mir zu spielen.

Ich nickte nur still, während meine Blicke denen von Edwards begegneten. Er hatte nicht diesen dunklen Hass in den Augen. Er schien mir anders, und wenn ich in seine blauen Augen sah, spürte ich tief in mir das Gute. Mit Sorgenfalten auf der Stirn versuchte ich sein Bewusstsein zu erreichen, während der Befehlshaber mir immer wieder Fragen stellte, auf die ich keine Antwort wusste. Wir fuhren durch die Weiten von Missouri, jede Sekunde war unerträglich, meine Angst und Panik verstärkten sich bei jeder Frage, und ich fürchtete immer mehr, dass ich nie mehr aus diesem Zug aussteigen würde.

Endlose Minuten waren verstrichen, und allmählich spürte ich die Ungeduld in der Luft. Immer noch schien der Kommandant belustigt zu sein, während er mit seinen Füßen unruhig auf den Boden tappte.

»Madam, wenn ich fragen dürfte: Welche Stadt ist die Hauptstadt von Arkansas?«

Ich sah ihn verdutzt an, meine Blicke schweiften zu Edwards, der seinen Nachbarn ebenfalls mit verständnisloser Miene betrachtete.

»Was soll das, Sir?«

Nun sahen sich die beiden mit finsterer Miene in die Augen.

»Lass die Dame auf die Frage antworten, Edwards!«

Er nickte still, während ich verlegen lachte.

»Das ist aber eine sehr direkte Frage, Sir, ich war noch nie gut in Länderkunde!«

Der Kommandant sah mir in die Augen und beugte sich tief nach vorne, sodass ich seinen gleichmäßigen Atem auf meiner Oberlippe spüren konnte. Er öffnete seinen Mund, um ein paar Worte zu sagen.

Ich verzweifelte innerlich; eine Träne rollte mir die Wange hinunter, die ich schnell wegwischte.

Seine Nase berührte beinahe die meine, bevor er laut lachte und wieder auf seinen Sitz fiel.

Ich wandte den Kopf, sah starr aus dem Fenster und betrachtete die vorüberziehende Landschaft, während ich die eindringlichen Blicke des Kommandanten aus dem Augenwinkel erkennen konnte. Meine Hände zitterten heftig, mein Herz schlug mir bis zum Hals und ich bettelte den Herrgott an, mich zu erlösen, um diese Qualen der Angst nicht weiter ertragen zu müssen.

Dann ein Rütteln, ich flog nach vorne und wurde gleich darauf wieder an die Rückenlehne gepresst; ein Knall und die Zugtür wurde grob zur Seite geschoben – der Zug hatte mit einem Ruck angehalten.

Ich schaute zuerst schockiert zu dem Kommandanten, bevor meine panischen Blicke wieder zum Fenster schweiften. Angespannt sah ich nach draußen, wo ich einen Steinwurf entfernt ein Gleis bemerkte, auf dem ein anderer Zug stand. Verwirrt sah ich den mir immer noch gegenüber sitzenden Befehlshaber an.

Der flüsterte mir leise etwas zu. Es waren stechende Worte, die mich für den Rest meines Lebens verfolgen würden.

»Endstation, Püppchen!«

In all der Panik, die mich erfasste, musste ich an Matthew und Mutter denken; ich dachte an den Tag, an dem wir warmes Brot gegessen hatten und Mutter uns mit ihrem liebevollen Lächeln verzauberte, an den Abend, als die Blätter über den Boden tanzten und die Bäume lange Schatten warfen. Meine Finger spielten nervös mit dem Medaillon, als Edwards und sein Vorgesetzter aufstanden. Dann packte mich der Kommandant grob am Arm und zog mich nach draußen.

Dort standen zwei Männer vor dem Waggon und beobachteten misstrauisch, wie ich zusammen mit einigen anderen die Stufen des Zuges hinuntergezerrt und dann auf dem harten Sandboden mitgeschleppt wurde. Schwüle Hitze schlug uns wie eine Wand entgegen. Ich unterdrückte ein klägliches Aufheulen, als meine aufgeplatzten Knie über die kleinen Steine auf dem Boden geschleift wurden, und versuchte schwer atmend, mir meinen Schmerz nicht anmerken zu lassen, der bei jedem Schritt unerträglicher wurde.

»Sir, hier sind noch ein paar Flüchtige!« Ein großer Soldat mit blonden Haaren presste die Worte mit einem stolzen Grinsen frech aus seinem Mund. Er stand in der Zugtür und funkelte mich mit leuchtenden Augen an, während er tief und befriedigt einatmete.

»Gut gemacht, Parker! Bring sie nach draußen und versammle sie dort!« Der Befehlshaber zeigte mit seiner rechten Hand auf den Boden vor uns und hielt mich mit der linken so fest, dass meine Handgelenke schmerzten.

Gehorsam führte Parker die hinter ihm stehenden Kinder nach draußen und zwang sie auf die Knie. Nun bildeten sie einen Kreis und sahen sich gegenseitig verloren an. Es waren Kinder dabei, die noch so klein und zart waren, dass sie einfach nur anfingen zu weinen, und jede ihrer Tränen verursachte in mir das tiefe Verlangen, sie in die Arme zu nehmen und ihnen zu sagen, dass alles gut werden würde – obwohl ich wusste, dass dies nur eine weitere Lüge war.

Auch Edwards war ausgestiegen und sah mich immer noch mit diesen warmen Blicken an. In den Händen hielt er meinen Koffer, den ihm jedoch nun einer der Soldaten belustigt aus den Händen riss und darin herumwühlte. Er grinste, während er eins um das andere meiner Kleidungsstücke herauszog. Provozierend hielt er sie vor sich hin und roch daran, bevor er sie frivol grinsend wieder in den Koffer steckte, den er anschließend in hohem Bogen über unsere Köpfe genau in die offen stehende Waggontür des anderen Zuges warf.

Edwards sah seinem Mitstreiter stillschweigend zu. Ich meinte, in seinen Augen in diesem Moment nichts als Verachtung zu sehen, und als er die Kinder, die in einem Kreis knieten, ansah, spiegelte sich ein gewisses Mitleid darin. Ich wusste in diesem Moment nicht warum, doch irgendwie konnte ich fühlen, dass er all das nicht wollte.

»Wilson!«

Die laute Stimme in meinem Ohr riss mich aus meinen Gedanken. Sofort erschien der Kopf eines weiteren Soldaten im Rahmen der Zugtür.

»Ja, Sir?«

»Antreten, sofort!«

Blitzschnell stand der junge Mann mit durchgedrücktem Rücken vor seinem Vorgesetzten. Angespannte Stille breitete sich aus, unterbrochen nur durch das laute Gejammer eines jungen Mädchens. Immer aufgeregter schien das Kind zu weinen, immer verzweifelter wurden die Klagerufe. Ein genervtes Seufzen erklang hinter mir, die Hände, die mich hielten, griffen fester um meine Arme, und die Fingernägel des Kommandanten krallten sich in meine Haut. Plötzlich sagte die Stimme hinter mir:

»Bring sie zum Schweigen!«

Ich sah zu Wilson, der nun sichtbar unentschlossen wirkte. Schweißperlen traten auf seine hohe Stirn; er schien die Worte seines Vorgesetzten nicht zu verstehen.

»Aber …?«

»Das ist ein Befehl!«, schrie es hinter mir, bevor Wilson nervös nickte und zu dem jammernden Kind lief.

Meine Blicke folgten Wilsons Schritten, und ich fürchtete mich zutiefst vor den nächsten Sekunden. Ich stand wie angewurzelt da, konnte mich nicht mehr bewegen, es schien, als erlebte ich eine Szene mit, die nicht wirklich war.

Wilson stand nun dicht hinter dem Mädchen und zog mit Bedacht seinen Revolver aus der Gürteltasche. Ich wollte schreien, laut toben, doch ich konnte weder sprechen noch toben. Auch Edwards schien wie am Boden angewurzelt stehen geblieben zu sein, während sein Unterkiefer herunterklappte und er seinen Mitstreiter fassungslos musterte. Das Weinen des Kindes hatte sich in ein lautes Schreien verwandelt, das unerträglich in meinen Ohren pfiff. Neben dem Mädchen kniete ein Junge, der verängstigt nach oben zu Wilson sah.

Plötzlich erklang ein Schuss und das Gejammer hörte von einem Moment auf den anderen auf. Stille trat ein, und auf dem Boden konnte man das Mädchen sehen, um das sich nun eine dicke Blutlache bildete. Ihre blonden Haare färbten sich rot, ihre leblosen Augen starrten weit aufgerissen ins Leere.

Mein Herz wurde schwer und schien mir in den Magen zu rutschen. Verwirrt sah ich um mich, Tränen schossen mir in die Augen. Ich schrie laut auf, bevor der Junge neben dem Mädchen auf Wilson zustürmte und ihn umriss. Immer wieder schlugen seine geballten Fäuste auf Wilsons Gesicht ein, während dieser nur stöhnend auf dem Boden lag. Der Revolver befand sich nicht einmal einen Meter neben seinen ausgestreckten Armen. Immer wieder versuchten seine Fingerspitzen, die Waffe zu berühren, während Parker versuchte, seinem Freund zu helfen.

»Nein, lass ihn!«, wehrte der Befehlshaber ab.

Parker musterte den Kampf mit besorgten Blicken, dann wandte er sich mit nervöser Stimme seinem Vorgesetzten zu: »Aber Sir, dieser Bastard bringt ihn noch um, wollen Sie ihm nicht helfen?«

Der Befehlshaber lachte auf, dann jedoch verzog sich seine Miene wieder, zeigte seinen Zorn, und er trat Parker mit bedrohlichen Schritten näher.

»Ich sagte: Nein! Oder wagst du es, dich meinen Befehlen zu widersetzen?«, zischte er.

Parker schüttelte nur heftig den Kopf und sah Wilson zu, wie er den Revolver mit einem Ruck packte und den Abzug löste. Noch ein Knall erklang, bevor der Junge auf Wilson seitlich wegkippte und in sein eigenes Blut fiel. Er war sofort tot, einfach so, von einer Sekunde auf die andere vom Leben in den Tod katapultiert. Ich wagte nicht, auch nur einen Ton von mir zu geben. Die Konföderierten waren grausame Wesen, denen man nicht begegnen wollte. Ich musste mein Versprechen halten, ich musste Matthew finden!

Hinter mir erklang ein Lachen, bevor ich auf die Knie gezerrt und nach unten gedrückt wurde.

»Gut, zwei haben wir schon, fehlen nur noch, eins, zwei … neun! Edwards, kommen Sie her!«

Keine Reaktion.

»Edwards!«, schrie die Stimme nun über die Landschaft hinweg.

Gedankenverloren sah der junge Mann zu mir, seine Augen waren erloschen, kein Funken von Hoffnung spiegelte sich mehr in ihnen. Er schien völlig zerstört, während er langsam zu uns herüberkam.

Mit einem Grinsen zog der Befehlshaber nun seinen Revolver aus der Tasche und übergab ihn Edwards.

»Hier, erschieß sie!« Seine Stimme wirkte amüsiert.

Edwards wurde kreidebleich und schüttelte den Kopf.

Jetzt drehte sich Parker zum Kommandanten um, trat ein Schritt zu ihm und flüsterte vorsichtig: »Sir, Sie können das bei allem Respekt nicht machen! Das würde Sie … Das würde uns den Hass der gesamten Bevölkerung einbringen. Sie würden Sie …«, er stockte, traute sich nicht, die Worte zu vollenden.

Der Kommandant verstand auch so, nickte nur mit zusammengebissenen Zähnen und fauchte dann: »Das wird niemand erfahren. Haben Sie mich verstanden?«

Parker nickte gehorsam.

»Edwards, auf was warten Sie?«

Der Kommandant sah ihn fordernd an, ein Lächeln umspielte seine Lippen.

»Nein, das werde ich nicht tun!«, rief Edwards entschlossen.

Die Gesichtszüge seines Vorgesetzten verdunkelten sich. Mit einem Sprung stand er vor dem jungen Mann und schlang seine Arme so um ihn, dass er seinen Kopf im Würgegriff hielt. Keuchend versuchte Edwards, dem Griff zu entkommen, doch er hatte keine Chance.

»Du wirst sie erschießen!«

Die scharfen Worte trafen mich wie ein Schlag und lösten eine Panikwelle in mir aus.

Jetzt nahm er seinem Untergebenen den Revolver aus der Hand und entließ ihn aus seinem Griff. Edwards fiel keuchend auf den Boden und hielt sich mit schmerzverzerrtem Gesicht den Hals. Mit angewidertem Blick betrachtete ihn sein Vorgesetzter und warf ihm den Revolver vor die Füße.

»Entweder du erschießt sie oder ich werde es tun.« Er trat einen Schritt näher und flüsterte: »Und ich sage dir, du tust ihr einen Gefallen, wenn du das erledigst!«

Hasserfüllt sah Edwards nun in das Gesicht seines Vorgesetzten, bevor er aufstand und sich hinter mich stellte. Er hob den Revolver und atmete tief ein, während ich langsam den Kopf senkte, meine Augen fest zusammenkniff und leise weinte.

So sollte wohl mein Leben enden.

Das Letzte, was ich hörte, war ein Klicken. Das Klicken, welches erklingt, wenn man den Hahn eines Gewehrs spannt.

Teil 2

Der Brand

Kapitel 6

Einige Meilen östlich von St. Louis, Missouri

Ich kniff immer noch angestrengt die Augen zusammen, die Hände schützend um meinen Kopf gelegt. Doch kein Schmerz durchfuhr mich, keine Qualen. War ich nicht tot?

Ich hörte Hufgetrappel, laute Rufe und Gebrüll. Die wiehernden Pferde schienen immer näher zu kommen. Langsam öffnete ich die Augen, hatte Angst, mich nur einen Millimeter weit zu bewegen, hatte Angst, alles um mich könnte bei der kleinsten Bewegung in sich zusammenfallen. Vor mir standen die Kinder, die noch immer in fassungslosem Entsetzen auf die beiden Toten neben sich hinabstarrten. Als ich in ihre Gesichter sah, erkannte ich ihre Verstörung und Angst, und ich erkannte ebenso das Begreifen: das Begreifen einer Welt, von der man bisher immer gedacht hatte, sie wäre eine gute. Und ich spürte die Gefühle dieser jungen Menschen: Sie durchlebten genau das, was ich durchlebte, mussten schweigen und zusehen, wie unschuldige Menschen grundlos umgebracht wurden.

Das Dröhnen des Bodens verstärkte sich und ich fühlte förmlich die Hufe der Pferde, die immer heftiger auf den Boden schlugen. Der Revolver, den Edwards auf mich gerichtet hatte, zitterte in seinen Händen und tippte mir dabei an den Kopf. Sämtliche Angst in mir war verflogen und hatte einer unsäglichen Wut Platz gemacht.

›Was sind das für Schweine!‹

Edwards zögerte, während er zuerst meinen Hinterkopf, dann die auf uns zukommenden Reiter ansah.

»Erschieß sie, du Mistkerl!«, ertönte wieder die Stimme des Befehlshabers, die nun eher nervös als stark klang.

Immer noch schien Edwards unsicher. Ich konnte hören, wie er nervös auf seiner Unterlippe herumkaute, wie er tief schluckte, als wäre er sich nicht sicher, was er tun solle.

Ich drehte meinen Kopf langsam zur Seite und konnte aus meinem Blickwinkel sehen, wie er den Revolver in seinen Händen in der nächsten Sekunde in Richtung seines Kommandanten hob und auf ihn zielte.

»Nein, das werde ich nicht!«

Mit ungläubiger Miene betrachtete der Kommandant seinen Sergeanten und lachte laut auf.

»Du ziehst die Ehre deines Vaters in den Dreck. Du hast nicht den Mut dazu, Feigling! Komm, erschieß mich!«, provozierte er mit spöttischem Unterton in der Stimme.

Langsam strichen Edwards Finger über den Abzug, als wolle er den Revolver zärtlich umgarnen, bevor er ihn betätigte. Die anderen Soldaten sahen ihren Kameraden verdutzt an, während sie reglos und wie angewurzelt an ihren Plätzen standen. Edwards Finger betasteten nun den Abzug und schmiegten sich an das gebogene Metall, bevor er ihn ganz langsam zu sich zog.

Ein plötzliches Gebrüll ließ Edwards aufsehen und den Revolver schnell wegpacken. Schreie waren zu hören, Unruhe breitete sich aus, und allmählich begannen sich die Soldaten aus ihrer Schockstarre zu lösen und zogen uns schnell auf die Beine. Mit rasendem Tempo führten sie uns in den Zug, zuerst die jungen, dann die älteren Kinder.

Auch ich wurde am Arm gepackt und von Parker zum Zug gezerrt. Schon hatten meine Füße die ersten Treppen des Zuges erreicht, als ich ein lautes »Jiha!« hörte und nun auch die Reiter sehen konnte, die nur noch wenige Steinwürfe von uns entfernt waren.

Eine bekannte Stimme! Ich sah angestrengt nach hinten, um die Reiter erkennen zu können. Dann ein Schatten, ein deutlicher Schatten, der immer sichtbarer wurde. Mein Herz machte einen Sprung, und es fühlte sich so an, als würde ich jeden Moment innerlich platzen, so aufgeregt war ich.

»Matthew! Matthew!«, schrie ich verzweifelt.

Für kurze Zeit herrschte Schweigen, das laute Gebrüll war verstummt und ich hatte die Hoffnung schon aufgegeben, als eine Stimme zurückrief: »Cathie, bist du das? Cathie?«

Ich weinte voller Freude, mein Leid, welches ich in den letzten Monaten ertragen hatte, die Ungewissheit, ob Matthew noch lebte, der Schmerz, die Verzweiflung – alles schien einen Sinn zu haben, alles schien vergessen.

»Ja, hier bin ich, Matthew. Hilf mir bitte!«

Tränen flossen meine Wangen hinunter, ich konnte nicht glauben, dass mein Bruder noch lebte und mich tatsächlich gefunden hatte.

Nun setzte das Gebrüll wieder ein, Parker drückte mich mit aller Kraft in den Zug und meine Kräfte drohten nachzulassen. Doch ich wollte Matthew hier nicht verpassen, der Zug durfte sich nicht in Bewegung setzen! Ich hatte es Mutter versprochen. Ohne darüber nachzudenken, trat ich Parker mit meinem Fuß zwischen die Beine. Das Gesicht zu einer schmerzhaften Grimasse verzogen, schwankte er und fiel die Zugtreppen rückwärts hinunter, wo er liegen blieb und laut aufstöhnte. Mit einem sicheren Sprung landete ich neben ihm auf dem Boden.

Edwards und der Befehlshaber verharrten noch immer in der gleichen Position neben dem Zug.

Mit Abscheu betrachtete ich die beiden, bevor ich wild entschlossen losrannte und die Arme nach Matthew ausbreitete, der mir, so schnell er konnte, entgegenritt. Nur noch wenige Hundert Meter trennten uns. Dann ertönte ein leises Surren, das sich von hinten an mein Ohr schlich und immer mehr zu einem lauten Zischen in der Luft wurde. Ein unerträglicher Schmerz erfasste meinen Fußknöchel und mit einem lauten Schmerzensschrei landete ich auf dem harten Boden. Hektisch sah ich nach unten: Eine Lederpeitsche hatte sich um meinen Fuß geschlungen und zog mich nun immer weiter zurück.

»Oh Gott, Cathie!«, konnte ich Matthew schreien hören, doch es war nun eher ein dumpfes, weit entferntes Geräusch.

Benommen versuchte ich die Augen offen zu halten, wehrte mich gegen das Verlangen ohnmächtig zu werden. Verschwommen konnte ich Wilson erkennen, der mich aufhob und grinsend in den Zug schleppte. Dann verschwand sein Gesicht, genauso wie die Umgebung um ihn herum. Alles fiel in ein dunkles Loch, alles wurde schwarz.

In einem Gefangenenlager der Konföderierten, Mississippi

Ein schwaches Licht flackerte neben meinem Gesicht und ein feiner Windhauch zog über den harten Boden, der die wenigen ausgetrockneten Gräser in die Luft wirbelte und sie dann kurz darauf wieder losließ. Mir war abwechselnd heiß und kalt, ich zitterte, und noch halb in meinen Träumen gefangen, begann ich wild um mich zu treten und immer wieder nach Matthew zu schreien. Dann fühlte ich eine kalte Hand an meiner Schulter, die meine Haut zart zu streicheln begann. Matthew verschwand, der Zug verschwand und nun erschien Mutter in meinem Blickfeld. Sie trug immer noch dieses blaue, wundervolle Kleid und lächelte mir mit Tränen in den Augen zu, während sie ihre Hand hob und flüsterte: »Leb wohl!«

»Nein, nein!«, schrie ich und wachte schweißgebadet auf dem Boden eines Zeltes auf.

Mein Rücken schmerzte, das Blut an meinen Knien war getrocknet, doch vor allem spürte ich den stechenden Schmerz an meinem Fußknöchel, um den nun ein nasses Tuch gewickelt war. Ich versuchte, mich zu beruhigen, sah mich um und konnte im schwachen Licht einer flackernden Lampe einige Gesichter erkennen. Meine Blicke gingen von Mann zu Mann, doch keinem von ihnen schien ich jemals begegnet zu sein. Dann wandte ich abrupt den Kopf um – jemand hatte mich leicht am Arm gestreichelt. Verwirrt sah ich in seine Augen und deren Meeresblau jagte mir einen kalten Schauer über den Rücken. Er war es, die Person aus meinem Traum: Edwards!

Eindringlich musterte ich ihn von oben bis unten. Er schien in sich zu ruhen, obwohl er richtig zerschunden aussah und überall blaue Flecken hatte. Zudem war sein rechtes Auge geschwollen, seine vollen Lippen waren aufgesprungen und bluteten bei jeder seiner Bewegungen.

»Catherine Lanchaster?«, drang eine schwere Stimme zu mir, und wenige Sekunden darauf schritt eine große Gestalt aus dem Dunkel des Zeltes auf mich zu.

»Ja?«, fragte ich unsicher.

Die Gestalt wurde immer deutlicher, und als das Gesicht des Mannes nun ganz nah an meinem war, überkam mich die Angst von Neuem. Er war ebenfalls da – der Kommandant aus dem Zug. Er stand hier vor mir. Ich war verwirrt, wusste nicht, ob ich träumte oder wachte. Mir war nicht klar, ob ich eine Vision hatte, die sich bald erfüllen würde, oder ob das alles schon geschehen war.

»Sie waren einige Tage lang weg. Wir dachten schon, sie wären tot, doch den Vorschriften dieses Lagers verdanken sie es, noch unter uns zu weilen.« Er räusperte sich künstlich. »Wie dem auch sei, infolge Ihrer Lügereien gegenüber einem Kommandanten und dem dringenden Verdacht der Spionage sind Sie hiermit im Namen der Konföderierten Staaten Amerikas verhaftet! Willkommen in Meridian!«

Seine Worte hingen in der Luft und schienen nur langsam näher zu kommen, bevor sie zu mir durchdrangen und mich erdrückten. Meine Kehle schwoll an, ich versuchte etwas zu sagen, mich zu wehren, doch jede Silbe, die ich formte, verschluckte ich wieder. Hilflos blickte ich zu Edwards, der mich jedoch nur betrübt ansah und nickte. Ich wusste nicht, was das bedeuten sollte, wusste nicht, ob er mir nun helfen würde oder nicht. Das Einzige, was ich wusste, war, dass er in großen Schwierigkeiten steckte, genauso wie ich.

»Ich … ich habe nichts getan!«, keuchte ich.

Der Kommandant schien mich zu ignorieren. Dann aber, als mich zwei Soldaten an den Armen nahmen und zur Zelttür führten, flüsterte er ganz leise: »Sie wissen ganz genau, was Sie getan haben, Catherine Lanchaster aus Kansas.«

Die Worte ließen mich erschaudern. Ich wollte noch etwas sagen, doch die Soldaten hatten mich schon aus dem Zelt gebracht und liefen nun mit mir einige Meter durch die Dunkelheit.

Dann schloss einer der Soldaten eine schwere Zauntür auf; ich konnte nicht sagen, wie hoch es war, da die Dunkelheit den Zaun zu verschlingen schien. Ehe ich darüber nachdenken konnte, trugen mich die Soldaten in ein kleines Zelt und setzten mich auf den Boden, wo bereits ein paar andere Menschen lagen und schliefen.

»Du schläfst, hast du verstanden?!«, schärften sie mir in einem Ton ein, der mich an Mrs. Darwinson erinnerte.

Dann verschwanden sie und ließen mich in der Dunkelheit des kleinen Zeltes in dieser warmen Sommernacht allein.

Ich wusste weder, wo ich war, noch wer sich neben mir befand, ich wusste in diesem Moment nicht einmal, wer ich überhaupt noch war. Doch ich wusste, dass ich nicht aufgeben würde, das Versprechen zu halten, das ich Mutter gegeben hatte!

Mit diesem Gedanken lag ich noch lange wach. Ich traute mich nicht, mich zu bewegen, aus Angst die anderen, wer diese auch waren, zu wecken. Ich schloss die Augen, um zu schlafen, doch das gelang nicht. Außerdem hatte ich Angst, dem Krieg in meinen Träumen wieder zu begegnen. Also starrte ich die Zeltplane an, während ich schweren Herzens an Matthew dachte und mir vorstellte, er würde in diesem Moment irgendwo da draußen an mich denken. Ich konnte ja nicht wissen, dass er in diesem Moment wirklich irgendwo da draußen an mich dachte und keinen Schlaf fand, genauso wie ich.

Derweil bei Matthew

Er brütete über einer großen Landkarte Amerikas und kratzte sich wild am Hinterkopf, dann nuschelte er unverständlich vor sich hin und zeichnete nervös Punkte in die Karte ein. Sein Kopf dröhnte, er wollte laut schreien und weinen, doch er versuchte mit allen Kräften, gegen seinen Zorn anzukämpfen. Tausend Gedanken tobten in seinem Kopf, Szenarien machten sich breit, Hass und Trauer vereinten sich und ließen sein Herz heftig schlagen. Allein saß er in einem kleinen Arbeitszimmer der Hauptkaserne, welches direkt an die Schlafräume grenzte, aus dem er das leise Dösen seiner Mitstreiter hören konnte. Der Raum, in dem er sich befand, bestand aus drei Holzwänden und einer kleinen Glasfassade. Hinter ihm lagen stapelweise Zeitungen und Landkarten, die den ganzen Raum einzunehmen schienen und ihm den Weg versperrten.

Dann blickte er von der Landkarte auf und rieb sich seine müden Augen, während er durch die Glasscheiben auf seine schlafenden Mitstreiter sah, deren Körper sich im Takt ihres Atmens hoben und senkten. Das leise Dösen und Schnarchen ermüdete ihn. Er rieb sich entkräftet die Augen und schlug sich selbst auf die Wangen, um nicht einzuschlafen.

Kurz darauf waren im Hintergrund leise Schritte zu hören, und er wandte sich zu der Stimme um, die ihm zuflüsterte: »Matthew, ruh dich etwas aus, die Feldzüge besprechen wir morgen!«

Das leise Flüstern beruhigte ihn, brachte ihn in Versuchung, seiner Müdigkeit nachzugeben und zu schlafen. Doch entschlossen riss er seine Augen wieder auf.

»Nein, nein! Sie haben meine Schwester!«

Stille trat ein, der Soldat hinter Matthew stand mit verblüffter Miene da und traute sich kaum mehr zu atmen. Er schnaubte tief, während seine Schultern demütig nach unten fielen.

»Das tut mir leid.« Nun trat er näher und klopfte Matthew mit einem kräftigen Schlag auf die Schulter. »Wir werden sie finden und zurückholen!«

Matthew schluckte tief. »Sie haben ihr einen Revolver an den Kopf gehalten. Wären wir nicht gekommen, hätten sie sie eiskalt erschossen! Woher weiß ich, dass es nicht zu spät ist, wenn wir eintreffen? Ich weiß ja nicht einmal, wo sie sie hingebracht haben.«

Der Soldat hinter Matthew dachte kurz nach, dann erwiderte er: »Wir müssen schnell genug sein! Morgen fragen wir Billy, er kennt alle großen Gefangenenlager.« Er legte seinen Arm um Matthews Schultern und sagte: »Wir werden sie finden, Matthew, und wir werden sie zurückholen!«

Die Entschlossenheit in seiner Stimme ließ Matthew wieder Fuß fassen.

»Ja, und ich persönlich werde diese Schweine von Konföderierten töten!«

Im Gefangenenlager, Mississippi

»Psst, seid leise, sie schläft noch!«

Wie das Zischen einer Schlange erreichten die Worte meine Ohren, bevor ich eine Frauenstimme erkennen konnte.

»Was …?« Es dauerte, ehe ich sie genauer fassen konnte. Erst allmählich schalteten sich meine Sinne ein und meine Finger begannen zu kribbeln. Ich wurde langsam wach, doch ich wagte es nicht, meine Augen zu öffnen – aus Angst, weitere Schrecken zu erblicken, aus Angst, weitere Tote sehen zu müssen, weiteres Leid zu erleben, und vor allem aus der Angst, dem Tod zu begegnen.

Doch dann wurde mir klar: Ja, seit ich Matthew da auf dem Pferd gesehen hatte, wie er lebendig war und geschrien hatte, wollte auch ich wieder leben. Meine Aufgabe war es nun, ihn zu finden und mit ihm zu Mutter zurückzukehren! Ich wusste, er würde den Krieg überleben, und ich sollte zusehen, dass ich das auch tat.

»Glaubt ihr, sie ist tot?«, erklang eine junge zarte Stimme inmitten der Stille.

»Natürlich nicht! Sieh' doch, wie sie atmet!«

Eine weitere Frauenstimme ließ mich meine Augen langsam öffnen. Die verschwommenen Gesichter vor mir blickten mich lächelnd an.

Allmählich wurden die Gesichter schärfer. Mein Blick schweifte von Gesicht zu Gesicht, und ich erkannte, dass die Älteste von ihnen vermutlich nicht einmal dreißig Jahre zählte. Die zweite Frau war ein Mädchen, etwa so alt wie ich, und das jüngste wohl nicht älter als elf. Sie sah mich nun mit ihren braunen Kulleraugen an und lächelte, während ihre Hände mit ihren blonden Zöpfen spielten.

»Seht nur, sie ist wach!«, sprach sie mit funkelnden Augen, bevor sie ihr Gesicht verlegen hinter ihren Zöpfen verbarg.

Eine Hand streichelte meine Schulter.

»Keine Angst, du bist hier sicher. Ich heiße Annie!«

Das älteste der drei Mädchen sah mich mit einem tiefen Lächeln an, sodass ich Vertrauen fasste und ihr leicht zunickte. Ihre dunkelblonden, nach hinten gesteckten Haare und ihre bernsteinfarbenen Augen ließen sie, zusammen mit den schmalen, dunklen Lippen und der geraden Nase, wunderschön erscheinen.

»Das sind Caren und Kenny, meine Schwestern.«

Mein Blick blieb bei Caren hängen, die ihre braunen, langen Haare nach hinten gebunden trug. Es sah aus, als bestünden ihre Haare aus flüssigem Ebenholz, so schön fielen sie ihr über den Rücken. Ihre tiefbraunen Augen sahen in die meinen und sie lächelte verlegen, als sie meine Wunden mit einer dickflüssigen Paste versorgte.

Überall am Körper hatte ich frische Kratzer und blutete, die Wunden am Knie und am Fußknöchel allerdings schienen langsam zu verheilen.

»Was haben sie mit dir gemacht?«, fragte Caren vorsichtig, als würde sie sich vor meiner Antwort fürchten.

Ich sah betrübt zur Seite, ich wusste nicht, was ich antworten sollte, denn ich konnte mir die Frage selbst nicht beantworten.

»Ich …«, setzte ich mühsam an, »ich weiß es nicht!« Ich wollte laut losweinen, meinen Kopf an die Schulter von Matthew legen und mit ihm über alles reden, doch er war nicht da. Mir war vollkommen egal, wer diese Konföderierten waren, wie sie hießen. Ich wollte einfach, dass sie mich in Ruhe ließen und zu Matthew brachten.

»Woher kommst du, Catherine?« Annie klang genauso überrascht, wie ich es in diesem Moment war.

Ich sah sie ängstlich an, bevor ich zurückwich und zischte: »Woher kennst du meinen Namen?«

Sie hob die Hände vor ihren Körper, als wollte sie mir zeigen, dass sie nichts an sich hatte, wovor ich mich fürchten müsste.

»Du hast im Schlaf diesen Namen geschrien«, sagte sie mit entschuldigendem Unterton.

»Ich komme aus Kansas«, antwortete ich erleichtert und ließ mich wieder von Caren behandeln. Es tat gut, etwas Kaltes am Körper zu spüren, genauso wie es gut tat, einfach dazuliegen und sich beruhigt pflegenden Händen zu überlassen, ohne Angst. Ein breites Grinsen huschte über mein Gesicht. Das war wohl die seltsame Ironie des Schicksals. Ich hatte sozusagen ein wenig Ruhe gefunden, obwohl ich mich nun in den Klauen der Konföderierten Staaten von Amerika befand. Ein kleiner Hoffnungsschimmer erfasste mein Herz: Matthew würde mich schon finden!

Am nächsten Tag

Ding, ding, ding – ein klirrendes Geräusch schreckte mich aus meinen Träumen und ich riss ängstlich die Augen auf. Ich war verwirrt und hatte keine Ahnung, wo ich mich befand. Plötzlich huschten mir die Bilder von gestern Nacht durch den Kopf; ich sah die drei Mädchen vor meinem geistigen Auge und spürte Carens Finger auf meiner Haut.

»Keine Sorge, das ist völlig normal hier. So wecken sie uns auf!«, vernahm ich eine bekannte Stimme hinter mir und erkannte kurz darauf Annie, die mir einen Krug Wasser vor die Nase hielt. »Hier, trink ein wenig, heute wird's ein langer Tag.« Ihre Stimme erinnerte an eine ruhige Schlafmelodie, und zusammen mit ihrem beruhigenden Lächeln wünschte ich mir einfach, noch einmal einzuschlafen.

Durstig trank ich aus dem Krug, bevor Caren und Kenny das Zelt betraten.

»Hallo, Catherine«, begrüßten sie mich im Chor, während ich nur mit einem schiefen Grinsen nickte.

Als ich ausgetrunken hatte, nahm mich Caren mit nach draußen, um mir das ganze Lager zu zeigen – obwohl ich es nur widerwillig sehen wollte. Was nützte es mir, gefangene Menschen zu sehen, die tagtäglich um ihr Überleben kämpfen? Ich wollte dem Leid nicht begegnen. Doch es half nichts. Caren schob mit einer flinken Handbewegung die Zeltplane zurück.

Die Morgensonne blendete mich, sodass ich schnell meine Augen zusammenkniff, um mich vor der ungewohnten Helligkeit zu schützen. Als ich meine Augen wieder öffnete, erschrak ich vor den Ausmaßen des Lagers. Es war riesig, überall standen eng nebeneinander aufgeschlagene Zelte, dazwischen konnte man kleine Feuerstellen sehen und Plätze, die mit Menschen überfüllt waren. Meine Blicke schweiften von Zelt zu Zelt; ich stellte mich auf die Zehenspitzen, um nach hinten zu spähen, aber ich konnte kein Land entdecken, weit und breit nur diese Zelte. Kinder spielten miteinander und überall hörte ich lautes Gerede. Ich sah in die Augen der Menschen, die an uns vorbeiliefen, aber zu meiner großen Überraschung sah ich keine Furcht in ihren Augen; es gab kein Zeichen von Leid und Schmerz, keine Sorgenfalten, die die Gesichter alt wirken ließen. Die Menschen sahen – glücklich aus! Sie unterhielten sich und lachten, während sie ihre Kinder in den Armen hielten oder mit ihnen spielten.

Mein Herz machte Sprünge, so lange hatte ich kein offenes Lachen mehr gehört, so lange keine freudigen Gesichter gesehen, es fühlte sich befreiend an, hier zu stehen und den Menschen zuzusehen. Ich musste weinen, allerdings nicht wegen meiner Schmerzen oder gar wegen des Leids, nein, ich weinte, weil ich sah, dass es das alles noch gibt. Ich wusste wieder, wer ich war und was ich zu tun hatte: Ich war Catherine Lanchaster und ich wollte leben.

»Weshalb sind diese Menschen so glücklich, Caren?«, fragte ich vorsichtig.

Caren lachte zuerst auf, dann verhärteten sich ihre Gesichtszüge jedoch und sie sah traurig und demütig zu Boden, während sie mit den Füßen die Erde aufscharrte. Wir waren stehen geblieben, für einen Moment war sie still, dann durchbrach Caren ihr Schweigen und ihre Stimme klang dabei rau und ungewöhnlich ernst.

»Genau das Gleiche habe ich mich auch gefragt, als ich hier ankam. Ich hatte kurz zuvor meine Eltern verloren, war am Boden zerstört. Es brachte mich regelrecht zum Kochen, wenn ich diese Menschen ansah, wie sie strahlten und lachten, obwohl sie hier waren. Ich verstand nicht, wie man ein Lachen im Gesicht tragen konnte, wenn man ständig daran denken muss, wie viele Menschen Tag für Tag wohl gestorben waren.« Sie schluckte tief. »Doch mit der Zeit begann ich, den Grund zu begreifen.« Jetzt sah sie auf und ihre traurigen Augen wurden wieder ganz hell und lebendig. Sie sah mich intensiv an und zeigte auf den Zaun, während sie mit bebender Stimme erzählte: »Die Menschen hatten da draußen kein Leben, verstehst du? Wie meine Schwestern und ich kamen die meisten aus Gebieten, in denen Krieg herrschte. Wir wohnten in einer Gegend, in der es einige Soldaten gab, die meisten hatten erst ihre Ausbildung abgeschlossen und waren noch sehr jung. Es lebten nur noch wenige in unserem Dorf, da die meisten die Abreise bevorzugt hatten. Als die Konföderierten dann kamen und gegen unsere Soldaten zu kämpfen begannen …«, sie machte eine kurze Pause und atmete tief ein. »Wir mussten uns Tag für Tag die Schreie der Verwundeten anhören, die Schüsse der Gewehre und hoffen, dass keiner unsere dünne Wohnungswand durchbohrte. Nacht für Nacht fürchteten wir uns vor den Minen, die die Konföderierten in der Erde vergraben hatten, stellten uns vor, wie eine direkt neben unserer Wohnung explodieren würde und den Wohnblock in Stücke zerfetzte. Wir stellten uns vor, wie die Decke über uns zusammenbrechen und wir lebendig begraben würden. Und dann, manchmal ganz nah, die Geräusche der Minen, über die jemand gelaufen war und die schrecklichen Minuten danach. Das ohrenbetäubende Geschrei des Verwundeten, der nur noch aus Fetzen bestand.« Sie schluckte, ihr Atem war unregelmäßig und schnell. »Die meisten haben gebetet.«

Während sie sprach, wurden ihre Augen immer leerer, und es erfüllte mich mit Schrecken, sie so sehen zu müssen. Carens Stimme wurde bitterer und leiser, sodass sie bald nur noch einem Flüstern glich.

»Dieser Rauch, der durch unser Fenster drang! Dieser Gestank! Wir mussten röcheln und husten, doch Annie sagte immer, wir dürften uns nicht bewegen.« Sie schloss schmerzhaft die Augen, dabei löste sich eine Träne von ihren Wimpern und kullerte ihre Wange hinunter. »Weißt du, wie sich das anfühlt, zunächst dieses Geschrei, das dich verrückt macht? Und dann hörte es plötzlich auf und die Stille kam zurück, um uns noch verrückter zu machen? Manchmal so lange und unerträglich, dass du dir fast schon wünschst, die restlichen Minen würden hochgehen, damit diese Qual schneller vorbei ist. Ich weiß, es ist falsch aber …!« Sie verstummte, und gleich darauf schüttelte sie ihren Kopf, als wollte sie aus einem schlimmen Traum aufwachen. Sie fuhr sich mit den Fingern über die Wangen, um ihre Tränen wegzuwischen, dann sagte sie schon fast beschämt: »Ja, wie gesagt, hier sind die Menschen um einiges sicherer als in ihrer damaligen Heimat, aber das ist nun Geschichte. Das hier ist eigentlich kein Gefangenenlager, sondern eher ein Flüchtlingshort. Auch wenn der Kommandant über das Lager herrscht«, sie schluckte. »Wir konnten ja nicht wissen, dass er uns nicht mehr rauslässt! Deshalb nennen wir es Gefangenenlager, obwohl nur wenige wirklich verhaftet wurden!«

Sie zwang sich ein Lächeln auf die Lippen, als wollte sie damit alles Leid wegschieben. Dann nahm sie mich an die Hand und machte sich mit mir zusammen auf den Weg. Und auch wenn der Schock über ihre Worte noch immer tief saß, verstand ich ihre Sicht der Dinge. Ich hörte Caren tief ein- und ausatmen, während sie neben mir herlief, als hätten ihre eigenen Worte sie vollkommen entkräftet.

»Komm, ich zeige dir jetzt das Lager!«, meinte sie, bevor wir zwischen Hunderten von Zelten hindurchliefen und Caren mich mit allerhand Leuten bekannt machte.

Als die Sonne schon hoch am Himmel stand und sich mein hungriger Magen allmählich meldete, setzten wir uns etwas abseits auf einen freien Fleck des Bodens und aßen einen Laib Brot, den Annie uns mitgegeben hatte. Das Brot war noch warm und schmeckte wunderbar süß, sein Geschmack zog mich für eine kurze Zeit zurück in die Vergangenheit zu Mutter, die an freien Tagen immer so gerne gebacken hatte. Umso mehr tat der Gedanke weh, nicht mehr bei ihr sein zu können. Trotzdem versuchte ich mich glücklich zu schätzen, ich hatte ja nun Caren, mit der ich den ganzen Tag über alles sprechen konnte, sodass ich mich ein bisschen heimischer fühlte.

Als die Sonne sich dem Horizont zuneigte, machten wir uns auf den Heimweg, und ich bemerkte, dass gleich neben unserem Zelt der eingrenzende Drahtzaun verlief. Neugierig musterte ich ihn, bevor mir eine sitzende Gestalt dahinter auffiel, die gegen den Zaun gelehnt mit den Fingern im Dreck wühlte.

»Geh du schon mal rein, ich komme gleich nach«, sagte ich zu Caren, die meiner Bitte ohne Umstände nachkam.

Mit vorsichtigen Schritten näherte ich mich nun dem Zaun. Ich betrachtete ihn von oben bis unten und stellte mit einer Woge der Angst fest, dass am obersten Rand des Zauns große Eisendornen befestigt waren. Langsam trat ich der Gestalt entgegen, die mich noch nicht bemerkt hatte, kniete mich nieder und flüsterte:

»Was machst du hier?«

Sofort drehte sich die Gestalt ertappt um und ich konnte in die saphirblauen Augen von Edwards blicken, die funkelnd aufleuchteten, als sie mich erkannten.

»Ich denke nach«, erwiderte er mit traurigem Unterton.

»Über den Krieg, stimmt's?« Meine Stimme klang ungewohnt heiser und das Wort Krieg schaffte es kaum über meine Lippen.

Er nickte nur, während seine funkelnden Augen matt wurden. Wie er mich so musterte mit seinen immer leerer werdenden Augen, tat er mir irgendwie leid, doch dann musste ich wieder an meine Familie denken, an das Dorf voller Trauer, an meine verlorene Heimat. Und ich dachte an Mrs. Darwinson, die auf der gleichen Seite wie der Mann vor mir stand. Meine Blicke blieben bei seinem Ärmel hängen, auf dem CSA stand. Eine Woge aus Hass und Abneigung stieg in mir hoch und ich wich einen Schritt zurück.

»Ich heiße …«, begann er, doch ich schnitt ihm das Wort ab.

»Das ist mir egal! Du bist genauso wie all die anderen, du kämpfst gegen die Union, du Verräter! Du, du beurteilst die Menschen nach ihrer Hautfarbe. Du misshandelst die Schwarzen!« Ich spuckte die Worte förmlich aus mir heraus, meine Stimme klang spitz und bitter.

Er setzte zu einer Antwort an, doch wieder schnitt ich ihm das Wort ab.

»Nein! Lass mich in Ruhe!«

Mit einem Ruck stand ich auf und lief weg, während er hinter mir hersah, den Finger immer noch gehoben, als wolle er mir etwas erklären. So verschwand ich ins Zelt, wo Annie schon für uns gekocht hatte.

Tags darauf

»Was kannst du denn?«, fragte Annie mit ihrer zarten Stimme, als wir gemeinsam auf die wenigen Utensilien starrten, die im Zelt lagen.

Ich betrachtete die Werkzeuge auf dem Tisch. Es waren Hammer, Meißel und Schrauben zu sehen, ein Stück Holz. Meine Blicke schweiften zu den Stoffen, die am Ende des Tisches lagen und die ich nun mit vorsichtigen Bewegungen durchstöberte. Ein paar Fetzen alter Kleider waren schichtweise übereinander gestapelt. Nichts, aus dem man etwas Schönes zaubern konnte. Neben den Kleidungsfetzen lagen Nadel, Faden und ein Block Papier, in den schon jemand einige Skizzen von Kleidern gezeichnet hatte. Lächelnd sah ich zu Annie hoch.

»Ich kann nähen«, sagte ich unsicher, sodass es eher nach einer Frage als nach einer Antwort klang.

Sie verstand und nickte, bevor sie mir ihre Stoffe überreichte und mir den Notizblock in die Hände gab.

»Hier, ich habe schon ein paar Zeichnungen angefertigt, doch ich bin keine sehr geschickte Näherin!«, lächelte sie verlegen.

Ich lächelte zurück, bevor ich den Block nahm und mich draußen neben den Zaun setzte. Dort begann ich, Annies Zeichnungen durchzusehen, und je mehr ich sah, desto begeisterter wurde ich. Annie war sehr talentiert! Sie hatte wundervolle Roben und Alltagskleider in ihr Notizbuch gezeichnet, und unter jede Zeichnung hatte sie schwungvoll ihren Namen geschrieben. Eine ihrer Skizzen begeisterte mich besonders: Es war eine wunderschöne Robe, die eng an der Taille anlag und dann nach unten fiel. Dazu trug das Model noch einen Seidenschal und einen Hut. Wie gern hätte ich ein solches Kleid gehabt, in dem ich mich wie eine Prinzessin fühlen würde! Der Gedanke setzte sich in meinem Kopf fest. Ich konnte es schon vor meinem inneren Auge sehen: Ich in dieser wundervollen Robe, wie ich mit einem breiten Lächeln winkend die Treppe eines prächtigen Palastes herunterschritt. Der Ebenholzgeruch des geschwungenen Geländers stieg mir in die Nase und ich hörte das Jubeln der Menschen um mich, genauso wie ich gleichzeitig ihren Neid verspüren konnte.

Und dann, von einer Sekunde auf die nächste, verblasste mein Traum. Die Menschen verschwanden, das Jubeln verstummte, und ich war wieder auf dem Boden neben dem Zaun und sah gedankenverloren in Annies Notizbuch. Aber ich konnte diesen Gedanken nicht loslassen, es war mein großer Traum, den ich nicht einfach so aufgeben wollte. So begann ich mit vor Aufregung zitternden Händen, Annies Stoffe vor dem Zelt zu sortieren und sie zu dem Kleid zusammenzunähen, welches sich nun tief in meinem Herzen befand. Stundenlang nähte ich, sodass ich nicht bemerkte, dass die Sonne sich bereits dem Horizont zuneigte und das Ende des Tages ankündigte. Und ich hörte nicht die Schritte, die sich mir nun näherten. Ich schien in einer anderen Welt versunken zu sein, einer Welt, in der ich wichtig war, einer besseren Welt ohne Krieg.

»Du nähst sehr gut!« Die tiefe Stimme klang ein wenig nervös und entschuldigend.

Ich fuhr erschrocken hoch und sah in diese blauen Augen, die mich gleichzeitig faszinierten und abstießen. Er stand hinter dem Zaun und sah auf mich.

»Du hast kein Recht, mit mir zu sprechen!«, erwiderte ich voller Abscheu.

Er sah mich betrübt an, seine Hände hielten den Zaun fest, als wolle er vermeiden, dass ich ging.

»Ich weiß«, sagte er. »Doch ich habe dich verschont, nicht wahr?«

Es war also wahr. Mein Traum, den ich hatte, bevor ich bei Annie aufgewacht war – es war wirklich geschehen! Matthew lebte noch und wollte mich retten!

Hoffnung stieg in mir auf und trotz meiner Verwirrung fühlte ich mich erleichtert. Ich sah Edwards immer noch an und wollte ihm gerade widersprechen, doch ich bekam keinen Ton aus mir heraus. Ich erkannte, dass ich keinen Grund hatte, ihm zu widersprechen, denn er hatte recht.

»Ich bitte dich deswegen, mir zuzuhören, auch wenn es dir nicht gefällt.«

Mit zusammengebissenen Zähnen nickte ich und lauschte seinen Worten.

Er räusperte sich, bevor er sich hinsetzte und zu sprechen begann: »Ich weiß, dass du mich verabscheust, weil du nur meine Uniform betrachtest und das Zeichen CSA siehst, nicht wahr? *Konföderierte Staaten von Amerika.* Das widert dich an, weil du so viel Leid durch die Konföderation ertragen musstest.«

Ich sah ertappt hoch, während mir Tränen in die Augen stiegen; er wusste es, er schien mich zu verstehen.

»Ich kenne das. Aber glaub ja nicht, ich bin so wie diese … Bastarde. Ich war nie gegen die Schwarzen, niemals! Ich komme von Virginia, mein Vater ist gebürtiger Texaner … das heißt, er war einer. Ich weiß es nicht!« Er schluckte. »Meine Eltern besaßen ein riesiges Gut, das wir nicht allein bestellen konnten. Deshalb hatten wir Arbeitskräfte …«

»Sklaven, ihr hattet Sklaven, ja!«, schnitt ich ihm das Wort ab, voller Zorn und Trauer zugleich.

Er schnaubte tief.

»Nein! Sie waren für uns nie Sklaven, wir haben sie nicht schlecht behandelt. Sie hatten zuvor kein Leben, sie kamen von weit her. Hör' mir zu, ich bitte dich, und fälle dein Urteil erst danach! – Es war … Der Wind tobte laut pfeifend um unser Landhaus und peitschte den kalten Regen so stark gegen unsere Fenster, dass wir schon fürchteten, sie würden zerspringen. Grelle Blitze rissen die Wolken am Himmel immer wieder auf, bevor der Regen heftig auf den Boden prasselte. Wir saßen in der Küche, Mutter hielt ihre großen Pfannen und Kochtöpfe schützend in den Armen, aus Angst, sie würden auf den

Boden fallen. Es war ihre Leidenschaft zu kochen und die Menschen um sie herum dadurch glücklich zu machen; es hätte ihr das Herz gebrochen, ihr Kochgeschirr zu verlieren. Vater bewegte sich unruhig auf dem Stuhl hin und her, und ich sah die Angst und die Besorgnis in seinen Augen, obwohl er so gut wie möglich versuchte, seine Anspannung zu verbergen. Bei jedem Donnerschlag, bei jedem Knacken schrie Mutter auf und klammerte sich noch fester an ihre Kochtöpfe, während Vaters Fingernägel Spuren im Holz des Stuhles hinterließen. Mein Herz schlug mir bis zum Hals und ich dachte an die Menschen, die es nicht so gut hatten wie wir und nicht in einem Zuhause Geborgenheit fanden.

Plötzlich konnten wir nicht mehr nur den pfeifenden Wind hören, da waren auch Schreie, laute Stimmen, die flehend um Hilfe baten! Hektisches Hämmern ließ unsere Tür vibrieren und flehende Rufe wurden laut, voller Angst. Sofort sprang Vater auf und riss die Tür auf, hinter der sich fünf Schwarze befanden. Drei junge Frauen und zwei Männer, keiner von ihnen zählte mehr als 25 Jahre. Als die Menschen uns mit großen Augen anstarrten, in ihren zerfetzten Kleidern und mit aufgeschürften Füßen, erwachte Mutter plötzlich aus ihrer ängstlichen Haltung; sie ließ all ihre Pfannen auf den Boden fallen, lief ins Wohnzimmer und kam kurz darauf mit frischen Tüchern zurück. Und auch Vater zögerte keine Sekunde, diesen Menschen zu helfen. Wir gaben ihnen frische Kleider und etwas zu essen sowie ein Dach über dem Kopf. Vater fragte nicht nach ihrer Herkunft, er wollte das Vergangene nicht wissen. Er war wohl der bescheidenste Mann, den ich kannte.

Völlig unerwartet erzählte uns eine der Frauen, die einzige, die unsere Sprache sprach, am nächsten Tag von sich aus, wo sie herkamen, und ich kann dir sagen, im Nachhinein hätte ich ihre Geschichte lieber nicht gehört. Sie schockierte mich zutiefst, die Geschichte dieser Menschen, die ihren Familien entrissen und auf einem Sklavenschiff nach Amerika gebracht worden waren. Als sie ankamen, flüchteten einige von ihnen und irrten so bei jenem schrecklichen Sturm durch die Gegend, auf der Suche nach einer besseren Welt. Ich will mir nicht vorstellen, was sie durchgemacht hatten, doch ich denke, ich weiß die Wahrheit schon.

Einige Tage später schüttelte mein Vater den Schwarzen mit einem zufriedenen Lächeln die Hand und beschäftigte sie auf dem Feld. Aber nicht als Sklaven, nein, sie waren genau so, wie wir es waren. Koami, Anayo, Abebi, Mekena und Gazaley. Koami war gerade mal zwölf Jahre alt.«

Ich sah, wie ihm eine Träne über die Wange rollte, die er schnell wieder wegwischte. Ich schämte mich. Was hatte ich mir nur dabei gedacht, ihn so zu verurteilen? Tief in mir wusste ich, dass er das Gleiche durchmachte wie ich und all die anderen hier.

Es kam mir seltsam vor: Monatelang hatte ich geglaubt, dass alle in den konföderierten Staaten gegen die Schwarzen waren, doch nun wusste ich, dass es unter ihnen auch Menschen gab, die den Krieg nie gewollt hatten und die Schwarzen gut behandelten – genauso wie wir es taten. Vorsichtig streckte ich meine Hand nach dem Zaun aus und meine Finger krallten sich in die Zwischenräume des

Gitters. Ich wollte in Edwards blaue Augen sehen, aufstehen und ihn trösten, doch ich konnte es nicht. Stille breitete sich zwischen uns aus, in der seine Worte in meinem Kopf widerhallten. Schließlich löste sich die Spannung und ich sprudelte einfach drauflos.

»Wie sind sie so?«

Er sah mich verblüfft an und ein Lächeln huschte über seine Lippen.

»Die Schwarzen?«

Seine Stimme klang tief und dennoch belustigt hoch. Über meine eigenen Worte überrascht, nickte ich verlegen, während auch ich lachen musste.

»Sie sind nicht so, wie man erwartet. Sie pflegen alte Bräuche und nehmen Zaubertränke ein. An manchen Tagen malen sie sich farbig an und tanzen wild um ein Feuer, wie Indianer, so haben sie es mir zumindest geschildert. Bei uns in Virginia arbeiteten sie tüchtig. Anayo erklärte uns, dass es für sie nie wieder wie früher sein würde. Sie hatten Angst, ihren Glauben und ihre Familien zu verspotten, wenn sie in einem Haus, das den Weißen gehört, ihre Lieder sangen.« Er lächelte mit müden Augen. »Anayo war ein sehr ehrlicher Mann, der mich vieles gelehrt hat, das werde ich nie vergessen.« Nun sah er mich ernst an. »Egal, was die anderen sagen, egal, wie hart sie auf mich einprügeln, ich werde nie gegen die Schwarzen kämpfen!«

Von da an wusste ich, dass ich mich in ihm getäuscht hatte: Er war ein guter Mensch. Und obwohl ich mich vielleicht davor hätte fürchten sollen, dass er mich austricksen könnte, spürte ich tief in meinem Herzen, dass seine Geschichte wahr war.

Ein Gong erklang und schreckte mich aus meinen Gedanken auf.

»Schnell, geh in dein Zelt, geh schlafen!«, sagte Edwards, während er aufstand und zu seinem Stützpunkt rannte.

Sofort folgte ich seiner Aufforderung und lief in das Zelt, das sich nur wenige Meter neben dem Zaun befand. Annie und die anderen waren bereits zu Bett gegangen und schliefen tief und fest. Ich legte mich zwischen Caren und Kenny auf den Boden; neben mir, gleich vor Caren, waren die Umrisse eines Holzbalkens zu sehen, der das Zelt wohl stützen sollte. Ich versuchte so gut wie möglich Platz zu finden, doch war das Zelt zu klein, um sich wirklich ausbreiten zu können. So leise wie möglich bewegte ich mich hin und her, als meine Hände aus Versehen auf ein kleines spitzes Metallstück stießen. Schnell zog ich es zu mir und hielt es dicht vor meine Augen. Es schien eine Art Messer zu sein. Ohne groß darüber nachzudenken, ritzte ich zwei Striche in das Holz des Balkens, bevor ich das Messer unter meinem Kopfkissen versteckte und müde die Augen schloss. Mit einem Lächeln hörte ich dem leisen Atmen von Kenny zu, welches mich ganz sachte in den Schlaf begleitete.

Tag drei

Ich saß auf dem Boden neben dem Zaun und nähte, als Caren mit einem großen Kessel aus dem Zelt kam. Bei jedem Schritt wippten ihre braunen Zöpfe und sie forderte mich gut gelaunt auf:

»Komm, Catherine, wir müssen frisches Wasser holen gehen, steh schon auf!«

Ihre Stimme hatte einen frechen Unterton, der mich zusammen mit ihrem breiten Grinsen auflachen ließ. Belustigt hob ich die Arme und folgte ihr, während ich jedes Zelt, an dem wir vorbeiliefen, musterte. Einige hatten bereits Löcher, andere waren mit unterschiedlichsten Stofffetzen zusammengenäht worden. Erstaunt bemerkte ich, dass ich mich wohlfühlte in diesem Lager. Trotz der Armut, der zu vielen Menschen und der Tatsache, dass wir als Gefangene galten.

Lange waren wir in der milden Sonne unterwegs, der Himmel immer wieder bedeckt von unzähligen Wolken. Es machte mir nichts aus, zu laufen und mich von meinem neuen Zuhause zu entfernen, denn es gefiel mir, die Menschen hier zu beobachten, ihnen bei ihren Tätigkeiten zuzusehen und, wenn nötig, Caren über etwas auszufragen. Früher hatte ich immer die Natur beobachtet, wo es nur ging, ich hatte den Geräuschen der Vögel gelauscht und Blumenwiesen stundenlang betrachtet, während ich den unvergesslichen Duft von Frische eingeatmet hatte. Nun gab es keine Natur zu beobachten, nur Menschen überall, doch das war gut so. Es gab Menschen aus allen Teilen Amerikas, und alle verfolgten sie die unterschiedlichsten Bräuche, von denen ich bisher nie etwas mitbekommen hatte. Plötzlich hörte die lange Reihe der Zelte auf und ein kleines Stück Land breitete sich vor uns aus, auf dem in der Mitte ein Brunnen zu erkennen war.

»So, wir sind endlich da«, sagte Caren freudig, während sie zum Brunnen hüpfte.

Neben dem Brunnen saß eine Frau; das weiße Haar hatte sie mit einem farbigen Tuch nach hinten gebunden, während sie um den Hals verschiedene Schmuckstücke trug, die aus Holz geschnitzt waren.

Auf mich wirkte sie mit ihrer gelben Robe um den Schultern trotz ihrer hellen Haut fast wie eine Afrikanerin.

»Was darf es denn heute sein, Caren?«, fragte sie mit leicht bebender Stimme, während sie den Griff, der über dem Brunnen befestigt war, stützend hielt.

»Den ganzen Krug bitte«, erwiderte Caren mit einer so zarten Stimme, wie ich sie bei ihr nie erwartet hätte.

Die alte Frau nickte und betätigte den Griff mit mühevollen Drehungen, während sie mich mit ihren durchdringenden Augen musterte.

Kurze Zeit darauf hob sie den vollen Kessel mit aller Kraft hoch und übergab ihn Caren, während sie fragte: »Wen hast du mitgebracht, mein Kind?«

Caren sah zu mir herüber, bevor sie antwortete. »Das ist Catherine, sie ist vor wenigen Tagen aus Kansas gekommen.«

Ich lächelte ihr schüchtern zu; die Aufmerksamkeit, die nun auf mir ruhte, machte mich nervös.

»Kansas, ein schönes Fleckchen. Ich hoffe, du wirst deine Heimat wiedersehen, mein Kind!« Ihre mitleidsvollen Worte trafen mich im Innersten.

Lächelnd verabschiedeten wir uns wieder von der alten Dame, bevor wir den Weg zurück auf uns nahmen, den schweren Kessel zu zweit in den Händen.

»Das war Bia, sie ist am längsten hier«, erklärte mir Caren auf dem Weg nach Hause.

Bia – das war doch kein amerikanischer Name? Doch, es musste ein amerikanischer Name sein, denn das war ein Lager für Amerikaner, oder nicht?

Caren schien meine Gedanken lesen zu können und sagte: »Sie kommt ursprünglich aus Afrika.«

Die Verwirrung in meinem Kopf steigerte sich, denn die Dame, die wir gerade gesehen hatten, Bia, sie war weiß, genau wie wir. Ich war bisher der festen Überzeugung gewesen, dass in Afrika nur Schwarze lebten. Nach langem Grübeln sagte ich: »Aber Bia ist doch weiß?«

Caren grinste, während sie den schweren Kessel kurz absetzte und wir die Seiten wechselten. Dann liefen wir wieder weiter und sie erzählte.

»Nun, ihre Eltern waren amerikanische Forscher, die sich für die verschiedenen Kulturen und deren Hintergründe interessierten, deshalb zogen sie mit ihr nach Afrika, wo sie aufwuchs wie eine Afrikanerin. Sie ging dort in die Schule, verbrachte ihre Freizeit mit den Schwarzen und half ihren Eltern bei deren Forschungen. Doch eines Tages wurden die Kinder in ihrem Dorf versklavt und nach Amerika gebracht.« Sie schniefte kaum hörbar und räusperte sich schnell, um ihre Stimme wieder unter Kontrolle zu bringen. »Von Kindesbeinen an wurde sie von Händler zu Händler verfrachtet, bis sie nach Kriegsbeginn in dieses Lager kam, weil sie zu alt ist, um auf dem Feld zu arbeiten. Keiner wollte sie kaufen. Sie verdankt ihr Leben allein dem Erbarmen eines Händlers, der die Konföderierten bezahlte, damit sie nicht umgebracht wurde.«

Caren musterte mich intensiv und sie sah das Mitleid und die Abscheu in meinen Augen.

»Bia – ihr Name bedeutet *Zuhause*.«

Caren schnaubte tief, als sie die Worte aussprach, ihre Augen starrten in die lange Reihe der Zelte vor uns. Es schien, als wäre sie mit ihren Gedanken ganz weit weg.

›Zuhause.‹

Trauer stieg in mir hoch. ›Das war wohl der Schatten des Schicksals: Ein unschuldiges Mädchen wird geboren und nach dem Wort benannt, das so simpel und doch noch so unbegreiflich ist. Das schönste Wort, das man sich vorstellen kann und wonach wir uns alle sehnen: Daheim. Und dennoch wird es versklavt und immer wieder weiterverfrachtet, so viele Male, bis es sich nicht mehr sicher ist, ob es überhaupt jemals ein Zuhause hatte, und wenn, ob es dieses je wiedersehen würde. Ein unschuldiges Mädchen, welches mit dem schönsten Namen gekrönt wurde, doch ihm nie gerecht werden konnte.‹ Bei dem Gedanken wurde mir plötzlich ganz übel. Wie konnte es nur so böse Menschen auf dieser Welt geben?

Eine ganze Weile lang dachten Caren und ich noch über Bia nach; keine von uns sprach ein Wort, wir liefen nur stillschweigend nebeneinanderher und betrachteten den Boden unter uns.

Als die Sonne langsam unterging, konnten wir die schwachen Umrisse des Zeltes sehen, vor dem Kenny schon wartend auf dem Boden saß und in die Ferne spähte. Als sie uns erkannte, rannte sie so wild auf uns zu, dass sie fast über ihre eigenen Beine stolperte. Mein Herz tat mir weh, als sie Caren in die Arme fiel und sie innig umarmte. Es erinnerte mich an Matthew und an Mutter, die mich ebenfalls immer innig umarmt hatten, wenn ich länger weg gewesen war. Und ich roch Mutters typischen Blumenduft und konnte ihre zarten Arme um meinen Hals spüren. Wie gern wäre ich bei ihr, wie gern nur würde ich ihr alles erzählen.

»Catherine, hallo?«

Kennys hohe Stimme riss mich aus meinen Gedanken und ich blickte benommen zu ihr herunter. Sie zog mich mit der einen Hand am Arm und zeigte mit der anderen auf den Zaun neben unserem Zelt.

»Dort wartet jemand auf dich!«

Überrascht wandte ich den Kopf und erkannte Edwards, wie er auf dem Boden hinter dem Zaun saß und den Platz vor sich musterte, auf dem ich genäht hatte. Ich nickte schnell und gab Caren und Kenny ein Zeichen, dass ich gleich nachkommen würde. Dann lief ich zu Edwards, blieb aufrecht vor ihm stehen.

»Was willst du hier?«

»Ich wollte dich sprechen«, erwiderte er ernst und stand auf. Er räusperte sich, während er nervös mit seinen Händen spielte: »Es tut mir leid, dass du hier sein musst!«, sagte er mitfühlend.

»Du trägst keine Schuld. Du hast mich gerettet und dabei kenne ich nicht einmal deinen richtigen Namen.« Meine Stimme bebte.

»Bryan Edwards aus Richmond, Virginia.« Er presste seine Finger durch die Lücken des Zaunes, um mir die Hand zu schütteln.

Ich lachte auf, bevor ich ihm meine Hand reichte und mich ebenfalls vorstellte.

»Catherine Lanchaster aus Lawrence, Kansas.«

So schüttelten wir uns grinsend die Hände.

Als ich ins Zelt trat, saßen Annie, Caren und Kenny auf dem Boden und sahen mich erwartungsvoll an.

»Komm, das Essen wird noch kalt!«, sagte Annie, während sie einen zerkratzten Teller in die Hände nahm und mir einen klebrigen Brei darauf häufte.

Dankbar nahm ich den Teller zusammen mit einem Stück Brot entgegen und ließ mich neben Kenny auf dem Boden nieder. Ich wollte gerade in das Stück Brot vor mir beißen, als Annie mich ermahnte:

»Nein, warte, wir beten zuerst!«

Sofort legte ich das Brot beiseite und faltete wie Annie die Hände vor der Brust.

»Oh Herr, ich danke für die angenehme Gesellschaft und das gute Essen. Ich danke für deine Gnade und dass wir ein Dach über dem Kopf haben. Amen.«

Nach diesen Worten nahmen wir unser einfaches Mahl zu uns. Annie hörte Caren und mir zu, als wir von unserem Tag berichteten, und Kenny schilderte mit Freuden ihre Zeit mit den anderen Kindern im Lager. Es war, als würde ich eine Theaterszene beobachten. Meine Blicke schweiften von Caren zu Kenny, deren blonde Locken bei jedem Gelächter auf und ab wippten. Dann sah ich zu Annie, die uns gespannt und mit einem tiefen Lächeln im Gesicht zuhörte. Das war wohl mein neues Zuhause und auch wenn ich mein altes jeden Tag vermisste und immer noch sehnlichst hoffte, zu Mutter zurückzukehren, wurde mir bewusst, dass ich loslassen musste. Und es gefiel mir hier bei Caren, Kenny und Annie. Ich erkannte, dass man nicht viel brauchte, um sich zu Hause zu fühlen, einzig und allein die Gesellschaft stimmte den Menschen glücklich. Ja, Annie, Caren und Kenny, sie lebten wohl schon lange hier, und doch machte es ihnen nichts aus, denn sie hatten sich. Sie waren Schwestern, die sich liebten, und das war es, was für sie von Bedeutung war. Dennoch fragte ich mich, wieso sie wohl hier waren, und diese Frage ließ mich nicht mehr los, denn sobald ich Kenny oder Caren sah, wollte ich sie nach ihrer Vergangenheit fragen. Lange betrachtete ich Annie, aber ich brachte die Worte nicht über meine Lippen. Immer wieder bildete ich Sätze in meinem Kopf, doch die Angst, das Lachen von Kennys Gesicht verschwinden zu lassen, die Angst, die Sympathie, die uns verband, zu rauben, war zu groß. Also beschloss ich, nichts zu sagen, genauso wie Bryans Vater es bei den Schwarzen getan hatte. Ich schwieg.

Das Letzte, an was ich mich an diesem Tag erinnerte, war der dritte Strich auf dem Holzbalken neben meinem Bett, den ich eingeritzt hatte.

Monate vergingen, in denen ich jeden Tag neben dem Zaun an Kleidern weiternähte, während ich die Umgebung betrachtete. Hinter dem Zaun war das Lager der Konföderierten, es lag nur einen Steinwurf von unserem Lager entfernt. Sie schienen jede Nacht ein großes Fest zu feiern. Für mich war dies nur die bittere Gewissheit, dass noch weitere unserer Männer durch die Waffen dieser Tyrannen gestorben waren.

Und jeden einzelnen Tag kam mich Bryan besuchen. Er setzte sich jeweils neben mich auf den Boden und wir redeten über alles Mögliche. Ich erzählte ihm von meiner Heimat und er mir von seiner. Klammheimlich kam er mich besuchen, vertauschte manchmal die Wachzettel, sodass er dicht an meinem Zelt Wache halten durfte, und immer, wenn jemand nach ihm fragte, erfand er eine Lüge, damit er bei mir bleiben konnte. Es war, als gäbe es den Zaun zwischen uns nicht mehr, denn wenn wir redeten, schien alles um uns herum zu verschwinden, nur wir beide waren noch da.

Tag für Tag wartete ich immer noch auf meinen geliebten Bruder, stellte mir vor, wie er mit seiner Armee kommen und mich retten würde, stellte mir vor, wie es wohl sein würde, ihn wieder umarmen zu können. In dieser Zeit war Bryan meine Stütze, er half mir, in dieser schrecklichen Welt nicht unterzugehen, er hielt mich über Wasser. Es war wunderbar.

Wir trafen uns, wenn die ersten Sonnenstrahlen die Landschaft erhellten, und verabschiedeten uns, wenn die Sonne schon lange untergegangen war. Tief in mir spürte ich die Zuneigung, die ich für ihn empfand, und das Kribbeln in meinem Bauch, wenn unsere Hände sich durch den Zaun berührten. Es war anders als bei Matthew. Ich liebte Matthew, doch nun spürte ich eine ganz andere Art der Liebe, eine Liebe, wie sie mir bisher unbekannt war. Ich wusste tief in mir, dass ich ihn nie wieder verlieren wollte, komme, was wolle. Ich wollte mit ihm mein Leben verbringen, er sollte mit mir nach Kansas zurückkehren. Das musste Mutter ebenfalls bei Vater gespürt haben, als sie sich kennenlernten; sie hatte mir früher immer geschildert, was für ein wunderbares Gefühl die wahre Liebe sei. Damals hatte ich das nie begriffen, auch wenn sie es mir noch so lebhaft geschildert hatte. Doch nun, nun wusste ich, was sie mit mir die ganze Zeit hatte teilen wollen.

Ich glaubte mich älter und reifer, weil ich mich heimlich mit einem älteren Jungen, einem jungen Mann traf, und es stimmte mich glücklich nach all der Trauer der vergangenen Zeit. Dennoch machte es mir Angst: Wie konnte ich mich nur in einen Soldaten der Konföderierten verliebt haben? Das durfte bei Gott nicht sein, ich würde meine Familie beschämen, ich würde mein Land verraten. Mir wurde ganz kalt bei diesem Gedanken. Ich durfte das nicht, das hätte Matthew nicht gewollt.

Monate später

Der Winter war schon vorüber, wir schrieben April 1862, und ich konnte nicht mit Gewissheit sagen, welcher Tag heute war. Nur ein Gedanke ließ mich an diesem wunderschönen Frühlingsmorgen aufwachen, noch bevor die Sonnenstrahlen die Zelte in Farbe tünchten. Traurig zog ich mich an, während ich ganz leise aus dem Zelt trat, um die anderen nicht zu wecken. Wie jeden Morgen kniete ich neben dem Zaun nieder und wartete auf Bryan, der nach kurzer Zeit kam und seine Finger durch das Gatter streckte, um die meinen zu berühren. Mir war schlecht, ich war kreidebleich, und obwohl es ein warmer Morgen war, fror ich bis auf die Knochen. Ich spürte, wie mir die Tränen über die Wangen liefen, und senkte beschämt den Kopf.

»Was ist los Cathie, sieh mich an!« Bryans Stimme klang überrascht und ernst zugleich. Seine Finger berührten mein Kinn und zogen es sanft zu sich hoch, sodass ich in seine Augen sehen konnte. »Cathie, du weinst ja, was ist los, sag es mir?!«

Ich schluchzte laut auf, bevor ich mich wieder fasste.

»Wie soll das funktionieren, Bryan, ein konföderierter Soldat und eine Unionsgefangene?« Ich schluckte einen dicken Kloß im Hals hinunter.

Nun sah mich Bryan lächelnd an; seine Hände hielten die meinen fest umschlossen.

»Ich weiß, Cathie, es ist verrückt, doch wir werden das schaffen. Ich werde dich hier rausholen, du wirst leben!«

Er würde mir helfen, seine Worte waren so entschlossen. Ich fasste wieder etwas Zuversicht; es musste doch eine Lösung geben, ich konnte ihn nicht aufgeben!

»Du musst durchhalten! Ich werde mir einen Plan überlegen, dann werden wir weggehen und nie wieder zurückkehren, versprochen!« Er flüsterte die Worte ganz leise in mein Ohr, und ich nickte lächelnd.

Bryan tat mir gut. Ich dachte zwar an Matthew und an Mutter, jeden einzelnen Tag, doch ich wusste tief in mir, dass es nichts nutzte, Tag für Tag an früher, an das Vergangene zu denken. Ich hatte meine Heimat verloren, doch nun hatte ich eine neue. Und auch wenn ich nicht aufhören würde, Mutter und Matthew zu suchen, konnte ich nicht immer mit Sehnsucht daran denken, was sie wohl jetzt durchmachen mussten, ob sie Schmerzen hatten oder ob sie bereits tot waren – das machte mich verrückt. Bryan half mir. Ich hatte ihm von Matthew erzählt, und ich wusste nicht wie, doch seine Augen schafften es, dass ich in seiner Gegenwart all meine Sorgen vergaß und lächelte.

So verbrachten wir unsere Tage. Ich nähte stundenlang, Caren half Annie beim Kochen und Kenny spielte mit den anderen Kindern. Mir gefiel das Leben hier, auch wenn man es unter gewöhnlichen Umständen kein Leben nennen würde.

Ein Kleid, an dem ich lange gearbeitet hatte, war fertig. Von einer Sekunde auf die nächste bemerkte ich, dass es vollkommen war. Ich hob es freudig hoch, es war wunderschön. Trotz der spärlichen Stoffauswahl war es einzigartig. An manchen Stellen stimmten die Farben nicht ganz überein, doch da fiel mir mein blaues Kopftuch ein, das mir Mutter damals mitgegeben hatte. Das konnte ich sicher so in das Kleid nähen, dass es perfekt passte. Ohne zu zögern, begann ich also, das Kopftuch über das Kleid zu legen und es anzunähen, sodass der Stoff beim Tragen elegant zu Boden fiel, wie bei einem Schleier. Die Idee, die sich mir in den Kopf gesetzt hatte, ließ mich so konzentriert arbeiten, dass ich selbst die Sonne nicht beachtete, die schon hoch am Himmel stand, als sich Bryan mit raschen Schritten dem Zaun näherte.

Er kniete sich vor mir nieder und flüsterte aufgeregt: »Cathie, heute wird ein großer Ball stattfinden, ich kann dich dorthin bringen, wenn du willst, dann wärst du meine Begleitung!« Seine Stimme bebte vor Freude.

Strahlend sah ich ihn an und nickte.

»Was soll ich denn anziehen?«, fragte ich gleich darauf besorgt.

Bryan lachte auf.

»Du wirst schon etwas finden, ich besorge dir eine Maske, damit dich niemand erkennt! Heute Abend, wenn die Dämmerung hereinbricht!«

Mit einem Grinsen zeigte er auf das fertige Kleid in meinen Armen, bevor er schnell zum Stützpunkt zurückrannte, wo ein Soldat schon laut nach ihm schrie.

Selig lächelnd saß ich auf dem Boden. Ich fühlte mich glücklicher als je zuvor und mein Herz raste wild. Als ich strahlend ins Zelt trat, sah ich Annie vor mir, die mit verschränkten Armen dastand und bereits auf mich gewartet hatte.

»Cathie, das ist viel zu gefährlich!«, sagte sie ernst. Sie klang, als wäre sie meine Mutter. Ich verstand ihre Sorge und mir war klar, dass sie mich beschützen wollte, doch ich musste mein Leben leben.

»Ich weiß, aber ich muss es tun, verstehst du das denn nicht? Bitte, ich brauche das Kleid nur für heute, niemand wird mich erkennen!«

Sie sah mich besorgt an, während ihre Hände sich langsam lockerten.

»Aber … Sei bitte vorsichtig!«

Laut jubelnd rannte ich in ihre warmen Arme und drückte ihren Körper fest an mich, während ich mich immer wieder herzlich bedankte.

Die Dämmerung brach langsam herein und nur noch wenige Sonnenstrahlen erhellten unser Zelt. Annie hatte mir geholfen, das Kleid anzuziehen; nun stand ich am Eingang unserer Behausung und sie band mir gerade den Rock hinten zu. Dann drehte sie mich zu sich und befestigte mir als letztes Detail eine Blume in den hochgesteckten Haaren.

»So, das wäre es!«, sagte sie und strich noch einmal über das Kleid.

»Nicht ganz«, sagte ich lächelnd. »Gib mir bitte noch das goldene Medaillon aus dem Koffer hinter meinem Kopfkissen.«

Annie sah mich verblüfft an, bevor sie meiner Bitte nachkam und mir das Federmedaillon um den Hals legte. »Wunderschön«, hauchte sie mit bebender Stimme, während sie sich ihre Tränen aus den Augen rieb. Dann sah sie mich eindringlich an.

»Du musst leise sein, die meisten Bewohner schlafen bestimmt schon. Die anstrengende Hitze heute hat sie müde gemacht, also solltest du unbemerkt weglaufen können. Außerdem kenne ich keinen, der dich hier verraten würde, wir sind eine Familie!« Sie lächelte besorgt. »Pass auf dich auf, mein Kind!«

Ich umarmte sie dankbar und bat sie, nichts davon Caren oder Kenny zu erzählen, da ich nicht wissen konnte, ob vor allem Kenny etwas ausplaudern würde, auch wenn es nicht ihre Absicht war.

Sie nickte verständnisvoll, und so verließ ich das Zelt und schlich mich zum Tor, wo Bryan schon auf mich wartete.

Er lächelte mich an, bevor er leise den Schlüssel ins Schloss steckte und herumdrehte. Mit einem Knacken bewegte sich das Tor, und ich huschte auf die andere Seite, bevor er es wieder hinter mir schloss.

»Hier, die habe ich heute Morgen aus dem Hauptgebäude mitgenommen. Zieh sie an!«, sagte er leise, während er mir eine blaue Maske mit wunderschönen Verzierungen vor die Nase hielt.

Ich nahm die Maske an mich, dann fragte ich zögernd: »Sind hier keine Wachen?«

»Nein«, sagte er stolz, »ich habe es geschafft, sie für fünf Minuten abzulenken.« Er lachte. »Frag' lieber nicht und komm jetzt!«

Grinsend zog ich die Maske an und legte meine Hand auf Bryans Arm, bevor wir zum Stützpunkt schritten, der hell erleuchtet und in voller Pracht vor uns stand. Während des Laufens wurde mir plötzlich flau im Magen, Angst stieg in mir hoch, Angst, erkannt zu werden. Ich zog Bryan am Arm zurück und fragte ihn besorgt.

»Was, wenn ich erkannt werde, was soll ich dann sagen?«

Seine Hand tätschelte sanft die meine. »Keine Angst! Sag' einfach, du bist nicht von hier, die kennen sowieso nur Amerika.«

»Wieso fliehen wir nicht jetzt gleich?«, fragte ich erregt.

Bryan umarmte mich, sah mich ernst an und flüsterte: »Weil mein Kommandant nach einem solchen Ball immer die Einwohner des Lagers von Dutzenden Unteroffizieren zählen lässt, da es einem Gefangenen schon einmal gelungen ist zu fliehen. Seitdem achtet er auf jede kleine Auffälligkeit im Lager. Wenn du morgen nicht da bist, werden Suchtrupps nach dir ausgeschickt und dich töten!« Seine Stimme klang ernst und bitter. »Wir werden in einem Monat fliehen, dann bin ich für die Nachtschicht eingeteilt, niemand wird es merken. Doch jetzt musst du noch durchhalten, hörst du?«

Ich nickte und versuchte mich so gut wie möglich zusammenzureißen.

Wir kamen dem Lager immer näher, und bei jedem Schritt pochte das Blut in meinen Adern heftiger. Mein Atem stockte und mich überfiel eine lähmende Nervosität. Bryan indes war ganz ruhig, er atmete gleichmäßig, während er mit gemäßigten Schritten weiterlief. Nun trennten uns nur noch wenige Meter von dem riesigen weißen Zelt, das die Soldaten am Vortag aufgestellt hatten. Öllampen erhellten die dunkle Nacht und eine laute Melodie führte uns immer näher zum Ziel. Wenige Sekunden darauf standen Bryan und ich vor dem Zelt, ich krallte meine Nägel in seine Uniform und versuchte angestrengt, mein Zittern zu unterdrücken, während er mich ansah und ganz sachte meine Hand löste.

»Beruhige dich, niemand wird dich erkennen!«

Seine Worte umhüllten mich wie eine warme Decke und ich lockerte langsam meinen festen Griff. Das Zittern hatte aufgehört und ich nickte ihn mit einem Lächeln unter der Maske an. Dann schob er die Zeltplane zur Seite und trat mit mir in den hell erleuchteten Raum, in dem sich Dutzende weiße Tische mit den dazu passenden Stühlen befanden. Rote Rosen dienten als Tischdekoration, die Stühle waren mit weinroten Seidenbändern umschlungen.

Wo ich hinsah, konnte ich lachende Menschen erkennen, die in den prächtigsten Kleidern erschienen waren. Ich sah in die Frauengesichter um mich und erkannte, dass keine Einzige von ihnen eine Maske trug. Wieder kroch die Angst in mir hoch. Was, wenn mich jemand bat, mein Gesicht zu zeigen? Bryan hatte wohl meine Anspannung bemerkt, denn er legte seine kräftige Hand auf meine und drückte sie zart, als wolle er mir zeigen, dass er mich beschützen würde, komme, was wolle.

Plötzlich ertönte ein klirrendes Geräusch, und die vielen Stimmen um mich verstummten prompt, während alle Gesichter sich auf ein Podium ganz vorne richteten. Mit zufriedenem Lächeln sah der Befehlshaber auf seine

Gäste hinab und hob ein Glas Wein in seinen Händen in die Höhe.

Als ich ihn so stehen sah, wie er jeden von uns in seinem mit Gold verzierten Anzug musterte, wurde mir übel. Sein Lächeln, seine Arroganz und sein Stolz auf den Ruhm, schon Hunderte unserer Männer getötet zu haben, ließen tief sitzenden Hass in mir hochsteigen, und das Verlangen, ihm ins Gesicht zu spucken, wurde immer größer.

Mit einem Räuspern begann er seine Rede.

»Meine lieben Damen und Herren, die Sie heute den Weg auf sich genommen haben, um an diesem wundervollen Abend mit mir zu trinken.«

Gelächter erfüllte das Zelt.

»Sie fragen sich jetzt bestimmt, auf was wir hier trinken, und ich kann Ihnen sagen, die Antwort ist leicht: Wir, meine verehrten Gäste, trinken auf die Konföderation. Mögen noch so viele Rebellen dumm sein und uns in die Arme fallen, damit wir, die Freien, den Krieg für uns entscheiden können und somit jeder wieder seinen rechtmäßigen Platz in der Pyramide der Menschheit einnehmen kann.« Nun hob er sein Glas hoch über seinen Kopf. »Hoch lebe die Konföderation!«

Die Menschen, die ihm gespannt zugehört und zwischendurch zustimmend genickt hatten, hoben nun ebenfalls ihre Gläser und sprachen dem Redner ihm Chor nach, bevor sie wieder in Gelächter verfielen und ihren Platz an einem der Tische einnahmen.

Ich kochte innerlich vor Wut, das Blut in meinen Adern rauschte heiß durch meinen Körper und mein Gesicht wurde heiß, als ich die lachenden Gesichter ansah.

Bryan führte mich langsam zu einem der leeren Tische und setzte sich neben mich, während er noch immer meine Hand fest umschlossen hielt.

Die Menschen im Zelt, die miteinander redeten und lachten, Witze machten und vereinzelt tanzten, sahen mich neugierig an, wenn unsere Blicke sich trafen. Doch keiner von ihnen sprach mich auf die Maske an, es lag schlichtweg nur Neugier in ihren Augen, als würden sie mich bewundern. Ich weiß nicht weshalb, doch das Einzige, auf was ich mich in diesem Moment konzentrieren konnte, war, nicht gleich in Tränen auszubrechen.

Einige Minuten blieb ich einfach nur mit matten Augen sitzen und versuchte krampfhaft, mich gegen die Wut und die Trauer in mir zur Wehr zu setzen. Ich war so konzentriert auf mich selbst, dass ich die Stimmen um mich herum überhaupt nicht mehr wahrnahm. Alles war nur noch ein dumpfes Brummen, weit, weit weg.

Ein zartes Rütteln an meinem Arm belebte meine matten Augen. Aus dem einheitlichen Dröhnen kristallisierten sich mehrere unterschiedliche Stimmen heraus.

»Haben Sie mich verstanden? Ich fragte, wie Bryan Edwards wohl an eine so wundervolle Blüte gekommen ist.«

Ich sah benommen auf und erkannte das verschmitzte Lächeln des Redners über mir.

Er hob meine zu Fäusten geballte Hand und küsste meinen Handrücken, bevor er sich neben mich setzte. Ich schluckte tief und versuchte gleichzeitig, normal weiterzuatmen.

Unsicher erwiderte ich: »Unsere Begegnung erfolgte rein zufällig.« Mit einem gestellten Lächeln sah ich zu Bryan hinüber, der angestrengt nickte.

Schweißperlen auf meiner Stirn schienen mich verraten zu wollen, doch unter der Maske sah man sie nicht. Ich bemühte mich, mir nichts anmerken zu lassen.

Nun sah mich der Befehlshaber grinsend an, schrie laut »Nein!« und schlug auf den Tisch.

»Jetzt habe ich Sie endlich!«

Kapitel 7

Im Stützpunkt des Lagers,
Meridian, Mississippi

›Oh Herr, oh Allmächtiger, ich bitte dich, verschone mich vor der Grausamkeit! Obwohl ich weiß, dass es zu spät ist. Was habe ich mir nur dabei gedacht, hier herzukommen?‹ Ein Schauer jagte mir über den Rücken, mir war ganz kalt geworden. Lähmende Angst nahm meinen Körper in Besitz, ich wusste, dass nun alles zu Ende war, auch wenn ich es noch nicht glauben wollte.

Bryans Hand zitterte auf der meinen und seine blauen Augen, die ganz matt wurden, stießen mich in eine Welle voller Panik und Angst.

»Nein! Jetzt hab ich Sie«, wiederholte der Befehlshaber laut. »Ich liebe Geschichten, erzählen Sie mir mehr über sich und Edwards!«

Ich sah ihn verblüfft an, während mein Herzschlag einen Moment lang auszusetzen schien.

›Ich muss leben. Ich muss leben!‹, dachte ich, während Mutters Gesicht vor meinem inneren Auge erschien. Dann lachte ich verlegen auf, bevor ich Bryan am Arm tätschelte und mit verstellter Stimme meinte:

»Wissen Sie, das ist eine sehr lange Geschichte, wir hätten gar nicht die Zeit dazu!« Wieder lachte ich, und der Befehlshaber stimmte ein.

»Ich habe aber sehr viel Zeit. Ich bestehe darauf!«, ließ er nicht locker.

Wieder stieg Panik in mir hoch.

»Das muss wohl in Spanien gewesen sein, nicht wahr?« Die ruhige Stimme von Bryan brachte mich auf den Boden zurück.

»Ja, genau!«, sagte ich schnell.

»Ach, tatsächlich, Sie kommen aus Spanien! Dafür beherrschen Sie unsere Sprache aber ziemlich gut!«

Der spitze Unterton des Befehlshabers schmerzte meinen Ohren, als hätte er einen Pfeil auf mich abgeschossen.

»Meine Eltern waren Amerikaner!«, sagte ich verzweifelt.

Der Befehlshaber wollte gerade etwas sagen, als laute Musik den Saal erfüllte.

Sofort sprang Bryan auf und nahm mich an der Hand.

»Dazu müssen wir tanzen!«, sagte er angespannt, während er mich zur Tanzfläche führte.

Immer mehr Gäste standen auf und bildeten Paare, die sich kurz darauf im Takt der Musik zu bewegen begannen.

Bryan legte seine Hand um meine Taille, während er mit der anderen die meine hielt. Wir tanzten, und er erwies sich als hervorragender Tänzer. Ich entspannte mich, es machte mir Freude, herumgewirbelt zu werden. Mit geschlossenen Augen genoss ich die Melodie und das Gelächter der Menschen, ich glaubte mich frei und unabhängig – für diesen Moment. Es fiel alles von mir ab, eine kurze Zeit lang musste ich nicht über die Folgen des heutigen Abends nachdenken, und ich spürte die Erleichterung, nicht mehr mit diesem Tyrannen sprechen zu müssen – auch wenn es mich zutiefst beunruhigte, dass er uns beobachtete und nur auf das Ende des Tanzes wartete. Schnell öffnete ich die Augen und sah zum

Tisch hinüber, der nun aber leer dastand. Eine Welle der Erleichterung überkam mich und entflammte einen Hoffnungsschimmer in mir, der mich wieder die Augen schließen und weiterträumen ließ, während Bryan mich führte.

Wir tanzten, strahlten uns an, bis sich das Lied, das alle fröhlich gestimmt hatte, dem Ende zuneigte und jeder Mann seine Tanzpartnerin mit einer Verneigung freigab und eine andere Partnerin aufsuchte. Nur Bryan wollte mich nicht gehen lassen – bis ihm jemand auf die Schulter tippte und er mich angespannt weiterreichte. Verträumt sah ich ihm hinterher, benommen von einem Gefühl des Glücks.

Die Hände des Mannes legten sich langsam um meine Taille, während ich die Augen schloss und nur das Gesicht von Bryan vor mir sah. Wie in Trance ließ ich mich hin und her führen, tanzte wie vor wenigen Minuten fröhlich, ohne Sorgen. Das Lied, das gerade gespielt wurde, kannte ich gut, Mutter hatte es mir immer vorgesungen. Ursprünglich kam es aus Deutschland, hatte mir Mutter erzählt. Das Lied handelt von der Auswanderung der Europäer nach Amerika, um ein besseres Leben zu finden. Ich weiß nicht, weshalb Mutter den Text des Liedes verstand, doch sie sang es ziemlich gut, auch in dieser fremden Sprache. Wenn ich so darüber nachdachte, über die Menschen, die in Amerika ein besseres Leben sahen, dann war es unglaublich, wenn man das Ausmaß und die Grausamkeit dieses Krieges bedachte.

Ich verwarf den Gedanken schnell. Ich hatte keine Lust, an den Krieg zu denken, nicht an diesem Abend! Ich dachte an Mutter und wie sie mir das Lied vorgesungen hatte, an ihr Gesicht. Dann öffnete ich lächelnd die Augen – und sah direkt in das Gesicht des Befehlshabers. Blitzschnell verging mir das Lachen und ich sah ihn ernst an.

»Sie tanzen gut, Mylady!«, sagte er mit einem schelmischen Grinsen.

Ich nickte nur stumm und versuchte angestrengt, die aufsteigenden Tränen zu unterdrücken.

»Mein Name ist Connrad«, flüsterte er nun in mein Ohr, sodass sein Atem die Haut an meinen Ohren unangenehm kribbeln ließ.

»Wie heißen Sie?«, fragte er kurz darauf.

Ich atmete tief ein, während mir Tausende Namen im Kopf herumschwirrten.

»C... Coraline«, stotterte ich verlegen.

Nun drückte er meine Taille näher an sich, sodass ich seinen gleichmäßigen Atem auf meiner Oberlippe fühlen konnte. Sein intensiver Blick blieb schließlich bei dem Federmedaillon an meinem Hals hängen.

»Ein wahrhaft wundervolles Medaillon, das Sie da tragen, Coraline!«

Er grinste immer noch breit und drückte mich noch näher an sich. Dann blickte er tief in meine Augen und sagte mit einer gewissen Belustigung in der Stimme:

»Sie scheinen das Lied erkannt zu haben, Coraline? Wussten Sie, dass es vor allem in Kansas sehr berühmt ist?«

Seine hypnotische Stimme drang tief in mein Bewusstsein und ich hörte ihm wie von Sinnen zu, während mir der kalte Schweiß über den Rücken lief. Schnell fasste ich mich wieder und antwortete vorsichtig:

»Nein, das wusste ich leider nicht, ich fand die Melodie sehr schön.«

Das Lied ging allmählich zu Ende, unsere Schritte wurden langsamer, und ehe ich mich versah, stand Bryan wieder neben mir.

Er wollte mich gerade am Handgelenk nehmen und nach draußen ziehen, als Connrad seinen Mund an mein Ohr legte und mir ein paar Worte zuflüsterte.

Ich sah ihn entsetzt an, wurde kreidebleich und lachte gestellt, bevor Bryan uns verabschiedete und mich mit sich zog.

Ohne mich zu fragen, rannte er mit mir über einen Feldweg, weiter und immer weiter. Ich ließ mich einfach von Bryan mitziehen, während die Worte Connrads wie eingebrannt in meinem Kopf kreisten. Dann, von einer Sekunde auf die nächste, konnte ich wieder den Zaun des Lagers vor mir erkennen, der sich seitlich meilenweit erstreckte.

Bryan zog mich zu sich, seine Arme umschlangen meinen Körper, und er sah mich mit großen, leuchtenden Augen an, bevor er seine Lippen langsam auf die meinen legte und mich küsste. Ein unbeschreibliches Gefühl durchrieselte mich. Es begann mit einem wilden Kribbeln auf meinen Lippen, welches sich für Sekunden in meinem Körper ausbreitete, bevor es mein Herz in Beschlag nahm.

Sanft löste er seine Lippen wieder und strich mir die Haare aus dem Gesicht. Ich wollte aufspringen, tanzen und lachen, doch die Worte Connrads hielten mich wie gefangen auf dem Boden zurück. Meine Blicke wurden schwerer.

»Er weiß es, er weiß alles!«, sagte ich ganz leise und zitternd. Tränen liefen mir über die Wangen und brannten heftig auf meiner Haut.

Bryan sah die Angst in meinen Augen, er sah die Verzweiflung; erahnen konnte er vielleicht die erdrückende Schwere, die auf mir lag. Und auch wenn er sie noch so gern gewusst hätte, er fragte nicht nach den Worten seines Vorgesetzten.

Schweigend schloss er das Tor des Lagers auf und ließ mich in mein Zelt tappen, bevor er sich auf den Weg zu seinem Stützpunkt machte.

Es war dunkel, so dunkel, dass ich selbst meine ausgestreckte Hand nicht erkennen konnte. Müde zog ich das Kleid aus und nahm die Maske ab, bevor ich mich hinlegte und die Augen schloss. Trotz der Panik, in der ich mich befand, überfiel mich eine Woge der Müdigkeit, die mich bald in einen traumlosen Schlaf gleiten ließ. Das Letzte, an das ich dachte, waren die Worte Connrads in meinem Ohr.

»War mir ein Vergnügen Catherine, oh, ich meine natürlich Coraline!«

Das Licht der Morgensonne, das durch die kleinen Löcher des Zeltes strahlte, wärmte mich angenehm. Mit noch geschlossenen Augen genoss ich die Ruhe um mich, nur einzelne Vögel waren zu hören. Plötzlich jedoch schreckte mich ein lautes Donnern auf.

Dong, dong, dong!

»Alle Bewohner des Abschnitt A 1 lassen sofort alles stehen und liegen und stellen sich in Reihen vor dem Zaun auf!«, erklang die Stimme eines Soldaten über ein Megafon.

Sofort waren mir die Ereignisse des gestrigen Abends wieder präsent und ich bekam Angst. Mir wurde schlecht und mein Kopf dröhnte; es fühlte sich an, als hätten mich die Worte Connrads gebrandmarkt, sodass ich immer, wenn ich an sie dachte, einen brennenden Schmerz verspürte. Ich sah zu Annie, die mich mit einem freundlichen Nicken begrüßte. Dann standen Caren und Kenny auf und marschierten wie sonst auch aus dem Zelt, während ich mich hochrappelte und versuchte, die Kraft zu finden, nicht gleich wieder auf den Boden zurückzufallen. Ich wollte gerade Kenny folgen, die fröhlich nach draußen hüpfte, als mich Annie zurückschob.

»Als du nachts zurückkamst, habe ich gewartet, bis du eingeschlafen bist, und habe dann das Kleid und die Maske vergraben! Ich konnte nicht schlafen ohne die Gewissheit, dass alle Spuren beseitigt sind«, flüsterte sie und gab mir einen Kuss auf die Stirn.

Ich lächelte, bevor ich mich neben Kenny in die Reihe stellte. Mit stur nach vorn gerichtetem Blick sah ich dem Soldaten zu, wie er stolz auf und ab ging, das Gewehr sicher in den Händen. Hinter dem Zaun waren unzählige Wachen zu sehen, die ihre Waffen schussbereit vor sich hielten. Ich sah angestrengt in die Gesichter der Männer, konnte jedoch Bryan nicht darunter erkennen. Nun kramte der Soldat vor uns eine Liste aus seiner Jackentasche und las mit lautem Gebrüll unzählige Namen vor. Jedes Mal hob einer der Bewohner die Hand und machte sich auf den Weg zu seinem Zelt. Es verlief alles so schnell und koordiniert, dass man den Eindruck hatte, das alles wäre ganz normal. War das nun meine Zukunft? Stundenlang standen wir in der prallen Sonne, die auf uns herabschien und unsere Haut verbrannte. Meine Beine wurden immer schwächer.

Dann, an der Grenze des Möglichen, brüllte der Soldat: »Catherine Lanchaster!«

Ich hob benommen die Hand und dankte Gott Tausende Male, dass ich erlöst war.

Mit schleifenden Schritten zog ich mich zum Zelt zurück und setzte mich müde am Boden nieder. Wann würde Matthew wohl kommen, um mich zu retten?

Militärstützpunkt der Union, 1. Juli 1862

»Wir haben nun schon so lange gesucht, mein Freund, du musst loslassen!« Der Mann mit der tiefen Stimme legte die Hand sanft auf die Schulter seines Freundes und nickte demütig.

»Nein, niemals werde ich loslassen!« Matthew schüttelte wütend die Hand des Soldaten ab und stand mit lautem Getöse auf. »Wir haben sie in Sandoval, einige Meilen östlich von St. Louis, verloren. Sie waren mit dem Zug unterwegs und können nicht weit gekommen sein!«, schrie er.

»Wir haben alles abgesucht, jedes Lager, jede Strecke, sie war nicht da! Verstehst du? Uns gehen allmählich die Ausreden aus. Der Colonel beginnt, Fragen zu stellen und sich zu wundern, weshalb wir drei Stunden für eine normale Expedition weg sind!«, er schüttelte den Kopf. »Es tut mir leid, Matthew, aber wir können das nicht weiter machen. Wir sind hier, um den Feind zu besiegen, nicht, um deine Schwester zu suchen!«

Wieder begann Matthew laut zu schreien und schlug mit den Fäusten auf den Tisch vor ihm.

»Ich werde sie suchen und ich werde sie finden, genau so, wie du es mir vor einiger Zeit gesagt hast!«

Mit weit aufgerissenen Augen, unter denen sich schon dunkle Ringe befanden, wollte er weiterreden, als ein muskulös gebauter Mann in Uniform in den Raum trat. Seine Jacke war mit unzähligen Abzeichen verziert. Sofort schloss Matthew beschämt den Mund und stand steif vor dem Soldaten; auch sein Freund bewegte sich nicht einen Zentimeter weit, sondern führte nur seine Hand zur Stirn, um den Vorgesetzten zu begrüßen.

»Stehen Sie bequem, meine Herren!«, erklang die Stimme des Kommandierenden, der die Soldaten nun musterte. Sein Blick schweifte zwischen den beiden hin und her und blieb schließlich bei Matthew hängen: »Sie beide werden nach Vicksburg, Missouri, versetzt! Heute Abend brechen Sie mit den anderen auf!«, er trat zu Tür und drehte sich jedoch, bevor er die Schwelle übertrat, wieder um. »Ihre Aufgabe wird es sein, die Lage in Vicksburg zu sichern, keine Expeditionen mehr! Ich weiß ja nicht, weshalb Sie sich so lange Zeit gelassen haben, doch das werde ich nicht ein weites Mal dulden. Haben Sie mich da verstanden?«

Matthew und sein Kamerad nickten gehorsam.

Der Colonel drehte sich um und ging.

Matthew starrte verzweifelt auf die Landkarte auf dem Tisch und fluchte innerlich, während er sich die Frage stellte, ob er Catherine noch finden würde.

Gefangenenlager, Mississippi

Es vergingen Wochen, in denen ich auf irgendein Zeichen wartete, auf Matthew. Jeden einzelnen Tag setzte ich mich an den Zaun und wartete von frühmorgens bis spät in die Nacht. Die Sonne des Nachmittags war so stark, dass meine Haut schon ganz rot war und bei jeder meiner Bewegungen schmerzte, doch das alles war mir egal. Ich konnte mir nicht erlauben, den Platz längere Zeit zu verlassen. Die Angst, Matthew im richtigen Moment zu verpassen, war viel zu groß. So wartete ich, ich wartete und wartete.

Doch niemand kam, und mit der Zeit, mit jeder Minute stieg die Angst in mir, dass er gefallen war. Das Gefühl des Glücks verflog, die Sorgen krabbelten wie Ungeziefer an meinen Beinen hoch und erreichten bald meinen ganzen Körper und nahmen meinen Geist ein. Alles wurde in unbeschreibliche Leere eingetaucht, und mein Leben, das ich in den letzten Monaten wirklich gemocht hatte, wurde wieder dunkel. Ich wusste, dass ich Mutter versprochen hatte, meinen Weg mit einem Lächeln im Gesicht weiterzuleben, doch der Gedanke an meinen geliebten Bruder zerriss mich innerlich.

Bryan sah ich in den letzten Tagen immer weniger, er hatte viel zu tun und führte alle ihm aufgetragenen Befehle trotz seines inneren Widerspruchs aus. Durch seinen Gehorsam versuchte er, sich Respekt zu verschaffen, der ihm allerdings verwehrt blieb. Er versuchte mich trotzdem möglichst oft zu besuchen, doch immer wenn wir miteinander sprachen, schien er nicht richtig bei mir zu sein. Ich wiederum – fühlte mich wie in einem Käfig, aus dem ich nie wieder herauskommen sollte. Wie ein Vogel, der in einem engen Käfig gefangen saß und nicht die Möglichkeit hatte, seine Flügel auszubreiten. Wie gern wäre ich weggeflogen, hätte mich vom Wind bis hoch über die Wolken tragen lassen, die so nah und dennoch so weit entfernt waren. Ich wollte diese Einsamkeit nie wieder fühlen. Tränen stiegen mir in die Augen und ich schluchzte laut auf, während ich mich zusammenkauerte und mein Gesicht zwischen meinen Knien verbarg.

›Wieso herrscht Krieg?‹

Diese Frage stellte ich mir, der rabenschwarze Himmel über mir, während der volle Mond einen weißen Schleier über das Lager legte.

Plötzlich ertönte ein scharfes Zischen, ganz leise und dennoch so spitz, dass ich mich verwirrt umsah. Mit rot verweinten Augen erkannte ich Bryan, der mich nervös musterte. Er war ganz bleich und seine Hände zitterten, in der Dunkelheit kaum zu erkennen.

»Schnell, pack deine Sachen, wir gehen!« Seine Stimme klang aufgeregt und so fremd, dass ich einen Moment stockte, als müsste ich mich erst vergewissern, dass tatsächlich er es war, der da vor mir stand. Er sah mich immer noch hektisch an und schenkte meiner Trauer keine Beachtung, sondern konzentrierte sich darauf, mich so schnell wie möglich zu informieren.

»Was, jetzt?«

Ich stockte.

»Ich kann doch nicht einfach gehen, ohne Annie und die anderen!« Mein Herz wurde bei dem Gedanken ganz schwer.

Bryan riss seine Augen noch weiter auf, sodass man sich bei seinem Anblick bald zu fürchten begann.

»Cathie, hör mir zu! Du hattest recht, er weiß alles! Wenn wir jetzt nicht gehen, werden wir nie gehen können!«

Mein Kopf dröhnte, ich konnte keinen klaren Gedanken fassen.

»Aber Matthew, ich muss auf ihn warten, ich kann nicht!«

Als ich das sagte, wurden Bryans Augen glanzlos und er senkte entmutigt den Kopf. Seine Finger bohrten sich zwischen die Löcher des Zaunes, als wollte er sich daran festhalten.

»Matthew wird nicht kommen, verstehst du denn nicht?« Seine Stimme klang leise und betrübt.

Wieder schossen mir Tränen in die Augen. Matthew hatte mich bis jetzt nicht gefunden, also würde er mich auch nicht mehr finden – die Einsicht fühlte sich entsetzlich an; Bryan holte mich auf den Boden zurück, auf den grausamen Boden der unausweichlichen Realität. Ich begann zu nicken.

Dann, plötzlich, rannte ich zum Zelt und begann so leise wie möglich meine Sachen zusammenzusuchen. Den Brief von Mutter legte ich behutsam unter meine Kleider, sodass er gut geschützt war, das Medaillon trug ich bei mir.

Auf Zehenspitzen trat ich zum Ausgang des Zeltes, bevor ich mich ein letztes Mal umdrehte und meine schlafenden Mitbewohnerinnen betrachtete. Sie sahen so unschuldig aus, so zart und verletzlich. Ich fühlte mich so schlecht, als ich da im Zelt stand und die Worte »Lebt wohl!« flüsterte. Ich wollte das alles nicht, ich wollte nicht ohne sie gehen – wie eine Verräterin. Sie waren meine Familie geworden und ich hatte sie gemocht wie meine eigenen Schwestern. Es schmerzte mich zutiefst, sie so zu verlassen. Mit einem letzten Blick zurück trat ich aus dem Zelt und rannte zu Bryan, der bereits auf mich wartete.

Als er mich kommen sah, nahm er leise einen Schlüssel aus seiner Jackentasche und steckte ihn ins Schloss. Dann versuchte er krampfhaft, den Schlüssel zu drehen, doch er schien sich nicht zu bewegen. Nervös versuchte er es auf die andere Seite, doch auch so ließ sich der Schlüssel nicht bewegen. Seine Blicke schweiften hektisch vom Schlüssel zum Schloss, und als er zu begreifen begann, machte sich Verzweiflung auf seinem Gesicht breit. Ich sah ihn mit weit aufgerissenen Augen an, verstand die Situation nicht, besser gesagt, ich wollte sie nicht verstehen.

»Was ist los, Bryan?«, fragte ich leise.

»Ich habe den falschen Schlüssel gestohlen!«, antwortete er kläglich.

Mein Herz pochte heftig. ›Das darf um Himmels willen nicht wahr sein!‹ Als betrachtete ich eine Szene in einem Schauspiel, sah ich Bryan zu, wie er panisch den Schlüssel hin und her drehte und aufgelöst fluchte. Mit einem Ruck zog er ihn schließlich aus dem Schloss und ließ ihn versehentlich zu Boden fallen. Reflexartig begann er zu fluchen. Er schlug seine Hand wütend gegen den Zaun und fluchte weiter, diesmal so laut, dass sein Echo noch lange nachhallte. Plötzlich erfüllte das Dröhnen einer Warnsirene den ganzen Platz mit ohrenbetäubendem Lärm.

Rufe waren zu hören, Fackeln gingen an, und ein Dutzend Soldaten rannte mit lautem Getöse auf das Lager zu.

Kapitel 8

Gefangenenlager, Mississippi

Das flackernde Licht der Fackeln und Petroleumlampen, die die Soldaten in den Händen hielten, kam immer näher. Es gab ein lautes Getöse, die Soldaten begannen wie wild gewordene Hunde auf uns zu zu rennen, tobten, schrien. Laute Befehle wurden erteilt, ihre Tritte ließen den Boden erzittern. Alles drehte sich in meinem Kopf und ich sah mich verwirrt um. Vor mir konnte ich die Umrisse von Bryan erkennen, der, die Hände vor dem Mund wie ein Megafon geformt, mich ansah und einige Worte brüllte. Unter all diesen Stimmen und dem Durcheinander vernahm ich nun ein dumpfes Dröhnen, das ich zunächst nicht einordnen konnte. Meine Beine drohten langsam nachzulassen und meine Augen erkannten nur noch die Soldaten, die immer näher kamen. Ich vernahm das Geräusch der Gewehre, die bei jedem ihrer Tritte gegen ihre Schenkel schlugen, die lauten Befehle, den Blutdurst der Soldaten, uns umzubringen, der Durst, der zu stillen war. Mein Kopf schien zu platzen. Plötzlich hörte das Rauschen in meinen Ohren auf. Ich filterte aus all dem Lärm Bryans Stimme heraus, die nun immer mehr einem hysterischen Schreien glich.

»Schnell, klettere über den Zaun, bevor sie uns erschießen, mach schon!«

Ich schnallte mir eilig die Tasche über den Rücken und begann, das Gitter zu erklimmen. Meine Finger krallten sich in die Zwischenräume des Zauns und zogen mich nach oben, während meine Füße sicheren Halt suchten. Immer höher kletterte ich hinauf, und mit jedem Schritt, den ich tat, mit jedem Atemzug stieg die Angst, es nicht rechtzeitig auf die andere Seite zu schaffen. Von unten war das laute Gebrüll der Soldaten zu hören, die immer näher kamen, während Bryan mich panisch beobachtete und versuchte, mich anzutreiben. Schweißperlen traten auf meine Stirn und bahnten sich ihren Weg über meinen Nacken. Ich biss hektisch auf meine Unterlippe, versuchte, nicht auszurutschen, auch wenn meine Hände immer feuchter wurden. Dann, einen Schritt von dem höchsten Punkt entfernt, bemerkte ich die Dornen, die um das obere Ende des Zaunes geschlungen war. Ich stoppte verzweifelt, sah zu Bryan, der mich mit einem Nicken musterte. Meine Mutter hatte ebenso, ohne zu widersprechen, ohne etwas zu unternehmen, genickt, damals an dem Bahnhof. Dieses Nicken würde ich nie vergessen, ich dachte tagtäglich daran. Ich dachte an ihre wunderschönen Augen, an ihre hübsche Nase, sogar die Träne, die ihr über die Wange gerollt war, sah ich noch deutlich vor meinen Augen. Und dieses schlichte Nicken, das alles verändert hatte. Ich dachte in diesem Moment auch daran, dass ich genickt hatte, als ich ihr versprach, dass ich leben würde. Und dieses Versprechen wollte ich einhalten, ganz gleich, was es mich kostete. So begann ich, ohne weiter zu zögern, über den Stacheldraht zu klettern. Mit zusammengebissenen Zähnen schwang ich mein Bein auf die andere Seite des Zaunes. Sofort durchstachen Dutzende Drähte meine Waden. Der Schmerz, der meinen ganzen Körper durchfuhr, fühlte sich an wie Millionen von Nadeln, die sich ins Fleisch bohrten und dort die Nervenbahnen durchbrachen. Mit einem lauten Schrei schwang ich das andere Bein über den Zaun, während sich meine Hände zitternd an den Drähten festhielten. Warmes Blut rann langsam an meinen Waden hinunter. Ich ließ das Gitter los; die Drähte glitten aus meinen Wunden und verursachten eine weitere Schmerzenswelle.

Zerschunden und blutig landete ich in Bryans Armen, die mich wie eine Decke umschlangen. Er sah mich mitleidig an, bevor er losrannte und mich mit sich trug. Ich lag wie gelähmt in seinen Armen, während er konzentriert in das Dunkel der Nacht rannte. Benommen sah ich ein letztes Mal auf das Lager zurück.

Hell erleuchtet lag es da, und alle Bewohner standen am Zaun und sahen zu, wie wir fortrannten. Das Letzte, was ich sehen konnte, war Annie, die mit einem Lächeln zurückblieb und mir zunickte.

Ach, Annie! Was war sie doch für ein besonderer Mensch! Ich wollte sie begreifen und war dennoch nicht in der Lage, es zu tun. Sie war so bescheiden, so zart, so höflich und voller Großmut, dass ich sie einfach nur lieben konnte. Ich wusste, dass sie ein guter Mensch war, der den anderen nur Glück mit auf den Weg gab, und genau deshalb, aufgrund dieser Tatsache, dass sie mich nicht verurteilte, wie die meisten Bewohner des Lagers es wohl getan haben, war sie ein Ideal für mich; sie wusste nichts von mir, wusste nicht, ob ich eine Mörderin war oder nicht. Sie kannte meine Geschichte nicht, mein Ziel, dennoch hatte sie mich keine Sekunde lang mit anderen Augen gesehen. Und ich bete bis heute jeden Tag für sie.

Ich lächelte schief, während mein Kopf bei jedem von Bryans Sprüngen dröhnte. Schüsse waren zu hören, lautes

Geschrei und wütendes Fluchen. Neben uns konnte man die Erde aufwirbeln sehen, wenn ein zischender Schuss den Boden aufriss. Bryan lief immer schneller, und bei jedem seiner Schritte entfernten wir uns ein Stückchen mehr von den Soldaten, die wie wilde Hunde unsere Spur aufnahmen, sich aufteilten, in der Dunkelheit nach uns suchten, uns jedoch nicht fanden. Befehle waren zu hören, Gebrüll, schrille Stimmen der Offiziere. Doch Bryan war klug. Er lief schnell und leise, flitzte zwischen Steinen und Pflanzen hindurch, rannte in der Dunkelheit durch Büsche und Gräser, sodass das anfängliche Getöse immer weiter weg rückte.

Nach einiger Zeit bog Bryan scharf nach links ab, bevor er hinter einem riesigen Schatten haltmachte und mich absetzte. In der Dunkelheit konnte ich nicht richtig erkennen, um was es sich bei diesem Schatten handelte, doch das Einzige, was in diesem Moment zählte, war der Schutz, den er uns bot. Unscharf nahm ich Bryan dicht vor mir wahr, der meine zitternden Arme nun mit seinen starken Händen festhielt.

»Warte hier und bewege dich nicht!«

Seine Worte waren nicht mehr als ein ganz leises Flüstern, sodass ich sie mehr erahnen als richtig verstehen konnte. Dann verschwand er hinter einem riesigen Stein und ließ mich in der beängstigenden Dunkelheit der Nacht allein.

Es war so ruhig, dass ich selbst meinen unregelmäßigen Atem hören konnte. Das Geschrei der Soldaten war nur noch ein leises Dröhnen, das ganz weit weg schien. Einzelne Rufe waren zu hören, die, von Flüchen gefolgt, sofort von der Stille wieder verschluckt wurden.

Ängstlich presste ich die Augen zusammen und versuchte mich zusammenzureißen. Ich lauschte den Geräuschen der Wildnis, um sicherzugehen, dass sich niemand hinter mir befand.

›Was, wenn sie mich finden? Und wo bleibt Bryan nur? Hat er mich verraten?‹

Plötzlich ein Knacken, deutlich hörbar und dicht neben mir. Ich schreckte auf und wich zu Seite, die Hände schützend um den Körper geschlungen. Nun war ein leises Wiehern zu hören und ich konnte die Umrisse zweier Pferde erkennen, die von einer dunklen Gestalt geführt wurden. Mein Herz schlug heftig, ich sah mit weit aufgerissenen Augen zu den Pferden, während ich eine Hand vor den Mund presste, um einen Schrei zu unterdrücken.

»Psst, ich bin's, schnell, nimm das Pferd!«, beruhigte mich die tiefe Stimme von Bryan.

Sofort nahm ich das Pferdehalfter entgegen, während das Pferd mich gleich schnüffelnd erkundete. Mit leisen Schritten folgte ich Bryan, der sein Pferd horchend mit sich zog und bei jedem Rascheln aufgeregt hochsah. Die Stimmen der Soldaten waren kaum noch wahrzunehmen. Dann machte Bryan halt und trat mit seinem Pferd zu mir. Er stand nun so dich bei mir, dass ich beinahe schon seine Nasenspitze an meiner Stirn spüren konnte.

»Hör zu, Cathie, du wirst jetzt genau das tun, was ich dir sage, verstanden?«

Obwohl ich sein Gesicht in der Dunkelheit nicht erkennen konnte, wusste ich, dass er mich fragend musterte.

»Ja«, sagte ich unwillig.

»Du reitest so lange nach Nordwesten, bis du wieder in den sicheren Händen der Union bist. Du reitest schnell und weit, ohne dich nur einmal umzudrehen.« Er machte eine kurze Pause, bevor er mit ernster Stimme hinzufügte: »Ganz egal, was passiert!«

Ich nickte, während ich in Wahrheit hin und her gerissen war: Wollte ich diesen Ort überhaupt noch verlassen, Annie, Caren und Kenny verlassen? Ich sollte doch auf Matthew warten, auch wenn die Hoffnung, dass er mich jemals finden würde, noch so klein war.

»Ich … ich …«

»Ich werde ein Stück nach Osten reiten und sie auf die falsche Fährte locken, sodass dich niemand finden wird.«

Verdutzt sah ich ihn an. Ich war mir sicher, dass ich mich verhört hatte. Ich musste mich einfach verhört haben! Er musste mit mir kommen, auch wenn noch so viele Soldaten uns für den Rest unseres Lebens suchen würden. All dies, der stechende Schmerz von den Drähten, der mich immer noch lähmte, das Blut an meinen Beinen, der Hass, die Trauer, all dies spielte keine Rolle mehr. Das Einzige, was wichtig war, war Bryan, der mit mir ein neues Leben beginnen sollte und der mit mir Matthew und Mutter suchen sollte.

»Nein, du wirst mit mir kommen, wir schaffen das!«, widersprach ich wimmernd.

Totenstille, bevor ein tiefes Schnauben erklang und ich Bryans Hände um meine Arme spürte, die mich fest im Griff hatten.

»Hör zu, du musst gehen, sonst werden sie uns beide öffentlich hängen, verstehst du? Ich muss als Soldat dienen! Du reitest nach Nordwesten, wir werden uns wiedersehen!«

Seine befehlenden Worte rüttelten mich auf. Ich wusste, dass er recht hatte, und ebenso wusste ich, dass ich gehen musste. Dann, als ich still nickte, nahm er vorsichtig mein Kinn und hob es zu sich hoch, während er mich sanft küsste. Das kribbelnde Gefühl, das sich jetzt in meinem ganzen Bauch ausbreitete, machte mich glückselig. Doch sofort musste ich wieder an Annie denken und die Freude verschwand auf einen Schlag.

»Wieso genau heute, Bryan?«, platzte ich plötzlich heraus, meine Stimme klang nervös und fremd.

Bryan keuchte auf, ich konnte sein Gesicht in der Dunkelheit zwar nicht richtig erkennen, doch ich spürte, dass Verwirrung in seinen Augen stand.

»Ich meine, wieso genau heute und nicht morgen oder übermorgen?«

Stille, bevor Bryan angestrengt zischte: »Cathie, wir haben jetzt keine Zeit. Wenn wir hier nicht schnellstens verschwinden, werden uns Connrads Soldaten in wenigen Minuten finden und dann uns beide töten!«

»Beantworte die Frage, Bryan, vorher gehe ich nicht!«

Jetzt war nur noch ein angstvolles Aufstöhnen von ihm zu hören, bevor er seine Stimme senkte und mir erzählte: »Es gab Gerede unter den Soldaten, ich hörte, wie zwei Oberleutnants davon sprachen, wie überbevölkert dieses Lager sei. Tag für Tag kommen mehr Flüchtlinge, denen Connrad wohlergehen verspricht, obwohl er sie einpfercht wie Tiere!«, er schnaubte abschätzig. »Ihre Anzahl steigt rapide an und kann zu einer gefährlichen Waffe werden. Connrad fürchtet sich, ihr könntet euch gegen den Stützpunkt stellen, Aufstände anzetteln, ihn stürzen! Und was dann? Connrad hat deshalb beschlossen, in zwei Tagen die Hälfte der Insassen wegzuschicken. Wohin, das weiß niemand, doch das letzte Mal hörte man nie wieder von diesen Menschen.« Jetzt packte er mich an den Schultern und rückte mit seinem Gesicht ganz nahe an mich heran. Mit einem bedrohlichen Wispern flüsterte er: »Sie haben sie eiskalt umgebracht, Cathie! Niemand weiß es, doch ich weiß, dass es wahr ist. Er lässt es wie einen Unfall aussehen. Er ist ein Monster, Cathie!«

Seine Worte ließen mich erzittern. Dennoch schämte ich mich, Annie und die anderen zurückzulassen.

»Aber Annie, Caren und die kleine Kenny – ich kann sie nicht verraten!«

»Du musst aber, Cathie, komm, wir müssen gehen!«

Ich stieß ihn von mir. »Nein, Bryan, ist schon gut, ich habe keine Angst vor dem Tod!«

Für einen Moment herrschte absolute Stille, dann konnte man die lauter werdenden Stimmen der Soldaten hinter uns hören, die nun wieder näher zu kommen schienen. Bryan, der meine Worte immer noch verdaute, packte mich plötzlich am Arm und zog mich grob zu sich. Seine Augen funkelten vor Wut, während er mit spitzer Stimme zischte: »Das solltest du aber, verdammt noch mal! Du unterschätzt die Macht von Connrad und wozu er überhaupt fähig ist. Er wird dich nicht einfach so töten, er wird dich mit Vergnügen quälen!«

Mit diesen scharfen Worten griff er mir um die Taille und hob mich mit einem Ruck auf den Sattel des Pferdes. Dann strich er mir mit seinen großen Händen sanft über den Arm und flüsterte:

»Leb wohl, Catherine Lanchaster. Ich werde dich finden, versprochen!«

Er sagte die Worte mehr zu sich selbst, sie waren nicht mehr als ein leises Wispern, welches vom Wind in die dunkle Nacht mitgetragen wurde, doch ich hörte sie. Und ich werde nie vergessen, wie glücklich und stark sie mich gemacht haben. Dann drehte ich mich noch einmal kurz zu ihm um, bevor ich so schnell ich konnte über den ausgedörrten Boden ritt. Wie Bryan es mir befohlen hatte, sah ich von nun an nicht mehr zurück, ich sah nicht auf Annie und die anderen, nicht auf die Soldaten, ich sah nicht zum Zaun zurück und auch nicht auf mein Leben. Das Einzige, was ich wahrnahm, war das Pferd unter mir.

Ich ritt so lange, bis die Sonne aufging. Das Pferd verfügte über erstaunliche Kräfte, es schien unermüdlich zu sein, befolgte meine Anweisungen und brauchte nur wenige Pausen. Doch gegen Morgen befanden wir uns beide am Rande der Erschöpfung.

Todmüde saß ich im Sattel, meine Hände wurden immer schwächer und schafften es kaum noch, die Zügel zu halten. Meine Beine erschlafften und waren nicht mehr in der Lage, dem Pferd Befehle zu übermitteln. Ich lehnte meinen Kopf an seinen Hals und bemühte mich krampfhaft, meine Augen offen zu halten.

Auch das Pferd wurde immer langsamer, und bei jedem seiner Huftritte rieben meine Lippen an seinem struppigen Fell und wurden aufgerissen. Doch ich war viel zu müde, um noch die Kraft zu finden, mich um irgendetwas zu kümmern. Schließlich weigerte sich das Pferd, auch nur einen Schritt weiterzugehen. Mühsam saß ich ab, und sofort ließ sich auch das Pferd ins weiche Gras fallen. Mit ausgestreckten Armen lag ich nun neben dem Pferd auf den Boden. Eine feine Blutspur tropfte aus meinem Mund, meine Hände waren aufgerissen, meine Beine von Kratzern übersät. Hunger, Schmerzen und Angst quälten mich, dennoch war ich unendlich erleichtert, endlich meine Augen schließen zu können. Ich atmete tief ein und aus, dann überfiel mich der Schlaf wie eine Welle, die mich weit von der Erde wegtrug.

Die Sonne brannte heiß vom Himmel und bereitete meiner zerschundenen Haut zusätzliche Schmerzen. Mit dröhnendem Kopf sah ich mich um, meine Blicke schweiften über die wundervoll smaragdgrüne Landschaft, die in der Mittagssonne leuchtete und so ganz anders aussah als die Gegend des Lagers. Vereinzelt waren Bäume zu erkennen, die als dunkle Tupfen erschienen und ein wenig Schatten boten. Ich hörte etwas plätschern: ein nahe gelegener Bach! Das zauberte ein Lächeln in mein Gesicht. Erst jetzt bemerkte ich meine raue Zunge, die schwer in meinem Mund lag, fühlte das Brennen im Hals und den quälenden Durst. Auf allen vieren kriechend, folgte ich dem rinnenden Geräusch des Wassers und traf nicht weit entfernt tatsächlich auf einen Bach. Glücklich zog ich mich in das seichte, kühle Wasser. Frische und Leben durchflossen meinen ganzen Körper und ich lachte laut auf, als das kühle Wasser das Brennen in meinem Hals milderte. Gierig trank ich, wälzte mich im Wasser und genoss das wunderbare Gefühl.

Mit neu gewonnener Kraft und leuchtenden Augen vergewisserte ich mich, dass das Pferd noch friedlich auf der Wiese schlief. Sachte näherte ich mich dem prächtigen schwarzen Tier, das gleichmäßig durch seine Nüstern atmete. Ich legte vorsichtig meine Hand auf seine Nase und streichelte es sanft, als es seine großen braunen Augen öffnete und mich geduldig musterte.

»Komm, wir müssen gehen!«, sagte ich ganz leise und zupfte leicht an den Zügeln.

Ein leichtes Wiehern erfüllte die Luft, als sich das Tier vor mir erhob. Es sah wunderschön aus. Sein schwarzes Fell war glatt und leuchtete in der Mittagssonne fast schon braun auf. Seine braunen Augen sahen hoheitsvoll nach vorne, während sein Kopf sich zu mir niedersenkte und seine Hufe am Boden scharrten. Es kam mir vor, als stünde ein König vor mir, der seinen Kopf zur Begrüßung senkte, um mir die Ehre zu erweisen. Noch nie zuvor war ich einem so hoheitsvollen Tier begegnet und nun hatte ich, als Frau, die Ehre, es zu reiten.

»Es sollte einen würdigen Namen tragen.«

Ich überlegte, Tausende Namen schossen mir durch den Kopf, doch keiner schien passend. Ich kannte nur Namen, die Bauern ihren Pferden gaben. Doch das Pferd war viel zu edel dafür. Dann dachte ich an Vater. Eine Erinnerung, von der ich glaubte, ich hätte sie längst vergessen, schoss mir durch den Kopf und ließ mein Herz höher schlagen.

Ich erinnerte mich an einen kalten Winterabend vor etwa elf Jahren. Mutter buk gerade Brot und summte ein Lied vor sich hin, Matthew und ich saßen im Wohnzimmer neben dem Feuer und hörten Vater zu, der uns Indianergeschichten erzählte. Matthew und ich beobachteten Vater fasziniert, der seine Geschichten mit weit ausholenden Gesten untermalte. Seine Haare schimmerten im flackernden Licht des Feuers, seine Augen erweckten die

Geschichte zum Leben. Er sah uns abwechselnd an, während er mit tiefer Stimme erzählte:

»Einst lebte ein mutiger Indianer in einem weit entfernten Indianerdorf. Seine Hände waren fleischig und so hart wie Stein. Man sagt, er konnte ein Tier mit seinen eigenen Händen erlegen. Jeder Bewohner des Dorfes respektierte ihn, wie auch jeder ihn fürchtete. Doch dies war nicht immer so. Die Legende besagt, dass er zuvor nie richtig wahrgenommen wurde. Immer schlossen ihn die anderen aus, lachten über ihn, wie schwach er doch sei. Der Vater des Indianers war daraufhin so beschämt, dass er seinen Sohn in die Wildnis verbannte: Dort sollte sein Sohn ein Mann werden und den Weg nach Hause zurückfinden, um seine Ehre und die seines Vaters zurückzuerlangen. Der Sohn, der begriff, dass diese Option die einzige Lösung für sein Problem war, willigte ein und begab sich wenige Tage darauf in die Wildnis. – Man weiß bis heute nicht, was in den Tagen, in denen er dort gewesen war, geschehen ist, doch als er mit einem mächtigen Bärenfell auf dem Rücken zurückkam, war der Indianer kein Junge mehr.

Man munkelte, dass er den Bären auf seinem Rücken mit bloßen Händen erlegt hatte. Seither kannte man ihn als Bear Hunter. Die staunenden Indianer erklärten ihn daraufhin zum Häuptling des Stammes.

Ob die Geschichte stimmt, weiß ich nicht, doch so ist es nun mal mit Legenden, um sie am Leben zu erhalten, muss man sie weitererzählen.« So wie es Vater bei mir und Matthew getan hatte.

Die lang verschollene Erinnerung, die vor meinem inneren Auge vorbeizog, erwärmte mein Herz und ließ mich in der Vergangenheit schweben. Vater – endlich hatte ich ihn wieder vor Augen! So oft hatte ich versucht, mich an sein Gesicht zu erinnern, und so oft war ich gescheitert. Jetzt sah ich ihn so dicht vor mir, als stünde er wirklich da. Ich konnte seine warmen Augen erkennen, seine dunkelblonden Haare. Ich sah seine leicht krumme Nase mit dem feinen Mund, und ich sah sein Lächeln, das auch mir ein Lächeln ins Gesicht zauberte.

»Hidalgo«, der Name lag mir nun auf der Zunge. »Hidalgo, so werde ich dich nennen!«, sagte ich schließlich und tätschelte das Pferd am Hals, bevor ich es am Bachlauf trinken ließ und mich wieder auf den Weg machte.

Wie Bryan mir aufgetragen hatte, ritt ich so schnell und so lange ich konnte, ohne mich je umzudrehen, auch wenn es mich traurig machte. Es war wie ein Fluch: Nie konnte ich mich richtig von dem verabschieden, was mir ans Herz gewachsen war! Ich meinte damit nicht die karge Landschaft, nein, ich meinte die Vergangenheit. Der Krieg hat meine Jugend zerstört. Ich hatte keine übliche Jugend, aber eine wunderbare. Denn auch wenn es Krieg und Zerstörung gab, traf ich auf Bryan, der mir mein Herz zurückgab; und ich sah diese wundervolle Landschaft vor mir, die mir ein Stück meiner Hoffnung zurückgab. Und ich hatte die Vergangenheit, an die ich mich jeden Tag erinnerte, denn ich hatte eine wundervolle Kindheit.

Wir hatten zwar nicht viel und mussten immer wieder kämpfen, doch wir hatten uns, unsere wunderbare Familie – und das war das Schönste, was es gab. Ach, wie mir Mutter fehlte! Ihre weiche Stimme, wenn sie sich am

Abend verabschiedete, bevor sie arbeiten ging; ihre zarten Hände, die mein Gesicht streichelten, wenn ich traurig war; und der Duft von Blumen und warmem Brot, den sie immer verströmte. All das schien nicht mehr zu existieren, all dies schien verloren, in einer weiten unbekannten Welt. Ich hatte Angst, Mutter nie wieder zu sehen, Angst, sie würde sterben. Doch meine größte Angst war, dass ich ihr Gesicht und alles, was sie ausmachte, irgendwann vergessen würde. Der Gedanke löste einen kalten Schauer in mir aus. So durfte ich nicht denken!

»Mutter wird es schaffen, sie ist eine starke Frau.«

Dann dachte ich an Matthew. Wo er wohl steckte, was er wohl tat, und vor allem, ob er sich für mich schämen würde, dass ich einfach gegangen war, ohne auf ihn zu warten?

Ich war so weit weg mit meinen Gedanken, dass ich gar nicht mehr auf der Erde zu sein schien. Ja, das Gefühl eines Pferdes unter mir, der Wind, der meine Locken durchwirbelte, meine nackten Füße, die die Flanken des Pferdes fühlten, der frische Wind um mich, all das weckte ein nie da gewesenes Gefühl in mir. Lachend ließ ich die Zügel los und breitete meine Arme wie Flügel aus. Die Schnelligkeit, mit der Hidalgo davonsauste, ließ mich glauben, ich sei ein Vogel.

Nicht so, wie ich es damals auf dem Dach des Erdkellers spürte, nein, anders: Das Gefühl war viel intensiver und nicht von dem Bild niedergehender Bomben gestört. Vor mir konnte ich die Landschaft bis weit zum Horizont erkennen, der sich rubinrot verfärbte. Ich hörte die Vögel über meinem Kopf zwitschern und den Wind um meine Ohren rauschen. In meinem Glück vergaß ich selbst die

Sonne, die sich langsam dem Horizont zuneigte, bevor die Dämmerung einsetzte und Hidalgo seine Schritte verlangsamte.

In der schnell einbrechenden Dunkelheit erkannte ich die Umrisse eines mächtigen Baumes, der wenige Steinwürfe von uns entfernt lag. Mit letzter Energie ritt ich mit Hidalgo zu diesem prächtigen Baum, der uns für diese Nacht Schutz bieten sollte.

Als wir ankamen, sackte Hidalgo in sich zusammen, und auch mich überfiel eine plötzliche Müdigkeit, die sogar den großen Hunger, den ich bereits längere Zeit verspürte, unwichtig werden ließ. Ein letztes Mal sah ich zu den Sternen über mir, die wundervoll auf mich herableuchteten, bevor ich in den lang ersehnten Schlaf fiel.

Wilde Rufe schreckten mich auf. Sie schienen weit entfernt und dennoch so schrill, dass sie mich schmerzten. Ich lauschte angespannt, die Augen immer noch geschlossen. Angst, die Soldaten hätten mich gefunden, kroch in meinen Körper wie ein kaltes Gift und ließ mich erstarren. Doch die Stimmen waren nicht mehr als lautes Gebrabbel. Jetzt konnte ich deutlich eine Männerstimme ausmachen, kurz darauf eine Frauenstimme. Die Stimmen schienen miteinander zu streiten, schrien und weinten; trotz der Distanz war das deutlich hörbar.

Verwundert öffnete ich die Augen und sah in die Ferne. Nichts war zu erkennen. Weit und breit erstreckte sich im Schein der ersten Morgensonne eine grüne Graslandschaft mit einzelnen Bäumen. Doch plötzlich, nur wenige Steinwürfe entfernt, erkannte ich ein kleines Bauernhaus, es sah aus wie eine kleine Farm, mit Kühen davor, die gemütlich grasten.

»Ein Haus, ein Haus!«, schrie ich freudig, während ich Hidalgo am Zügel packte und auf die Beine zwang. Vor Hunger war mir schon ganz schlecht, mein Magen schmerzte und knurrte ununterbrochen, sodass der Wunsch nach Essen übermächtig wurde.

Widerwillig stand Hidalgo auf und sofort saß ich auf und galoppierte zur Farm.

Erwartungsvoll machte ich vor dem Haus halt und glitt aus dem Sattel. Dann befestigte ich Hidalgo am Zaun und lief zur Haustür, die mit einem Gatter versehen war. Doch lautes Gebrüll hielt mich von meinem Vorhaben ab.

»Komm her, Weib!«, befahl eine betrunkene Stimme, dem unmittelbar danach ein Krachen folgte, das mich zusammenzucken ließ.

»Nein, lass mich in Ruhe, Bobby!«, schrie eine Frau verzweifelt zurück.

Es ertönte weiteres Gepolter, als würde jemand das ganze Haus auseinandernehmen. Wie angewurzelt blieb ich stehen und hörte auf die Stimmen. Ich wollte wegrennen, mit Hidalgo weit fortgaloppieren und nie wieder zurückkehren, doch mein Hunger war viel zu groß, als dass ich hätte umdrehen können. Ich blieb also mit steifen Gelenken und klopfendem Herzen vor der Tür stehen, bis eine Frau sie mit einem kräftigen Schwung aufriss und mich verwundert anstarrte. Ihre Wangen waren blau geschlagen, ihr linkes Auge blutunterlaufen und nur noch zur Hälfte offen. Sie musterte mich eingehend, während sie ihre Hand verlegen an ihre aufgerissene Lippe hielt, um das Blut zu stoppen. Sie hatte ganz zarte Hände, eine schmale Statur und blonde Haare, die ihr zerzaust ins Gesicht fielen. Verdutzt musterten wir uns eine Weile, bevor eine laute Stimme hinter ihr fragte:

»Wer ist da, Weib?«

Sie drehte sich erschrocken um und sah ängstlich ihren Mann an, der sie nun grob zur Seite stieß und vor mich nach draußen trat.

»Was willst du?«, wollte er wissen, während er kaum gerade stehen konnte. Ich glaubte, den Alkohol bis zu mir riechen zu können.

»Ich … ich habe Hunger, bitte. Ich bin weit gereist und habe keine Vorräte, bitte!«

Ich bettelte förmlich, da ich ahnte, dass der Mann nicht leicht zu überreden war. Er schien kalt, geizig und böse und hatte ein wenig ansprechendes Äußeres: Seine braunen Schweinsaugen, zu der seine knollige Nase und sein ausgeprägtes Doppelkinn in markantem Gegensatz standen, betrachteten mich herablassend. Er trug ein schmutziges Hemd und zerfledderte, kurze Hosen, die so stanken, dass ich mich zusammenreißen musste, um mich nicht gleich vor ihm zu übergeben.

»Nein! Wir geben einer frechen Göre nichts!«, sagte er, während sein offener Mund eine Reihe schwarzer Zähne entblößte. Dann knallte er mir mit einem heftigen Schwung die Tür vor der Nase zu.

Ich blieb stehen, wo ich war, bis mir bewusst wurde, dass er es ernst gemeint hatte. Schließlich schleppte ich mich mit knurrendem Magen und Bauchschmerzen wieder zu Hidalgo zurück, der mich mit erhobenem Kopf musterte, als wollte er mich trösten. Lächelnd streichelte ich seine Nase und flüsterte: »Ruhig, mein Großer, das wird schon.«

Ich wollte gerade aufsteigen, als die Tür des Hauses leise aufging und die Frau heraustrat. Sie trug eine alte Tasche und wirkte aufgescheucht. Als sie mich erblicke, blitzten ihre Augen auf und sie lief schnell zu mir herüber. Zitternden übergab sie mir die Tasche.

»Hier sind zwei Laibe Brot, einige Karotten und eine Wasserflasche. Du siehst so aus, als könntest du das gebrauchen!«, sagte sie gehetzt.

Ein zaghaftes Lächeln huschte ihr über die aufgesprungenen Lippen und sie versuchte angestrengt, ihr linkes Auge aufzureißen.

Verblüfft nahm ich die Tasche an mich und umklammerte sie, als wäre sie ein Kind, hatte Angst, sie fallen zu lassen. Dankbar nickte ich der Frau zu. Sie drehte sich bereits weg, um zu ihrem Mann zurückzugehen, da packte ich sie am Handgelenk.

»Warten Sie«, flüsterte ich beschwörend.

Sie wandte sich erstaunt zu mir um und betrachtete mich neugierig.

»Laufen Sie fort und kehren Sie nie wieder zu ihm zurück!«, sagte ich mit ermutigender Stimme, auch wenn ich wusste, dass es mich nichts anging.

»Das geht dich nichts an!«, zischte sie auch prompt, während ihre Gesichtszüge sich verhärteten und sie sich aus meinem Griff befreite.

»Ich weiß, doch ich sehe in Ihren Augen einen guten Menschen, der es nicht verdient hat, so zu leben!«

Sie sah mich mit Tränen in den Augen an, bevor sie gequält lächelte und nickte. Dann verschwand sie schluchzend so schnell, wie sie gekommen war, und ließ mich mit Hidalgo allein.

Nachdenklich sah ich ihr hinterher und überlegte, ob sie meinem Rat wohl folgen würde. Das Wasser lief mir im Mund zusammen, als ich die Tasche öffnete, aus der der Duft von frischem Brot strömte. Doch ich riss mich zusammen und ritt zuerst weit fort, bevor ich beschloss zu rasten.

Ich ließ Hidalgo auf einem Grünstreifen am Wegesrand grasen, trat einen halben Laib Brot an ihn ab und schlang selbst hungrig die andere Hälfte des Brotes hinunter. Dann trank ich ein Viertel der Wasserflasche aus, bevor ich mit Hidalgo im Galopp weiterritt.

Mit vollem Magen und neu gewonnener Kraft ritten Hidalgo und ich durch die weite Landschaft, die nie zu enden schien. Ich dachte viel an die Frau, in deren Augen ich so viel Hoffnung gesehen hatte. Ja, ich hatte Hoffnung gesehen. Die Frau wusste es selbst noch nicht, doch ich konnte sehen, dass sie die Kraft finden würde, sich gegen das Unmögliche aufzulehnen. Ich dachte an ihr blau geschlagenes Gesicht und an die Tatsache, dass sie sich wieder ins Haus geschlichen hatte, ohne sich noch einmal umzudrehen. Sie tat mir von ganzem Herzen leid und ich wollte künftig jede Nacht zu Gott beten, dass sie es schaffen würde, auszubrechen und ein besseres Leben zu führen – und das würde sie, da war ich mir sicher.

Zwei Tage lang ritten wir, zwei Tage, in denen wir nur wenig schliefen und nur wenig Nahrung zu uns nahmen. Hidalgo war erstaunlich munter geblieben und gab sein

Bestes. Er lief so schnell er konnte und trug mich wie der Blitz über das grüne Gras hinweg. Trotz unseres Wassermangels wurde der Wille zum Leben Tag für Tag noch stärker und half uns beiden jeden Morgen auf die Beine.

Am dritten Tag jedoch brachen Hidalgos Beine unter seinem Körper zusammen und wir stürzten zu Boden. Ich wollte ihn am Halfter wieder hochziehen, doch seine Beine schienen nicht mehr die Kraft dafür zu haben. Er lag einfach auf der Erde, legte seinen schweren Kopf ins Gras und schnaubte heftig durch seine Nüstern.

Als ich mich zu ihm setzte und er den Kopf leicht anhob, als ich in seine treuen Augen sah, die so unschuldig aufblickten, da wusste ich, dass er es verdient hatte, in die Freiheit zu galoppieren – ohne einen Reiter, der ihm die Richtung wies und ihn zwang zu laufen, bis er zusammenbrach. Ich nahm ihm langsam das Halfter ab, löste den Sattel und streichelte sachte seinen Körper, während ich meinen letzten Wasservorrat über seinen überhitzten Körper goss. Er wieherte dankbar, bevor ich mich mit ihm erhob und das letzte Mal meine Arme um seinen Hals schlang. Dann sagte ich leise: »Geh!«, und er trabte in das weite Gelände, während ich ihm sehnsüchtig hinterhersah.

Einen kurzen Moment lang wurde mir ganz flau im Magen, und mein Herz schien zu flackern. Was, wenn ich die falsche Entscheidung getroffen hatte? Ich hatte Hidalgo gemocht, er war mein einziger Freund in dieser unvorstellbar weiten Landschaft, er war das Einzige gewesen, was mir geblieben war.

Früher hatte ich immer gedacht, ich wäre allein, obwohl ich Matthew und Mutter hatte, jetzt wusste ich, dass ich nie allein gewesen war, und ich schämte mich dafür, dass ich dies nie richtig geschätzt hatte. Jetzt war ich allein, wirklich allein.

Aber als ich Hidalgo hinterhersah, der freudig in die Freiheit lief, während seine Mähne hin und her wippte, da wusste ich, dass es das einzig Richtige gewesen war.

Trotzdem: Wie sollte ich es nun schaffen zu überleben? Ich hatte einen Sack voller alter Kleidung, einen Viertel Laib Brot und eine leere Wasserflasche. Wie konnte ich damit überleben?

›Du musst leben!‹ Die Worte meiner Mutter schienen an meiner Schädeldecke zurückzuhallen und nahmen meine Gedanken in Besitz. Sie hatte recht, beim allmächtigen Herrn, ich musste es schaffen! Ich sprang auf die Knie und faltete mit angespannten Fingern meine Hände zusammen. Konzentriert und mit bebender Stimme begann ich so innig, wie es mir nur möglich war, zu beten.

Oh Herr
Ich danke für dein Erbarmen, welches du die letzten Monate auf mir walten ließest.
Doch ich bitte dich bei meiner Seele, schenke mir deinen Segen auf meiner langen Reise.
Amen!

Mit noch immer angespannten Fingern stand ich auf, hob meinen Blick zum Himmel und machte mich auf den Weg.

Die Sonne stand noch im Westen und warf ihr grelles Licht direkt in mein Gesicht, sodass ich eine ganze Weile lang mit den Händen vor den Augen laufen musste. Ich wusste nicht, wo ich war, also konnte ich auch nicht einschätzen, ob es eine gute Idee war, Richtung Westen zu laufen. Das Wichtigste war, dass ich noch lebte! Und so lief ich, bis ich nicht mehr konnte. Ich versuchte, die Angst, ertappt und getötet zu werden, zu verdrängen. Ich lief so schnell ich konnte, ohne jedoch zu rennen, dies hätte mir nur die Kraft in den Beinen geraubt. Das Gras wurde zunehmend trockener und fühlte sich unter meinen Füßen hart und borstig an. Mit jedem meiner Schritte schien sich die Landschaft zu verändern. Bäume wurden seltener, die Sträucher erschienen als ausgedörrte Gestrüppe und Wasser gab es schon gar nicht. Müde betrachtete ich die Umgebung, und wo vor Kurzem noch grüne Blumenwiesen geleuchtet hatten, war nur noch weite Leere zu sehen, die jeden meiner Tritte zu verlangsamen schien. Meine Hände und mein Gesicht waren ungeschützt der Sonne ausgesetzt, leuchteten mittlerweile krebsrot auf. Meine Lippen waren trocken und rau, genau wie meine Zunge, die sich nach einem Tropfen Wasser sehnte. Mühsam schleppte ich mich in der brütenden Hitze über die Weiten des Nichts, verzweifelt, müde und durstig. Unzählige Male meinte ich, Wasser vor meinen Augen zu sehen, doch jedes Mal hatten mir meine Augen einen Streich gespielt. Dann traute ich meinen Augen nicht mehr; die Hoffnung, das Wasser in der Ferne zu erreichen, verschwand.

Selbst als ich deutlich einen Baum erkennen konnte, wollte ich es nicht glauben. Doch der Baum vor mir verschwand nicht. Mit jedem Schritt kam ich ihm näher, und schließlich lief ich mit letzter Kraft zu ihm und berührte mit meinen Fingerspitzen seine raue Rinde. Ein Lächeln huschte über meine Lippen. Der Baum stand wirklich vor mir! Ich hatte tatsächlich Schatten gefunden, ich hatte tatsächlich Leben gefunden! Auch wenn es nur ein Baum war, hatte ich Leben gefunden in dieser weiten Öde. Oder wurde ich allmählich verrückt?

Nein, meine Blicke ertasteten vorsichtig die Umgebung und ich erkannte mit klopfendem Herzen, dass unweit noch mehr Bäume waren. Ich war unversehens an den Rand eines Waldes geraten, bestehend aus Hunderten von Bäumen: Schatten und Schutz! Der Herr hatte mich erhört, er hatte mich tatsächlich erhört!

Ich lebte, oh Herr! Ich stand vor einem Wald und würde vielleicht endlich einen Bach finden. Oh, Herr, allein der Gedanke an Wasser in meinem Mund ließ mich vor Freude erschaudern.

Entschlossen band ich mir das Gepäck auf den Rücken und marschierte schnellen Schrittes in den Wald. Angst hatte ich keine, ich war so erleichtert, dass es jede andere Regung verdrängte. Mir war bewusst, dass ich allein war und dass ich kein Wasser hatte, doch ich war am Leben und ich hatte etwas, wofür es sich zu leben lohnte – eine Familie. Ich lief gegen meinen Schmerz an, bis die Sonne langsam ihr Ende nahm, dann hörte ich plötzlich das Plätschern eines Baches. Ich spitzte meine Ohren und blieb stehen. Jetzt war nur noch das Glucksen von Wasser zu hören – was für ein wunderbarer Ton! Sofort lief ich diesem verheißenden Geräusch entgegen. Wie der Blitz trugen mich meine Beine über den Boden hinweg, ich rannte durch Gestrüpp, sprang über gefallene Baumstämme. Es war, als gäbe mir schon der Gedanke, bald trinken zu können, wieder Kraft. Überall war nur Grün zu sehen, Pflanzen, Blumen, Bäume, die mit jedem Schritt zahlreicher und grüner schienen. Blätter peitschten mir ins Gesicht, doch ich bemerkte es kaum, so sehr war ich auf die Wasserquelle fixiert. Und plötzlich fühlte ich angenehme Kühle an meinen Knöcheln.

Verdutzt sah ich nach unten und konnte mir im ersten Moment nicht erklären, was meine Beine umklammerte. Eine durchsichtige Flüssigkeit hatte sich um meine Füße gelegt und kühlte meine Wunden angenehm. Die Kühle schien sich langsam an meinen Körper zu tasten und ich hatte das Gefühl, dass sie mich nach und nach mit Energie füllte. Alles war plötzlich vergessen, alle Schmerzen, alle Sorgen, alles Belastende. Es spielt keine Rolle mehr, hielt mich nicht mehr fest, denn dieses Gefühl von rauschendem Wasser unter mir war das Schönste, was es für mich geben konnte, so schön, dass ich bereit war, alles zu vergessen. Wie in Trance fiel ich auf die Knie, wälzte mich in dem kleinen Bachlauf und trank wie ein wildes Tier von dem Wasser.

Nachdem ich getrunken und mich ausgeruht hatte, wusch ich mich und meine Kleider, füllte meine Feldflasche auf und machte im Schatten eines großen Baumes Rast, der königlich neben dem Bach thronte und seine dicken Wurzeln stolz aus dem Boden ragen ließ. Seine Äste wuchsen so hoch in den Himmel, dass ich sein Blätterdach gar nicht richtig erkennen konnte. Sonnenstrahlen zwängten sich durch die Baumkrone, ließen das Grün der Blätter noch schöner erstrahlen.

Hungrig nahm ich das letzte Stück Brot aus der Tasche und stopfte es mir in den Mund. So lange hatte ich nichts mehr im Mund gehabt, so lange hatte mich der Hunger gequält, und nun schien ich in einem Paradies zu sein! Ich spürte das unbeschreibliche Glück, das mich durchströmte, als ich meine Füße in das weiche Gras bohrte, während ich im Schatten eines großen Baumes genüsslich aß und dazu die Melodie des rauschenden Wassers und den Gesang der Vögel hörte. Es war wie ein wunderbarer Traum.

Nachdem ich das Brot gegessen hatte, war ich zwar nicht satt, doch mein Hunger war gemildert und quälte mich nicht mehr so sehr wie zuvor. Ich nahm noch einen großen Schluck Wasser aus der Feldflasche und beschloss dann, meinen Weg am Bach entlang fortzusetzen, um sicher zu sein, dieses Lebenselixier nicht gleich wieder zu verlieren. Außerdem: »Wasser führt uns immer zum Ziel«, pflegte zumindest Mutter früher immer zu sagen.

So lief ich glücklich an dem Bach entlang, hüpfte auf Steine und kletterte über Baumstämme. Es gefiel mir, im Schatten der Bäume zu wandern, auf den Gesang der Vögel zu horchen und der Natur zuzusehen, wie sie sich bei jedem meiner Schritte zu verändern schien. Ich sah weite Büsche, saftig grüne Gräser und bunte Blumen, die den Bach säumten. Lange lief ich, starrte ins Wasser und beobachtete die feinen Wellen, die die Steine im Bachbett umspielten.

Plötzlich konnte ich einen roten Faden im Wasser erkennen. Ich blieb stehen und beobachtete den Bach genau. Zuerst dachte ich, meine Augen spielten mir wieder einen Streich, doch die rote Spur wurde immer stärker und deutlicher, sodass es keinen Zweifel gab. Neugierig ging ich in die Knie und tauchte meine Finger kurz ins Wasser. Meine Hand verfärbte sich blitzschnell rot und die Flüssigkeit tropfte langsam von meinen Fingerspitzen ins Wasser zurück.

Verwundert roch ich an meiner Hand, und sofort stieg mir ein süßlicher Geruch in die Nase und verursachte ein unangenehmes Kribbeln. Ich schrak von meiner Hand zurück, sah nach vorne und folgte der Spur nun fast schon rennend. Angst stieg in mir hoch, brennende Furcht, und mir wurde ganz flau im Bauch; der metallische Gestank meiner Hände schien wie Pech an mir zu kleben.

Schreckliche Gedanken erreichten meinen Kopf und meine Fantasie tat ein Übriges, noch schrecklichere Bilder vor meinen Augen aufblitzen zu lassen. Ich wusste, dass ich in irgendetwas geraten war, ich wusste, dass ich mich am besten umdrehen und fortlaufen sollte, doch ich tat es nicht. Es schien geradezu, als würden mich diese Spur und dieser Geruch zwingen weiterzulaufen. Mein Kopf sagte eindeutig Nein, doch mein Herz zog mich noch tiefer in den Wald. Vielleicht wollte der Allmächtige, dass ich der Spur folgte, vielleicht hatte er mir die Spur geschickt – eine Aufgabe, wenn man so wollte. Neugier brannte in mir, trotz meiner Angst musste ich wissen, was sich hinter den Büschen verbarg. Rennend stieß ich die Büsche vor mir zur Seite, die eine Wand zu bilden schienen. Ich sprang auf die andere Seite und sah mich um. Entsetzt riss ich die Augen auf: Mit stockendem Atem und einem unterdrückten Schrei begann ich, über die unzähligen Leichen vor mir zu steigen, die reglos am Boden lagen. Der Bach mündete in eine Mulde und bildete dort eine rote Pfütze. Ein heftiges Zittern überfiel mich, ich konnte mich kaum mehr auf den Beinen halten und blieb wie angewurzelt stehen, verschloss die Augen. Ich wollte das alles nicht sehen, ich wollte nicht hier sein. Das Bild der Männer, die hier reglos auf dem Boden lagen, hatte sich aber bereits in meinen Kopf gebrannt. Ich sah sie: ihre geschlossenen Augen, ihre weit aufgerissenen Augen, die erloschen waren – wie bei dem Mädchen vor dem Zug, das Connrads Befehl zum Opfer gefallen war. Ich sah ihre verstümmelten Körper, ihre tiefen Wunden und ihre leeren Blicke. Manche schienen mich direkt anzusehen und waren doch gleichzeitig so unendlich weit weg. Diese Augen, sie waren so matt und farblos, so leblos und beängstigend. Keuchend und mit verschwommenem Blick bahnte ich mir zitternd einen Weg durch die Leichen; überall war Blut, so viel Blut. Zum Teil tropfte es den Toten noch aus den Mundwinkeln, zum Teil bildete es eine Lache um ihre Körper. Weinend lief ich geradeaus, versuchte, nicht nach unten zu sehen. Manche von ihnen lebten noch. Ich versuchte, meine Ohren vor dem leisen Stöhnen der Männer zu verschließen, doch ich konnte es nicht. Ich hörte die klagenden Hilferufe, dann auch entsetzliche Schreie Verwunderter, leise Gebete der Sterbenden.

Und da hörte ich zwischen all den Gebeten und Rufen eine leise Stimme, dicht neben mir. Als ich mich suchend umsah, entdeckte ich in meiner Nähe einen verwundeten Soldaten. Seine Augen waren weit aufgerissen, seine Haut ganz blass und kalt. Er hielt sich mit schmerzverzerrtem Gesicht sein linkes Bein, um das sich eine große Blutlache gebildet hatte. Sofort kniete ich zu ihm nieder, wie befreit von diesem lähmenden Bann, der sich um mich gelegt hatte. Ich musterte ihn eingehend, betrachtete sein zerschmettertes Bein. Was konnte ich tun? Er schien zu wissen, dass er verbluten würde, ich konnte ihm nicht helfen, niemand konnte ihm mehr helfen. Also tat ich das, was ich noch konnte: Ich hielt seine Hand und betete mit ihm.

»Der Herr sei uns gnädig, der Herr wird dich erlösen.«

Er zitterte, seine Augen wurden schwerer, seine Haut blasser. Schließlich keuchte er nur noch ganz leise und flüsterte: »Lauf! Bleib nicht stehen!«, dann schloss er seine Augen und erstarrte.

Ich nickte weinend. Meine Hand löste sich langsam von der seinen, dann stand ich auf und rannte wie befohlen los, ohne mich noch einmal umzudrehen. Ich lief, betrachtete die Toten nicht, dachte nicht an die Lebenden. Büsche und Sträucher peitschten mir ins Gesicht, ich rannte so schnell und so weit ich konnte, stolperte über Wurzeln und Äste.

Dann, als die Kraft in meinen Beinen nachließ und mein Herz mir bis zum Hals pochte, blieb ich stehen. Vor mir erstreckte sich eine meilenweite Landschaft mit Toten. Überall, wo ich hinsah, sah ich Blut, überall, wo ich hinging, roch es nach Leichen. Ich schrie entsetzt, es zerriss mich, meine Gedanken kreisten wirr, wo ich hinsah, sah ich Verderben. Ich hielt es nicht mehr aus und wollte gerade weiterrennen, als ich plötzlich ein leises Flüstern hörte.

»Cathie!«

Blitzschnell drehte ich mich um und sah hinter einem Gestrüpp eine blutverschmierte Hand hervorragen. Diese leise wispernde Stimme, ich kannte sie!

»Matthew!«, schrie ich und hoffte von ganzem Herzen, dass ich mich verhört hatte.

Hektisch lief ich der Stimme entgegen, fiel vor dem Körper auf die Knie und schaute in das wunderbare Gesicht, das mir so gefehlt hatte. Die heißen Tränen in meinen Augen waren nichts im Gegensatz zu dem Schmerz, der mich nun überkam. Er war stärker als alles, was ich bisher gefühlt hatte, stärker als der Hunger, als meine Ängste, als der Stacheldraht. Es war das schlimmste Gefühl, das absolut schrecklichste, was ich je erlebt hatte. Es riss mein Herz in tausend Stücke und stürzte mich in eine Schlucht der Trauer. Mit zitternden Händen hielt ich das blutverschmierte Gesicht in den Händen und schrie mit bebender Stimme: »Matthew!«

Kapitel 9

Vicksburg, Mississippi

Er sah mich von unten herauf an, sein Haar war schmutzig, genauso wie sein Gesicht, das ich nun fassungslos in meinen Händen hielt. Seine feinen Lippen waren aufgeplatzt und aus seinem Mundwinkel tropfte Blut. Ein kurzes Lächeln huschte ihm über die Lippen. Seine bernsteinfarbenen Augen, die ich in den letzten Monaten beinahe vergessen hatte, blickten mir direkt in die Augen, sie waren nicht matt oder leer, nein, sie funkelten die meinen an.

Panisch musterte ich seinen Körper und bemerkte die tiefe Schusswunde in seinem Bauch, die er mit den Händen zu verstecken schien. Seine Uniform wurde durch das Blut rot getränkt, auf dem Boden hatte sich bereits eine Blutlache gebildet. Meine Beine lagen im Blut meines Bruders, überall war so viel Blut, und ich wusste nicht, was ich tun sollte. Ich weinte und weinte, versuchte, die Tränen aufzuhalten, doch ich konnte es nicht.

»Cathie!« Seine Stimme klang schwach, es war nicht mehr als ein gepresstes Flüstern.

Das Wort weckte mich wieder auf. ›Ich muss mich zusammenreißen, ich darf vor ihm nicht weinen, er darf nicht wissen, wie schlimm seine Wunden aussehen!‹

Hektisch kaute ich auf meiner trockenen Lippe herum und schmeckte das Blut in meinem Mund. Krampfhaft hielt ich Matthews Hand und sah ihn lächelnd an.

»Du hast mich gefunden«, flüsterte ich mit Tränen in den Augen.

Er wollte etwas sagen, doch ich wehrte ab.

»Nein, du darfst nicht sprechen!«, sagte ich, während ich mit meinen Handflächen auf seine Wunde drückte, um die Blutung zu stoppen.

Panik kam in mir hoch, ich sah um mich, suchte nach etwas Sauberem, um die Wunde zu versorgen. Meine Hände waren blutverschmiert, ich kniete in der Blutlache neben Matthew, ich roch das Blut in meiner Nase und schmeckte es in meinem Mund. Und dann dieses Keuchen von Matthew, dieses leise Keuchen, nicht mehr als ein Wispern: Er strengte sich so an, am Leben zu bleiben, sein Atem war nicht mehr als ein leises Stocken, seine Augen schienen immer matter zu werden. Ich riss verzweifelt ein Stück Stoff von meinem Kleid und drückte es so fest ich konnte auf die Wunde.

Leise sagte Matthew mit bebender Stimme: »Ich habe den Befehl nicht befolgt.« Er röchelte laut und hustete Blut. »Ich habe dich in allen Lagern gesucht und plötzlich waren wir hier und … und sie griffen an.« Jetzt presste er die Worte förmlich aus seinem Mund. »Ich habe die Schützen gar nicht gesehen.« Er kniff die Augen schmerzhaft zusammen und keuchte wieder leise.

»Alles wird wieder gut, Matthew!« Lächelnd sah ich ihn an und log verzweifelt. Ich wusste, dass es schlimm aussah, und ich wusste, dass es nicht richtig war, einen Menschen anzulügen, das hatte ich auch nicht bei dem Soldaten davor gemacht, doch Matthew war etwas anderes. Ich musste ihn belügen, er musste leben! Immer noch kämpfte ich gegen meine Tränen, ich schluckte den dicken Kloß in meinem Hals herunter und sah Matthew in die Augen.

Dann fiel mir Mutter ein. Wieder konnte ich sie direkt vor meinen Augen sehen, konnte ihren hübschen Hut erkennen und ihre Träne, die über ihre Wange lief, und ich sah die Szene am Bahnhof vor meinen Augen, sah, wie sie mir den Brief übergab und der Zug sich in Bewegung setzte, während ich gegen die Scheiben schlug.

›Der Brief! Mutter hatte mir befohlen, ihn Matthew zu geben!‹

Sofort kramte ich in meiner Gepäcktasche, warf alle Kleidungsstücke darin auf den Boden, bis ich das zerknitterte Blatt Papier in den Händen hielt. Ich faltete es vorsichtig auseinander, dann sah ich zu Matthew, hielt wieder seine Hand und las vor.

Meine lieben Kinder,

schon mein ganzes Leben lang habe ich versucht, alles richtig zu machen. Und als ich Mutter wurde, wusste ich, dass es meine größte Aufgabe sein würde, euch zu beschützen, komme, was wolle.

Ich habe gesehen, wie ihr, meine geliebten Kinder, erwachsen wurdet, und es erfüllt mich mit Stolz, euch meine Kinder nennen zu dürfen. Es tut mir so leid, dass ich nicht in der Lage war, euch vor der Grausamkeit des Krieges zu bewahren, vergebt mir!

Matthew, ich möchte, dass du stets auf dein Herz vertraust, ganz gleich, was die Menschen um dich sagen.

Catherine. – Neben meinem Namen konnte ich nun deutlich eine getrocknete Träne erkennen, die das Papier wölbte. – *Flieg los!*

Als ich die Wörter las, wurde mir ganz warm ums Herz, Tränen stiegen mir in die Augen. Mutter, sie hatte mich verstanden, sie hatte alles gewusst. Sie hatte gewusst, dass es mein größter Traum war, wie ein Vogel loszufliegen, all die Jahre hatte sie das gewusst. Ich wünschte mir so sehr, bei Mutter zu sein, ihr zu sagen, dass ich sie liebe. Mein größter Wunsch war es, sie wenigstens noch ein Mal in den Armen zu halten und den Duft von Rosen einzuatmen.

Ich räusperte mich schnell, bevor ich mit bebender Stimme weiterlas:

Lasst nicht zu, dass der Krieg euer Leben bestimmt!

Doch auch wenn die Welt um euch zerbricht, bitte ich euch weiterzumachen, ich bitte euch nicht zu überleben, ich bitte euch zu leben!

Denn nur mit dieser Gewissheit, meine Aufgabe erfüllt zu haben, kann ich meinen Weg weitergehen.

Ich liebe euch.

Mutter

Ich lächelte, als ich den Brief mit meinen blutigen Händen wieder faltete und mich Matthew zuwendete. Er betrachtete mich ebenfalls mit einem leichten Lächeln, seine Augen funkelten die meinen an, und ich konnte sehen, wie ihm eine einzelne Träne über die Wange rollte. Gerade wollte ich mich um Matthews Verletzungen kümmern, als er mich plötzlich mit der Hand bremste. Ich sah ihn fragend an, verstand seine Absicht nicht.

Er schüttelte den Kopf und flüsterte gepresst: »Kannst du dich an den Tag auf der Wiese erinnern, als wir diesen blauen, wunderschönen Vogel sahen?« Er hustete und spuckte Blut.

Ich wischte mir die Tränen aus dem Gesicht und nickte.

»Du wolltest den Vogel fangen!«

»Ja, das wollte ich!«, sagte ich schluchzend.

»Weißt du noch, was ich dir sagte?« Seine Stimme war nun nicht mehr als ein angestrengtes Wispern.

Ich dachte einen kurzen Moment lang nach, während ich nach vorn in den Wald blickte und diesen Tag wieder vor Augen hatte. Deutlich konnte ich sehen, wie Matthew und ich auf der Wiese standen und den saphirblauen Vogel betrachteten, der immer weiter wegflog, während ich die Hand sehnsüchtig nach ihm ausstreckte. Ich sah wieder alles vor mir, alle Erinnerungen kamen in mir hoch, all die schönen Momente, die Gefühle, all das Glück. Es war, als wäre ich wieder auf der Wiese neben Matthew, an diesem wundervollen Tag, an diesem wundervollen Ort, Zuhause. Dann verblassten meine Erinnerungen plötzlich und ich wurde mir wieder bewusst, dass ich mich neben Matthew auf dem blutigen Boden befand. Ich drehte mich zu ihm.

»Du sagtest: ›Lass ihn gehen, Cathie!‹«

Matthew keuchte. »Ja, genau, das sagte ich!«

Er sah mich immer noch an, mit Augen, die immer leerer wurden. Sein angespannter Körper erschlaffte, seine Finger, die bisher heftig gezittert hatten, wurden reglos, sein Gesicht ganz bleich. Er schien sich immer weiter zu entfernen, schien nicht mehr gänzlich bei mir zu sein. Langsam fielen ihm seine Augen zu, sein Kopf schwankte müde zur Seite.

Panisch betrachtete ich ihn, meine Hände hielten seinen Kopf, ich begann zu schreien, schlug ihm vorsichtig auf die Wange.

»Nein, Matthew, das darfst du nicht tun! Wach auf!«

Ich weinte und weinte, schüttelte ihn, wollte, dass er zu mir zurückkehrte. Doch er erstarrte. Seine Gelenke wurden steif, sein Körper erkaltete.

»Nein, nein!«

Verzweifelt riss ich mir das Federmedaillon vom Hals und öffnete es wie verrückt. Ich hielt die Uhr vor mich hin und zeigte sie Matthew, dessen Kopf ich auf meinen Schoß gelegt hatte. Dann begann ich, die Ziffernblätter zurückzudrehen, als könnte ich die Zeit damit rückgängig machen.

»Hier: Wir drehen die Uhr einfach zurück und alles wird wieder gut!«

Mein Herz zog sich zusammen, alles in mir gefror. Dann vergrub ich mein Gesicht an Matthews Brust und weinte. Ich schrie. Ich schlug um mich. Alles wurde dunkel.

So blieb ich bei Matthew, auch als die Sonne unterging. Ich legte mich neben ihn und hielt ihn fest im Arm, wie ich es früher immer getan hatte, wenn ich nachts nicht schlafen konnte. Dann sah ich in den Himmel und erkannte zwischen den Baumkronen die funkelnden Sterne, die wie Diamanten auf mich herabblitzten. Der Wind wehte leicht und schien mit dem lauten Sirren der Heuschrecken eine Melodie zu bilden. Die blutbespritzten Blätter rauschten im Wind und trugen den Duft von Süße mit sich fort.

Plötzlich erklang ein schmerzhaftes Jaulen. Zuerst dachte ich, es wäre ein verirrter Wolf, doch als ich genauer hinhörte, war ich mir sicher, dass es ein Mensch war. Die Schmerzensschreie wurden heftiger, es hörte sich an wie ein Gebet, das einer der Soldaten zum Himmel schickte, während er immer wieder stockte und laut atmete, als müsste er nach Luft ringen.

Lange tönte seine Stimme durch den Wald, so laut, dass ich ihn mittlerweile auch verstehen konnte. Er bat den Herrn nicht zu leben, er bettelte vielmehr darum, endlich erlöst zu werden, damit er zu seiner Familie zurückkehren könne. Er sprach von seiner Frau und seinem Sohn, von seiner Mutter und seinem Vater.

Dann hörte ich Schritte, schwere Schritte und Geflüster. Zwei Männerstimmen drangen durch die Luft, schienen gedämpft über den Boden zu gleiten. Unverständliches Gemurmel war zu hören.

Ich krallte meine Finger fester um Matthews Körper und verbarg mein Gesicht hinter seiner Schulter. Dann schloss ich die Augen und stellte mich tot. Mein Atem stockte, während mein Herz zu platzen schien. Ich wollte bei Matthew sein, das war mein einziger Wunsch, und dennoch hatte ich fürchterliche Angst vor dem Tod. ›Was, wenn der Tod schmerzhaft ist? Ich will nicht sterben. Noch nicht! Bryan wartet auf mich, er hat es mir versprochen, und Mutters einziger Wunsch war es gewesen, dass ich leben soll! Ich muss es schaffen, für Matthew.‹ Mit unregelmäßigen Atemzügen horchte ich auf die Stimmen der Männer.

Plötzlich erklang die klagende Stimme erneut. Einen Moment Stille, dann ertönte ein Schuss und das Gewimmer des Verletzten hörte auf.

Ich zuckte zusammen, und obwohl ich wusste, dass sie dem Soldaten mit diesem Schuss einen Gefallen getan hatten, ließ mich die Grausamkeit dieses Ortes erzittern. Mit zusammengepressten Augen und bebendem Körper lag ich da; der Geruch der Toten kribbelte in meiner Nase, die Angst lähmte mich.

Die Schritte wurden immer lauter und das Gemurmel nach und nach verständlicher.

Meine Hände umklammerten immer noch zitternd den Körper von Matthew, als die Soldaten nur noch wenige Meter von mir entfernt waren.

Plötzlich erklangen Rufe, laute Hilfeschreie. Einen Moment lang war Stille, es schien, als wären sich die Soldaten nicht sicher, was sie tun sollten, bevor sie ihren Mitstreitern antworteten und schnell zu ihnen liefen. Ich lag einfach nur da, ich hatte die Soldaten zwar nicht gesehen und konnte nicht mit hundertprozentiger Wahrscheinlichkeit sagen, dass es Konföderierte waren, aber Unionssoldaten hätten den Mann nicht erschossen, niemals! Also schwieg ich.

Nun war ich allein in all dieser Finsternis. Nur noch die laut zirpenden Grillen waren zu hören. Es gab kein Geschrei mehr, kein Keuchen, nichts.

Langsam schloss ich die Augen.

Es dämmerte bereits, und die wenigen Sonnenstrahlen, die es durch die Baumkronen geschafft hatten, wärmten meine Haut. Ich erwachte, blieb dennoch liegen, um die wunderbare Wärme zu genießen. Meine Sinne begannen sich erst langsam zu schärfen. Die Erinnerung an den letzten Abend kam zurück. Plötzlich wusste ich alles wieder.

Ich wusste, dass Matthew neben mir lag, dass ich in seinem Blut lag und dass ich allein war. Ich hatte weder

Pferd noch Proviant. Mühsam hob ich meinen schweren Kopf und sah Matthews reglosen Körper neben mir. In diesem Moment wollte ich ihn nur weiter im Arm halten und noch eine Weile bei ihm sein. Es wäre nicht richtig gewesen, ihn so liegen zu lassen.

Doch dann erhob ich mich, meine Beine zitterten, meine Hände schmerzten, allein das Aufstehen erforderte unglaublich viel Zeit und Kraft. Dennoch war ich entschlossen, Matthew in einem würdigen Grab zu bestatten. So machte ich mich im Wald auf die Suche nach frischen Blumen, und es dauerte nicht lange, bis ich auf einer kleinen Lichtung auf wundervolle Magnolien traf, die den ganzen Boden in weiße Farbe tünchten und an funkelnde Diamanten erinnerten.

Ich begann, die Blüten zu pflücken, bis ich einen so großen Strauß beisammen hatte, dass ich ihn mit meinen beiden Händen gerade noch tragen konnte. Ich rannte stolpernd zu Matthew zurück und fing an, ein Blumenbeet um seinen Körper zu gestalten. Stundenlang positionierte ich die Blumen so, dass Matthew es bequem hatte, dann legte ich den Brief von Mutter in seine zusammengefalteten Hände und zum Schluss noch mein Federmedaillon um seinen Hals.

Liebevoll betrachtete ich ihn. Er sah so friedlich aus, als hätte er Ruhe gefunden.

Gerade wollte ich den Herrn um seinen Segen bitten, als ein leises Knacken erklang, das mich hochschrecken ließ. Ich hob blitzschnell den Kopf und riss die Augen auf. Suchend musterte ich die Umgebung, meine Blicke folgten jeder Bewegung des Waldes. Dann sah ich ein Pferd, das mich gelangweilt musterte, während es von einem

Soldaten gezogen wurde. Er zog das Pferd so fest er konnte am Zaum, doch es bewegte sich keinen Schritt mehr weiter. Verwundert über den Widerwillen seines Gefährten, blickte er in meine Richtung. Seine Augen weiteten sich, als er mich sah, und er verlangsamte seine Schritte. Zunächst hielten seine Blicke mich im Visier, bevor sie zu Matthew schweiften und versteinert stehen blieben.

Mit offenem Mund zeigte er auf ihn und fragte: »Ist er …?«

Natürlich, ich wusste, was er dachte: ›Oh, seht dieses blutverschmierte Mädchen, diese Yankee-Braut! Gewiss denkt er so, und dann betrachtet er Matthew mit großen Augen und tut so, als hätte er Mitleid! Er in seiner blauen Uniform, er hat Matthew umgebracht! Nur wegen seiner Leute haben wir diesen grausamen Krieg, nur wegen ihnen müssen so viele Menschen sterben! Ich hasse ihn! Ich hasse die Konföderation und ich hasse diesen Krieg!‹

Unbeschreibliche Wut stieg in mir hoch, ich spürte das Verlangen, diesen Soldaten umzubringen, Matthew zu rächen. Mein Herz schlug bis zu meinem Hals, ich atmete tief, während meine Augen Funken sprühten. Dann blickte ich zu Matthew: Sein Revolver steckte noch im Holster. Ich zögerte eine Sekunde, doch dann sah ich das Blut auf Matthews bleichem Gesicht, und obwohl er so friedlich aussah, als würde er nur schlafen, so würde er doch nie wieder kommen, wir würden nie ein neues Leben zusammen haben. Er würde nie wieder bei mir sein und mich in seine starken Arme schließen. Und das alles nur wegen der Konföderation!

Mit einem wütenden Ruck zog ich den Revolver aus dem Holster und richtete ihn mit zitternden Händen auf den Soldaten, der mich verwirrt ansah. Er hob seine Hände langsam über den Kopf und sah mir in die Augen.

»Du mieser Soldat, ich hasse dich! Ich hasse alles, wofür du einstehst!«

Der Soldat sah mich betrübt an und sagte dann mit erstickter Stimme: »Ich weiß. Los, erschieße mich, du hast bestimmt recht!« Er schloss seine Augen.

Ich trat näher, immer näher, bis ich seinen Brustkorb mit dem Revolver berührte und ihn von Angesicht zu Angesicht betrachten konnte. Dann führte ich meinen Daumen zum Hahn und zog diesen so weit herunter, bis ich ein Klicken hörte. Mit festem Griff hielt ich nun den Revolver in den Händen, ich atmete tief ein, versuchte die Tränen zu verdrängen, doch ich konnte es nicht. Mein Zeigefinger spielte mit dem Abzug.

Kapitel 10

Vicksburg, Mississippi

Doch plötzlich … Ich sah den Soldaten vor mir, sah in seine Augen – grüne Augen, die mich arglos musterten. Sein Körper war entspannt, seine Stirn zeigte einige Sorgenfalten, doch seine Augen sahen so demütig aus, als wollte er mir sagen, dass er zwar Angst vor dem Tod hatte, ihn aber auch annehmen würde, wenn es nun so weit sei. Und in seinen Augen sah ich plötzlich – die von Vater. Es war, als würde der Soldat vor mir Vaters Gestalt annehmen, als würde er direkt vor mir stehen und mir lächelnd zuflüstern: »Ich komme wieder, versprochen!«

Der Tag, als Vater in den Krieg gezogen war: Wir hatten uns im Wohnzimmer versammelt und ich konnte jetzt wieder alles vor mir sehen, wie Vater meine Hände in die seinen nahm und mir etwas zuflüsterte. Und ich erinnerte mich daran, dass er nie wiederkam und wir ihn nie wiedersahen.

Danach hatten wir all die Jahre ohne Vater gelebt, all die Jahre ums Überleben gekämpft.

Mutter hatte so hart wie nie zuvor gearbeitet, kam tief in der Nacht zurück, Matthew musste auf dem Feld arbeiten und ich nähen. Ich hatte eine schöne Kindheit gehabt, ich hatte es gemocht zu nähen und mit Matthew im Wohnzimmer zu sitzen, wenn er von der Arbeit kam, doch es wurde mir bewusst, wie schwer das Leben ohne Vater gewesen war. Wie gern wäre ich doch mit einem Vater aufgewachsen!

Dann verschwand Vater aus meiner Erinnerung und ich sah wieder den Soldaten vor mir.

Er hatte sicherlich auch eine Familie, die er ernähren musste, er hatte bestimmt auch einen Sohn oder vielleicht sogar eine Tochter, die es nicht verdient hatten, ohne ihren Vater aufzuwachsen, genau wie seine trauernde Gattin, die schon sehnsüchtig auf ihn wartete. Es war nicht richtig!

Ich hatte gedacht, es wäre leicht, den Abzug einer Waffe zu betätigen, hatte gedacht, es wäre eine Handbewegung, mit der alles erledigt sei. Doch dem war nicht so. Um jemanden zu töten, musste ich ihm in die Augen sehen, von Angesicht zu Angesicht musste ich ihm begegnen. Mir wurde klar, dass ich zu entscheiden hatte: Würde ich ihm alles rauben oder würde ich ihn leben lassen? Ich kann nur sagen, dass man für den ersten Weg mehr als nur eine Handbewegung braucht! Man muss sein Gewissen ignorieren und demjenigen beim Sterben zusehen.

Bei diesem Gedanken wurde mir plötzlich ganz schwindlig und ich fiel auf die Knie, bevor ich mich im Gras übergab.

Sofort eilte der Soldat zu mir, hob mir die Haare und klopfte mir sanft auf den Rücken.

Ich legte meine Hand schützend vor meinen Mund und sah den Konföderierten fragend an.

Er sagte nichts, sondern tat einfach, was getan werden musste.

Ich war überwältigt, völlig, ganz und gar: Dieser Mann – er war gütig! Und ich hatte ihn umbringen wollen! Beinahe hätte ich das Leben seiner ganzen Familie zerstört. Hemmungslos begann ich zu weinen.

Heute denke ich, ich weinte damals wegen der Grausamkeit des Krieges, um die Menschen, die ihm schon zum Opfer gefallen waren, um die, die ihre Söhne verloren hatten, aber vor allem weinte ich um Matthew: mein einziger Bruder, mein einziger richtiger Freund, der Einzige, der mich jemals verstanden hatte. Wie hatte ich ihn geliebt, mehr als mich selbst hatte ich ihn geliebt, und wie hatte ich mich darauf gefreut, mein Leben mit ihm und Mutter weiterzuführen. Nun war er tot und ich würde ihn nie wiedersehen, nie wieder seine bernsteinfarbenen Augen betrachten und nie wieder seine stets bedachten Worte hören.

Der Soldat sah mich eine Weile an, bevor er mich in seine starken Arme schloss und immer wieder flüsterte: »Ich bin ja da!«

Das waren die besten Worte. – Er fragte mich nicht nach Matthew, nicht nach meiner Herkunft oder meinem Plan. Er sagte nicht, es wird alles wieder gut, er log mich nicht an, nein, er teilte mir einfach nur mit, dass ich nicht allein war. Heute weiß ich, dass diese Gewissheit, jemand ist für mich da, schließt mich in die Arme und tröstet mich, wie es Matthew immer getan hatte, mir die Kraft gab, die ich zum Weiterleben gebraucht hatte.

So verharrten wir eine ganze Weile, bis ich ihn ansah und nickte, als Dank. Dann hob ich den Revolver vom Boden auf und schleuderte ihn weit weg. Ich wusste, dass die Welt gefährlich war und eine Waffe mir in einer Notsituation das Leben retten könnte, doch ich wusste auch, dass ich niemals die Kraft haben würde, jemanden zu erschießen. In diesem Moment erkannte ich ebenfalls, dass ich mich getäuscht hatte, sogar sehr. Ich hatte immer in dem Glauben gelebt, dass es auf dieser Welt Gut und Böse gab, so wie es uns von Kindesbeinen auch in den Geschichten vermittelt wurde, doch das stimmte nicht. Die Konföderation hatte zwar den Krieg begonnen, doch nicht alle waren so grausam wie dieser Connrad, ganz im Gegenteil, sie wollten diesen Krieg genauso wenig wie wir.

Plötzlich wurden meine Gedanken durch ein lautes Rascheln dicht neben mir unterbrochen und eine weinerliche Kinderstimme ertönte. Ich drehte mich schnell um, bereitete mich auf jegliche Gefahr vor, als ein schwarzer Junge hinter den Büschen hervortrat und mich ängstlich ansah. Seine Augen waren rot vor Tränen, seine Wangen glänzten in der Morgensonne. Er schien nicht älter als drei, seine Kleidung war völlig zerrissen und von Dreck übersät, seine Arme voll von blauen Flecken. Er rieb sich müde die Augen, während sein Weinen den ganzen Wald durchdrang. Mit weit aufgerissenen Augen sah ich ihn an. Er war so klein und hilflos, dass mein Herz ganz weich wurde.

Der Soldat neben mir betrachtete den Jungen genauso überrascht. Doch bei ihm nahm ich plötzlich wahr, wie seine Augen schmäler wurden und sich sein Mund zusammenzog, als wäre dieser Junge, der da vor uns stand, ein Ungeziefer.

Wut stieg in mir hoch, ich wurde rot vor Zorn, meine Hände zitterten, meine Stimme bebte.

»Was fällt Ihnen ein, ihn so zu betrachten!«, zischte ich. »Bedauern Sie nicht diesen Krieg? Lassen Sie ihn ja in Ruhe! Geben Sie mir Ihr Pferd und dann verschwinden Sie und kommen nie wieder zurück!«, platzte ich heraus. Die Worte waren weder bedacht noch beabsichtigt, doch ich wusste, dass ich ein Pferd brauchte, um zu überleben, und dieser Mann hatte eins!

Nun wandte der Soldat seinen Blick von dem Jungen ab und sah mich verständnislos an.

»Verstehst du es denn nicht? Dieser Junge ist der Auslöser dieses Krieges! Allein seinetwegen und wegen seiner Rasse befinden wir uns in diesem Elend! Und es wird nie enden, solange du der Wahrheit nicht ins Auge siehst!«

Die Worte trafen mich wie ein Schlag, ich spürte die Wut, die der Soldat in sich trug, die Trauer, den Schmerz und den unglaublichen Hass, den er gegenüber dem Jungen hegte, obwohl er ihn nicht einmal kannte. Doch noch mehr überraschte mich, dass ich Angst bekam: Angst, dass er recht haben könnte.

Jetzt sah mich der Soldat eindringlich an, während er mir seine Hand hinhielt.

»Komm auf unsere Seite und dir wird viel Leid erspart bleiben, ich kann dir helfen, glaub' mir!«

Für einen Moment zögerte ich. Der Soldat betrachtete mich immer noch eindringlich mit seinen grünen Augen, als wollte er meine Seele erreichen, um mich zu überzeugen. Ich sah auf seine ausgestreckte Handfläche. Dann wanderten meine Blicke zu dem Jungen, der mich ängstlich ansah. Schweißperlen traten auf meine Stirn, ich rieb meine Handflächen an meinem blutigen Rock ab und wollte gerade meine zitternde Hand in die des Soldaten legen, als mir plötzlich eine Erinnerung in den Sinn kam: Es war kurz nach Vaters Tod gewesen, als Matthew mich weinend an der Bettkante sitzend aufgefunden hatte und sich vor mir niederkniete. Er hatte seine Hände um die meinen gelegt und mich lange nur stillschweigend angesehen, bis ich ihm meine Frage gestellt hatte.

»Es gibt viele böse Menschen auf der Welt, nicht wahr?«

Ich kann mich noch an seine Antwort erinnern, als wäre es erst gestern gewesen.

»Ja, aber du gehörst nicht dazu, Cathie!«

Diese Worte klangen in meinem Kopf, als ich nun meine Hand schnell zurückzog und mir eine Träne aus dem Auge wischte.

»Nein!«, schrie ich auf, während ich mich schützend vor den kleinen Jungen stellte. »Das ist nicht richtig! Ich hasse diesen Krieg, ja, und ich bin es leid, Menschen sterben zu sehen, doch ich werde nicht so sein wie Sie. Sie verstehen nicht!« Ich schnaubte, mein Brustkorb hob sich heftig, während ich sprach. »Wenn Sie diesen Krieg beenden wollen, dann hören Sie auf zu morden. Das war der Auslöser dieses Krieges: Leute wie Sie, die Gründe suchen, um sich gegen die Union zu erheben, und dann grundlos morden, um ihren Willen durchzusetzen.«

Mit erhobenem Finger trat ich auf ihn zu, aber während ich auf ihn zulief, verflog die anfängliche Wut. Erschöpfung machte sich breit, als ich schließlich dicht vor ihm stand und ihn mit traurigen Augen ansah.

»Sind Sie es denn nicht leid? Ich meine, was hat das für einen Sinn? Wir sind doch alle eine Familie, und nun bringen wir uns um wie wilde Tiere.« Jetzt zeigte ich auf den Jungen, meine Stimme klang rau und ungewohnt heiser. »Das ist doch noch ein Kind, er kann doch nichts dafür. Und Sie wollen ihn einfach umbringen?«

Der Soldat sah den Jungen an, meine Worte schienen ihn wieder auf den Boden zurückzubringen, denn seine

Gesichtszüge wurden immer weicher, bis er schließlich angewidert zurücksprang und an sich hinuntersah. In der nächsten Sekunde wurde sein Blick ganz leer und ausdruckslos. Wie von Sinnen trat er einen Schritt auf mich zu, übergab mir die Zügel seines Pferdes und drehte sich um, während er noch beim Gehen die Worte »Ja…ja, das bin ich!« ganz leise vor sich hin murmelte. Dann war er weg.

Ich hörte nie mehr etwas von ihm. Er hatte mir damals mein Leben gerettet – trotz seiner Einstellung. Damals stand ich vor einer weitreichenden Entscheidung: Würde ich mich vom Krieg zerstören lassen oder würde ich mein Schicksal in die eigenen Hände nehmen und etwas aus meinem Leben machen?

Ich legte meinen Kopf gegen den des Pferdes und streichelte es sanft, bevor ich die Feldflasche aus meiner Tasche nahm und sie in eine der Satteltaschen packte. Dann nahm ich Matthews Rucksack an mich und befestigte ihn am Sattel. Der schwarze Junge hatte sich allmählich beruhigt, nur noch ein leises Wimmern war zu hören, während er mir zusah, wie ich mich um das Pferd kümmerte. Das Letzte, an das ich mich in diesem Wald erinnern kann, ist, dass ich Matthew einen Kuss auf die Stirn gab und ihm einige Worte ins Ohr flüsterte, bevor ich aufs Pferd stieg, mich noch einmal umdrehte und die Hand zum Abschied hob – so wie er es damals getan hatte.

Dann ritt ich langsam los.

Sofort rannte mir der Junge hinterher und schrie mir irgendwelche unverständlichen Worte nach, die ich jedoch nicht beachtete. Ich wollte helfen, doch ich konnte dieses Risiko nicht eingehen. Mit einem schwarzen Jungen herumzulaufen war viel zu gefährlich! Jemand könnte mich anzeigen und Connrad würde davon erfahren – und so weit durfte ich es in Gottes Namen nicht kommen lassen!

Wieder erklangen die weinerlichen Rufe des Kindes, das stolpernd hinter mir her rannte. Dann sagte es etwas, das ich verstand. Es klang verzerrt und falsch, wie bei jemandem, der eine Sprache zum ersten Mal spricht.

»Mama, Papa, wo?«

Ich drehte das Pferd abrupt um. Ein kalter Schauer lief mir über den Rücken, als ich den weinerlichen Jungen atemlos auf dem Boden stehen sah, wie er die Hand Richtung Wald hob.

Aus der Distanz der Jahre denke ich heute: Was war ich nur für ein Mensch geworden? Dieser arme Junge suchte verzweifelt seine Eltern und bat mich um Hilfe. Und ich? Ich ritt selbstsüchtig weiter. Aber in diesem Moment wurde mir bitter klar, dass der Krieg nicht nur die Menschen um mich verändert hatte, wie ich immer gedacht hatte, nein, er hatte auch mich verändert.

Ich sprang aus dem Sattel und band das Pferd an den Stamm eines zerschossenen Baumes, dessen Überreste völlig verstreut am Boden lagen, als hätte ihn ein Ungeheuer in tausend Stücke zerfetzt. Dann umarmte ich den Jungen und entschuldigte mich viele Male; er schlang seine dünnen Arme um meinen Hals und vergrub sein Gesicht an meiner Schulter. Ich hielt ihn kurz, nahm seine kleinen Hände und sagte deutlich: »Warte hier!«

Er schüttelte den Kopf, seine Stirn runzelte sich fragend.

Ich versuchte es nochmals, diesmal jedoch machte ich mit meiner Hand eine Geste, um ihm meine Aufforderung klarzumachen.

»Bleib hier!«

Er nickte ängstlich.

Als ich mich versichert hatte, dass er hinter mir stehen blieb, trat ich zwischen die Büsche, dorthin, wo er mit seinen Fingern gezeigt hatte. Blätter peitschten mir ins Gesicht, als ich mich mühsam durch diese Büsche kämpfte und plötzlich auf eine Lichtung trat.

Nein, es war keine Lichtung, der Wald hatte sichtbar aufgehört, vor mir konnte ich weite Felder erkennen, dahinter glänzten die Dächer eines Dorfes.

Lächelnd betrachtete ich die Bauernhäuser, die die Äcker daneben säumten, die Wiesen mit den vielen Blumen und die Getreidefelder, die gut zu gedeihen schienen. Ich atmete erleichtert auf.

Dann fiel mein Blick auf einen wunderschönen Baum, nur wenige Steinwürfe von mir entfernt. Der dicke Stamm führte weit nach oben, dicke Äste und ein üppiges Blätterdach verliehen ihm ein würdiges Aussehen – bis ich eine merkwürdige Schnur entdeckte.

Blitzschnell wurde mir alles klar, als ich drei Körper am Baum hängen sah; um den Hals ein weißes Schild, auf dem mit schwarzer Farbe die Worte *Ich bin ein Neger* geschrieben waren. Dahinter konnte ich noch weitere Reihen von Bäumen erkennen, an denen schwarze, reglose Körper hingen. Mit aufgerissenen Augen betrachtete ich die Bäume, ich zitterte heftig und mir wurde wieder übel. Schluchzend fiel ich auf die Knie. Wie konnte jemand so grausam sein?

Langsam richtete ich mich auf und sah den Jungen, der wie angewurzelt stehen geblieben war und mich anstarrte. Sofort lief ich zu ihm und hielt ihm die Augen zu, bevor ich ihn an die Hand nahm und mit ihm zum Pferd zurückging.

Dort ließ er sich auf den Boden fallen, hämmerte mit seinen Händen und Füßen auf die Erde ein und kreischte ohrenbetäubend. Ich lief unruhig hin und her, verfolgt von den Bildern der hängenden Leichen an den Bäumen, und hielt mir die Ohren zu. Mein Kopf dröhnte, so viel Schlimmes durchfloss meine Gedanken.

Irgendwann hielt ich es nicht mehr aus: Ich sprang mit einem Satz zu dem Jungen, packte ihn fest an den Schultern und rief: »Hör auf zu schreien, du machst mich verrückt! Hör auf!«

Augenblicklich verstummte er und sah mich mit seinen großen Augen an.

Ich überlegte eine Weile, dann seufzte ich.

»O. k. Wo sind wir hier?«, fragte ich laut und deutlich.

Der Junge runzelte die Stirn.

Ich seufzte, setzte jedoch nochmals an.

»Wo?«, schrie ich nun förmlich.

Der Junge überlegte eine Weile, dann sagte er mit verzerrter Stimme:

»Mi… Mississippi?«

Es war eher eine Frage als eine Antwort, doch das nahm ich gar nicht richtig war. Ich war so glücklich zu wissen, wo ich steckte, dass ich das Kind lachend auf das Pferd hob, bevor ich mich dahinter in den Sattel setzte und so schnell ich konnte losritt.

Der Waldrand war bald erreicht und vor uns erstreckten sich meilenweit Wiesen, die bis zum Horizont zu reichen schienen. Die untergehende Sonne kündigte das Ende des Tages an, als wir über die grüne Landschaft hinweggaloppierten.

Kapitel 11

In der Zwischenzeit bei Bryan

Er sah sich um, während er sich bemühte, das dicke Seil an seinen Händen zu öffnen – was ihm jedoch nicht gelang. Verzweifelt suchte er nach einem Werkzeug, musterte das Zelt und den Boden genau, konnte jedoch nichts finden, was nützlich hätte sein können. In der Luft hing der Geruch von Hitze und Schweiß. Er spürte das eng gebundene Seil um seine Handgelenke, spürte, wie es sich bei jeder seiner Bewegungen in seine Haut ritzte und dort eine Schmerzenswelle auslöste, unfähig, dies zu vermeiden. Der Stuhl, auf dem er saß, knackte bei seinen hektischen Bewegungen und drohte jeden Moment in sich zusammenzubrechen – was Bryan noch mehr zermürbte.

Es war dunkel, allein das schwache Licht einer Öllampe spendete ein wenig Licht. Im Zelt waren ein Schreibtisch mit einem Notizblock sowie ein provisorisches Bett zu sehen. Mehr konnte er nicht erkennen, doch das brauchte er auch gar nicht; ihm wurde bewusst, dass er keine Chance hatte, sich zu befreien.

Plötzlich erklang eine Stimme, die ihn erschaudern ließ.

»Ich hätte nicht gedacht, dass Du so dumm wärst, sie gehen zu lassen, Bryan!«

Aus dem Dunkel näherte sich eine Gestalt, die Arme hinter dem Rücken verschränkt, und beugte sich über ihn, bis er deutlich das Gesicht seines Vorgesetzten erkennen konnte. Connrad stützte sich mit den Händen auf dem Stuhl ab und beugte sich tief über Bryan.

»Wo ist sie?«, fragte Connrad betont sanft.

»Ich weiß es nicht!«, antwortete Bryan.

Connrad schnaubte tief und senkte seinen Kopf.

»Es wird leichter für Dich, wenn Du mir sagst, wo sie ist!«, bemerkte er betont sanft, während in seiner Stimme leise Bedrohung mitschwang.

Bryan sah seinem Vorgesetzten nun direkt in die eiskalten Augen und sagte ernst: »Ich weiß aber nicht, wo sie ist!«

Connrad kniff seine Augen zusammen und presste seine Lippen so fest aufeinander, dass man nur noch eine feine Linie erkennen konnte.

»Na schön, wenn Du es mir nicht sagen willst, dann werde ich wohl andere Mittel anwenden müssen!«, drohte er. Er lachte. Sein dreckiges Gelächter erfüllte das ganze Zelt. Dann richtete er sich auf und ging zum Ausgang, drehte sich noch einmal nach dem Gefesselten um.

»Glaub mir, ich werde sie finden! Und dann wirst Du bereuen, sie nicht selbst getötet zu haben!«

Mit einem Grinsen verließ er das Zelt und schickte Wachen hinein. Bryan wollte schreien, ihm antworten, ihn zurückhalten. Aber unvermittelt sah er über sich die Faust eines Wachmanns – und alles wurde schwarz.

Unweit von Vicksburg, Mississippi

Es war schon tief in der Nacht, als das Pferd seine Schritte verlangsamte und mürrisch zu wiehern begann. Der Mond, von dem nur eine feine Sichel zu sehen war, warf sein fahles Licht auf die Landschaft, die sich hinter einem weißen Schleier zu verbergen schien. Die Grillen zirpten, der Wind blies um meine Ohren, und weit entfernt konnte ich das Heulen eines Wolfes hören, der allein umherzuschleichen schien. Müde versuchte ich, das Pferd anzutraben, presste immer wieder meine Beine gegen seine Flanken, doch wir waren wohl beide viel zu erschöpft, um nur einen Schritt weitergehen zu können.

Der Junge war in meinen Armen eingeschlafen. Sein Dösen bildete zusammen mit dem Zirpen der Grillen eine Melodie, die mich ebenfalls immer müder werden ließ. Ich atmete tief. Dann sprang ich vom Sattel, hob den Jungen ganz sachte in meine Arme und legte ihn dann auf den Boden neben mich. Das Pferd – ich konnte nicht anders und hatte es wieder Hidalgo getauft – fiel wie ein schwerer Stein auf den Boden und schien sofort in einen tiefen Schlaf zu fallen.

Ich sah ihm eine Weile zu, wie es gleichmäßig ein- und ausatmete, und wünschte mir, ich könnte auch einfach die Augen schließen und träumen, so wie ich es früher immer getan hatte. Doch immer, wenn ich die Augen schloss, sah ich Matthew – inmitten dieses Massakers, inmitten dieses Waldes, der mir anfangs so harmlos vorgekommen war.

›Denke nicht ständig an die Vergangenheit!‹, sagte ich mir.

Mir fielen die Worte meiner Mutter ein: »Sieh nicht nach hinten, mein Schatz, ganz gleich, was einmal war! Richte deine Augen stets nach vorn!« Früher hatte mein Verstand zwar die Worte aufgenommen, doch nun wusste ich aus eigener Erfahrung, was sie bedeuteten: Es nützt uns nichts, in der Vergangenheit zu verharren, da wir das Geschehene sowieso nicht ändern können! Mutter hatte recht, ich musste loslassen. Also schloss ich die Augen und versuchte, nicht mehr an das zu denken, was ich gesehen hatte, sondern überlegte mir, was ich als Nächstes tun müsste. Es fiel mir schwer, nicht an Matthew, Mutter und Bryan zu denken. Ich musste mich nun auf das Kind konzentrieren und alles daran setzen, dass wir überlebten. Und mit diesen Gedanken schlief ich mit dem Kind im Arm unter den funkelnden Sternen ein.

Quälende Bauchschmerzen weckten mich auf. Es war noch dunkel, neben mir konnte ich das leise Atmen des Jungen hören, der wie ein kleiner Fuchs eingerollt schlief. Am Horizont setzte die Morgenröte ein, das grüne Gras um mich herum ließ sich erahnen, die ersten Sonnenstrahlen ließen die Tautropfen auf ihm wie Smaragde erstrahlen. Mein Magen knurrte ununterbrochen, stechende Schmerzen quälten meinen Bauch, sodass an Schlaf nicht mehr zu denken war. Leise krabbelte ich zu Hidalgo, band Matthews Rucksack vom Sattel los und durchsuchte ihn nach Essbarem. Zu meiner großen Erleichterung fand ich sowohl eine Feldflasche voll Wasser sowie genügend Vorräte, um meinen Hunger die nächsten Tage stillen zu können. Und für den kleinen Jungen würde es auch noch reichen. Die Vorräte bestanden aus drei Broten, etwas Käse, ein wenig Schinken und einer Papiertüte mit getrockneten Früchten. Gierig stopfte ich mir etwas Brot in den Mund und spürte, wie mein Körper sich langsam wieder entspannte. Ich hatte lange nichts mehr gegessen, hatte immer noch Hunger, doch ich beschloss, lieber sparsam mit unseren Vorräten umzugehen.

Anschließend saß ich eine ganze Weile nur da und betrachtete den Sonnenaufgang. Die Sonne glühte rot und tauchte die Berge am Horizont in ein leuchtendes Orange, sodass es aussah, als stünden sie in Flammen. Die ersten Sonnenstrahlen versetzten alles in Farbe. Es schien, als wäre das Gras ohne die Sonne nicht grün, die Vögel nicht bunt, das Wasser nicht blau – es schien, als brachte erst die Sonne der Welt die Farben.

Doch mit dem Licht kam auch die Erkenntnis, dass mich Connrad und seine Männer vielleicht noch immer suchten und dass sie mich in einer weiten Landschaft aus niedrigem Gras wohl leicht finden würden. Hidalgo graste bereits friedlich, als ich den Jungen weckte und ihm noch schnell etwas zu essen und trinken gab. Dann saßen wir auf und ritten schnell los.

Die braune Mähne des mächtigen Pferdes wippte bei jedem seiner Sprünge auf und ab und ließ ein Gefühl von Freiheit in mir aufkommen. Die Wiesen, an denen wir vorbeiritten, erstrahlten in einem bräunlichen Herbstton und die frische Morgenluft wehte uns kühl um die Nase. Es wurde kälter, das merkte ich, und für einen kurzen Moment durchfuhr mich die Angst, den kommenden Winter nicht zu überstehen. Doch ich verwarf den Gedanken schnell: Ich musste es schaffen, ich hatte es versprochen.

Mit leuchtenden Augen sah ich mich um, schüttelte mein Haar im Wind und spürte, wie neue Kraft durch meine Adern strömte.

Der Junge, der sich am Sattel des Pferdes festhielt, hüpfte bei jedem der heftigen Pferdetritte auf und ab. Er lachte laut auf und schien unseren Ritt zu genießen. In diesem Moment überkam mich ein Gefühl der Zuneigung, wie ich es bisher nicht gekannt hatte. Nicht so, wie ich es für Bryan empfand, nein. Es war anders und dennoch so intensiv, dass ich es nur schwer in Worte fassen konnte. Mein Herz wurde ganz weich, und ich hielt den Jungen fest in den Armen, aus Angst, er könnte aus dem Sattel gleiten.

›Ob ich es will oder nicht: Ich bin jetzt so etwas wie die Mutter dieses Jungen.‹

Der Gedanke erfüllte mich mit einem Gefühl aus Stolz und Ängstlichkeit: Ich war jetzt verantwortlich. Ich war mir sicher, dass mir der Herr einen Grund zum Leben gegeben hatte. Vielleicht genau diesen?

Die Vögel zwitscherten so lebhaft, als wollten sie ihre lange Winterreise ankündigen. Das Flattern ihrer Flügel bereitete mir eine Gänsehaut. Wieder ritten wir so lange, bis wir alle drei völlig erschöpft waren. Die Dämmerung war längst schon angebrochen, als wir uns auf einer nur vom Mond beschienenen Weide stärkten und dann eng aneinandergekuschelt in tiefen Schlaf fielen. Das Letzte, was ich in der Dunkelheit erkennen konnte, war der kleine Kopf des Jungen direkt vor meinen Augen.

»Cathie!«, schrie eine laute Stimme direkt vor mir.

Ich lag immer noch todmüde im Gras und konnte jeden meiner Wirbel auf der harten Oberfläche des Bodens spüren. Ein stechender Schmerz zischte durch meinen Körper, als ich mich auf eine Seite drehte. Ich schrie auf, doch ich war müde, so müde. Ich wusste, dass ich meine Augen nicht offen halten konnte, ich wusste, dass meine

Beine noch viel zu schwach waren. Mein Kopf dröhnte, überall konnte ich Gesichter sehen, Stimmen hören, die ich nicht identifizieren konnte. Mir war übel und kalt.

»Cathie, wach auf, wach schon auf!«, schrie wieder eine hysterische Stimme, die sich vor Panik fast überschlug.

Ich kannte diese Stimme, da war ich mir ganz sicher. Ja, sie weckte in mir ein tiefes Gefühl der Zuneigung, so tief, dass es mein Herz beinahe schmerzte. Ich riss abrupt die Augen auf und konnte nicht glauben, was ich sah: Mutter, direkt vor mir! Ein großer, muskulöser Mann stand hinter ihr und hatte sie auf die Knie gezwungen. Mit einem diabolischen Grinsen zog er sie nun an den Haaren und hielt ihr drohend ein Messer an den Hals. Sie unterdrückte einen Schmerzensschrei und sah mich gequält an, ihre Wangen waren ganz eingefallen. Sie sah so fremd aus, so anders. Ich wich zurück, musterte sie verwirrt. Der Anblick, der sich mir bot, war grauenhaft. Der Mann hinter ihr zog sie an den Haaren zu sich und beugte sich tief über sie, während er sie lächelnd begutachtete.

»Nein, lass das!«, schrie ich panisch, während ich die Hände zu Fäusten ballte. Jetzt erst bemerkte ich die Stricke an meinen Hand- und Fußgelenken, mit denen ich gefesselt war und die mich daran hinderten, mich zu wehren. ›Wie haben sie mich gefunden? Ich bin so schnell und so lange ich konnte geritten, ohne mich noch einmal umzudrehen. Genau so, wie es mir befohlen wurde. Wie zum Teufel haben sie mich gefunden? Wo ist mein Pferd?‹ Und dann hörte ich eine hohe Männerstimme, alles durchdringend und doch gleichzeitig so abstoßend.

»Hallo, Catherine. Ich habe mir schon Sorgen gemacht, wir würden uns nicht mehr wiedersehen.«

Schritte waren zu hören, die immer näher kamen. Ich versuchte den Kopf zu drehen, versuchte, mich anhand der Stimme zu orientieren, doch ich konnte niemanden sehen. Plötzlich, ein Flüstern, direkt hinter mir. Ein Hauch drang an mein Ohr und ließ mich erzittern.

»Ich habe dich vermisst!«

Connrad! Er grinste breit, während er mich mit gleichmäßigen Schritten umkreiste. Nun waren nur noch die Sohlen seiner Schuhe auf dem Boden zu hören, tok, tok tok, immer nur dieses Geräusch. Dann, schlagartig, hörte es auf. Ich wollte Connrad bitten, meine Mutter gehen zu lassen, gleichzeitig wusste ich, dass er darauf nicht eingehen würde. Wieso auch! Ich hatte nichts in der Hand. Nun blieb er vor mir stehen und sah mich eindringlich an.

»Schade, deine Mutter war wirklich eine sehr hübsche Frau!« Er lachte laut und dreckig.

Plötzlich kam mir der Junge in den Sinn. ›Was haben sie mit ihm angestellt, wo ist er?‹ Lähmende Angst überkam mich; Schweißperlen bildeten sich auf meiner Stirn.

Connrad drehte mir bereits den Rücken zu und war dabei zu gehen, als er sich noch einmal umdrehte. Er schien meine Gedanken lesen zu können, denn er betrachtete mich scharf und sagte: »Ach, übrigens, keine Sorge, der Junge hängt nun neben seinen Eltern am Baum.« Damit ging er und verschwand in der Dunkelheit. Es war, als hätte mir jemand das Herz aus dem Leib gerissen.

»Nein, nein!«, schrie ich verzweifelt, während mich Mutter mit weit aufgerissenen Augen ansah.

»Leb wohl!«, flüsterte sie mit Tränen in den Augen.

Und noch ehe ich ihre Worte begreifen konnte, stieß der Mann hinter ihr sein Messer tief in ihren Rücken.

Langsam kippte Mutter zur Seite, und langsam wurde ihr Körper ganz weiß, die Haare von ihrem Blut ganz rot. Sie schrie nicht, sie tobte nicht, nein, sie lag einfach nur da, lag in ihrem Blut, reglos und mit weit aufgerissenen, leeren Augen.

»Nein!«, schrie ich laut und schlug mit meinen Fäusten auf den Boden. Ich atmete hektisch, während sich mein Brustkorb wild hob und senkte.

Panisch und verzweifelt sah ich mich um – und konnte in der schwachen Morgensonne die Umrisse eines schlafenden Pferdes neben mir erkennen. Wieder durchströmten Tausend Bilder meinen Kopf, die Erinnerungen der letzten Tage schlichen in mein Bewusstsein zurück, mein Kopf arbeitete auf Hochtouren und es dauerte einige Minuten, bis ich erleichtert bemerkte, dass ich alles wohl nur geträumt hatte. Die Bilder in meinem Kopf – sie waren nun ein Teil von mir, von meinem Leben.

Bis heute bin ich sie nicht losgeworden, und bis heute sehe ich Matthew vor mir. Ich träume noch immer von ihm, sehe ihn, wie er in den Krieg zieht, und sehe ihn auf dem Boden liegen, wie seine Augen langsam leer werden. Es sind schlimme Bilder, Bilder, die ich vergessen wollte und doch nie vergessen konnte. Mit der Zeit begriff ich, dass diese Bilder meine letzten Erinnerungen an Matthew waren. Und damit wurde mir klar, dass ich sie auch nicht verdrängen sollte – weil ich ihn sonst zu vergessen drohte, ihm nicht gerecht werden konnte. Und dieser Junge: Er kam aus diesem Wald, er sah die Grausamkeit, genau wie ich, er gehörte nun zu mir. Es war, als hätte ich mit ihm eine Aufgabe bekommen: die Aufgabe, jemanden zu retten! Der Krieg sollte mich nicht daran hindern, ein guter Mensch zu sein, nein! Dennoch habe ich Dinge gesehen, die ich nicht sehen wollte, und Dinge getan, die ich nicht hätte tun sollen. Doch wenn ich so zurückdenke, dann wird mir klar, dass sich die Menschen im Krieg verändern; sie tun Dinge, die sie sonst nicht einmal zu denken wagen. Und trotzdem gibt es auch noch eine andere Seite: Damals, als ich mit dem Jungen und dem Pferd durch die Weiten von Mississippi ritt, mit knurrendem Magen und trockener Zunge, mit der ständigen Angst, entdeckt zu werden, damals fühlte ich mich – lebendiger als je zuvor. Ich hatte es gehasst, immer das tun zu müssen, was mir die anderen gesagt hatten. Ich hatte die Welt, so wie sie früher war, nicht im Geringsten verstanden, obwohl ich sie hätte verstehen, mich den Konventionen hätte fügen müssen, so wie es jedes andere Mädchen in meinem Alter brav getan hatte. Doch ich dachte: Wieso soll ich später einmal einen Mann heiraten, der mich zwingt, Dinge zu tun, zu denen ich keine Lust habe? Wieso soll er mehr Rechte haben als ich? Ich hasste es, mich herumkommandieren zu lassen wie ein gefügiger Hund, ich war eine Frau und ich war minderjährig, ja, doch das gab niemandem das Recht, mich abzuwerten!

Gedankenverloren ritt ich über den grünen Boden hinweg, der immer härter zu werden schien. Meine Blicke starrten ins Leere. Ich dachte an Bryan, an das, was er wohl machte und wie es wohl weitergehen würde.

Meinen Hunger hatte ich vor wenigen Stunden gestillt und das Wasser reichte nicht einmal mehr für einen Tag.

Ich hatte beschlossen, es streng zu rationieren, doch das Verlangen nach einem Tropfen Wasser im Mund war so groß, dass ich wusste, ich würde das nicht mehr lange durchhalten. Außerdem weinte der Junge nur noch, er hatte Hunger und Durst, und ich konnte ihm nicht wirklich helfen. Auch Hidalgo machte mir große Sorgen, er hatte schon lange nicht mehr genügend getrunken und schleppte sich mühsam dahin. Er hatte seinen Durst an Pfützen gestillt, doch das war bei Weitem nicht die Menge, die er brauchte.

Plötzlich, als ich die Hoffnung schon fast aufgegeben hatte, sah ich einen breiten Fluss vor mir. Es war wie in einem Traum, viel zu schön, um wahr zu sein. Zuerst dachte ich, es wäre ein Spiel meiner Fantasie, ein Hirngespinst verwirrter Sinne, doch als ich näher heranritt, hörte ich immer deutlicher das Rauschen des Wassers. Ich lachte vor Erleichterung, jubelte und umarmte den Jungen glücklich, der sich umdrehte und mich verwundert ansah.

Als wir vor dem Fluss standen, presste ich meine Beine zusammen, um Hidalgo anzuspornen. Wir mussten den Fluss überqueren, um weiterreiten zu können. Erst wenn wir das geschafft hatten, wollte ich zufrieden sein und wir könnten eine Trinkpause einlegen.

Hidalgo aber blieb ängstlich am Ufer stehen und stemmte seine Beine in den Boden. Ich sah ihn verdutzt an.

»Hidalgo, komm schon, wir alle haben Durst, stell dich nicht so an!«

Obwohl sich das Pferd weiterhin mit aller Kraft dagegen wehrte, durch den Fluss zu gehen, bohrte ich meine

Fersen in Hidalgos Bauch. Hidalgo wieherte auf, bevor er sich widerwillig in Bewegung setzte. Schritt für Schritt watete er durch das tiefe Wasser des Flusses. Die ersten Schritte verliefen mühelos, einzig kleinere Strömungen ließen Hidalgo ab und zu etwas schwanken. Doch plötzlich, als wir auf die Mitte zusteuerten, wurde die Strömung heftiger. Blitzartig und ohne dass wir eine Chance gehabt hätten zu reagieren, wurden wir alle unter Wasser gezogen und mit der Strömung mitgerissen. Eine enorme Kraft drückte mich hinunter und ich wurde wie ein Ball in alle Richtungen geschleudert. Panisch ruderte ich mit Armen und Beinen, versuchte mit aller Kraft, an die Oberfläche zu gelangen. Es passierte alles so schnell: In der einen Sekunde wurde ich unter das Wasser gesogen, in der nächsten gelangte ich keuchend an die Oberfläche, bevor ich wieder nach unten gedrückt wurde. Mein Körper prallte gegen Steine und Treibholz, meine Haut riss. Heftig suchte ich nach einem Halt, während das Wasser mich umströmte. In den kurzen Momenten des Auftauchens schnappte ich hektisch nach Luft, bevor mich das Wasser wieder und wieder nach unten zog. Keuchend atmete ich ein paar Male ein, doch schon erfasste mich die nächste Stromschnelle und nahm mich mit sich. Ich wurde so lange herumgewirbelt, bis mein Körper keine Kraft mehr hatte, sich gegen das Wasser zu wehren und ich eine ganze Weile reglos mit der Strömung mitgetrieben wurde. Meinem Schicksal ausgeliefert, ergab ich mich dem Wasser, entspannte alle Muskeln und ließ mich treiben, bis alles nur noch schwarz wurde.

Benommen wachte ich neben Hidalgo und dem Jungen auf. Mühsam rappelte ich mich hoch und versuchte mich zu orientieren. Der Boden war hart und hatte einen rötlichen Ton, genauso wie die Berge, die ich weit hinten am Horizont erkennen konnte. Obwohl die Sonne schon hoch am Himmel stand, hatte ihre Kraft deutlich nachgelassen – es wurde langsam Winter. Frierend rieb ich meine steifen Glieder, bevor ich mich mit einem erleichterten Lächeln dem Jungen zuwandte und ihn in meine Arme schloss. Sein Körper war ganz kalt, er zitterte, ohne es zu merken, und sah mich verwirrt an. Ich hielt ihn fest in meinen Armen und rieb ihn warm, bevor ich ihn vor mich hinsetzte und auf mich zeigte.

»Catherine!«, sagte ich deutlich zu ihm und hoffte, dass er mich verstehen würde.

»Bahati«, antwortete er, während er auf sich zeigte und mich anlächelte.

Als würden wir einen Bund besiegeln, nahmen wir uns noch einmal fest in die Arme. Ich stand auf und begann, die Satteltaschen Hidalgos nach etwas Essbarem zu durchsuchen. Doch schon bald musste ich erkennen, dass wir alle Vorräte verloren hatten. Einzig die Feldflasche war, abgesehen von einigen Dellen, heil geblieben. Verzweiflung machte sich in mir breit. All die Vorräte, die ich streng rationiert und aufgespart hatte, waren verloren! Bahati und ich hatten die letzten Tage gehungert, um noch möglichst lange etwas zu essen zu haben, und nun war alles weg! Wie sollte es weitergehen? Wie sollten wir es je schaffen zu überleben, irgendwo anzukommen?

Mühsam schleppte ich mich zum Fluss. Das Wasser hatte sich beruhigt und schlug nur noch kleine Wellen, die im Licht der Sonne zu spielen schienen. Mit zitternden Händen füllte ich die Feldflasche mit klarem Wasser und trank sie durstig aus, bevor ich sie wieder füllte und Bahati übergab.

Ich versuchte, Hidalgo an den Fluss zu führen, damit er trinken konnte, doch er wehrte sich, traute sich nicht, den Kopf ins Wasser zu stecken. Wie sollte ich mit einem wasserscheuen, ängstlichen Pferd hier überleben? Ich legte Blätter in einer kleinen Erdmulde aus, sodass etwas wie eine Schale entstand, füllte sie mit Wasser und führte Hidalgo heran. Er trank. Doch mir war klar: Man kann mit einem wasserscheuen Pferd nicht überleben, zumindest nicht im hohen Norden, in den wir sollten, so wie es mir Bryan befohlen hatte. Ich würde Hidalgo gegen ein anderes Pferd eintauschen müssen.

Als wir uns wieder einigermaßen erholt hatten, saßen Bahati und ich auf und setzten unseren Weg fort. Und immer, wenn wir an den folgenden Tagen durch ein kleines Dorf kamen, mit Bauernhäusern und Pferdeställen davor, wurde mein Herz ganz schwer. Mir war bewusst, dass ich Hidalgo gegen ein anderes Pferd tauschen musste, um meinen Weg weiterzugehen, aber ich konnte es nicht: Ich wollte ihn nicht wie das erste Pferd gehen lassen, ich wollte ihn nicht aufgeben.

So zogen wir von Dorf zu Dorf, von Stadt zu Stadt. Wir holten heimlich aus den Scheunen und von den Feldern, was wir brauchten, obwohl ich wusste, dass es nicht richtig war. Anfangs hatte ich mir geschworen, nichts zu stehlen, und so lief ich klopfend von Tür zu Tür und bat um etwas Brot oder Früchte. Auch auf den Märkten fragte ich nach ein wenig Gemüse oder sauberer Kleidung, ein wenig Stoff, doch jedes Mal lachten die Menschen nur auf und schüttelten mit einem verächtlichen Schnauben den Kopf.

»Einem Sklaven etwas geben? Schäme dich und macht, dass ihr hier wegkommt!«, lauteten die Antworten der Menschen, als sie den Jungen sahen.

Ein paar Tage hielten wir es, ohne etwas zu essen, aus. Hidalgo ließ ich grasen, wenn wir an einer Wiese vorbeikamen, sodass er genügend Kraft hatte, um uns zu tragen. Einzig Wasser hatten wir genügend, da wir an dem Fluss entlangritten. Irgendwann jedoch quälte uns der Hunger bis auf die Knochen und wir hatten weder Geld noch sonst etwas, das wir hätten tauschen können. So ließ ich Gemüse und Früchte sowie Brote, Karotten und Käse in meiner Tasche verschwinden und ritt dann möglichst unauffällig weiter, sodass niemand auf die Idee gekommen wäre, ein harmloses Mädchen hätte etwas geklaut. Bahatis Gesicht verhüllte ich währenddessen in Tüchern und Stofffetzen, sodass sein dunkles Gesicht nicht zu sehen war.

So überstanden wir die Tage, und trotzdem wir uns immer wieder etwas zu essen besorgten, kamen wir nur notdürftig über die Runden. Wir ritten von morgens bis abends; mit den ersten Strahlen der Sonne wachten wir auf und legten uns erst nieder, wenn die letzten hinter den Bergen verschwanden. Nacht für Nacht schliefen wir unter dem freien Himmelszelt. Oft war ich viel zu müde, um den Anblick der leuchtenden Sterne über mir genießen zu können, doch manchmal zwang ich mich, noch kurze Zeit wach zu bleiben, um wenigstens einen Hauch des göttlichen Zaubers bewusst wahrzunehmen. Ich fühlte mich winzig unter diesen Tausenden von Sternen, die wie Diamanten auf mich hinabfunkelten, und dieses Gefühl, mich in eine höhere Macht eingebettet zu wissen, tat mir gut. Tagsüber machten wir nur wenige Pausen, und dies auch nur dann, wenn wir zu erschöpft waren, um weiterzureiten.

So schlugen wir uns zu dritt durch – und es tat mir gut, nicht mehr allein zu sein.

Über einen halben Monat lang durchquerten Bahati und ich auf Hidalgos Rücken die Prärie. Hidalgo hatte in den letzten Tagen noch mehr abgenommen, er war kaum mehr als ein Gerüst aus Kochen und Muskeln. Wenn ich ihn antrieb, spürte ich nur noch seine Rippen. Er wurde zusehends schwächer und langsamer, keuchte bei jedem Atemzug und schleppte sich nur noch mühsam dahin. Ich wusste, so konnte nicht es nicht weitergehen, wir würden uns trennen müssen.

Eines Tages machte ich in einiger Entfernung ein Dorf aus, das wie eingebettet in die braune Herbstlandschaft dalag. Neben dem Fluss, den wir entlangritten, konnte man einen breiten Pfad erkennen, der bis weit ins Dorf führte. Kleine Häuser waren zu sehen, die mit Stroh gedeckt waren. Aus den Kaminen stieg Rauch in die Luft, dessen würziger Geruch mir in der Nase kribbelte. Eine kühle Brise kündigte den nächsten Sturm an, während dunkle Wolken bereits die Sonne verhüllten und die Welt in ein düsteres Licht tauchten. Schon spürte ich die ersten feinen Regentropfen auf meiner Haut, als ich den Dorfeingang erreichte und absaß. Ich führte Hidalgo an den Zügeln, Bahati, der tief und fest schlief, hatte ich notdürftig am Sattel festgebunden. Schon bald prasselte der Regen heftig auf uns herab. Mit unsicheren Schritten näherte ich mich einem der Häuser des Dorfes. Ich betrachtete meine nackten Beine, auf denen die Narben des Stacheldrahts immer noch gut zu sehen waren, und an denen nun der Regen in kleinen Rinnsalen hinablief. In Windeseile war ich durchnässt und fror bis auf die Knochen. Plötzlich konnte ich immer lauter werdende Rufe vor mir hören, dazu ein gleichmäßiges Klopfen. Das Klopfen stellte sich als Schritte heraus, die schnell näher zu kommen schienen.

Angst durchfuhr mich. Vielleicht hatte mich jemand beobachtet und wusste alles, vielleicht waren mir Connrads Männer ja auf den Fersen. Es könnte ja sein, dass mich jemand gesehen und gemeldet hatte und ich nun sterben würde – oder, noch schlimmer, der Junge sterben würde!

Ich wollte mich gerade möglichst unauffällig davonschleichen, als mich jemand am Arm packte und umdrehte. Ertappt hob ich den Kopf und sah in ein fragendes Gesicht. Der Mann vor mir war ebenfalls völlig durchnässt, seine braunen Haare klebten ihm am Kopf, und die Wassertropfen, die seine Haare hinunterglitten und über seine große Nase kullerten, erreichten bald schon seinen schmalen Mund, der sich hektisch bewegte.

Trotz seines Gebrülls verstand ich nicht, was er sagte, es war, als wäre ich taub. Nur noch das Rauschen des peitschenden Regens drang zu mir durch.

Die tiefbraunen Augen des Mannes musterten mich noch immer eingehend, bevor er verstehend nickte und mich mit sich zog. Mit schnellen Schritten liefen wir über einen Kiesweg. Den müden Hidalgo mitziehend, folgte ich dem Mann bis zu einem großen Stall, dessen rot-weiße Tür er nun mit einem Ruck öffnete. Staunend betrachtete ich einen Moment später den riesigen Innenraum des Stalls: Der Boden war mit Stroh ausgelegt, die Wände weiß getüncht, und er wirkte geradezu freundlich und einladend. In der Mitte des Stalls führte ein breiter Weg bis ganz nach hinten, wo ich Strohhaufen erkennen konnte, auf denen sich einzelne Hühner platziert hatten, die nun aufgeregt gackerten. Links und rechts neben dem Weg säumten Pferdeboxen den Innenraum, aus denen neugierige Köpfe herausragten und schnaubten. Ratlos sah ich wieder den Mann neben mir an.

»Du kannst dein Pferd in die Box da links stellen!«, sagte er lächelnd und noch etwas außer Atem.

Dankbar ließ sich Hidalgo in die Box führen. Er machte sich sofort über den gefüllten Futtertrog her. Ich band Bahati vom Pferd und nahm ihn auf den Arm, während ich mit dem anderen Arm die Pferdebox zuriegelte.

Als der Mann den Jungen sah, schrak er für einen Moment zurück, bevor er sich wieder fasste und zustimmend nickte. Dann rannten wir zusammen durch den Regen in ein prächtiges Haus wenige Meter daneben. Der Mann öffnete schnell die Tür und ließ sie hinter mir wieder ins Schloss fallen, als uns auch schon eine Frau entgegentrat, deren Augen sich bei unserem Anblick erschreckt weiteten.

»Mein Gott, John! Ich hole frische Tücher!«, sagte sie und musterte uns noch einen Moment von oben bis unten, bevor sie verschwand und kurz darauf mit einem Stapel frischer Handtücher zurückkam.

John lächelte mich von der Seite her ruhig an.

Ich lächelte verlegen zurück, unsicher, was ich nun tun sollte, und versuchte vergeblich, mein Zittern zu unterdrücken. Ich stank, war dreckig und fremd und hatte außerdem ein schwarzes Kind auf dem Arm. Wie sollte ich mich nur verhalten?

Als die Frau zurückkam, legte sie mir ihre zarten Arme um die Schultern und drückte mich fest an sich, als wäre ich eine lang verschollene Freundin. Es war so angenehm, so unerwartet freundlich – mit einem Mal war ich wieder in der Waschküche meiner Mutter, die mir beinahe zärtlich die Haare wusch. Alle Last schien augenblicklich von meinen Schultern abzufallen.

Doch dann wollte sie mir Bahati abnehmen.

»Nein!«, sagte ich forsch und machte zwei Schritte rückwärts. Ich konnte dieser Frau nicht vertrauen, nicht nach all den Gräueltaten, die ich die letzten Monate zu Gesicht bekommen hatte. Wer gab mir die Gewissheit, dass sie den Jungen gut behandelte?

Als sie meine Reaktion sah, hob sie entschuldigend die Hände und nickte. Sie wartete einen Moment, schien zu überlegen. Dann lächelte sie wieder, dieses Mal etwas unsicher, und sie wies mir den Weg zum Badezimmer. Zusammen gingen wir um die Treppe in einen kleinen Raum dahinter. Die Frau lächelte mich an, dann verschwand sie, bevor sie kurz darauf mit dicken Tüchern auf den Armen zurückkam.

Sofort wickelte sie mich in die Tücher ein, die mich angenehm wärmten.

Als sie merkte, dass ich wieder einigermaßen aufgewärmt war, hob sie ihren Kopf und lächelte mich freundlich an. Sie hatte blaue Augen und braunes, langes Haar, das ihr locker über die Schultern fiel. Ihre gerade Nase sah für mich zusammen mit dem vollen Mund schlichtweg perfekt aus, wunderschön; ich sah Wohlwollen und fühlte mich sehr geborgen bei ihr.

Eine ganze Weile sahen wir uns einfach nur an, bevor sie sich erhob und den Raum verließ. Nun hatte ich Zeit, mich umzusehen. Der kleine Raum bestand aus vier Holzwänden, die ein tiefes Braun hatten, neben einem kleinen Fenster stand ein großer Zuber, direkt vor einem Heizofen. Dieser sah so aus, als hätte er schon mehreren Generationen gehört, wahrscheinlich handelte es sich dabei um ein Erbstück. Meine Blicke schweiften über den gefliesten Boden; in der Ecke stand ein kleiner Blumenstrauß, dessen Duft mich an den von Mutter erinnerte. An einer Wand hing ein wundervolles Gemälde einer Landschaft, die noch schöner schien, als ich sie gesehen hatte. Das Bild zog mich auf die Prärie zurück, durch die ich so lange geritten war, ich konnte den Wind in meinen Haaren noch spüren, das Pferd unter mir.

Das Gähnen von Bahati riss mich aus meinen Tagträumen. Er lag eingerollt auf dem Boden und sah mich verschlafen an. Kurz darauf öffnete sich die Tür nach einem dezenten Klopfen wieder und die Frau streckte ihren Kopf herein.

»Hier habt ihr noch frische Kleidung. Wascht euch und nehmt euch die Zeit, die ihr braucht. Wir warten dann unten auf euch.« Sie lächelte verlegen, während sie in den Raum trat und uns einige Kleidungsstücke auf die Kommode legte. Dann schloss sie schnell wieder die Tür hinter sich.

Ich sah ihr dankbar hinterher und konnte nicht fassen, was gerade geschah: Eben noch fror ich, und nun befand ich mich in einem warmen Badezimmer und hatte die Möglichkeit, mich zu waschen. Nichts konnte mich in diesem Moment so glücklich stimmen wie ein Bad mit warmen Wasser und saubere Kleidung. Ich schickte ein Dankgebet zum Himmel, bevor ich den Jungen und mich wusch und uns die feinen Kleidungsstücke überzog.

Als ich mich so im Spiegel betrachtete, mit diesem blauen Kleid und meinen langen, gewaschenen Haaren, die mir gelockt über die Schulter fielen – dann sah ich nicht mehr das heimatlose Mädchen, das nichts besaß und mit einem schwarzen Jungen auf der Flucht war! Nein, ich glaubte eine Prinzessin zu sehen, die kurz davor stand, die Gänge eines riesigen Palastes hinunterzuschreiten, um ihren Prinzen zu finden, der sie mit seinen blauen Augen verzaubert hatte. Gedankenverloren sah ich in den Spiegel und konnte genau erkennen, dass die Person vor mir ein breites Lächeln auf dem Gesicht trug, als wäre sie der glücklichste Mensch der Welt. Ich konnte in ihren Augen sehen, dass sie wieder Hoffnung gefunden hatte und die Kraft, um weiterzuleben, denn es gab einen Grund zu leben für dieses Mädchen im Spiegel, es gab immer einen Grund!

Mit diesen Gedanken lief ich zusammen mit Bahati die Treppen nach unten in die Küche. Auch John hatte sich gewaschen und saß mit frischen Kleidern am Tisch, während er die Hände seiner Frau, die hinter ihm stand, fest umschlossen hielt. Als er uns kommen sah, hob er die Hand und zeigte auf zwei Stühle, die für uns bereitstanden. Dann bat er seine Frau, das Essen aufzutragen.

Ich setzte Bahati auf einen der Stühle, bevor ich unsicher auf dem anderen Platz nahm. Verlegen sah ich auf meine Hände. Aus den Augenwinkeln nahm ich die fragenden Blicke von John wahr, die mich zu durchbohren schienen. Ich tat so, als würde ich sie nicht bemerken, denn die Vorstellung, er würde mich nach meiner Vergangenheit fragen, verursachte ein äußerst mulmiges Gefühl in meiner Magengegend.

Zum Glück kam nun seine Frau, die er mit Linda angeredet hatte, mit Gemüse, Brot und Schinken zurück, die sie auf den Tisch stellte.

Ich war so ausgehungert, dass ich sämtliche Tischmanieren vergaß und mir das Essen wahllos in den Mund stopfte, ohne auch nur einmal hochzusehen. Auch Bahati aß gierig; das Einzige, was von ihm zu hören war, waren seine Schluckgeräusche. Wir aßen und tranken, bis alles aufgegessen war. Erst dann sah ich hoch, und war sogleich beschämt, weil mir erst in diesem Moment klar wurde, wie unhöflich wir waren; dass wir uns wie ausgehungerte Tiere verhalten hatten; dass wir ausgehungerte Tiere gewesen waren.

John hatte mich die ganze Zeit über neugierig beobachtet, während Linda neben mir Platz genommen hatte.

»Deine Kleider, sie waren blutig … Was ist passiert?«, fragte sie vorsichtig, während ihre Hände mit dem Tischlaken spielten.

Meine Blicke schweiften unsicher von Linda zu John. Ich saß in einem Haus und an einem Tisch von fremden Leuten, die mir nun unangenehme Fragen stellten, die ich nicht vorhatte zu beantworten. Ich wollte nicht über Mutter oder Matthew sprechen, wollte nichts über den Krieg hören, nichts über die neusten Geschehnisse wissen. Ich wollte ihnen nicht mein Leben anvertrauen und schon gar nicht das Leben dieses Kindes. Es lief doch jedes Mal auf das Gleiche hinaus: Wir waren allein, und ich hatte keine Ahnung, wie wir in sicheres Gebiet kommen würden! Der Krieg war grausam und gefährlich, und wahrscheinlich suchten mich die Lakaien von Connrad schon wie wilde Hunde, da ich geflohen war.

»Ich ...«, begann ich, doch ich bekam die Worte nicht aus meinem Mund, oder besser gesagt, ich wusste überhaupt nicht, was ich genau sagen konnte, um diese Menschen davon zu überzeugen, dass ich nichts Unrechtes getan hatte.

»Ist schon gut!«, unterbrach mich John mit seiner tiefen Stimme. »Ich weiß, dass es schwer sein muss, über das Vergangene zu sprechen. Uns geht es genauso, weißt du?« Er zeigte mit dem Kopf auf seine Frau. »Du fragst dich sicher, wie wir uns das alles hier leisten können, das Haus, das Essen.« Er biss sich auf die Lippen. »Wir hatten einmal eine große Farm mit Sklaven. Wir brauchten sie für die Arbeit, die Farm war einfach zu groß, verstehst du? Wir haben sie aber nie geschlagen, nie!«, er seufzte. »Doch irgendwann, da haben wir einfach gemerkt, dass es dennoch falsch war. Diese Illusion vom Glück. Wir konnten nicht mehr ruhig schlafen. Das Gefühl war einfach da, dieses falsche Gefühl. Und so haben wir die Sklaven in die Freiheit entlassen, unsere Sachen gepackt und sind in ein ruhiges Dorf gezogen, ein ganz gewöhnliches Dorf mit ganz gewöhnlichen Menschen. Und nun haben wir ein kleines Haus und ein kleines Feld und sind glücklicher als wir es je waren.« Er grinste.

Ich sah ihn nickend an, wollte gerade etwas sagen, doch John unterbrach mich wieder.

»Weißt du was? Sag nichts. Du musst uns nichts über deine Vergangenheit sagen. Es ist mir gleich, was du getan hast und was du tun wirst, du wirst wohl deine Gründe haben! Ich weiß, dass du den Jungen nur beschützen willst!«

Ich blickte ihn mit leuchtenden Augen an. Es war, als hätte er all meine Gedanken gelesen. Er verstand mich, er verstand das Leben. Ich nickte ihm zu und begann dann doch zu erzählen.

»Ich komme aus Kansas.«

Die Worte, die sich nun im Raum verteilten, klangen traurig. Es war so schwer weiterzusprechen, jede einzelne Silbe musste ich aus meinem Mund pressen, als wäre es eine Schande, über mein Leben zu sprechen.

»Als … als der Krieg ausbrach, wurde der Zug, der mich in eine bessere Welt bringen sollte, beschlagnahmt und ich wurde entführt. Es gelang mir zu fliehen …« Ich sah nach unten, meine Finger spielten verlegen mit dem Stoff der Robe, die ich trug. Dann aber blickte ich wieder John an und sagte: »Sie müssen mich nicht hierbehalten! Es wird vielleicht nach mir gesucht, und Sie können in große Schwierigkeiten geraten, wenn sie den Jungen sehen. Sie haben recht, ich muss nicht über das Vergangene reden, aber ich will Sie nicht in Gefahr bringen und wir sind eine Gefahr für Sie, glauben Sie mir!« Eine Träne lief mir die Wange hinunter. Ich wollte das nicht, doch ich konnte nichts dagegen tun.

Linda hatte sich die Hände vor den Mund geschlagen und sah mich mitleidig an, während John einfach nur vor sich hin zu grübeln schien.

Eine halbe Ewigkeit saßen wir vier nur da und sahen beschämt nach unten. Die Stille, die sich im Raum ausbreitete, war erdrückend, und die Luft schien mir so stickig und heiß, dass es mir die Kehle zuschnürte. Ich wusste, dass John und Linda uns nicht dabehalten konnten, denn mir war klar, dass wir das Risiko nicht wert waren. Wieso auch? Ich war eine Unionsbürgerin, die aus einem Lager geflohen war und die nun mit einem verwaisten Sklavenjungen durch die USA ritt, um irgendwo im Norden Zuflucht zu finden. Es war hoffnungslos.

Plötzlich sah mich John mit einem breiten Grinsen von der Seite her an und flüsterte: »Wir befinden uns in Kansas. Du bist zu Hause, mein Kind!«

Seine Stimme klang so hell und erleichtert, dass allein deren Klang zusammen mit dem wundervollen Wort *Zuhause* eine Woge des Glücks in mir auslöste. Ich sah verwirrt zuerst Linda an, die sich eine Träne aus dem Gesicht wischte, und dann John, der seine kräftigen Arme ausgebreitet hatte und den ganzen Tisch in Beschlag nahm. Ich lachte laut auf, grinste und fühlte mich wohler denn je in diesem warmen Haus, das ein Stück von Kansas war. Auch Bahati lachte, als er mich so glücklich sah. Ich wusste, er verstand unsere Sprache nicht, und genauso wusste ich, dass er noch viel zu jung war, um die Welt zu verstehen, doch er lachte, und das war das Wichtigste.

Plötzlich allerdings verschwanden meine Glücksgefühle; es war, als stünde ich vor einem Spiegel der Illusion, der gerade mit einem Vorschlaghammer zerschmettert worden war, sodass ich nun die Wirklichkeit hinter dem Spiegel sah. Und hinter diesem Spiegel sah ich mein altes Zuhause: Die Umrisse leuchteten in der Mittagssonne auf, die die Wolken um sie herum in gelbe Farbe tünchte. Meine Füße berührten das frische Gras der Felder, ich hob meinen Blick zum Himmel und sah Diademhäher kreisen, die ihre blauen Flügel ausgespannt hatten und ihre Freiheit genossen. In meiner Nase kribbelte der Duft von Butterblumen, und der Gesang der Vögel bildete eine wundervolle Melodie in meinen Ohren. Deutlich konnte ich neben den Umrissen des Hauses, in dem wir lebten, Mutter erkennen, die ganz klein und verletzlich wirkte. Es waren nur ihre Umrisse, die ich in den Scherben des Spiegels sehen konnte, nur ein kleiner Schatten, der die Hand hob. Dann verschwand alles, Mutter, das Feld, die Scherben und der Spiegel, und ich befand mich wieder auf dem weißen Stuhl vor dem Tisch, an dem John und Linda saßen.

»Du kannst aber nicht nach Hause, stimmt's?«

Ich schüttelte den Kopf.

»Gut, ihr bleibt vorerst mal hier.« Fragend blickte er seine Frau an, die sofort zustimmend nickte.

Ich sah die Liebe, die die beiden verband, konnte ihre Zuneigung spüren. Es war das gleiche Gefühl, das mich auch mit Bryan verband. Bryan – würde ich ihn je wiedersehen? Als ich die beiden so sah, wie sie sich anlächelten, kamen mir Zweifel: Ich konnte diese Menschen nicht in Gefahr bringen!

»Wir können nicht bleiben! Das wäre zu gefährlich für euch«, presste ich heraus.

John sah mich fragend an, dann wurden seine Blicke ernst.

»Du und der Junge, ihr werdet hierbleiben und wieder neue Kräfte sammeln. Wenn ihr jetzt geht, dann seid ihr viel zu schwach, um euch eurer Aufgabe zu stellen, was immer ihr auch vorhabt. Sie werden euch finden.« Er schluckte. »Fünf Tage, das ist alles, was ich euch anbieten kann. Dann müsst ihr euren Weg wieder alleine weitergehen.«

Wortlos und mit Tränen in den Augen nickte ich dankbar, bevor uns Linda nach oben auf den Dachboden führte. Das Zimmer war in meinen Augen wundervoll. Es war zwar klein, doch es hatte ein Bett in dessen Mitte, ein wundervolles Bett, welches ich schon lange ersehnt hatte. Die Wände waren aus dunklem Holz, die Decke war hoch und ließ das Zimmer größer erscheinen, als es war. Ich sah mich staunend um, so lange hatte ich nicht mehr ein Zimmer zu Gesicht bekommen. Das Gefühl war atemberaubend.

»Gute Nacht …«, sagte Linda lächelnd, bevor sie stockte und nach passenden Worten zu suchen schien.

»Catherine«, ergänzte ich mit einem Schmunzeln.

Sie nickte, schloss die Tür hinter sich und ließ uns allein.

Es fühlte sich an, wie auf einer Wolke zu schweben, als ich mich auf die weiche Matratze aus Stroh legte. So lange hatte ich auf dem harten Boden draußen gelegen und die Sterne vor dem Einschlafen beobachtet, dass ich mich schon daran gewöhnt hatte, mit der Sonne über meinem Kopf aufzuwachen.

Es dauerte nicht eine Minute, nachdem wir uns hingelegt hatten, bis wir in einen tiefen Schlaf fielen.

Zur gleichen Zeit in Meridian

Unterdrückte Schmerzensschreie und lautes Stöhnen erfüllten den Raum, der Bryan in seinen vier Wänden einschloss. Er versuchte sein Gesicht mit seinen Armen zu schützen, doch war er viel zu schwach, um sich gegen die vielen Fäuste zur Wehr zu setzen, die immer und immer wieder auf ihn einschlugen. Dann spürte er einen stechenden Schmerz im Gesicht, und plötzlich konnte er das warme Blut fühlen, das über seine Lippen tropfte.

Schritte waren zu hören, die langsam näher kamen und klangen, als würde ein alter Mann über den Boden schlurfen.

»Genug!«, erklang gleich darauf die markante Stimme von Connrad hinter den Wachen, die sich blitzartig erhoben und salutierten, bevor sie auf das Zeichen ihres Vorgesetzten hin wegtraten.

Bryan kauerte auf dem Boden, die Hände immer noch schützend vor dem Gesicht. Seine Wangen waren aufgekratzt, seine Augen blau und rot geschlagen. Mit zitternden Bewegungen senkte er die Arme und warf seinem Vorgesetzten hasserfüllte Blicke zu.

Connrad nahm sich einen der Stühle, die an der Wand lehnten, setzte sich rittlings darauf und räusperte sich künstlich.

»Du hast viel Talent, genauso wie dein Vater. So eine Vergeudung!«, sagte er mit falschem Bedauern. »Es ist wirklich schade um deine kleine Freundin. Eigentlich bin ich kein Verschwender, doch auch wenn sie hübsch ist, muss ich sie töten.« Er fasste sich nachdenklich ans Kinn. »Oder, genau genommen muss ich das nicht, ich will es!«

Er lachte. »Endlich habe ich sie gefunden. Sie hat nicht einmal nach dir gefragt, weil sie dich schon längst vergessen hat!« Er lachte laut und höhnisch, und das Echo seiner Stimme erfüllte den ganzen Raum, bevor die Stille es verschlang.

Bryan riss die Augen auf und sah ihn zornig an – am liebsten hätte er ihn mit bloßen Händen erwürgt. Doch er wusste, dass er keine Chance hatte, Connrad zu töten, auch wenn er es noch so gern wollte. Tief im Inneren überlegte er, weshalb er gekommen war und ihn mit dieser Aussage konfrontierte. War das eine seiner Foltermethoden? Oder nur der Versuch herauszufinden, wo Catherine wirklich war? Dieser Gedanke ließ Bryan wieder beruhigt auf den Boden zurücksinken. Er wusste, dass Connrad bluffte. Ein Lächeln huschte über seine blutigen Lippen.

»Du hast sie nicht! Sie ist klüger als du, sie wird deinen dreckigen Fingern entkommen!«

Er wollte auflachen, doch sein Lachen erstickte in einem Hustenanfall, der ihn auf den Boden zurückwarf.

Wütend schleuderte Connrad seinen Stuhl gegen die Wand, wo er zersplitterte und in Einzelteilen auf den Boden krachte. Mit hochrotem Kopf kniete er vor Bryan nieder und sah ihn mit funkelnden Augen an.

»Würde ich deinen Vater nicht kennen, hätte ich dich schon längst mit meinen eigenen Händen erwürgt, glaub mir! Du bist nur ein Haufen Elend.«

Er schnaubte vor Zorn, seine Finger zuckten vor Verlangen, Bryan an die Kehle zu gehen, doch dann atmete er tief und presste heraus:

»Nur um Deines Vaters willen – *kleiner* Bryan! Der wusste noch, auf welche Seite er gehörte.«

So sah Connrad Bryan nun eindringlich an. Dann stand er mit zusammengepressten Lippen auf.

»Wachen!«

Sofort rannten die Männer wieder in den Raum, die noch vor wenigen Minuten auf Bryan eingeschlagen hatten.

»Erteilt ihm eine Lektion«, wies Connrad sie an, »aber lasst ihm am Leben, wir brauchen ihn noch!«

Mit diesen Worten verließ er den Raum so, wie er ihn betreten hatte – mit leicht gebückter Haltung, die Hände vor sich aneinander reibend und mit einem breiten Grinsen im Gesicht –, bevor die Männer auf Bryan zustürmten und alles von vorn begann.

Kapitel 12

Zur gleichen Zeit in Kansas

Das Gemurmel um mich herum nahm ich gar nicht richtig wahr, es erklang nur noch als tiefes Rauschen in meinen Ohren. Mit leerem Blick starrte ich ins Nichts. Meine Erinnerungen zogen mich in eine andere Welt und schirmten mich von allem anderen völlig ab.

In meinen Gedanken war ich wieder in Lawrence bei Mutter und Matthew, die von der Arbeit kamen und mich mit einem Lächeln begrüßten, während ich auf einem Stuhl neben dem Kamin saß und an einem Kleid nähte, das ich später verkaufen würde. Ich konnte richtig fühlen, wie die Hitze des Feuers neben mir meine Haut wärmte, und wie meine Finger freudig über den Stoff glitten. Matthew sah mich an und öffnete seinen Mund, um etwas zu sagen.

»Catherine, hörst du mich?«, fragte er.

Ich lachte auf.

»Natürlich höre ich dich, Matthew!«, antwortete ich verwundert. Immer noch lachend öffnete ich die Augen und sah für einen Moment das Gesicht Matthews vor mir, bevor es in der nächsten Sekunde verschwand und ich John vor mir erkennen konnte, der geduldig am Tisch saß und mich eingehend musterte.

Er beugte sich zu mir und fragte: »Hast du mich verstanden, Catherine?«

Mit großen Augen, als hätte ich ihn noch nie gesehen, blickte ich auf und schüttelte verwirrt den Kopf.

Linda war gerade dabei, das Frühstück auf dem weißen Tisch herzurichten und flitzte summend durch die große Küche, während sie immer wieder Teller voller Essen vor mich hinstellte.

Bahati kniete auf dem Stuhl neben mir und hatte schon begonnen, an Brot- und Käsestückchen herumzuknabbern. Er war so vertieft in diese für uns ungewohnte Vielfalt, dass er uns nicht weiter beachtete. Linda hatte neue Kleidung für ihn besorgt, er trug eine schöne Hose mit weißem Hemd, das Linda ihm in die Hosen gestopft hatte. Er sah so bezaubernd aus in diesen Sachen, dass ich ihn mit ganzen neuen Augen betrachtete. Es war, als säße ein anderer Mensch neben mir.

Nun starrte auch ich auf das Essen und wartete sehnsüchtig darauf, es endlich in meinen Mund stopfen zu dürfen. Alles sah so gut aus, dass mir das Wasser im Mund zusammenlief. Ich wusste, dass das nicht den gängigen Tischsitten entsprach und dass auch das Gebet vor dem Essen dazugehörte, doch mein Hunger war noch zu groß, als dass ich mich hätte zurückhalten können. John hatte wohl meine Gier in den Augen gesehen, als Linda einen Teller mit frischen Früchten auf den Tisch stellte; er nickte nur still, als ich ihn fragend ansah. Dann griff ich zu und aß so viel und so lange, bis mir fast übel wurde.

John wartete geduldig darauf, bis ich fertig gespeist hatte. Dann bückte er sich weit über den Tisch, sah mich eindrücklich an und nahm meine Hand in die seine. Er war mir so nah, dass ich jedes Haar auf seiner Haut erkennen konnte, jede Sommersprosse, jede kleine Unebenheit seiner Haut. Doch Johns tiefbraune Augen ließen alles andere in seinem Gesicht unwichtig erscheinen, nahmen mich wie gefangen, sodass ich den Rest vergaß, wenn ich ihn ansah.

»Catherine, es ist wichtig, dass du mir jetzt genau zuhörst. Du heißt *Maggy Dallington* und bist eine ferne Verwandte. Du redest mit niemandem und den Jungen verbirgst du, verstanden?« Auf seiner Stirn hatten sich tiefe Sorgenfalten gebildet, die ihn älter und strenger erscheinen ließen, als er war.

Ich nickte still und wusste nicht, wie ich ihm sagen sollte, dass er mir glauben konnte, oder wie ich ihm und Linda überhaupt danken sollte.

Einen kurzen Moment herrschte Stille im Raum, die jedoch von Linda unterbrochen wurde. Sie lief zum Tisch und sah mich bittend an.

»Catherine, es ist wirklich wichtig, dass du dich unauffällig benimmst! Ich will nicht, dass etwas zerstört wird, bevor es überhaupt begonnen hat!« Eine Träne rollte ihr über die Wange.

John fasste sich mit der Hand an die Stirn und sagte gepresst: »Nicht das schon wieder, Linda hör auf!«

Doch Linda ließ sich nicht bremsen, sie sah mich immer noch eindringlich an und sprach weiter, während sie über ihren Bauch strich.

»Es muss leben, verstehst du?«

Ich blickte auf ihren leicht gewölbten Bauch, den sie nun schützend mit ihren Armen umschloss. Und begriff, begriff auch ihre Sorgen: Was, wenn es hier auch Sklavenbefürworter gab? Ich kannte dieses Dorf und dessen Leute nicht. Was war, wenn es hier auch eine Mrs. Darwinson gab? Ich konnte diese Gedanken nicht ausschließen. Ich und Bahati, wir wären der Grund für drei zerstörte

Leben! Ich schluckte schwer, während ich immer wieder nickte.

John blickte mich an, und ich denke, er sah in diesem Moment auch die Unsicherheit in meinen Augen.

»Keine Sorge, ihr seid hier sicher … Maggy!«

Er zwinkerte mir mit einem Lächeln zu und erhob sich, um an die Arbeit zu gehen, während ich Linda in der Küche half.

Den ganzen Tag über blieb ich bei Linda, griff ihr bei häuslichen Arbeiten unter die Arme und tat mein Bestes, um ihr meinen Dank für das Risiko, das sie für uns eingingen, zu zeigen.

So verliefen auch die nächsten zwei Tage. Ich half John und Linda den ganzen Tag über, kochte das Abendessen und reinigte die Zimmer, während Bahati mir zusah oder ebenfalls mithalf. Dafür gewährten uns unsere Gastgeber eine warme Unterkunft mit einem sauberen Bett und genügend zu essen, sodass wir uns gut erholen konnten. Während all dieser Zeit kam ich mir vor wie eine Königin – es war ein Traum, der nie zu Ende gehen sollte, und der doch enden musste.

Morgens stand ich auf und bereitete das Essen vor, bevor ich nach Hidalgo sah, ihn fütterte und die Arbeiten verrichtete, die tagsüber zu erledigen waren. Abends war ich meistens so müde, dass ich keinen Gedanken mehr fassen konnte und sofort in einen traumlosen Schlaf fiel, nachdem ich die Augen geschlossen hatte.

Während dieser Tage dachte ich oft an Mutter und Bryan, behielt mein Ziel stets vor Augen und nahm mir vor, nach dem fünften Tag wie besprochen abzureisen.

Mir war bewusst, was für ein Risiko ich auf mich genommen hatte, mit einem Schwarzen in eine bewohnte Stadt zu reiten, und ebenso wusste ich, dass es sicherlich noch Komplikationen auf unserem Weg geben würde.

Am vierten Morgen, am Tag vor unserer geplanten Abreise, klopfte es drei Mal gleichmäßig an der Tür. Das Pochen war laut und präzise.

Doch ich nahm die Präzision und Schärfe des Klopfens gar nicht richtig war. Ich war so glücklich in den letzten Tagen, nichts schien mich mehr traurig stimmen zu können. Es war schön, sich um nichts mehr Sorgen machen zu müssen. Ich fühlte mich sicher, eine Sicherheit, die in diesen Zeiten nicht vorhanden war. Also ging ich zur Tür.

Draußen stand ein gedrungener, stämmiger Mann in brauner Kleidung. Er war der Deputy Sheriff. Sein verhältnismäßig kleiner Kopf war kahl geschoren und er sah mich mit seinen tiefliegenden Augen merkwürdig an.

»Mrs. Collins?«, fragte der Mann, während er auf den Notizblock in seinen Händen starrte und mich dann wieder fragend betrachtete.

Ich wollte etwas sagen, doch suchte ich noch nach einer passenden Ausrede; zudem hatte ich plötzlich den Namen vergessen, den mir John vor wenigen Tagen gegeben hatte. Hektisch grübelte ich nach, aber ich konnte mich nicht mehr erinnern.

Da kam auch schon Linda angelaufen, und als sie den Herrn sah, weitete sie schreckhaft die Augen.

»Guten Tag, Scott, kann ich Ihnen helfen?«, fragte sie mit unschuldiger Stimme.

Der Mann verneigte sich leicht und sagte dann: »Guten Tag, Linda. Keine Sorge! Dies ist nur eine Routinebefragung.« Er lächelte. »Man ist auf der Suche nach einem Kind. Das spricht sich überall herum. Nun will der Sheriff sicher sein, dass alles richtig zu- und hergeht in diesen schwierigen Zeiten.« Jetzt richtete er seinen Blick auf mich. »Wer ist diese Dame?«

Mir lief bei seinen Worten ein kalter Schauer über den Rücken, ich zitterte am ganzen Leib, konnte seine Worte nicht fassen. ›Sie haben uns jetzt, das ist das Ende!‹ Einen Moment lang sah es so aus, als würde die Zeit stehen bleiben, bevor Linda in ein künstliches Gelächter verfiel, das ihre Angst vertuschen sollte.

»Oh, das ist Maggy, eine ferne Verwandte.«

»Ach so, sie spricht nicht viel. Spricht sie unsere Sprache?«, wollte der Deputy Sheriff nun wissen, bei dessen Anwesenheit mir allmählich mulmig wurde. Wieso, um Himmels willen, stellte er so viele Fragen?

Während ich noch überlegte, was ich sagen könnte, ertönte plötzlich ein Kreischen aus dem Haus.

Sofort sah er auf.

»Was war das?«, fragte er.

Mir wurde ganz kalt, es war, als hätte sich eine Eisdecke um mich gelegt, die mich erstarren ließ. Bahati hatte wohl geschrien, als John ihm klarzumachen versuchte, dass er ruhig sein sollte, während Linda mit diesem Mann an der Tür sprach. Nun presste John in der Küche seine großen Hände auf den Mund des Jungen, der sich tobend gegen ihn zur Wehr setzte. Er schlug wild um sich und schrie – dumpfe Geräusche, die auch das Ohr des Deputy Sheriffs erreichten, der uns daraufhin ernst ansah.

»Meine Schwester kam vor wenigen Tagen mit ihrem Jungen zu Besuch, wissen Sie…«, murmelte Linda und spielte unruhig mit ihren Fingern.

»Ach nein! Mein Gott, ich liebe Kinder. Darf ich den Kleinen mal sehen?«, fragte er, während seine Augen sich freudig weiteten. »Wissen Sie, ich habe selbst neun Kinder!«, fügte er mit einem stolzen Lächeln noch hinzu.

Ich sah ihn ängstlich an, Schweißperlen traten auf meine Stirn. Ich wusste nicht, was ich tun, geschweige denn sagen sollte, damit er sich umdrehte und wieder ging, ohne dem Ganzen genauer auf den Grund zu gehen. Er durfte Bahati auf keinen Fall sehen – alle möglichen Schreckensszenarien schossen mir durch den Kopf, und mit jeder stillen Sekunde, die verstrich, stieg die lähmende Angst in mir.

Zum Glück ergriff Linda nun die Initiative: »Sie sehen sehr müde aus, Scott, wie lange haben sie heute schon gearbeitet?« Lindas Stimme klang nervös. Er wollte gerade antworten, als sie ihm das Wort abschnitt. »Sicher schon zu lange. Gehen Sie doch nach Hause und ruhen Sie sich etwas aus. Ich bin mir sicher, Sie haben es sich mehr als verdient, Scott.«

Während sie sprach, kratzte sich der Herr am Kopf, und nickte nachdenklich. Dann schüttelte er jedoch schnell den Kopf, als hätte er sich aus seinem Bann gelöst und sprach: »Aber es ist meine Aufgabe dieses Haus zu durchsuchen, ganz gleich wie müde ich bin, Linda, du weißt ja wie hartnäckig der Sheriff bei solchen Dingen ist. Also treten sie bitte zur Seite, Linda.«

Ich sah Linda gebannt an, wartete auf eine Reaktion, wartete sehnlichst darauf, dass sie diesen Scott davon abhielt, ins Haus zu treten, doch vergebens. Der Deputy Sheriff hatte sich schon den Weg an ihr vorbei gebahnt und trat nun mit mächtigen Schritten ins Haus.

Für einen Moment stand ich wie gebannt da, dann löste sich Linda aus ihrem Schockzustand und rannte ihm hinterher, ich folgte ihr hastig, mein Herz pochte mir bis zum Hals.

Scott ging zuerst nach oben, mit schweren Schritten überwand er die Treppen, die unter seinem Gewicht knarrten, dann durchsuchte er die Schlafräume.

Wir ließen ihn zurück, während er oben unsere Dinge durchstöberte, und versuchten Bahati zu verstecken. Doch nirgends war es sicher. Wir wussten, Scott würde ihn finden, er würde alles durchsuchen. Als wir ihn die krächzenden Treppen hinuntersteigen hörten, überfiel mich Panik, ich konnte nicht mehr klar denken, konnte mich nicht bewegen und schon gar nichts tun. Ich stand einfach nur da und hörte die schweren, immer näher kommenden Schritte des Deputy Sheriffs, der mir Bahati wegnehmen würde. Und dann, wenige Sekunden bevor Scott sein Haupt in die Küche steckte, machte John einen der Wandschränke auf, warf die Laken, die sich darin befanden, hastig auf den Boden, steckte den Jungen dort hinein und warf die Holztür zu.

Er sah zuerst uns an, dann die Laken zu unseren Füßen. Unsere Augen waren weit aufgerissen, unsere Blicke nervös. Ich sah zuerst diesen Scott an, dann John. Mein Mund stand weit offen, Furcht war auf meine Stirn geschrieben.

»Ist alles in Ordnung?«, fragte Scott dann vorsichtig.

»Ja!«, rief ich auffällig schnell.

Er runzelte seine Stirn, trotzdem nickte er schwach. Jetzt zeigte er auf die Laken.

»Wieso liegen die Laken auf dem Fußboden?«

Wir sahen uns an, ratlos, verzweifelt. Dann warf John ein: »Das Kind ist so ein Wirbelsturm …«

Der Deputy Sheriff nickte wieder, diesmal deutlicher.

»Und wo ist das Kind?«

»Spazieren mit seiner Mutter.«

»Ach so.«

Scott schnaubte, dann begann er, die Küche zu durchsuchen. Er öffnete die Schubladen und sah unter den Kommoden nach, doch nichts war zu finden.

Er sah uns immer wieder an, skeptisch, ungewöhnlich, doch wir lächelten ihn nur an und blieben vor dem Wandkasten stehen.

Dann, nachdem er unter den Tisch gesehen hatte, richtete er sich auf und bat uns zur Seite. Ich wollte gerade protestieren, als John mich zur Seite zog und mich mahnend anfunkelte. Scott schob mit seinen Füßen die Laken zur Seite, dann stellte er sich auf die Zehenspitzen, griff nach der Klinke des Wandkastens und zog ihn langsam auf.

Kapitel 13

Im Haus von Linda und John, Kansas

Ich schloss die Augen, konnte den Anblick nicht ertragen, Sekunden verstrichen, die sich wie Stunden anfühlten. Ich stellte mir den Gesichtsausdruck des Deputy Sheriffs vor, der Bahati voller Grauen musterte, stellte mir seine Reaktion vor, seinen Zorn. Doch in diesem Moment, als Scott die Kastentür aufzog, erklang eine Stimme, die ihn irritierte.

»Scott, komm, der Sheriff hat den Jungen gefunden!«

Sofort ließ Scott den Knauf los und sah nach hinten, wo die Stimme herkam. Die Kastentür schlug zu, ich zuckte zusammen. Dann sah er uns an, nickte zum Abschied und ging schnellen Schrittes zur Tür hinaus, ohne noch ein Wort zu sagen.

Linda folgte ihm erleichtert, ich hastete ihr hinterher. Sie schloss mit einem tiefen Seufzen die Tür und sackte zu Boden. Für einen Moment war ich so erleichtert, dass ich hätte tanzen können, dann sah ich Lindas gezwungenes Lächeln; sie wollte nicht, dass ich den Eindruck hatte, eine Last für sie zu sein. Doch ich sah die Sorgenfalten auf ihrer Stirn, ich sah ihren gequälten Blick und spürte ihre Angst.

In diesem Moment wusste ich, dass es Zeit für uns war, Abschied zu nehmen.

Eine Weile sah ich sie an, dann rannte ich schnurstracks die Treppen des Hauses nach oben in unser Zimmer. Ich blickte mich um. Es war so schön hier. Nun weggehen zu müssen, ließ mein Herz ganz schwer werden. Hier gab es abends ein weiches Bett, es gab genügend zu essen, und vor allem mussten wir den Krieg nicht fürchten. Doch ich musste gehen. Also packte ich schnell all meine Sachen in den Rucksack, der einst Matthew gehört hatte, und setzte mich dann auf das weiche Bett.

Direkt vor mir befand sich ein großer Spiegel, in dem ich mich nun betrachtete. Das Mädchen im Spiegelbild sah sich genau an, ihre Finger streiften durch das braune Haar und berührten ihr Gesicht, bevor sie aufstand und zur Zimmertür trat. An der Tür drehte es sich noch einmal um und flüsterte leise: »Leb wohl!«

Und mit diesem Mädchen trat ich aus der Tür, den Rucksack geschultert, den Blick nach vorn gerichtet. So ging ich nach unten in die Küche, in der John und Linda bereits am Tisch saßen und leise miteinander diskutierten. Obwohl ich nur knapp hinter ihnen stand, schienen sie mich noch nicht bemerkt zu haben. Schweigend blieb ich stehen und lauschte den Worten von Linda.

»Es ist gefährlich, John, und du weißt es! Wenn etwas passiert …« Ihre Stimme klang ängstlich.

»Es wird nichts passieren, Linda! Du kannst das Mädchen nicht einfach vor die Tür setzen, denk an das Kind! Nur noch zwei, drei Tage, bis sich das Pferd erholt hat!«

Die Worte klangen so fern und fremd, dass es mir vorkam, als würden die beiden über jemand anderen sprechen. Für eine Weile dachte ich dies auch, doch es war nur eine Frage der Zeit, bis ich wieder in die Wirklichkeit zurückgeworfen wurde. Beschämt ließ ich den Rucksack auf den Boden fallen.

Ein dumpfer Schlag erklang, worauf Linda und John blitzartig nach hinten sahen und mich mit einem entschuldigenden Blick musterten.

Sofort stand John auf und schloss mich in seine Arme; es war, als würde mich ein ganzes Haus umschließen, so sicher fühlte ich mich bei ihm. Er drückte meinen Kopf an seine Brust.

»Keine Angst, mein Kind! Ihr könnt bleiben, bis du dich bereit fühlst zu gehen!«

Kaum hatte er die Worte ausgesprochen, fiel mein Blick auf Linda, die ihr Gesicht in den Händen vergraben hatte. Ruckartig und mit Tränen in den Augen riss ich mich aus Johns festem Griff. Ich wollte diese wunderbare Familie nicht verlassen, ich hatte mich so wohlgefühlt, fast schon so, als wären John und Linda meine eigenen Eltern. Doch wenn ich Linda betrachtete, wie ihre Angst sie Tag für Tag mehr quälte, wenn ich sie so sah, mit ihrem gewölbten Bauch, den sie immer fester umschloss, dann wusste ich, was ich zu tun hatte.

»Wir werden gehen!«, sagte ich entschlossen und mit einem unterdrückten Zittern in der Stimme.

Linda sah auf und nickte dankbar; ihre Augen waren rot, ihr ganzes Gesicht nassgeweint. Auch John wusste wohl in diesem Augenblick nicht, was er sagen sollte, also nickte er nur mit grübelnder Miene. Dann trat er aus der Küche und forderte mich auf:

»Komm mit!«

Ich wollte gerade meinen Rucksack hochheben und ihm folgen, da bremste mich Linda schnell.

»Lass ihn liegen, ich packe dir ein paar Dinge mit ein! Der Junge schläft noch, ich wecke ihn gleich.«

Dankbar nickte ich, bevor ich John hinterherrannte, der bereits draußen vor der offenen Scheune stand und auf mich wartete. Als er nun vor Hidalgo stand, musterte er ihn genau: Er fasste ihm an die Flanke und strich mit seinen Fingern sachte über das Fell, dann drückte er seine Hand an den Bauch des Pferdes und sah mich kopfschüttelnd an.

»Er ist viel zu mager, um einen weiteren Ritt zu überstehen!«

Das durfte nicht sein, dieses Pferd war das beste, das ich je geritten hatte!

»Bitte, er schafft es, wir haben es auch bis hierhin geschafft!«

Wieder schüttelte John den Kopf, bevor seine Gesichtszüge sich verhärteten und er mir tief in die Augen sah.

»Wenn du mit ihm reitest, kommst du nicht einmal über Kansas hinaus.« Er fasste sich nachdenklich an sein Kinn. »Hidalgo ist ein sehr gutes Pferd. Ich gebe dir eines meiner Pferde, wenn du ihn hierlässt.« Nun streichelte er Hidalgo zart.

Ich wollte mein Pferd nicht hierlassen, ich wollte es nicht verlieren. Doch wenn ich das Angebot nicht annahm, dann würde Hidalgo wahrscheinlich auf dem Weg sterben. Mit zusammengebissenen Zähnen willigte ich ein und schüttelte John die Hand. Nach dieser Einigung lief er schnell den Gang der riesigen Scheune entlang und sattelte sein bestes Pferd – einen Mustang.

So kam es, dass es nach gerade mal einer Stunde Vorbereitung Zeit war, Abschied zu nehmen. Linda stand vor dem Haus und hatte Matthews Rucksack in den Händen, dicht neben ihr rieb sich Bahati schläfrig die Augen und sah mich müde an, während John den Mustang an den Zäumen hielt und auf mich wartete. Ich fühlte mich schrecklich: gehen zu müssen und gleichzeitig zu wissen, dass ich diese Menschen wohl nie wiedersehen würde … Mit traurigem Lächeln trat ich vor Linda und nahm ihr den Rucksack ab, bevor ich meine Arme um ihren Hals schlang und ihr für alles dankte.

Sie wischte sich eine Träne aus dem Gesicht und flüsterte mit bebender Stimme: »Es tut mir so leid, Catherine. Ich wünschte, wir würden in anderen Zeiten leben!«

Ich wollte etwas sagen, wollte sie in meine Arme nehmen und ihr ihren Kummer abnehmen, doch ich konnte die Worte in meinem Kopf nicht über meine Lippen bringen. Es war, als würde ich überhaupt nicht mehr sprechen können. Also nahm ich Bahati an die Hand und setzte ihn mit einem Ruck auf das Pferd, bevor ich selbst aufstieg und John ansah, der immer noch das Zaumzeug in den Händen hielt.

»Alle Worte der Welt würden nicht genügen, um … Danke.«

Er nickte lächelnd.

Ich mochte nicht zurückblicken, ritt einfach nur los. Genauso musste es wohl auch Matthew ergangen sein, als er in seiner Kriegsausrüstung den Pfad entlang losgelaufen war und sich nicht mehr nach mir umgedreht hatte. Damals hatte ich das nicht verstanden; ich hatte mir tagelang den Kopf darüber zerbrochen, wieso mein Bruder mich nicht noch einmal angesehen hatte. Wochen waren vergangen, in denen ich von seinen Umrissen geträumt hatte, die immer unschärfer wurden und irgendwann ganz verschwunden waren. Jetzt wusste ich, dass er dies nur getan hatte, um überhaupt gehen zu können. Dies wurde mir, als ich im Galopp in Richtung Nordwesten ritt, ebenso klar wie die Tatsache, dass Matthew mir nie hatte wehtun wollen.

Wir ritten die nächsten Tage einfach immer weiter Richtung Westen über die sich braun färbenden Wiesen von Kansas, durch kleine Flusstäler und an sanften Hügeln vorbei, die mit Bäumen bewachsen waren. In Felsnischen, die mich und Bahati in den Nächten vor dem Erfrieren bewahrten, schliefen wir. Die Blätter der Bäume verwandelten sich Tag für Tag, genauer gesagt, veränderten sie ihre Farbe: Zuerst erglühten sie in den fröhlichsten Tönen, dann erhielten sie die verschiedensten Brauntöne und bald darauf säumten sie schon den Boden. Von dort aus wirbelte der Wind sie hoch in die Luft, bevor sie wieder zu Boden fielen; sie schienen direkt über dem Boden zu tanzen, den Wind sogar zum Tanz aufzufordern. Am besten gefiel mir das Rascheln, das in meinen Ohren erklang, während ich über den Boden ritt.

Wir legten nur sehr wenige Pausen ein, aßen nur, wenn uns der Hunger auf die Knie zwang, und ich versuchte stets, ein schnelles Tempo zu halten. Linda hatte uns sowohl Nahrung als auch frische Kleidung eingepackt, und ich fand sogar eine kleine Geldtasche, in die sie ein paar Münzen gesteckt hatte. So viel Geld hatte ich noch nie in meinem ganzen Leben gesehen! Die Münzen leuchteten in der grellen Sonne golden auf und blendeten mich fast. Es war ein wundervoller Anblick, den ich für den Rest meines Lebens nicht vergessen werde. Dennoch fürchtete ich mich vor diesen Metallstücken: Mutter hatte mich früher immer vor Geld gewarnt.

»Cathie, Geld macht gierig! Es vergiftet die Menschen und zwingt sie dazu, Dinge zu tun, die sie nicht mehr kontrollieren können, verstehst du? Lieber frieren wir, als diesem Rausch zu verfallen, mein Kind!«, pflegte sie dann zu sagen.

Ich erinnerte mich, als wäre es erst gestern gewesen. Ihre Augen funkelten, als sie davon sprach, ihr ernster Blick, ihre Furcht, ich sah alles vor mir. Ich hatte Angst, diesem Rausch zu verfallen, als ich an ihre Worte dachte, also packte ich das Geld schnell in die Tasche zurück und ritt weiter, den Jungen stets in meinen Armen.

Wir ritten zehn Nächte und elf Tage lang durch Kansas. Der Mustang machte sich ausgezeichnet, er war stark und schnell. Die Landschaft wurde trockener, eine Steppe aus kurzem Gras. Wahrscheinlich hatten wir Colorado schon erreicht, dennoch konnte ich nie mit Sicherheit sagen, wo wir uns befanden.

Als die Sonne sich allmählich dem Horizont zuneigte und ich müde neben dem Pferd herlief, während Bahati eingerollt im Sattel lag und schlief, hörte ich plötzlich ein merkwürdiges Rascheln hinter mir. Die Landschaft in Colorado hatte sich sehr verändert. Wo man hinsah, konnte man in der Sonne rot schimmernde Berge erkennen. Der Boden war hart und trocken, grüne Pflanzen gab es nur wenige, statt Bäumen waren ausgedörrte Sträucher zu erkennen.

Ich wollte mich gerade niederlassen, als sich plötzlich, wie aus dem Nichts, ein muskulöser Arm um meine Kehle legte und fest zudrückte. Panisch riss ich die Augen auf, stemmte meine Füße gegen den Boden und versuchte erfolglos, mich aus diesem Würgegriff zu befreien. Ich trat wild um mich und schrie wie am Spieß um Hilfe, doch nun wurde mir auch noch der Mund zugehalten. Mein Geschrei wurde ein dumpfes Gequieke. Ich verstummte und hörte eine leise Stimme an meinem Ohr fragen:

»Bist du jetzt still?«

Ich nickte entkräftet. Langsam entfernte sich die Hand von meinem Mund und auch der Griff um meine Kehle wurde schwächer. Ich wollte die Gelegenheit beim Schopf ergreifen und laut um Hilfe rufen, doch da spürte ich etwas Scharfes an meinem Hals. Vorsichtig sah ich nach unten: Die Klinge, die meine Kehle langsam einritzte, leuchtete in den letzten Strahlen der Abendsonne und blendete meine Sicht.

Kapitel 14

Irgendwo im Colorado-Territorium

»Gut, du bleibst jetzt ganz ruhig!«, flüsterte die Stimme.

Gleich darauf entließ mich der Mann aus seinem Griff und trat vor mich, musterte mich eine Weile, während er die Spitze des Messers immer noch an meine Kehle hielt. Ich wollte wegrennen, doch die Spitze seiner Klinge an meinem Hals hinderte mich daran, außerdem war da noch Bahati, den ich unmöglich hierlassen wollte. Ich blieb also ruhig, schluckte tief; eine Träne rollte mir die Wange hinunter, doch nicht eine Träne der Angst, nein! Es war mir in diesem Moment egal, ob dieser Kerl mit seinen blonden, schulterlangen Haaren und seinen braunen Augen mich umbringen würde, dies war nicht das Problem. Das Problem war ein ganz anderes.

Man sagt, kurz vor dem Tod rase vor dem geistigen Auge des jeweiligen Menschen noch einmal dessen gesamtes Leben vorbei. Genau das passierte mir nun: Ich sah meinen Vater, der mir Lebewohl sagte, bevor er in den Krieg zog, war in der Schule bei Mrs. Darwinson, schlenderte dann zu Matthew, sah ihn lachen, mit mir scherzen, seine Hand ausgestreckt, während wir in unseren Betten lagen; dann die Gefangenschaft in Mississippi, dann Bahati, John und Linda – und es endete hier. Eine gewaltige Wut erfasste mich. Was hatte ich in meinem Leben erreicht? Ich überlegte, doch ich fand nichts Herausragendes. Ich wollte in meinem Leben noch so viel erleben, so viel sehen und so viel erledigen. Mein Blick schweifte unruhig umher, bevor er bei Bahati stehen blieb, der sich immer noch zitternd am Sattel des Pferdes festhielt und verwirrt die Szene beobachtete. Und als ich ihn so ansah, wie seine kleinen Hände sich in das Leder des Sattels bohrten und er mich mit großen Augen musterte, da wusste ich, dass ich mich geirrt hatte: Ich hatte etwas Großes in meinem Leben erreicht! Ich versorgte diesen Jungen, der mich brauchte, einen Jungen, für den ich alles in Kauf nehmen würde, selbst den Tod. Ich lächelte ihm zu, versuchte meinen Schmerz und meine Tränen so gut wie möglich zu unterdrücken.

Dann blickte ich den Mann, dessen Messer meine Kehle immer noch berührte, wieder an. Er musterte mich von oben bis unten, bis seine Blicke an meinen nackten Beinen haften blieben, die noch immer die Narben des Stacheldrahtzauns trugen. Plötzlich kam er ganz nah und drückte das Messer so fest an meine Kehle, dass ich einen Moment röchelte. Mit schmerzverzerrtem Gesicht schloss ich die Augen, Angst durchströmte meinen Körper. Ich hatte wirklich gedacht, dass der Tod mir gleichgültig wäre, da ich ohne Matthew, ohne Mutter und ohne Bryan für mich keine Zukunft gesehen hatte, doch nun merkte ich, dass das nicht so einfach war. Furcht, dass plötzlich alles vorbei sein könnte, überfiel mich; der Wunsch zu leben war stärker als jedes andere Gefühl.

Sekunden verstrichen, in denen ich auf die ewige Leere wartete, dann öffnete ich die Augen und sah noch immer den Mann vor mir, der mit zusammengekniffenen Augen zitternd sein Messer an meine Kehle hielt.

Plötzlich heulte der Junge auf. Er sprang kreischend aus dem Sattel und lief zu mir. Zitternd umschlang er meine Beine, während sein flehendes Heulen immer lauter wurde.

Wut stieg in mir hoch, zornig sah ich also in die Augen dieses Mannes und keuchte: »Tun Sie es! Na los, tun Sie es schon!«

Der Mann riss seine Augen auf und blickte mich verwirrt an.

Die Angst, die ich anfänglich noch empfunden hatte, war mit einem Schlag verschwunden. »Ich habe schon zu viel gesehen, Dinge gesehen, die kein Mensch sehen sollte, Dinge erlebt, die mich Nacht für Nacht aus den Träumen reißen.«

Meine Stimme war nicht mehr als ein Krähen, doch ich sah dem Mann tief in die Augen, während ich fortfuhr.

»Aber wissen Sie was? Ich habe es satt, so viel Leid zu sehen! Wir waren einmal Nachbarn, die sich brüderlich unter die Arme griffen und, ohne mit der Wimper zu zucken, halfen. Nun sind wir nur noch ein Haufen mörderischer Barbaren, die sich gegenseitig die Köpfe einschlagen.« Meine Stimme wurde immer bitterer. »Das wird wohl nie enden, nicht wahr? Wir sind alle zu stolz, um aufzugeben.«

Ich machte eine kurze Pause, in der ich über meine eigenen Worte nachdachte. Bald schon durchbrach ich die Stille wieder und fuhr leise fort: »Sie würden mir also viel Leid ersparen. Sie haben bestimmt Ihre Gründe dafür. Jeder in diesem gottverdammten Krieg hat doch seine Gründe, um zu morden! Doch ich bitte Sie, nehmen Sie den Jungen mit sich und bringen Sie ihn an einen besseren Ort. Ich flehe Sie an, beschützen Sie ihn, sodass er nie wieder ein solches Leid erleben muss!«

Ich hatte alles gesagt, was zu sagen war. Meine Kehle brannte wie Feuer und ich merkte, wie meine Kräfte langsam nachließen.

Doch dann zog der Mann seine Waffe zurück.

Mit meiner Hand hielt ich meine Kehle und atmete auf, während ich zu Boden sank und keuchte.

Bahati schlang seine kleinen Arme um meinen Hals und schluchzte immer noch, während er sein Gesicht in meine Schulter vergrub.

Der Mann ließ sein Messer auf den Boden fallen, setzte sich auf einen Stein neben uns und massierte unruhig seine Schläfen.

»Du Feigling, du elendes Weichei!«, murmelte er vor sich hin und presste die Hände gegen sein Gesicht.

Zitternd beobachtete ich ihn eine Weile. Meine Müdigkeit war verflogen, stattdessen pumpte Blut pochend durch meine Adern, während ich schützend den Jungen in den Armen hielt und gleichzeitig den Mann mit meinen Blicken fixierte. Dann fiel mein Blick auf das Messer, das sich wenige Meter vor mir befand. Vorsichtig setzte ich den Jungen ab und krabbelte dann auf allen vieren über den Boden, um es aufzuheben.

Sofort schrie mich der Mann panisch an: »Gib mir das Messer!«

Das erinnerte mich an die Befehle von Matthew: Wenn er wütend auf mich gewesen war, dann hatte er auch genau so geschrien, wütend, zugleich besorgt; vor allem nach seiner Dienstzeit beim Militär hatte sich sein Tonfall verschärft.

Ängstlich gab ich dem Mann das Messer, der mich daraufhin verdutzt ansah.

»Hast du nicht gelernt, dass man seinem Feind nie eine Waffe in die Hände drückt?«, fragte er plötzlich lachend.

Ich musste ebenfalls über meinen fatalen Fehler schmunzeln und erwiderte ernst: »Ich habe nie erwartet, je einem Menschen zu begegnen, der mich umbringen will!« Meine Stimme klang bitter, als ich fortfuhr: »Doch der Krieg verändert uns.«

Er senkte seinen Blick und starrte beschämt auf seine Füße.

Hinter den Bergen konnte man die Sonne erkennen, deren letzte Strahlen uns erhellten. An dem immer dunkler werdenden Himmel traten die Sterne hervor und überzogen die Nacht mit ihrem hellen Schein. Wir sprachen kein Wort miteinander, ich sah dem Mann nur still zu, wie er aus dem wenigen Holz, das er auf dem Boden fand, ein Feuer entfachte. Dann setzte er sich zu mir und betrachtete die flackernden Flammen, die im Wind tanzten.

»Wieso wollten Sie mich umbringen?«, fragte ich nach einer Weile des Schweigens.

Er sah hoch, wirkte ein wenig verblüfft und dennoch ernst. Ohne ein Wort zu sagen, stand er auf und trat zu seinem Pferd, das neben meinem Mustang auf dem Boden lag, kramte aus der Satteltasche ein Stück Papier heraus, das er mir in die Hände drückte.

»Ich bin kein Kopfgeldjäger und auch eigentlich … auch kein Mörder. Aber ich brauche das Geld, das Leben als Trapper ist riskant. Gerade jetzt, wenn der Winter einbricht, muss ich um jedes Stück Fleisch kämpfen.«

Ich sah das Papier mit großen Augen an, während er sprach und sich seine Worte in meinen Kopf bohrten. Auf dem Papier war eine Zeichnung von dem Gesicht eines

Mädchens zu sehen, das mir ähnlich sah. »Gesucht« lautete die Überschrift, und unter dem Bild waren Zahlen aufgeschrieben. Zuerst begriff ich gar nicht, was das war. Ich dachte tatsächlich, es wäre ein Mädchen verschwunden, das mir sehr ähnlich sah, oder, um es besser auszudrücken, ich wollte es denken. Doch plötzlich wurde mir klar, dass Connrad ein hohes Kopfgeld auf mich ausgesetzt hatte. Er verlangte mich – tot oder lebend! Über meinem Bild stand mit dicker Schrift das Wort »Gewalttätige«. Das Papier zitterte in meinen Händen und mir wurde trotz des Feuers ganz kalt. Plötzlich kam mir der Abend des Balles in den Sinn, auf den mich Bryan mitgenommen hatte, die Stimme Connrads und meine Hand in seinem Gesicht. Das war sein Nachspiel, seine Rache! Ich zitterte bei dem Gedanken am ganzen Leib.

»Du siehst mir nicht gerade wie eine Gewalttätige aus. Ich werde dir und dem Jungen nichts tun, das verspreche ich dir!«, sagte der Mann neben mir, während er seine Hand auf meine Schulter legte und verlegen grinste.

Völlig verwirrt kratzte ich mich am Kopf. Es war alles zu viel für mich. Mein Atem war ein unregelmäßiges Keuchen, das die Stille der Nacht durchbrach.

»Keine Angst, du kannst mir vertrauen! Mein Name ist Jack – in Ordnung?«

Jetzt sah ich ihn intensiv an. Ich kannte diesen Jack nicht, ich wusste nicht einmal, ob er wirklich so hieß. Das Einzige, was ich wusste, war, dass er mich vor Kurzem noch hatte umbringen wollen, nun anscheinend allerdings zu meinem Beschützer geworden war. Das gab mir Mut. So viel Mut, dass ich zu erzählen begann. Ich erzählte ihm alles, was mir einfiel – von meiner Kindheit, von Mutter und Matthew, ich erzählte ihm von meiner Entführung bis hin zu Bryan und meiner weiten Reise durch Amerika, sogar den Jungen und seine Heimat im Wald ließ ich nicht aus. Noch nie hatte ich jemandem so viel anvertraut. All die Zeit hatte ich meinen Schmerz in mir vergraben, hatte ich geschwiegen, und nun, als ich sah, dass Jack mir zuhörte und immer wieder ernst nickte, fühlte ich mich befreit. Stundenlang saßen Jack und ich am Feuer, und er hörte mir zu, ohne mich auch nur einmal zu unterbrechen.

Dann verstummte ich plötzlich, denn es gab nichts mehr, was ich noch hinzufügen konnte, alles war gesagt.

Jacks Gesichtszüge wurden weicher, seine harte Schale schien zu zersplittern, und ich glaubte, tiefe Gefühle in seinen Augen zu sehen.

»Du bist in großen Schwierigkeiten, Catherine Lanchaster. Der kleine Junge ist gefährlich!« Jack seufzte.

Ich sah ihn kopfschüttelnd an, wollte seine Worte nicht wahrhaben.

»Nein, die Weißen sind gefährlich, der Junge trägt keine Schuld an dem Hass der Konföderation den Schwarzen gegenüber!«, fauchte ich ihn an.

Jack nickte nachdenklich, dann sah er auf, nickte und sagte: »Ich sehe, dass du dich nicht zu verteidigen weißt. Doch nun hast du einen Freund gewonnen, der es weiß!«, fügte er mit einem breiten Grinsen hinzu.

Heute denke ich, wie leichtsinnig ich gewesen bin: Jack hätte mich und Bahati eines Nachts umbringen können. Aber was hatte ich denn für eine Wahl? Ich war ein fünfzehnjähriges Mädchen, das den Krieg gesehen hatte und mit allen Mitteln versuchte, ihm zu entfliehen. Einem Krieg, bei dem es im Kern um die Frage ging: Sollen die Schwarzen versklavt werden dürfen? Was soll ich sagen? Ich versteckte einen Sklavenjungen und wurde selbst von Connrad und seinen Truppen gesucht. Ich hatte keine Waffe und kannte mich nicht in diesem riesigen Land aus. Da erschien es mir sinnvoll, bei Jack zu bleiben.

Wir legten uns neben dem Feuer nieder, Jack wollte noch ein paar Stunden Wache halten, doch bald hörte ich ihn auch neben mir dösen. Ich konnte nicht schlafen, nicht nach all dem, was ich gesehen hatte, nicht mit dieser Angst in mir. Trotz meiner Müdigkeit blieb ich lange wach, drehte mich von einer Seite zur anderen, und erst nach Stunden gelang es mir endlich, Schlaf zu finden.

»Steh auf, komm schon, wir müssen los!«, zischte eine Stimme dicht an meinem Ohr.

Jemand stupste mich sachte in die Seite, und als ich verschlafen die Augen öffnete, erkannte ich das Gesicht von Jack über mir.

»Komm, wir müssen los, bevor die Sonne aufgeht!«, sagte er hektisch und zeigte auf den schlafenden Jungen, der sich neben mir zusammengerollt hatte und an seinem Daumen nuckelte.

Benommen hob ich meinen schweren Kopf, jeder Muskel in meinem Körper schien zu schmerzen, jede Bewegung war eine Qual. Mühsam richtete ich mich auf und blieb dann einen Moment stehen, um das Schwindelgefühl aus meinem Kopf zu vertreiben und das Gleichgewicht zu finden.

Jack hatte wohl ein waches Auge, denn er griff mir sofort unter die Arme und stützte mich, sodass ich bald wieder Fuß fassen konnte.

Als Nächstes wollte ich Bahati wecken, doch Jack hielt mich zurück.

»Nein, lass ihn schlafen, er hat sonst nur Hunger!«, sagte er leise, hob den Jungen ganz sachte hoch und betrachtete ihn lächelnd, bevor er ihn auf den Mustang band. Als er sich vergewissert hatte, dass Bahati sicher am Sattel befestigt war, half er mir auf das Pferd und machte sich dann selbst bereit. Er sah mich einen Moment lang fragend an, bevor er mir zunickte und dann zusammen mit mir losritt.

Jack ritt sehr schnell und gut, manchmal hatte ich sogar das Gefühl, dass er besser reiten konnte als jeder andere Mensch auf der Welt. Er sah so glücklich aus auf seinem Pferd und strahlte mich immer von der Seite her an, um zu sehen, ob es mir gut ginge.

Ich wusste nicht, ob ich glücklich war oder nicht, ich konnte nicht sagen, wie ich mich fühlte. Das Pferd, der Wind, das Gefühl, mich immer weiter von diesem schrecklichen Wald zu entfernen und nie mehr dorthin zurückzukehren, all das war wunderbar, und dennoch wurde dieses Gefühl getrübt, denn solange ich nicht wusste, wie es den Menschen ging, die ich liebte, fehlte einfach ein Teil von mir. Von Matthews Tod ganz zu schweigen.

Jack versuchte, mich mit allen Mitteln fröhlicher zu stimmen. Jeden Tag weckte er mich zärtlich bei Sonnenaufgang, dann ritten wir bis in den Abend hinein. Und auch wenn er todmüde war, machte er sich jeden Abend die Mühe, ein Tier zu jagen, um es über dem Feuer für uns zu braten. So hatten wir täglich eine warme Mahlzeit, was Bahati und mir nach unserer langen entbehrungsreichen Zeit wie ein richtiger Luxus vorkam. Aufgrund dessen nahm der Junge auch in den folgenden Wochen unserer Reise zu, sein Blähbauch ging ein wenig zurück und er weinte nur noch selten, was Jack und mich sehr erleichterte. Abends vor dem Feuer, nachdem wir alle gemeinsam gegessen hatten, nahm Jack Bahati auf die Knie und erzählte ihm Geschichten über tapfere Krieger mit dunkler Hautfarbe. Natürlich wusste ich, dass er diese Geschichten erfunden hatte, da niemand sich wohl die Mühe gemacht hatte, eine Geschichte über einen Schwarzen aufzuschreiben, doch auch ich hörte den spannenden Erzählungen von Jack gerne zu. Wenn er von etwas erzählte, hatte er ein Funkeln in seinen Augen, das jede Geschichte zum Leben erwecken konnte.

Bahati war mit Jack glücklich, das sah ich in seinen Augen und an seinem Lachen, das er uns mehr und mehr schenkte. Und Jack sorgte für ihn, zeigte ihm, wie man Fährten las, ein Feuer entfachte und nahm ihn manchmal sogar mit auf die Jagd. Dabei sprach er immer sehr viel mit ihm, sodass Bahati schon bald unsere Sprache verstehen konnte. Es war erstaunlich, wie klug dieser Junge war! Er lernte so schnell und gerne, dass es eine Freude war, ihm dabei zuzusehen. Jack brachte ihm vieles bei und war wie ein Vater für den Jungen.

Und so spürte auch ich, dass ich Jack vertrauen konnte. Er sah Bahati mit anderen Augen an als es alle andern tun würden, er sah ihn mit den Augen an, mit denen er auch mich ansah, ich glaube, er sah jeweils den Menschen, nicht die Hautfarbe. Es erfüllte mich mit Dankbarkeit, endlich einen Verbündeten für uns gefunden zu haben.

Es war bereits dunkel, so dunkel, dass man selbst die Büsche und Bäume um uns herum nicht mehr erkennen konnte. Unzählige Sterne leuchteten am Himmelszelt, während der Mond nur als feine Sichel zu sehen war. Ich saß auf dem Boden vor dem Feuer, das Jack vor einiger Zeit entfacht hatte, und betrachtete gedankenverloren die flackernden Flammenspitzen, die sich ständig zu übertrumpfen versuchten. Auf dem Boden lagen die Überreste eines Kaninchens, das Jack mit einem gezielten Messerhieb erlegt hatte. Der Geruch von Feuer und gebratenem Fleisch kribbelte in meiner Nase und ließ alte Erinnerungen hochkommen, die ich jedoch schnell wieder verdrängte. Ich wollte nicht mehr an früher denken.

Jack war gerade dabei, Bahati eine seiner Heldengeschichten zu erzählen und schilderte ausgiebig jedes Detail, das ihm in den Sinn kam. Ich hörte ihm gar nicht richtig zu, es war, als rauschten die Worte nur an mir vorbei, ohne je meine Sinne zu erreichen.

»Der tapfere Krieger stand nun nur noch wenige Meter vor dem mächtigen Wolf, dessen Fell in der Mittagssonne aufleuchtete und …«, seine Stimme wurde ganz leise, »da sah er plötzlich …«

»Wieso hast du uns verschont?«, platzte ich heraus.

Jack sah mich verdutzt an, seine Augen weiteten sich, seine Stirn warf fragende Falten. Auch Bahati hatte aufgesehen und musterte mich verwirrt. Meine Blicke jedoch galten nur Jack, ich sah ihm in die Augen und suchte nach irgendwelchen Antworten, die ich jedoch nicht fand.

»Ich erzähle Bahati gerade eine Geschichte. Kann das nicht warten, Catherine?«

Noch immer sah ich ihn ernst an, dann wurden meine Gesichtszüge weicher und ich sagte mit zitternder Stimme: »Nein. Bitte sag mir, weshalb du uns verschont hast!«

Er seufzte, setzte den Jungen auf den Boden neben sich und gab ihm einen Kuss auf den Hinterkopf. Dann sah er eine Weile auf seine Füße, die nervös zuckten, während er immer wieder den Kopf schüttelte. Schließlich holte er tief Luft und begann zu erzählen.

»Meine Frau hatte mich immer vor diesem Moment gewarnt, dennoch sitze ich nun hier an diesem Feuer und erlebe ihn.« Er lachte auf. »Das Schicksal ist manchmal schon merkwürdig. Ich kann mich sogar noch an ihre Worte erinnern. ›Sieh nicht mehr zurück, mein Schatz!‹, hatte sie mir ganz leise ins Ohr geflüstert; ich hatte es beinahe nicht verstanden, so leise sprach sie. Doch ich wusste, sie wollte mich immer schon beschützen oder – besser gesagt – vor der Trauer bewahren. Wir wohnten in der Nähe von Ohio, hatten ein Haus mit einem Vorgarten und besaßen selbst eine Fabrik, dic wir mit Arbeitern unterhielten. Sandra hatte sehr gute Beziehungen zu den Frauen der Arbeiter und lud sie immer zu uns nach Hause ein. Manchmal ging sie selbst in die armen Arbeiterviertel und sorgte dort dafür, dass es den Menschen den Umständen entsprechend gut ging, sie war ein großherziger Mensch, der den anderen nur helfen wollte. Sie wolle die Welt verändern, hatte sie immer gesagt, denn die Situation der Arbeitenden machte ihr zu schaffen. – Eines Tages fühlte sie sich plötzlich ganz schlecht und musste sich dauernd übergeben. Sie legte sich einige Tage hin, geplagt von Übelkeit und Durchfall. Kurz darauf erfuhren wir, dass die Cholera ausgebrochen war. Natürlich war ich völlig hilflos. Ich wusste nicht, wie ich ihr helfen konnte, und rief schließlich den Arzt, der jedoch nichts mehr für sie tun konnte. Drei Tage darauf starb sie, nachdem sie mir diese Worte ins Ohr geflüstert hatte.«

Während ich ihm fassungslos zuhörte, konnte ich deutlich sehen, wie ihm Tränen über die Wangen liefen. Dann blickte er auf und betrachtete mich eingehend.

»Sie war wie du, Cathie, weißt du? Auch sie wollte die Menschen verändern, sie wollte nicht die Augen vor dem Leiden der Welt verschließen, nein, sie rief die anderen auf, sie gemeinsam mit ihr zu öffnen. Ich habe sie unendlich geliebt. Auch sie hatte solche Haare und solche braunen Augen wie du. Als sie starb, gab es keinen Grund mehr für mich, dort zu leben, wo ich mit ihr gelebt hatte. Alles schien so leer ohne sie. Das Haus, welches früher von ihrer Stimme ausgefüllt wurde, war plötzlich still geworden. Also beschloss ich, alles aufzugeben und allein zu leben. Und die beste, die aufregendste Weise dies zu tun, war als Trapper.« Er schmunzelte leicht. »Als ich dich zum ersten Mal sah, zusammen mit dem Jungen, da sah ich in die Augen meiner Frau.«

Ich war fassungslos, nie hätte ich gedacht, dass dieser Mann ein solches Schicksal hatte erleben müssen.

»Es tut mir leid. Ich wusste das nicht!«, brachte ich stockend und beschämt hervor.

Nun rutschte Jack zu mir und legte seinen Arm um meine Schultern, während er gleichzeitig Bahati zu sich rief, auf seinen Schoß setzte und anfing, ihn zu kitzeln.

Sofort fing Bahati lauthals an zu lachen, und er lachte so befreit und unbefangen, wie es nur ein Kind kann. Irgendwann war er dann so müde, dass er in Jacks Armen einschlief und leise döste, während wir noch lange dasaßen und nachdenklich lächelnd das Feuer betrachteten.

Wir waren so etwas wie eine kleine Familie. Jack war wie ein Vater für Bahati, und ja, ich war Bahatis Mutter, wenn man so wollte. Mir wurde Tag für Tag, wenn ich Jack und den Jungen gemeinsam sah, klarer, dass der Junge einen Vater brauchte, doch auch wenn Jack sein Vorbild war und ich ihn sehr gerne mochte, schlug mein Herz für Bryan.

Inzwischen in Meridian

Ein großes Feuer thronte in der Mitte des Vorplatzes und erhellte mit seinen Flammen den ganzen Platz. Im Umkreis von hundert Metern säumten Dutzende Zelte und kleinere Soldatenhäuser den Platz der Konföderierten. Etwa hundert Meter weiter südlich konnte man den Zaun des Gefangenenlagers erkennen, das, von jeglicher Zivilisation abgeschieden, im Dunkeln lag. Die kleinen Zelte, die auf dem Vorplatz standen und den Nachtwachen dienten, waren in der Dunkelheit nicht mehr als schwarze Flecken. Die Soldaten, die für die Wache eingeteilt waren, saßen vor den Zelten auf dem Boden und schwatzten, lachten laut und kümmerten sich nicht um ihren eigentlichen Auftrag. Die Yankees, so wie uns die Konföderierten nannten, seien nur schwache Wichtigtuer, die nicht den Mut hätten auszubrechen!, so erzählten es sich die Soldaten der Konföderierten gegenseitig, als sie auf den Türmen saßen und in die ferne Dunkelheit starrten.

Vor allem die beiden Männer des äußersten rechten Wachturms waren an diesem Abend in ausgezeichneter Stimmung. Sie hatten getrunken, viel zu viel getrunken, und nun lallten sie ihre Fantasien in die nächtliche Abendluft.

Die Blicke des einen Soldaten schweiften zum Feuer. Was er sah, ließ ihn lachen, und er jubelte seinen Kameraden zu, die jemanden zu verprügeln und herumzuschubsen schienen. Etwa fünf Soldaten hatten sich in dieser Nacht in eines der Häuser geschlichen, um Bryan heimzusuchen. Sie waren alle zu betrunken, um das Geschehen richtig realisieren zu können. Dann, als sie Bryan gefunden hatten, schleppten sie ihn nach draußen zum Feuer, um mit ihm zu »spielen«, das hieß, sie schubsten ihn im Kreis herum, lachten und tobten.

Bryan konnte sich kaum auf den Beinen halten, er war blau geschlagen, kippte immer wieder um und blieb schließlich ganz am Boden liegen. Die Männer waren bereits zu verroht, um ihr Spielzeug in Ruhe lassen zu können, deshalb zwangen sie Bryan immer wieder aufs Neue auf die Beine, um anschließend ihr Spiel mit ihm zu treiben.

Um sich herum konnte er das dreckige Gelächter betrunkener Männer hören, er konnte ihre dummen Gesichter sehen, die ihn umzingelten, und den widerlichen Geruch von Alkohol in ihrem Atem wahrnehmen. Doch unter all diesen Gesichtern, all diesem Lärm und diesem

Gestank, da konnte er ein Gesicht vor sich sehen. Er roch den Duft von Blumen und spürte ihren letzten Kuss auf seinen Lippen. Das gab ihm Mut.

Kapitel 15

In den Weiten von Wyoming

Es war noch mitten in der Nacht, die Sterne glitzerten am Himmel, der Mond warf sein fahles Licht auf uns herab und das Pfeifen des Windes verfolgte uns bis in unsere Träume.

Plötzlich hörte ich zischende Wortfetzen. Jemand schien mich grob von der Seite her anzustupsen, immer stärker und immer hektischer. Als ich erschrocken die Augen aufriss, erkannte ich Jack, der unsere Pferde sattelte und den schlafenden Jungen auf den Mustang band. Blitzartig hob ich den Kopf, rieb mir müde den Schlaf aus den Augen und sah mich um. Das Feuer war erloschen, nur noch die dunkle Asche war zu sehen, unsere Vorräte waren bereits in den Satteltaschen verstaut, weit und breit war nichts als Dunkelheit zu sehen.

»Was ist denn los Jack?«, fragte ich verwirrt.

Noch nie waren wir so früh losgeritten, wir achteten immer darauf, auch genügend zu schlafen, um für den Tag ausreichend Kräfte zu sammeln. Doch Jack hörte mir gar nicht zu. Unruhig stopfte er die letzten Dinge in die Satteltaschen und blickte immer wieder in die ferne Dunkelheit, wo ihm offensichtlich etwas zu schaffen machte.

›Was zum Teufel hatte er da gesehen? Connrad und seine Männer?‹ Mir lief ein kalter Schauer über den Rücken, ich begann heftig zu zittern.

»Jack! Sag mir, was los ist!«, schrie ich ihn schließlich an.

Jetzt wandte er blitzartig den Kopf herum, meine lauten Worte hatten ihn wohl auf den Boden zurückgeholt. Er lief zu mir, nahm mich in die Arme und flüsterte:

»Ich hab kein gutes Gefühl, Cathie, wir müssen gehen, sofort!«

Panisch riss ich die Augen auf, während Jack nun zur Feuerstelle lief, wo er mit den Füßen die Asche verteilte, um unsere Spuren zu verwischen. Dann half er mir aufs Pferd, bevor er selbst mit Schwung auf das seine stieg und wir zusammen losritten. Es war so dunkel, dass ich meine eigene Hand nicht vor den Augen sehen konnte.

Schnell und ohne Pause ritten wir im Schutz der Dunkelheit. Die Angst, die meinen Körper verkrampfte, wurde bei jedem Meter, den wir hinter uns ließen, ein wenig geringer. Doch gleichzeitig stieg die Angst, etwas auf dem Boden zu übersehen und mit dem Kind zu stürzen. Jack dagegen schien keine Angst zu haben: Er ritt schnell wie der Blitz über den Boden und wirbelte dabei eine dicke Staubwolke auf. Immer wieder sah er zu Bahati und mir, um sich zu vergewissern, dass wir noch heil waren, dann lächelte er und sah wieder konzentriert nach vorn.

Das ferne Heulen eines Wolfes, der klare Sternenhimmel über uns und der Wind, der mir das Gefühl gab zu schweben – all das machte, dass ich mich bei diesem Ritt trotz der Angst wunderbar lebendig fühlte.

Wir ritten so lange, bis die Sonne schon hoch am Himmel stand. Einzelne Sonnenstrahlen bahnten sich ihren Weg durch die dicken Wolken und wärmten uns an diesem kalten Tag angenehm auf. Wir waren müde, so müde, dass wir beschlossen, neben den Pferden herzulaufen. Unsere Beine waren so schwach, dass es unmöglich gewesen wäre, unsere Pferde zum Laufen anzuspornen, außerdem fürchteten wir uns davor, während des Reitens einzuschlafen und mit dem Jungen auf dem harten Boden aufzuschlagen.

Jack hielt Bahati im Arm, während er sein Pferd neben sich herzog und konzentriert nach vorn starrte, als fixiere er irgendetwas.

Meine einzige Sorge in diesem Moment war, dass meine Beine mich irgendwann nicht mehr tragen könnten. Mühsam stolperte ich hinter Jack und Bahati her.

Das ferne Rufen eines Krähenschwarms ließ mich aufsehen. Wohl Dutzende von ihnen hatten sich hoch über uns versammelt, und fast schien es, als wollten sie uns mit ihrem lauten Rufen etwas mitteilen.

Jack starrte immer noch angestrengt nach vorn.

Nun folgte auch ich seinem Blick, und tatsächlich konnte ich einige Punkte in der Ferne erkennen, die immer näher zu kommen schienen. Zuerst dachte ich, es wären Krähen, die sich auf dem Boden niedergelassen hatten, um nach Nahrung zu suchen. Doch bei genauerem Hinsehen erkannte ich die Form der Punkte, die keineswegs einer Krähe ähnlich sahen. Mit fragenden Blicken steuerten wir auf die Punkte zu, die immer deutlicher zu erkennen waren. Aus den Punkten wurden Striche und aus den Strichen wurden wiederum Menschen. Ein Dutzend Menschen, die auf uns zuliefen.

»Wer ist das?«, fragte ich mit bebender Stimme.

Jack sah immer noch nach vorn, während er das Tuch, mit dem Bahati eingewickelt war, über dessen Kopf zog und ihn so versteckte.

»Das sind Heimatlose, sie flüchten vor dem Krieg, sie sind auf der Suche nach einem neuen Leben.« Er stockte. »Sieh sie nicht an, lauf einfach weiter!«, zischte er dann.

Ich nickte verunsichert, bevor ich den Kopf senkte und weiterlief.

Bald schon nahm ich aus meinen Augenwinkeln die Menschen wahr, die schweigend an uns vorbeiliefen, als würden wir nicht existieren. Es sah so aus, als wäre es eine Familie. Voran lief ein schlaksiger Mann, sein Gesicht war schmutzig, die Kleidung hing in Fetzen an seinem Körper. Er hielt einen kleinen Koffer in den Händen und humpelte ein wenig. Hinter ihm konnte ich aus dem Augenwinkel eine Frau mit einem Schal erkennen, hinter dem sie ihr Gesicht verbarg. An den Händen hielt sie zwei kleine Kinder, deren Augen ganz müde und ausgelaugt aussahen.

Ich wollte zu Boden sehen und die Menschen ignorieren, doch ich konnte es nicht. Verstohlen blickte ich auf. Nun konnte ich einige weitere Kinder hinter der Frau erkennen, keines älter als ich. Sie sahen uns nicht an, sondern starrten nur mit leeren Augen in die Ferne. Die Menschen gingen wie verlorene Seelen, die ins Totenreich spazierten, an uns vorbei – dieses Bild verfolgt mich bis heute noch.

Jack blickte stur nach vorne, vorbei an diesem Elend, und ging schnellen Schrittes weiter. Nachdem diese trostlosen Menschen uns passiert hatten und ihre Umrisse nun hinter uns wieder zu Punkten wurden, blieben wir auf einer Anhöhe stehen.

»Wir sollten hier weg, Jack, diese Menschen sahen den Krieg. Nicht lange, und die Konföderierten werden kommen!«, platzte ich nervös heraus.

Jack sah mich von der Seite her an, sein Lächeln, das er sonst immer auf den Lippen trug, war verschwunden. Gequält musterte er mich und zeigte dann nach vorn.

»Nein, das müssen wir nicht. Es gab keinen Krieg im Norden, davon hätte ich gewusst.«

Ich sah ihn kopfschüttelnd an. »Wieso flüchten sie dann?«

Jack seufzte, der Anblick schien ihn genauso wie mich zu verletzen.

»Sie fürchten den Krieg so sehr, dass sie es nicht mehr aushalten, auf ihn zu warten! Sie können nicht an Ort und Stelle bleiben, weil sie befürchten, von ihm eingeholt zu werden. Sie haben Angst – und anstatt zu verzweifeln, ziehen sie umher, bleiben in Bewegung, verstehst du?« Er sah mich eindringlich an. »Das ist manchmal die beste Lösung, um nicht daran zu denken. Es hilft.« Seine Stimme klang düster und schwer. Jack sah mich betrübt an; er nahm wohl meine Trauer wahr, denn nun sagte er entschlossen: »Wir reiten weiter nach Nordwesten und versuchen dort unser Glück. Die Menschen kamen von Norden, wir umgehen die Stadt, von der sie kamen. Es ist besser, unauffällig zu bleiben, und dies geht am besten im Nirgendwo dieser Wildnis.« Er grinste breit.

Ich denke, Jack hatte mich und den Jungen ursprünglich in diesem Dorf verstecken wollen, denn bislang war es das am sichersten gelegene Dorf, doch anscheinend schien ihn die Tatsache, dass diese Menschen von dort geflüchtet waren, zu stören. Es machte ihn skeptisch. Wir waren in den letzten Wochen an so vielen Siedlungen vorbeigekommen, doch kein Ort schien Jack zufriedenzustellen, jedes Mal entdeckte er irgendetwas, das ihn verunsicherte und veranlasste weiterzureiten. Doch ich sagte nichts, denn ich wusste, dass Jack es nur gut meinte und für uns eine sichere Bleibe suchte. Er kannte die Wildnis und deren Gefahren besser als jeder andere, und ich vertraute ihm.

Zwei weitere Tage verstrichen, bis Jack endlich ein weiteres Dorf sichtete, das er für uns vorgesehen hatte. Es war weniger ein Dorf als vielmehr ein Lagerplatz mit Strauchhütten, die mit Tierfellen überdeckt waren und einen großen Platz in einem Halbkreis umgaben. In deren Mitte befand sich eine mächtige Feuerstelle, von der eine dünne Rauchfahne den Himmel emporstieg.

Jack sah mit einem breiten Grinsen im Gesicht nach vorn, seine Augen funkelten wie geschliffene Diamanten, als er die Rauchfahne sah. Es schien, als wäre er von einer großen Last befreit, als er sich nun umdrehte.

»Wir sind da!«

Ich seufzte vor Erleichterung. Endlich! Nach Wochen in der Wildnis waren wir angekommen, endlich konnten wir ruhen! Mein Herz machte einen Sprung, lächelnd folgte ich Jack, der schnell auf die Rauchfahne zuritt. Die Umrisse des Lagerplatzes wurden immer deutlicher, die Hütten schienen mit jedem Schritt größer zu werden und der Platz mit jedem Schritt mächtiger.

Dort hielten wir an. Der Staub, den die Pferde aufgewirbelt hatten, schränkte für einen Moment die Sicht ein, sodass alle Hütten verschwanden, dann, als er sich wieder auf den Boden senkte, konnten wir Dutzende halb nackter Männer erkennen, die ihre Bögen spannten und Pfeile auf uns richteten. Die Männer sahen uns mit finsteren Augen an, ihre Lippen waren zu einer dünnen Linie zusammengepresst. Sie sprachen ein paar unverständliche Worte miteinander und schrien sich Befehle zu, die ich nicht verstand.

Jack sah sich um, er grinste verlegen und versuchte sein Pferd zu beruhigen, das angstvoll wieherte und sich aufstellte.

Als ich mein Pferd panisch um die eigene Achse drehte, um nach einem Fluchtweg zu suchen, erkannte ich, dass diese Männer uns umzingelt hatten.

Dann erklang ein deutlicher Befehl, lauter als die anderen, und mächtiger. Die Männer hielten noch immer ihre Waffen auf uns gerichtet, ihre Hände zitterten vor Anstrengung, doch langsam schienen sich ihre Finger zu entspannen.

Ich kniff die Augen zusammen, dann hörte ich ein zischendes Geräusch und kurz darauf einen tiefen Schrei. Ich kannte die Stimme, ich war mir ganz sicher.

Es war die Stimme von Jack!

Kapitel 16

Bear River, Idaho

Immer noch kniff ich die Augen zusammen. Ich wusste, dass Jack aufgeschrien hatte, doch ich wollte das, was mich umgab, nicht sehen. Ich wollte niemanden mehr sterben sehen, der mir am Herzen lag! Nicht wie bei Matthew! Ich konnte diesen Schmerz nicht ertragen. Die Zeit schien für einen Moment stehen zu bleiben, ich hörte Geräusche, doch die Stimmen klangen fern und unwirklich. Schließlich öffnete ich langsam die Augen.

Nichts hatte sich verändert. Die merkwürdigen Männer umzingelten uns noch immer und hielten ihre Waffen auf uns gerichtet. Ich sah zu Jack.

Er hatte seine Augen fest zusammengekniffen und die Schultern angezogen, es sah aus, als wäre er in dieser albernen Position erstarrt, er wagte es nicht einmal, sich zu bewegen. Ein Pfeil hatte seinen Cowboyhut durchdrungen, der nun zusammen mit dem Hut in dem Baumstamm hinter Jack steckte.

»Dass du dich hierher traust! Junge, Junge, da werden die Götter wild!«, erklang jetzt eine monotone Stimme.

Sofort rückten die bewaffneten Männer einen Schritt zur Seite und bildeten einen Durchgang für den Mann mit der tiefen Stimme, der immer näher kam. Nun stand er direkt neben mir, streichelte mein Pferd und beruhigte es, ganz sachte, als wäre er selbst der Reiter.

Jack starrte den Mann mit offenem Mund an. Er schien verwirrt, brabbelte ein paar unverständliche Worte, dann murmelte er vor sich hin: »Oh nein, sie haben es nicht vergessen!«

Was hatte das alles zu bedeuten?

»Jack, sag mir sofort, was hier vorgeht!«, zischte ich.

Beim Anblick der Pfeile, die nach wie vor auf uns gerichtet waren, wurde mir ganz bang. Schweißgebadet saß ich auf dem Pferd, mir war heiß und zugleich kalt vor Angst.

Der fremde Mann, der gerade noch mein Pferd gestreichelt hatte, musterte mich skeptisch. Er trug einen mächtigen Hut, dessen Federschmuck ihm bis auf den Rücken reichte. Trotz der Kälte war er nur spärlich bekleidet, sein Oberkörper war frei, einzig eine lange Kette bedeckte seine Brust, während seine Beine mit einem beigefarbenen Tuch bedeckt waren, das seine Waden wie eine Hose umschlang. Er hatte braune Augen und eine große Nase, die zu einem farblosen Mund führte, die braune Haut glänzte in der Mittagssonne. Sein Gesicht war zu einer ernsten Miene zusammengezogen, als er nun mit verschränkten Armen zu Jack trat, der ihn mit einem verschämten Lächeln ansah.

»Du!«, der Häuptling zeigte mit dem Finger auf Jack. »Du schuldest mir noch etwas! Denk ja nicht, ich hätte es vergessen!« Dann schrie er einige Worte, Worte, die so fremd waren, dass ich mir überlegte, ob sie überhaupt einer Sprache angehörten.

Jack sah ihn verlegen an, Schweißperlen traten auf seine Stirn, er wirkte ganz klein und hilflos neben diesem Mann – der ihn nun packte, kurz zu sich nach unten zog und anfing zu lachen.

Ja, er lachte!

Er lachte laut und mit einer so tiefen Stimme, dass es mich an das Brüllen eines Löwen erinnerte.

Nun fiel auch Jack in das Lachen ein, so befreit, als wäre das, was in den letzten Minuten geschehen war, nie passiert.

Ich war verwirrt, sah die beiden ungläubig an. Mein Kopf dröhnte vor Anspannung und Verwirrung, als Jack nun den Häuptling umarmte wie einen alten Vertrauten, den er seit Ewigkeiten nicht mehr gesehen hatte.

»Mein alter Freund!«, brummte der Häuptling, während seine kräftigen Hände gegen Jacks Rücken schlugen. »Schön, dich zu sehen!« Jetzt drehte er sich zu den anderen und schrie ihnen ein paar Befehle zu, woraufhin diese augenblicklich ihre Waffen senkten und wieder an ihre Arbeit gingen.

»Was verschafft mir das Vergnügen?«, fragte er dann an Jack gewandt.

Jack sah ihn mit einem Grinsen an, bevor er seine Blicke auf mich richtete.

»Ich bin hier, um dich um einen Gefallen zu bitten, Hiamovi!«

Hiamovis Augen weiteten sich erstaunt.

»Einen Gefallen?«, lachte er. »Selbst wenn wir uns schon Ewigkeiten kennen, habe ich nicht vergessen, dass du mir noch eine Menge schuldest, Jack!« Er machte eine kurze Pause und fügte ernst hinzu: »Sei nicht albern!«

Doch Jack schien Hiamovi gar nicht wahrzunehmen und mit seinen Gedanken weit fort von diesem Geschehen zu sein. Er sah in meine Augen, aber seine Blicke schienen durch mich hindurchzugleiten, als stünde ich gar nicht da. Dann fasste er sich plötzlich wieder, schüttelte seinen Kopf und legte seinen Mund an das Ohr des Häuptlings, der bei seinen Worten ernst nickte.

Ich weiß bis heute nicht, was Jack dem Häuptling damals ins Ohr geflüstert hatte, denn jedes Mal, wenn ich Jack danach gefragt hatte, hatte er nur den Kopf geschüttelt und gesagt: »Das ist etwas für Männer, Catherine, nichts, worüber du dir Sorgen machen müsstest!« Ich wusste, dass er dies nicht böse gemeint hatte und mich nur zu beschützen versuchte, doch diese Worte, *nur etwas für Männer*, erzürnten mich. Es erinnerte mich immer an Männer, die Frauen grundsätzlich als minderwertig ansahen.

Hiamovi trat nun mit bedenklicher Miene zurück und kratzte sich eine Weile den kahlen Kopf, bevor er ein paar Befehle schrie, die augenblicklich von herbeieilenden Männern und Frauen ausgeführt wurden. Sie halfen mir und Bahati vom Pferd, führten uns in eine ihrer Hütten und versorgten uns mit frischer Kleidung. Anschließend kümmerten sie sich um die Pferde.

Jack und ich wurden getrennt, er wurde von den Männern freundlich begrüßt und dann in die Hütte neben die des Häuptlings geschickt, während Bahati und ich von den Frauen versorgt wurden.

Bahati war ganz schwach, er schlief in meinen Armen und atmete flach, während er schweißgebadet in meinen Armen lag. Die letzten Tage hatten ihn sehr angestrengt. Ich hatte schreckliche Angst, doch die Tatsache, dass mein Junge noch atmete, beruhigte mich. Ich erinnerte mich an die Frau in Kansas, die ihr weinendes Baby im Erdkeller in den Händen gehalten und Gott für dieses Leben gedankt hatte. Ich war damals über das Glück in ihren Augen überrascht gewesen, doch nun konnte ich sie verstehen. Es musste schrecklich sein, ein Kind sterben zu sehen, ganz gleich, ob es das eigene Fleisch und Blut war oder nicht, ganz gleich, welcher Rasse es angehörte und welche Sprache es sprach.

»Du!«, eine zarte, fast unhörbare Stimme riss mich aus meinen Gedanken.

Die kaum bekleideten Frauen hatten mich in eine dunkle Hütte geführt. Obwohl die einzelnen Sonnenstrahlen, die sich zwischen den Sträuchern der Hütte ihren Weg bahnten, die Hütte leicht erhellten, mussten sich meine Augen erst an die Dunkelheit gewöhnen. Nach einiger Zeit konnte ich die Umrisse einer Frau vor mir erkennen, die geduldig auf meine Antwort wartete. Sie richtete ein paar Worte an mich, die ich jedoch nicht verstehen konnte.

»Ich verstehe Sie nicht!«, sagte ich schließlich, worauf die Frau sich umdrehte und auf den Stapel Kleidung auf einer Matte am Boden zeigte. Dann lächelte sie mich an, während sie näher trat und mir Bahati aus den Armen nehmen wollte. Sofort protestierte ich und schüttelte entschlossen den Kopf. Ich hatte schon vieles über die Indianer gehört, Vater hatte mir immer nur Gutes über sie erzählt und auch Matthew hatte sie in seinen Geschichten, die er mir manchmal abends erzählte, immer als heldenhafte Krieger geschildert. Dennoch wurden auch sehr viele grauenvolle Dinge über sie gemunkelt, sodass ich Angst hatte, sie wollte mir Bahati wegnehmen.

Doch die Frau zeigte auf Bahatis Gesicht, ihre Finger streiften sanft über seine schmutzige Haut – sie versuchte mir zu erklären, dass sie ihn waschen wollte. Als sie ihn ansah, lächelte sie. In ihren Augen lag etwas Liebliches, etwas, dem man vertrauen konnte; sie wollte helfen.

Ich lächelte nun auch und übergab ihr den Jungen, den sie sofort liebevoll in ihre Arme schloss und mit ihm nach draußen verschwand. Ich weiß nicht, weshalb ich mir so sicher sein konnte, doch ich war mir gewiss, dass wir hier gut aufgehoben waren. Die Augen dieser Frau waren so freundlich, dass ich ihr einfach vertrauen musste.

Wir alle hatten schon rings um das große Feuer Platz genommen, als die Frau mir den schlafenden Jungen in die Arme legte und sich dann neben dem Häuptling niederließ. Jack saß neben mir auf dem Boden und sah angestrengt in die Flammen vor uns, während er an seinen Lippen knabberte.

Der Häuptling thronte wie ein Gorilla, der seine Familie beschützen wollte, breitbeinig in unserer Mitte und musterte den Jungen in meinen Armen, bevor er das tote Kaninchen hochhob, das die Frauen vorbereitet hatten, und ein paar fremd klingende Worte sagte. Anschließend wandte er sich zu Jack.

»Auf meinen alten Freund!«

Jack nickte nur. Er war so anders, ich wusste nicht, was ihn so beschäftigte, und diese Unsicherheit machte mir Angst. Den ganzen Abend über aß er nur still vor sich hin, während er ins Feuer starrte und manchmal nickte, wenn ich ihm etwas zuflüsterte.

Erst als der Abend in die Nacht überging und das anfangs so große Feuer nur noch einem kleinen Glühhaufen glich, wollte Hiamovi, der Jack den ganzen Abend nur ernst betrachtet hatte, reden. Er nahm seinen riesigen Federhut ab und legte ihn sachte auf den Boden, bevor er den Männern und Frauen befahl wegzugehen. Es wurde still, so still, dass man nur noch das Dösen Bahatis hören konnte, der in seinem Felltuch selig schlief. Das Feuer knisterte leise und der Geruch von Asche erinnerte mich an den bitteren Krieg, in dem wir uns noch immer befanden.

Hiamovi sah uns ernst an, dann begann er: »Jack, kommen wir zum Geschäftlichen!« Seine Blicke schweiften von Jack zu mir. »Vielleicht sollten wir unter vier Augen darüber reden!«, schob er noch rasch nach.

Jack hob den Kopf, seine Augen füllten sich wieder mit Leben und leuchteten auf. Er sah den Häuptling fragend an, bevor er den Kopf schüttelte.

»Sie hat das Recht, alles zu hören, Hiamovi!«, fauchte er förmlich.

Der Häuptling, dessen Züge sich nun verhärteten, nickte.

»Gut. Ich habe dich nicht vergessen, Jack! Und du solltest besser nicht vergessen, dass ich dir nach deinem elenden Gebettel auf die Beine geholfen habe!« Er räusperte sich, bevor er weiterbrummte: »Du brauchst meine Hilfe, stimmt's? Deshalb bist du hier.« Er sah Jack nun eindringlich an, es schien, als würden seine Blicke die von Jack in seinen Bann ziehen und hypnotisieren.

Jack nickte, seine Hände spielten nervös miteinander und eine Weile sah er schweigend zu Boden. Dann begann er zu sprechen.

»Ja, das stimmt.« Er schluckte, spielte noch immer mit seinen Fingern. »Du musst … Ich …« stotterte er, doch seine Stimme versagte in einem Keuchen. Er sah mich mit traurigen Augen an. Er kam mir so fremd vor. »Ich kann das nicht, noch nicht!«, hauchte er, dann drehte er sich zu Hiamovi und sprach. Aber er sprach nicht mehr meine Sprache, nein, Jack begann, die Sprache dieser Leute zu sprechen. Als wäre er einer von ihnen, unterhielt er sich lange Zeit mit Hiamovi, ohne auch nur einmal aufzusehen.

Es war erstaunlich, wie gut er diese Sprache beherrschte, und zugleich war es beängstigend. Ich erkannte Jack gar nicht mehr, es schien, als säße ein Fremder neben mir. Zudem fragte ich mich, weshalb er mich nicht in ihr Gespräch einweihte. Er hatte doch gesagt, ich hätte das Recht, alles zu hören, doch nun schien es mir danach auszusehen, als würde Jack mir etwas Wichtiges verschweigen, und der Gedanke daran gefiel mir ganz und gar nicht.

Bis heute weiß ich nicht, was er dem Häuptling gesagt hatte, doch ich vermute, dass es um mich und den Jungen ging.

Nach einer Ewigkeit, in der ich einfach stillschweigend neben Jack gesessen hatte, meinte der Häuptling:

»Es sei so, wenn die Götter es bestimmen, mehr kann ich nicht tun!«

Jack ballte seine Hände zu Fäusten. Sein Gesicht begann rot anzulaufen und ich konnte die Wut in seinen funkelnden Augen sehen, die sich in einem Zittern über seinen Körper legte. Er wollte gerade etwas sagen, doch Hiamovi schnitt ihm das Wort ab.

»Jack, ich kann nicht mehr tun, das weißt du!«

Seine Worte schienen Jack zum Nachdenken zu bringen, denn sein Zittern legte sich wieder und er entspannte sich langsam.

»Ja!«, murmelte er nachdenklich vor sich hin, als redete er mit sich selbst.

Meridian

Die Büchse, die einer der Soldaten kurz zuvor einige Steinwürfe weiter entfernt auf den Boden gelegt hatte, leuchtete in der Mittagssonne auf, als Connrad sie in der Ferne sah und fixierte, als wäre er ein Löwe, der seine Beute erblickt hatte. Connrad war schon als junger Knabe dazu erzogen geworden, Bedrohungen aus der Welt zu schaffen. Sein Vater war es gewesen, der ihn mit harter Hand zu einem Anführer gemacht hatte. Was man über seine Kindheit erzählte, war alles andere als eine harmlose Gutenachtgeschichte.

Connrads Vater war ein Tyrann gewesen, der kein Nein duldete. Er war in einem Dorf in der Nähe von Texas aufgewachsen. Seine Mutter putzte bereits als kleines Kind die Häuser der Oberschicht, sein Vater war ein elender Säufer, der nichts Besseres zu tun wusste, als sich zu betrinken und seinen Sohn zu verprügeln. Connrads Vater wuchs in so miserablen Verhältnissen auf, verprügelt, gedemütigt, allein, dass er das große Bedürfnis entwickelte, sein Leben selbst in die Hand zu nehmen: Er wollte arbeiten und Geld verdienen, und so diente er seinem Land als Soldat. Er hatte mehr Ehrgeiz als jeder andere, stellte sich jeder Herausforderung ohne Furcht und ohne zu zögern. Er stieg auf, wurde Offizier, Rang um Rang, aber ehe er sich versah, hatte ihn seine eigene Macht eingeholt: Er begann sich zu verändern. Es war, als würde sich ein Virus in ihm ausbreiten, doch nicht irgendeiner, sondern genau der Virus, unter dem sein Vater schon gelitten hatte – er wurde zum gleichen Monster wie sein Vater. Er wurde krank. Und nicht nur er, sondern auch seine Frau und ihr gemeinsamer Sohn Connrad litten unter dieser Besessenheit. Niemand konnte diesen Virus, der sich wie ein Gift ausbreitete, aufhalten.

Und so konnte sich auch Connrad nicht davor schützen. Connrad wurde älter und mächtiger, genauso wie sein Vater einst, doch einen Satz hatte er nie vergessen. Sein Vater hatte ihm diesen Satz an seinem Sterbebett ins Ohr geflüstert, und es war der Satz, der für all das Leid von Bryan verantwortlich war. *Bedrohungen machen uns schwach, sie sind ohne Erbarmen aus der Welt zu schaffen, denk daran, mein Sohn!*

An diese Geschichte hatte Connrad wohl gedacht, als er die Büchse in der Ferne aufleuchten sah, während er mit seinem Revolver darauf zielte. Ein leichter Wind umwehte sein graues Haar, er fühlte ein leichtes Kribbeln auf seinen Fingerspitzen, als er den Abzug betätigte und zusah, wie die Büchse in der Ferne in die Luft wirbelte, bevor sie mit einem Knall zu Boden fiel und Staub aufwirbelte.

Dann wurde es still, einzig die leisen Tritte eines Unteroffiziers hinter Connrad waren zu hören. Bevor dieser jedoch etwas sagen konnte, schnitt ihm Connrad, ohne sich umzudrehen, das Wort ab:

»Habt ihr sie gefunden?«

Der Unteroffizier, der nun etwas nervöser wurde, seufzte leise.

»Nein, sie ist nach wie vor verschwunden, Sir!«

Ich lag auf einem Fell auf dem Boden, neben mir schlief Bahati, der sich in sein Felltuch gekuschelt hatte. Schlafen konnte ich trotz meiner Müdigkeit nicht, zu viele Gedanken zischten wie Pfeile durch meinen Kopf. Ich musste an die vielen Ereignisse meines Lebens zurückdenken, an meine Flucht, an Mutter, an den Zug und an Matthew, der in meinen Armen verblutete, während ich nur zusehen konnte. All diese Erinnerungen hielten mich wach.

Sie halten mich bis heute wach, doch ich habe gelernt, damit umzugehen. Man kann das nur verstehen, wenn man selbst dort auf dem Schlachtfeld war, man kann es sich nur vorstellen, wenn man die Bilder im Kopf hat. Ich glaube heute, die Zeit während des Krieges ist lange nicht so schlimm wie die Zeit danach. Sich wieder ein Leben aufzubauen, mit den Bildern einschlafen zu können – trotz all der Erfahrungen, die man gemacht hat. Jeder hat wohl seine eigene Art und Weise, mit dem Vergangenen klarzukommen. Ich jedenfalls hatte Bahati, der mich Tag für Tag daran erinnerte, dass ich einen Grund zum Leben hatte. Ich weiß nicht, was ohne ihn geworden wäre. Jedenfalls erinnere ich mich sehr gut an diese Nacht, in der ich in der dunklen Hütte lag und mir überlegte, was Hiamovi wohl mit »wenn die Götter es so bestimmen« gemeint hatte. Was hatten denn die Götter mit mir und Bahati zu tun, wir suchten doch nur Schutz – war das den Göttern nicht genug?

Doch genauso wusste ich, dass ich den Glauben dieser Menschen respektieren musste, denn genau das war doch der Auslöser für diesen Krieg gewesen, nicht wahr? Die Respektlosigkeit. Diese Ausbeutung der Schwarzen, sie wie Tiere auf den Plantagen schuften zu lassen, sie als

Gegenstände zu bezeichnen, ohne einen Funken Reue zu zeigen, genau diese Respektlosigkeit, zusammen mit der Geldgier der Menschen hatten uns doch in dieses Loch gestürzt, in dem wir uns jetzt befanden. Ich verabscheute das. Wieso nur musste dieser sinnlose Krieg Amerika spalten? Einst waren wir Nachbarn gewesen, jetzt waren wir nur noch blutrünstige Wesen, die sich lediglich Menschen nannten! Ein elender Teufelskreis, unaufhaltbar, unbesiegbar. Jeder Mensch, sei es ein Konföderierter oder ein Unionist, glaubte, das Recht auf seiner Seite zu haben. Ich weiß, von was ich spreche, es geht doch jedem hier so. Wer glaubt, recht zu haben, der glaubt auch, sich alles erlauben zu dürfen. Menschen sind rechthaberische Geschöpfe, die sich nicht so einfach umstimmen lassen, auch wenn die Folgen noch so grausam sind.

Damals war ich zwar noch sehr jung und unerfahren, doch als ich Matthew hatte sterben sehen, von irgendjemandem, der ihn nicht kannte, erschossen, da wurde mir klar, dass ich stark sein müsste, um zu überleben. – Matthew, in diesem Moment hoffte ich wirklich, dass er zu Bahati und mir hinuntersah und lächelte. Genau dieser Gedanke, wie Matthew zufrieden lächelte, ließ mich in friedliche Träume gleiten.

Langsam öffnete ich die Augen und blinzelte verschlafen in die Dunkelheit. Da bemerkte ich, dass Bahati nicht mehr neben mir lag! Panik stieg in mir hoch. ›Was, wenn diese Menschen mir den Jungen weggenommen und ihn umgebracht haben, weil er schwarz war?‹ Ein kalter Schauer jagte mir über den Rücken, mir wurde ganz schwindelig. Hektisch begann ich, in der Hütte nach ihm zu suchen: Vielleicht hatte er sich versteckt? Dann, als er nicht zu finden war und ich schon verzweifelt schluchzte, trat Jack in die Hütte und sagte mit spöttischem Ton:

»Ist die Dame nun endlich wach?«

Ich sah ihn mit Tränen in den Augen nur fragend an und verstand nicht, was er damit andeuten wollte.

»Dem Jungen geht's hervorragend, Catherine«, klärte er mich auf, »er spielt draußen mit den anderen Kindern. Und dir geht es anscheinend auch gut, nachdem du einen ganzen Tag verschlafen hast!«

Er lachte auf, dann trat er zu mir und setzte sich neben mich auf den Boden. Auch ich musste nun lachen, ich lachte aus Erleichterung und Glück. Jack jedoch saß nur still neben mir und wirkte angespannt, seine Augen starrten nachdenklich in die Leere des Raumes.

»Was ist denn los, Jack, freust du dich denn nicht, dass wir endlich sicher sind?«, fragte ich verwirrt.

Er schwieg.

Ich fasste ihn an der Schulter und rüttelte ihn aus seinen Gedanken, und schließlich sagte er: »Es ist noch nichts entschieden, Cathie. Gleich werden die Indianer die Götter rufen, um ihren Rat zu hören!«

Ich sah ihn verdutzt an. Das hatte also Hiamovi mit den Göttern gemeint. Er war sich nicht sicher, ob ich eine Gefahr darstellte. Wenn die Indianer uns nicht aufnahmen, dann würden wir sterben, da war ich mir sicher. Noch einmal könnte ich die Wildnis nicht überleben. Connrad würde mich suchen und finden, und was dann passieren würde, daran wagte ich nicht zu denken. Ich sah die Betrübnis und die Angst von Jack, seine Hände waren ganz kalt, als ich sie umschloss.

»Das werden wir schon schaffen!«, flüsterte ich,

Plötzlich lief ein Indianerjunge mit einer Fackel in die Hütte, die den Raum blitzartig in Farbe tünchte. Sein Gesicht war blau-rot angemalt und er hatte eine solche Entschlossenheit und Wildheit im Blick, dass es aussah, als würde er in den Krieg ziehen. Er sprudelte ein paar Worte in einer indianischen Sprache hervor und stürmte wieder aus der Hütte.

Jack nickte mit einem Seufzer, dann erhob er sich mit einem Ruck und half auch mir auf. Gemeinsam traten wir nach draußen.

Ich blinzelte benommen, als mich das grelle Licht des Feuers blendete, das auf dem großen Platz entfacht worden war. Frauen und Männer, sogar die Kinder hatten sich dort versammelt und starrten uns nun neugierig an. Jedes dieser Gesichter war bemalt: Die Männer schmückten sich mit Blau, während die Frauen sich rot angemalt hatten. Die Jüngeren unter ihnen hatten nur grüne Striche im Gesicht. Ich verstand die Farben und deren Bedeutung nicht, wusste nicht einmal, ob die Farben überhaupt eine Bedeutung hatten. Mit offenem Mund betrachtete ich eine Weile das Feuer sowie die Menschen, die mich immer noch fixierten, nicht aus den Augen ließen.

Plötzlich ertönte ein lauter Knall.

Sofort schnellte ich zu Boden. Ohne dass ich nachvollziehen konnte, wie es geschehen war, lag ich zusammengerollt am Boden und hielt die Hände schützend vor den Kopf. Ich wusste nicht, was geknallt hatte, doch ich hatte im letzten Jahr gelernt, auf mich aufzupassen, und dieses laute Geräusch erinnerte mich an das Grauen, welches ich gesehen hatte. An den Wald, an das Blut, an meinen verblutenden Bruder in meinen Armen. Er hatte gesagt, dass er den Schützen nicht gesehen hatte und nur noch den Schuss gehört hatte. Mein ganzer Körper war angespannt, jeder meiner Muskeln zur Flucht bereit, ich sah wild um mich, sprang auf den Boden und duckte mich schützend. Bis mich eine Hand sanft am Arm berührte und mich streichelte.

»Catherine, ganz ruhig!«, drang Jacks besorgte Stimme in mein Bewusstsein. Er kniete neben mir nieder.

»Das war nur der Beginn der Zeremonie, beruhige dich doch!«

Ganz sachte half er mir auf die Beine, nahm mich in seine Arme und sah mich lächelnd an.

»Komm, es war nur ein Knall, dir wird nichts mehr passieren, das verspreche ich!«

Ich nickte beruhigt zu seinen Worten. Ich schämte mich. Was hatte ich mir nur dabei gedacht? Die Menschen mussten glauben, ich sei verrückt.

»Mama, Mama!«, hörte ich da Bahati rufen, der auf mich zu rannte und mir in die Arme fiel.

Freudig schloss ich den Jungen in die Arme, bevor ich meine Blicke wieder auf das Feuer vor uns richtete, das meine Haut trotz der Kälte angenehm wärmte. Auch die Indianer starrten nun konzentriert nach vorne, ihre Augen leuchteten im Licht der Flammen, als sie stolz ihren Häuptling betrachteten, der nun, in ein prächtiges Gewand gekleidet, vor das Feuer trat und jeden von uns genauestens musterte. Schließlich blieben seine Augen an mir hängen und er blickte mich eine Weile intensiv an. Sein Gesicht war mit weißen, schwungvollen Strichen geschmückt, deren Linien sich über seinen Hals bis zu den

Armen zogen, wo sie schließlich von einem großen, weiten Gewand verdeckt wurden, das ihm bis zu den Füßen reichte. Der prächtige Federhut verlieh ihm zusätzlich den Ausdruck von Macht und Stärke. Während seine Blicke mich immer noch in ihrem Bann hielten, murmelte er ein paar Worte, dann machte er eine Handbewegung, die uns unsere Plätze auf dem Boden zuwies. Neben ihm saßen zwei Jünglinge, die ihm nun einen Kelch in die Hände gaben. Der Häuptling sah in die Menge und hob den Kelch hoch über seinen Kopf, während die Indianer um uns ihr Haupt senkten und ehrfürchtig zu murmeln begannen.

Auch Jack murmelte konzentriert vor sich hin und bewegte seinen Körper zusammen mit den Indianern im Takt auf und ab; es schien, als befände er sich in einer anderen Welt. Ich betrachtete ihn fragend und bemühte mich, in dieses Gemurmel mit einzustimmen, obwohl ich nicht wusste, was es hieß.

Dann verstummte der Chor und die Indianer sahen nach vorn zu ihrem Anführer, der nun einen großen Schluck aus dem Kelch trank und mit geschlossenen Augen Namen vor sich hin murmelte. Bei jedem der genannten Namen stießen die Indianer einen lauten Schrei aus, der jeweils wie der eines Tieres klang.

Erstaunt sah ich dem Spektakel zu. Es war beängstigend und zugleich faszinierend, mitzuerleben, wie die Menschen ihre Kultur auslebten. Ich sah gespannt zu, wie der Häuptling seine Augen öffnete, in den Himmel sah und die klaren Sterne bewunderte, bevor er breit grinste und ein par Worte zu seinen Mitmenschen murmelte, worauf diese einen Jubelschrei äußerten. Dann schloss

Hiamovi seine Augen und wippte im Takt der Melodie, die er summte, hin und her. Plötzlich drückte mir einer der Jünglinge einen zweiten Kelch in die Hand und hielt sich die Hand vor den Mund.

Jack sah mich grinsend an, dann wurde er plötzlich ernst uns zischte: »Trink, egal wie es schmeckt, du musst es austrinken!«

Zögernd nahm ich einen Schluck, woraufhin meine Kehle ganz trocken wurde und ich heftig zu husten begann. Es schmeckte grauenvoll! Doch als ich zu Jack sah und seinen ängstlichen Blick bemerkte, zwang ich mich, den Kelch auszutrinken. Noch würgend gab ich dem Jüngling den leeren Kelch zurück, der mich daraufhin an die Hand nahm und mich zu Hiamovi führte, der immer noch mit geschlossenen Augen auf dem Boden saß. Benommen folgte ich dem Indianer, es war, als hätte mich das Getränk betäubt. Alles um mich wurde verschwommen und unwirklich, fast so, als würde ich träumen. Ich setzte mich dicht vor dem Häuptling nieder, dessen kräftige Hände sogleich über meine Stirn strichen und der mit eintöniger Stimme wie von ganz weit weg ein paar Worte summte. Sein monotoner Singsang erfüllte mich ganz und gar. Ich hörte nur noch ihn, nichts sonst war mehr da, die leisen Worte des Häuptlings hüllten mich wie in eine weiche Decke. Irgendwann nahm ich nur noch meinen ruhigen Atem wahr und das gleichmäßige Pochen meines Herzens, das mich in einen tiefen Schlaf zog.

Meine Augen öffneten sich langsam und ohne, dass ich es richtig bemerkte. Wo sich vor wenigen Sekunden noch weites Dunkel erstreckt hatte, konnte ich nun zwei Gesichter über mir unscharf erkennen. Ich blinzelte müde, die Gesichter, die mich besorgt ansahen, wurden immer schärfer, bis ich sie als diejenigen von Jack und Hiamovi erkannte. Stimmen erklangen, doch glichen sie mehr einem tiefen Dröhnen, das in einem Rauschen endete. Nur sehr langsam wurden die Stimmen klarer und das Rauschen setzte sich zu Worten zusammen. Langsam erkannte ich, dass ich nicht mehr draußen am Feuer war, sondern in der Hütte lag.

»Das ist ganz normal. Halte sie einfach fest, sie wird wohl noch etwas verwirrt sein, kein Grund zur Sorge, Jack!«

Mit diesen Worten stand Hiamovi auf und klopfte Jack auf die Schulter, bevor er nach draußen trat.

Jacks Hände umschlossen die meinen, Schweißperlen standen auf seiner Stirn und er lächelte mich unsicher an, als ich mit leiser Stimme seinen Namen sagte.

»Was ist passiert?« Es dauerte lange, bis sich meine Sinne wieder schärften.

»Keine Sorge, das ist schon in Ordnung. Gestern am Feuer, kannst du dich noch erinnern, was geschah?«, fragte Jack.

Ich dachte angestrengt nach, mein Kopf schmerzte. ›Ja, das Feuer, die Indianer, diese monotonen Sprüche!‹, alles kam wieder zurück, doch trotzdem konnte ich mir nicht erklären, weshalb ich mich so merkwürdig fühlte.

»Sie haben deine Seele geprüft, um sich sicher zu sein, dass du keine Gefahr bist. Anscheinend ist deine Seele rein. Die Götter haben für dich gestimmt, meinen Glückwunsch!« Er lachte auf, dann erhob er sich und ging ohne ein weiteres Wort aus der Hütte.

Ich brauchte eine ganze Weile, bis ich die Kraft hatte, aufzustehen. Mit wackeligen Beinen trat ich aus der Hütte und schleppte mich über den Platz zu Jack, der sein Pferd sattelte und die Taschen mit Vorräten auffüllte.

»Was machst du da?«, fragte ich verwirrt. »Ich dachte, wir würden hierbleiben?«

Jack stieß ein leises Seufzen aus.

»Du wirst mit dem Jungen auch hierbleiben, ich kann das nicht!«

Seine Worte trafen mich wie ein Schlag. ›Was zum Teufel redet er denn da? Wir waren doch den weiten Weg gekommen, um uns zu retten, und nicht, um zu gehen!‹ Wütend zog ich ihn zu mir.

»Jack, was soll das alles bedeuten? Sprich mit mir!«

Ich sah ihn mit Tränen in den Augen an, der Boden unter meinen Füßen schien zu wanken.

Jack sah wohl die Trauer in meinen Augen, denn er legte seine Arme um mich und drückte mich fest an sich, während er seinen Mund an mein Ohr presste und flüsterte:

»Cathie, das ist nun dein Zuhause, nicht meines! Ich kann nicht bleiben, die Wildnis ruft mich, das war schon immer mein Traum. Stell dir vor: Ich, der auf einem Büffel sitzt und ihn reitet! Wie keiner je zuvor!«

Der Hauch seiner Stimme in meinem Ohr beruhigte mich zwar etwas, aber ich hatte Angst, alleine bei den Indianern zu bleiben. All das, was uns die Erwachsenen früher von den Indianern erzählt hatten, all die Geschichten über ihre Grausamkeit und Erbarmungslosigkeit, waren sie wahr? Andererseits hatte ich schon den Blutrausch der Menschen gesehen, das Verlangen, erbarmungslos zu töten, und es waren die Weißen, die töteten, nicht die Roten oder die Schwarzen.

»Es tut mir leid…«

Jacks bedauernde Worte holten mich zurück. Ich wusste, dass er recht hatte: Oft genug hatte er es gesagt, oft genug hatte ich es gesehen, er liebte es, draußen in der Wildnis zu leben. Ich durfte ihn nicht daran hindern. Mit einem unterdrückten Schluchzen nickte ich. So gern wäre ich bei ihm geblieben, so gern hätte ich noch viele Geschichten aus seinem Mund gehört.

Jack zog nun den Sattel mit einem Ruck enger und das Pferd an den Zäumen hinter sich her. Er sah zu Hiamovi, der vor seiner Hütte stand und die Hand mit einem tiefen Grinsen hob, dann legte er seine Hand auf meine Schulter.

»Ich wünsch' dir von Herzen alles Gute, Cathie. Bitte versprich mir, dass du etwas Großes aus deinem Leben machst!«

Tränen liefen mir über die Wange, als ich zitternd erwiderte: »Das werde ich!«

Und so ritt Jack in die Weite Amerikas. Ich habe ihn nie wieder gesehen, doch bis heute ist kein Tag verstrichen, an dem ich nicht an ihn gedacht habe. Bis heute sehe ich ihn noch vor mir, schließe ihn in meine Gebete ein und danke dem Herrn für die Begegnung mit diesem großherzigen Menschen, der Bahati und mir das Leben gerettet hatte.

Eines Tages starb Jack bei dem Versuch, einen Büffel zu reiten, aber als ich die Nachricht bekam, da überfiel mich nicht Trauer, sondern Stolz. Denn es war Jacks größter Wunsch gewesen, auf einem Büffel zu reiten, und wie mir zu Ohren kam, hatte er es als erster Mensch, von dem es dokumentiert wurde, geschafft, sich ein paar Meter auf dessen Rücken zu halten.

Doch die erste Zeit bei den Indianern war schwierig für mich. Ich kannte diese Menschen nicht, sprach ihre Sprache nicht, kannte ihre Bräuche nicht, ich war fremd und hatte einen schwarzen Jungen bei mir.

Natürlich war es für Bahati sehr schwer, ohne Jack zu leben. Er war wie ein Vater für ihn gewesen, hatte ihm unsere Sprache beigebracht und ihn mit auf die Jagd genommen. Und er hatte ihm Geschichten erzählt, die ihm eine ganz eigene Welt nahebrachten. Als er von Jacks Abreise erfuhr, da weinte er Tag und Nacht. Ich versuchte, mit ihm zu spielen, ihn aus seiner Trauer herauszuholen, aber es gelang mir kaum. Und ich verstand den Jungen sehr gut: So hatte ich mich gefühlt, als Matthew uns verlassen hatte. Es war ein alles umfassendes Gefühl der Leere, nichts konnte mich mehr glücklich stimmen, alles rundherum war nur noch schwarz und dunkel.

Zunächst erzählte ich Bahati von Jack und seiner Mission, einen Büffel zu reiten. Ich erzählte ihm, dass er nur lange genug warten müsste, um Jack wiederzusehen. Doch was nützte es dem Jungen? Es ergriff mich schrecklich, wenn ich Bahati täglich aufs Neue neben der Feuerstelle warten sah und er mit niemandem spielen wollte, weil er auf Jack wartete – der nicht kommen würde. Also nahm ich ihn eines Nachts neben dem Feuer in den Arm und wiegte ihn sanft hin und her.

»Weißt du: Jack wird nicht wiederkommen, mein Schatz! Aber keine Sorge, das schaffen wir schon, du und ich. Ich weiß, wie du dich fühlst, Bahati, doch ich verspreche dir, das alles gut wird!«

Bahati blickte mich mit seinen großen, braunen Augen an und nickte.

Ich wusste nicht, ob er mich verstanden hatte, ob meine Sätze überhaupt einen Sinn für ihn ergaben, doch er hörte von diesem Tag an auf zu weinen. Eine Erklärung habe ich nicht, doch ich denke, er hat es gespürt; tief in seinem Innern wusste er, dass ich recht hatte. Sein Nicken beruhigte mich zutiefst.

Januar 1863

In braune Töne getaucht, erstreckte sich die weite Landschaft, bis sie von einer dichten Bergwand begrenzt wurde. Die Bäume wirkten in ihrer Nacktheit beängstigend, aber die klare Luft weckte zusammen mit dem rauschenden Geräusch des Flusses, der sich nur wenige Steinwürfe entfernt einen Weg durch die Landschaft bahnte, heitere Gefühle in mir. Das – eine solche idyllische Landschaft – hatte mir gefehlt; sie erinnerte mich an Kansas, an Mutter, an meine Jugend, die ich verloren hatte. Wahrlich ein Paradies der Schönheit! Ich saß auf einem großen Stein abseits des Lagerplatzes, um etwas allein sein zu können, und verlor mich in der Weite.

»Ein Paradies, nicht wahr?«, hörte ich plötzlich direkt hinter mir. Hiamovi stand dort, setzte sich nun neben mich und atmete mit kräftigen Zügen die frische Luft ein. »Ich habe vieles gesehen, doch hier – wie unversehrt und rein die Welt doch wirkt! Man muss dies mit eigenen

Augen betrachten! Dann vergisst man alle Sorgen. Nicht wahr …?«

Ich antwortete nicht auf die Worte von Hiamovi, es schien, als hätte diese ruhige Landschaft mir den Mund zugebunden. Ich nickte nur still, während ich meine Gedanken kreisen ließ.

Die Natur erinnerte mich an all die Tage, an denen Matthew mich von der Schule abgeholt hatte und wir gemeinsam an den Feldern entlangliefen. Aber dann musste ich sofort wieder an seine weit aufgerissenen Augen denken, an seine Haut, die immer blasser wurde, und das Blut, das aus seinem Mund quoll. Ein kalter Schauer lief mir den Rücken hinunter und ich erzitterte bei dem Gedanken an meinen sterbenden Bruder, der keuchend auf dem Boden gelegen hatte. Der Gedanke rief unzählige Bilder des Schreckens in mir hervor, die mich langsam aufzufressen schienen.

»Wieso hat er mir das angetan, Hiamovi?«, platzte ich plötzlich heraus.

Hiamovi sah mich verblüfft an, dann senkte er seine Blicke.

»Ich kannte ihn nicht, Catherine, und ich werde ihn leider auch nicht kennenlernen, doch – er tat es nicht, um dir wehzutun, er tat es, weil es seine Bestimmung war, sich zu melden! Die Geister sagen es.«

Hiamovis Worte, auch wenn sie in ihrer Tiefe noch so beruhigend klangen, wühlten mich innerlich noch mehr auf.

»Wie kann man das sagen? Wie kann man nur behaupten, dass es die Bestimmung meines Bruders war, im Krieg zu fallen? Er hatte das nicht verdient, nicht so!«

Meine Stimme klang laut und reizbar, doch Hiamovis Ruhe fing mich wieder ein.

»Die Bestimmung eines Menschen hat nichts damit zu tun, ob man etwas verdient hat, kleine Catherine, sie weist uns den Weg und ist vorbestimmt!«

Mit Tränen in den Augen sah ich ihn verdutzt an. Eine entsetzliche Trauer erfasste mich.

»Wieso? – Wieso war es dem liebwürdigsten Menschen der Welt bestimmt zu sterben? Nein! Es hätte genauso meine Bestimmung sein können, in Lawrence zu bleiben und dort mit Matthew und Mutter gemeinsam zu sterben. An der Seite meiner Familie zu sterben!«

»Nein, Catherine, nein!«, fauchte mich Hiamovi an. »Deine Bestimmung war es, deinem Herzen zu folgen und den Jungen zu finden, um ihn hierher zu bringen! Deine Bestimmung ist es, der Welt zu beweisen, dass du stark genug bist, dich gegen sie zu stellen, um die Gerechtigkeit zu wahren, um zu beweisen, dass man sich auch in diesen Zeiten für das Gute einsetzen kann!«

Ich sah ihn schniefend an. Es schien, als wäre all die Wut in mir ersetzt worden durch eine lähmende Leere und Müdigkeit.

»Aber ich will nicht mehr stark sein! Ich kann nicht mehr! So lange musste ich stark sein, ich kann es einfach nicht mehr!« Ich versuchte, gegen meine Tränen anzukämpfen, doch jegliche Anstrengung schien vergebens, wie Sturzbäche rollten sie mir nun über die Wangen.

Hiamovi musterte mich so eindringlich, dass ich vor Scham mein Gesicht abwandte und schluchzend auf den Boden starrte, während ich immer und immer wieder die gleichen Worte vor mich hin murmelte: »Ich wollte das alles nicht, ich wollte diese Bestimmung nicht, und genauso wenig kann ich sie erfüllen. Ich wollte doch nur frei sein!«

Seine Fäuste lockerten sich und er nahm mein Gesicht in seine kräftigen Hände, bevor er flüsterte: »Catherine, du musst stark sein, du musst dich den anderen stellen! Es ist genau das, Catherine! Dein Bruder starb für die Freiheit, er glaubte an dich. Begreifst du denn nicht, dass die Freiheit einen hohen Preis hat? Doch Matthew war bereit, ihn zu bezahlen, für dich zu bezahlen. Jack erzählte, dass er schon früh in den Krieg zog. Er hat sich freiwillig gemeldet.« Er sah mich fragend an, doch ich musste ihm nicht antworten, er kannte die Antwort schon. »Cathie, er glaubte an dich, genauso wie ich jetzt. Man kann sich seine Bestimmung nicht aussuchen, man kann sie nur erfüllen! Du musst es tun, um den Frieden, deinen eigenen Frieden zu wahren. Und du wirst es tun, das sehe ich in deinen leuchtenden Augen, du hast dich nämlich längst für das Leben entschieden, nicht wahr?«

Seine Rede bewirkte, dass ich nachdachte: Er wusste alles, kannte meinen Schmerz, mein Leid und selbst meine tiefsten Gedanken. Er schien mich besser zu kennen als jeder andere. Dennoch fürchtete ich mich vor der tiefen Wahrheit seiner Worte. Er hatte recht: Ich musste kämpfen, um zu leben; so hatte ich mich entschieden, immer wieder. Doch wer würde sich nicht für das Leben entscheiden, wenn man dem Tod ins Auge sieht? Es ist doch ein Instinkt des Menschen, immer und immer wieder allen Gefahren ins Auge zu sehen, sich gegen den Feind zu erheben, um zu leben. Immer wieder hatte ich gemeint, angesichts meines Leids sterben zu wollen, doch nun wusste ich, dass der Drang nach dem Leben stärker war als alles andere auf der Welt.

»Ja, das werde ich! Es geht mir gut, Hiamovi, du musst dir keine Sorgen um mich machen!«, log ich nach geraumer Zeit, um ihn zu beruhigen.

Er hielt noch immer mein Gesicht in den Händen, während er mir tief in die Augen sah und sagte: »Du weißt genauso wie ich, dass du dir etwas vormachst. Deine Seele hat es mir gesagt, Catherine. Du hast viel Leid gesehen und viel Zerstörung miterlebt. Ich weiß, dass du ein guter Mensch bist, trotz deiner Fehler hast du ein gutes Herz. Ebenso weiß ich, dass du tapfer bist.« Er schluckte einen Kloß im Hals hinunter. »Du hast dem Jungen das Leben gerettet, obwohl er anders ist.« Seine Stimme wurde leiser und bald flüsterte er nur noch: »Er wird dich finden, Catherine, und du wirst mit ihm und dem Jungen ein neues Leben beginnen, ein Leben, das ihr euch alle verdient habt!«

Ich verstand nicht, wie dieser Mann so viel über mich wissen konnte. Mit offenem Mund starrte ich ihn an, ich hob den Finger, um etwas zu sagen, aber der Häuptling schnitt mir das Wort ab.

»Wir Indianer wissen mehr, als ihr Weißen euch vorstellen könnt, hm?« Mit einem lauten Lachen stand er auf und ließ mich zurück.

Ich konnte mir das alles nicht erklären. Wie war das möglich?

Bis heute weiß ich nicht, wie es diesem Menschen gelungen war, in mich hineinzusehen. Anfangs war es beängstigend, mit Menschen zusammenzuleben, die meine Gefühle vielleicht besser verstanden als ich selbst, doch mit der Zeit wurde mir bewusst, dass diese Menschen mich von all der Last der letzten Monate geheilt hatten. Mir fiel dazu ein Satz ein, den Matthew mir kurz vor seiner Abreise gesagt hatte. Damals hatte ich die Worte, ohne darüber nachzudenken, angehört, doch wenn ich nun daran zurückdachte, ergab alles Geschehene plötzlich einen Sinn! Es fühlte sich so an, als wäre ich mein ganzes Leben lang blind durch die Welt gelaufen und hätte nun endlich die Augen geöffnet. Ich kann mich noch genau an Matthews Gesichtsausdruck erinnern, an seine müden Augen, seine zu einer schmalen Linie zusammengepressten Lippen und seine mit Sorgenfalten übersäte Stirn, die an eine Berglandschaft erinnerte. Er hatte sich an die Wand des Hauses angelehnt und betrachtete die Felder im schimmernden Licht der untergehenden Sonne. Ich saß stillschweigend neben ihm, mit stur nach vorn gerichtetem Blick. Dann, plötzlich, in all der Stille, drehte sich Matthew zu mir und flüsterte ganz leise:

»Die Zeit heilt jede Wunde, Cathie!«

Es war nicht mehr als ein Wispern, so leise, als sagte er diese Worte zu sich selbst, doch für mich schien es, als würde er sie in die Welt schreien. Dieser Satz, er wusste es, er wusste, dass er sterben würde und hatte mir versichert zurückzukommen, und ich hatte es geahnt und ihn nicht davon abgehalten. Es war so still gewesen in diesem Moment, so still, als würde die Welt ihren Atem anhalten und es schien, als würde er sie mir ins Ohr schreien. Und dann wandte er seinen Kopf wieder nach vorn, und das einzige Geräusch, das ich vernahm, war sein leises, kaum hörbares Schluchzen, während ich meinen Kopf auf seine Schultern legte und schmerzhaft die Augen zusammenkniff, in der Hoffnung, das alles wäre nur ein schlimmer Traum. In der Hoffnung, ich würde aufwachen, meine Hand nach Matthew ausstrecken und er würde sie wie jeden anderen Tag auch halten.

Noch immer saß ich geistesabwesend auf dem Stein und verlor mich in der Natur, als ich an Matthews Worte dachte. Er fehlte mir mehr als alles andere, doch mir wurde bewusst, dass er mir mit seinen Worten ein Zeichen hatte setzen wollen.

›Er hat es gewusst, hat es von Anfang an gewusst! Er hat gewusst, dass er sterben wird, wenn er geht – und hat nicht die Kraft gefunden, es mir zu sagen. Deshalb ließ er mir diesen Satz da: Er wollte, dass ich ihn nach seinem Tod loslasse und meinen Weg weitergehe. – Aber wie konnte ich das tun? Ich meine, wie kann man in der Lage sein, seinen einzigen Bruder gehen zu lassen?‹

Für mich klang *loslassen*, als hätte ich ihn nie geliebt! Tränen stiegen in mir hoch und ich schluchzte laut auf. Wieso musste mich das Leben so bestrafen? Weshalb war ich nicht an Matthews Stelle gestorben?

»Catherine, komm, wir haben zu tun!«, riss mich die tiefe Stimme des Häuptlings, der schon vor der Feuerstelle auf mich wartete, aus meinen Gedanken.

Ich schrak hoch, dann stand ich auf und lief schnell zu dem großen Platz zurück, auf dem sich schon Dutzende Indianer versammelt hatten. Als ich atemlos neben Hiamovi stehen blieb, drückte mir dieser einen langen Speer in die Hände.

»Hier, du wirst mit uns jagen gehen!«, brummte er.

Unbeholfen nahm ich den Speer und sah ihn fragend an. ›Seit wann ist es Frauen erlaubt zu jagen?‹ Doch ich dachte nicht lange darüber nach, sondern folgte den Indianern, die mit lautem Gebrüll aus dem Lager liefen und ihre Speere bei jedem Schrei in die Luft hoben.

Hiamovi führte seinen Stamm durch eine schneebedeckte Landschaft, deren kahle Bäume seitlich den sich dahinschlängelnden Fluss säumten.

Neben mir lief einer der Jünglinge, die mich bei der Zeremonie zu Hiamovi geführt hatten. Vermutlich nicht älter als dreizehn Jahre, waren seine Arme dennoch schon kräftig, und sein zartes Gesicht hatte den Ausdruck eines wachsamen Wolfes. Er sah konzentriert nach vorne, als würde er auf etwas Gefährliches warten, seine Augen folgten jedem Rascheln, jedem Windhauch, während er seinen Speer locker in seiner Rechten hielt und seinen Stammesgenossen folgte. Neugierig betrachtete ich ihn. Obwohl er eigentlich noch ein Kind war, kam es mir so vor, als könnte er seinen ganzen Stamm verteidigen.

Er musste wohl bemerkt haben, dass ich ihn bereits eine geraume Zeit lang anstarrte, denn plötzlich sagte er, die Augen noch immer stur nach vorne gerichtet: »Wieso starrst du mich so an, Wašíču?«

Ich stockte, konnte nicht fassen, dass er meine Sprache beherrschte. Schließlich nahm ich meinen Mut zusammen und fragte: »Du sprichst meine Sprache?«

Er musterte mich eingehend, dann fauchte er: »Unser Stamm hatte schon etliche Male ›Besuch‹ von euch Weißen. Mein Großvater war gezwungen, eure Sprache zu lernen, um bei Verhandlungen wenigstens den Hauch einer Chance zu haben, um nicht gleich von euch über den Tisch gezogen zu werden. Er lernte sie so tüchtig, dass er sie meinem Vater weitergab. Eure ›Besuche‹ wurden immer häufiger und mein Vater konnte immer besser eure Sprache sprechen. Damit ich mich in einem solchen Fall genauso verständigen kann wie er, hat mein Vater mich eure Sprache ebenfalls gelehrt. Ich muss ja später ein ebenso guter Häuptling wie mein Vater sein. Aber davon verstehst du nichts.«

Ich nickte und sah betroffen zu Boden. Ich hob den Kopf und sah die Männer vor mir, die ihrem Häuptling folgten.

»Du bist noch ein Kind. Weshalb gehst du schon mit auf die Jagd?«

Er lachte auf, dann drehte er seinen Kopf zu mir und sah mich intensiv an.

»Das mag vielleicht bei euch Weißen so sein, doch bei uns gelten andere Regeln. Wir führen keine Wunschliste, wo jeder sich eine Beschäftigung aussuchen darf. Es gibt eine klare Ordnung: Die Frauen kochen und waschen, die Männer jagen. Bringt man diese Ordnung ins Wanken, ist man eine Schande für den ganzen Stamm. Du bist nur hier, weil es mein Vater so wollte. Aber je schneller du dich an die Regeln gewöhnst, desto besser!« Er schnaubte verächtlich. »Unser Leben ist kein Kindergeburtstag, wie es bei euch Weißen sein mag, Wašíču!«, fügte er mit ernstem Unterton hinzu.

Die Worte trafen mich wie ein harter Schlag in die Magengrube und machten mich wütend. Ich lief rot an, meine Hände ballten sich zu Fäusten, und die darauffolgenden Worte platzten förmlich aus meinem Mund.

»Wie kannst du es wagen, so etwas zu sagen?«, fragte ich empört. »Glaubst du, mein Leben gleicht im Geringsten einem Kindergeburtstag?« Zornig sah ich ihn an. Ich war so in Rage, dass ich alles um mich herum vergaß, und konzentrierte mich nur auf die Augen des Indianerjünglings.

»Ich habe euch, diese Art von Menschen, die jeden gleich vorverurteilen, verdammt noch mal satt. Ich habe den Krieg gesehen, habe Dinge miterlebt, die keiner miterleben sollte, ganz gleich, was er getan hat! Ich habe nichts mehr, ich habe alles verloren, was mir einmal lieb war, und du wagst es zu behaupten, mein Leben gleiche einem Kindergeburtstag?«

Ich atmete laut auf, während ich in die verdutzten Gesichter der Indianer um mich sah. Meine Blicke schweiften von Gesicht zu Gesicht und blieben schließlich bei Hiamovi hängen, der mich ebenfalls verdutzt ansah. Ich wollte mich wieder beruhigen, wollte einfach den Mund halten, mich auf den Boden setzen und laut losweinen, doch ich konnte mich nicht mehr bremsen. Zu sehr hatten mich diese Worte getroffen. Mit Tränen in den Augen wandte ich mich wieder dem Jüngling zu:

»Ich sehe zwar nicht so aus, aber glaub mir: Wenn es sein muss, dann bin ich bereit, mich und die Menschen, die ich liebe, zu verteidigen, koste es, was es wolle!«

Atemlos sah ich den Jungen an, meine stur auf ihn gerichteten Blicke folgten jeder seiner Bewegungen. Ich machte mich auf alles gefasst. Doch anstatt des erwarteten Wutausbruchs entspannte er sich und ließ den Speer in seiner Hand los, der mit einem Krachen zu Boden fiel. Mitleidig betrachtete er mich, und seine Augen, die anfangs noch denen eines Wolfes geglichen hatten, wurden weicher und starrten mich neugierig an. Es kam mir vor, als sähe er mich das erste Mal, so intensiv musterte er mich. Dann räusperte er sich und sagte anerkennend:

»Für eine Wašíču bist du gar nicht mal übel!«

Während er diese Worte aussprach, fasste er mich mit seiner linken Hand am Handgelenk und nahm mit seiner rechten ein scharfes Messer aus seiner Gürteltasche. Ohne ein Wort zu sagen, ritzte er sich mit dem Messer in den Unterarm, bevor er das Gleiche bei mir machte. Mit einem leisen Aufschrei zog ich meinen Arm zurück. Dort, wo mich das Messer berührt hatte, lief nun eine Blutspur meinen Arm herunter. Der Jüngling grinste, legte seinen aufgeritzten Arm auf meinen und blickte mir tief in die Augen. Verblüfft sah ich auf meinen Arm, der bei unserer Berührung merkwürdig kribbelte. Dann blickten meine Augen in die seinen, die so tiefbraun waren, dass ich dachte, er würde in meine Seele sehen.

»Ich heiße Amarok!«, sagte er ernst und klar.

»Ich bin Catherine Lanchaster, die Weiße aus Kansas!«, flüsterte ich mit bebender Stimme, bevor mir ein Lächeln über die Lippen huschte, das Amarok sogleich erwiderte.

Mit diesem Lächeln im Gesicht lief er seinen Stammesmitgliedern hinterher, die während unserer Auseinandersetzung in einiger Entfernung überrascht stehen geblieben waren. Amaroks Blicke verschärften sich und sein Gesicht nahm wieder den Ausdruck eines achtsamen Raubtiers an. Erstaunt blieb ich ein paar Schritte hinter den Indianern stehen, die nun wieder losliefen, ihre Speere kampfbereit in den Händen haltend. Verwundert betrachtete ich die Wunde an meinem Arm, die einem merkwürdigen Blutkreis glich. Ich brauchte einige Sekunden, um mich wieder zu sammeln, loszurennen und die Männer einzuholen, bis ich neben Amarok herlief. Wie es schien, liefen wir über eine weite Prärie, die der Schnee eingehüllt hatte.

Wir liefen lange, stoppten, verharrten still, liefen wieder. Einige Minuten schlichen wir ganz leise über den schneebedeckten Boden, dann hob Hiamovi plötzlich die Hand. Alle blieben stehen und sahen ihn erwartungsvoll an. Hiamovi trat einen Schritt nach vorne, seine Hand immer noch emporgehoben. Wie ein Tier begab er sich auf alle viere, schaufelte den Schnee weg und presste sein Ohr gegen den Boden, als flüstere ihm dieser etwas zu. Er nickte, als er seinen Kopf wieder hob, während er mit seinen Fingerspitzen über den Boden strich und anschließend an ihnen roch. Dann flüsterte er den Männern ein paar Worte zu. Blitzartig huschten die Indianer über den Boden und versteckten sich hinter Bäumen und Schneehügeln.

Nur ich blieb zurück und sah Hiamovi fragend an. Dieser lächelte schnell, bevor er mich mit einem auffordernden Blick zu sich rief. Als ich vor ihm stand, umschlossen seine kräftigen Hände meine Arme, während er mir tief in die Augen sah und mit einer monotonen Stimme, die so tief war, dass sie an das Brummen eines mächtigen Bären erinnerte, sagte:

»Keine Sorge, Catherine, du wirst das schon noch lernen.« Ein breites Lächeln umspielte seine Lippen. »Versuch einfach, leise zu sein, mein Kind!«

Als der Häuptling meine Arme dann sachte losließ und sich mit mir hinter einem mächtigen Baum versteckte, war es plötzlich so weit. Ich saß auf dem Boden und lehnte mich gegen den dicken Stamm des Baumes, während Hiamovi neben mir stand und achtsam jeder Bewegung der Natur folgte. Mit verschiedenen Lauten und Pfeifgeräuschen verständigte er sich mit seinen Männern, die seine Befehle umsichtig befolgten.

Und dann begann der Boden zu beben.

Wie eine Welle breitete sich das Beben in meinen Körper aus, während das zunächst ferne Dröhnen immer lauter und schließlich ohrenbetäubend wurde. Ich zitterte am ganzen Körper; unsicher und doch angespannt stand ich auf und lehnte mich gegen den Baumstamm.

»Was ist das?«, frage ich ängstlich.

Hiamovis Miene glich der von Amarok, glich der aller Indianer, die aufmerksam der Umgebung lauschten. Er beachtete mich nicht, sondern pfiff seinen Männern Signale zu, deren Bedeutung ich nicht verstand. Panisch sah ich mich um, ich konnte all das nicht einordnen, wusste nicht, was auf mich zukommen würde.

Mit geballten Fäusten packte ich Hiamovi am Kragen, zog ihn ganz dicht an mich heran und schrie unbeherrscht: »Sag mir, was los ist, sag es mir!«

Einer der Indianer, der sich mit uns hinter dem dicken Baumstamm versteckte, drehte sich bei meinem Geschrei blitzartig um und sah mich finster an, bevor seine Augen zu Hiamovi huschten, den ich immer noch an der Kleidung festhielt. Er bebte förmlich vor Wut, als er sah, wie respektlos ich seinen Häuptling behandelte. Zornig schrie er mich an – mit Worten, die ich nicht verstehen konnte, bei denen ich aber gleichzeitig wusste, dass ich sie auch nicht verstehen wollte, so wütend klangen sie. Und als sein Gesicht immer näher an das meine kam, seine Worte immer bedrohlicher klangen, da bremste ihn Hiamovi mit seiner Hand ab und der Indianer verstummte.

»Ist schon gut!«, sagte er ruhig.

Jetzt sah mich Hiamovi eindringlich an. Doch keine Wut war in seinen Augen, nein, in seinen Augen sah ich Verständnis. Ohne ein Wort zu sagen, zeigte er mit seinem Finger auf den Horizont, der vor wenigen Minuten von einem weißen Schal aus Schnee umhüllt gewesen war, nun jedoch ganz schwarz war.

Ich presste meine Augen zu Schlitzen zusammen und sah angestrengt zu diesem schwarzen Horizont, der immer näher rückte. Fasziniert und zugleich eingeschüchtert betrachtete ich diese Welle der Dunkelheit, die mit jeder Sekunde, die verstrich, größer und mächtiger zu werden schien. Während Hiamovi noch immer damit beschäftigt war, seinen Stammesmitgliedern Signale zuzurufen, konnte ich langsam die einzelnen Teile dieser Welle erkennen, die mittlerweile nicht mehr schwarz, sondern braun waren. Ich sah noch genauer hin und erkannte Tiere, die sich nun mit hoher Geschwindigkeit auf uns zu bewegten.

Einige der Indianer entfachten ein Feuer und zündeten damit die Äste der Bäume, die sie abrissen, an.

»Was soll das, was macht ihr?«, fragte ich Hiamovi verwirrt, doch er lächelte mich nur an.

»Bleib hier und bewege dich nicht von der Stelle!«

Ich nickte, obwohl ich seine Absicht nicht begriff, dann sah ich, wie er seine Hände vor den Mund hob und einen lauten Schrei ausstieß. Es klang wie der Schrei eines aufgescheuchten Tieres, klagend und nach Hilfe rufend.

Hiamovi verstummte abrupt und anstelle dieses Geschreis erklang der Ruf eines anderen Indianers.

Ich richtete mich auf und sah plötzlich einen festlich gekleideten Indianer, der sich nun furchtlos vor die Tierherde stellte, die immer näher kam. Der Mann trug einen langen, farbenfrohen Umhang, der zwischen all den kahlen Bäumen förmlich aufleuchtete. In den Händen, die unter dem Umhang hervorkamen, trug er einen Kelch, den er im Takt der galoppierenden Tiere hin und her schwang wie ein Pendel. Die Tiere kamen immer näher und ich erkannte ihre schmale Statur: Es waren Gabelböcke, Dutzende. Der Mann schien nicht verunsichert, er schloss die Augen, nahm den Deckel von dem Kelch, aus dem roter Dampf aufstieg, und atmete diesen Dampf mit einem tiefen Zug durch den Mund ein, bevor er ihn durch seine Nase wieder der Luft zurückgab.

Erstaunt beobachtete ich dieses Spektakel und konnte meine Blicke nicht von diesem seltsamen Indianer wenden. Mit stockendem Atem sah ich ihm zu, während die Erde unter seinen Füßen mit jeder Sekunde noch heftiger bebte.

›Was zum Teufel macht er da? Will er sich etwa umbringen?‹

Am liebsten hätte ich laut losgeschrien, um den Mann zu warnen. Ich hatte den Drang, auf ihn loszurennen und ihn in Sicherheit zu bringen, doch es war, als wäre ich am Boden angewurzelt. Ich konnte mich kein bisschen bewegen. Meine Beine waren ganz steif, meine Hände hielten sich an den Ästen des Baumes fest, selbst mein Mund schien zugefroren zu sein, so stark verwirrte mich dieses Schauspiel.

Der Mann breitete nun seine Arme aus und begann, sich immer und immer wieder im Kreis zu drehen, während sein Gesicht gen den Himmel gerichtet war und er laut vor sich hin redete. Es klang, als würde er etwas singen, dennoch schien es mir nicht Gesang zu sein, eher eine Rede, etwas, was nur den Göttern bestimmt war.

Es sah so seltsam aus; der Mann schien nicht mehr richtig bei sich zu sein, sein Körper, der sich noch immer drehte, war zwar sichtlich da, doch sein Geist schien ganz woanders zu sein.

Die Gabelbockherde kam mit großer Geschwindigkeit immer näher, und als sie nur noch Steinwürfe vor dem Geisterbeschwörer entfernt war, stürmten eine Handvoll Indianer, die sich bis vor Kurzem noch im Hintergrund gehalten hatten, mit brennenden Ästen auf die Herde zu. Mit lautem Gebrüll und Kriegsgeschrei schwangen sie ihre Fackeln in der Luft und zwangen die verängstigten Tiere dazu, in Richtung des Flusses abzudrehen.

Dort jedoch erwartete sie schon eine zweite Gruppe Indianer, die sie in ein großes Netz trieb und die Tiere so gefangen nahm.

Vielen Tieren gelang die Flucht, doch die gefangenen wurden nun von den jubelnden Indianern erbarmungslos getötet. Mein Herz wurde ganz schwer, als ich zusehen musste, wie die Männer die Tiere abstachen, deren Blut den Boden tränkte und deren Geschrei die Stille durchbrach.

Hiamovi, der bis jetzt seinen Männern stolz zugesehen hatte, trat nun aus seinem Versteck hervor und zog mich am Arm mit sich. Vor den Männern, die ein einziges Tier verschont hatten, blieb er stehen. Er sah mich ernst an, dann zeigte er auf den Gabelbock, der sich zwischen seinen toten Artgenossen ängstlich umsah.

»Töte ihn, Catherine!«, sagte er mit vor Stolz bebender Stimme.

Ich sah ihn entsetzt an und wurde ganz bleich, als ich all das Blut der toten Böcke auf dem Boden sah. Widerwillig schüttelte ich den Kopf.

»Das ist nicht gerecht!«, zischte ich Hiamovi zu, der verdutzt seine Augen weitete.

Er lachte kurz auf, bevor sich seine Miene zu einer des Zornes verzog.

»Das Leben ist so, kleine Catherine!«, fauchte er mich böse an. So hatte ich ihn noch nie erlebt. Seine Augen funkelten vor Zorn, der Stolz in seinem Ausdruck verschwand auf einen Schlag, und ich konnte die Verletzlichkeit in seiner Stimme hören.

Die Blicke aller Indianer waren auf mich gerichtet. Scham und Unbehagen breiteten sich in mir aus. Mit zusammengebissenen Zähnen sagte ich: »Dann gebt ihm wenigstens die Chance, sich zu wehren!«

Hiamovi fing an zu lachen, woraufhin auch die anderen zu lachen begannen, bis sämtliche Indianer um mich herum lachten.

Nur Amarok war nicht zum Lachen zumute, er sah mich nur mit verschränkten Armen an. Die Skepsis stand ihm auf die Stirn geschrieben und er schnaubte, bevor er das Netz mit einem Ruck aufriss und den Bock aus der Gefangenschaft entließ.

Die Indianer verstummten auf einen Schlag, alle Blicke waren nun wieder mir zugewandt. Langsam richtete ich meinen Speer auf das Jungtier, das verunsichert in die

Luft schnupperte, während ich es mit zusammengekniffenen Augen im Visier hielt.

»Sie kann nicht mal ein Tier erlegen!«, rief Hiamovi, bevor er in ein spöttisches Gelächter verfiel.

Dieses Lachen erzürnte mich, es erinnerte mich an Mrs. Darwinson und all ihre sinnlosen Schläge, an ihre Sprüche und an ihren Hass gegenüber den Schwarzen. Ja, sein Gelächter versetzte mich in Rage und ich hatte das Gefühl, ihm etwas beweisen zu müssen. Ich wollte ihm und allen anderen zeigen, was ich wert war. Und dann, ohne noch eine Sekunde zu zögern, schleuderte ich den Speer nach vorn, direkt in die Flanke des aufzuckenden Tieres, das auf einen Schlag umfiel und starb. Zitternd senkte ich meinen gehobenen Arm und sah auf das Tier nieder, dann schweiften meine Blicke zu Hiamovi und den anderen Indianern, die nun stumm auf den erlegten Bock sahen.

»Seid ihr jetzt zufrieden?«, schnaubte ich verächtlich.

Für den Rest des Tages sprach ich kein Wort mehr, ich sah nur still zu, wie die Indianer das Netz mit den toten Böcken hoben und dann mit dem merkwürdigen Gesang des Beschwörers nach Hause marschierten.

Schweigend lief ich neben Amarok her. Auch er sprach nicht, sah mich nur manchmal schnell an und senkte dann seine Blicke wieder. Er schien der Einzige zu sein, der mich verstand.

Am Abend saßen wir alle um das Feuer, Bahati schlief schon tief und fest in der Hütte, als zwei Männer drei der Böcke häuteten und dann über dem Feuer brieten. Gedankenverloren folgten meine Blicke dem flackernden

Licht der Flammen, deren Schatten auf dem Boden zu tanzen schienen.

Ich hatte das Fleisch vor mir kaum angerührt, so sehr schämte ich mich für meinen Rausch, dafür, dass ich gedacht hatte, den Indianern etwas beweisen zu müssen. Alles um mich herum nahm ich gar nicht mehr richtig wahr, ich bemerkte selbst Amarok nicht, der sich zu mir gesetzt hatte und nun die tanzenden Schatten auf dem Boden betrachtete.

»Er ist nicht immer so, weißt du?«, begann er zögernd. »Wenn unser Häuptling dir anbietet, das letzte Tier zu erlegen, dann ist das eine sehr große Ehre.« Er schluckte. »Lehnst du das ab, dann verletzt du den Stolz des anderen, verstehst du?«

Ich sah hoch, es war, als hätten seine Worte mich wieder in die Realität zurückgeholt. Stumm nickte ich; ich wusste, er meinte es nur gut. Am liebsten hätte ich meinen Gefühlen freien Lauf gelassen und alle Sorgen aus meiner Seele geheult, doch ich konnte es nicht, ich musste stark bleiben, genauso wie es mir Vater gesagt hatte.

»Wer war dieser merkwürdige Mann mit dem Umhang heute?«, platzte es schließlich aus mir heraus.

Amarok lachte, er nahm einen Stock in die Hand und kritzelte damit auf dem Boden herum.

»Das ist der Schamane, er ist sehr angesehen hier bei uns. Er kann die Götter beschwören und bittet vor einer Jagd um ihren Segen. Dazu schwenkt er den Kelch mit dem magischen Getränk hin und her, bevor er dessen Dämpfe einatmet, damit seine Seele in das Jenseits gleiten und so mit den Geistern sprechen kann.« Er machte eine kurze Pause, dann fuhr er mit leiser Stimme fort: »Kann er mit den Geistern verhandeln, dann gelingt es uns, die Herde zu uns zu leiten, gelingt es ihm nicht, dann sieht er dem Tod entgegen!«

So etwas Erstaunliches hatte ich noch nie in meinem Leben gehört. Dennoch begriff ich den Sinn der ganzen Sache nicht. Weshalb musste er die Götter bitten, jagen zu dürfen?

»Er riskiert also sein Leben, um Gabelböcke einzufangen?«, fragte ich verblüfft.

Amarok huschte ein Grinsen über die Lippen.

»Nein, er riskiert es, um seinen Mut und seine Ehre zu beweisen, Wašíču!«

»Was bedeutet *Wašíču*?«

Amarok dachte eine Weile lang nach, dann erwiderte er: »Das bedeutet übersetzt so etwas wie ›rätselhafter Mensch‹.«

Er sah sich um, das Licht des Feuers brannte nur noch schwach. Wir waren die Einzigen, die noch draußen waren und sich unterhielten. Mit einem Ruck stand er auf und machte sich auf den Weg zu seiner Hütte, bevor er sich nochmals lächelnd umdrehte und flüsterte: »Das bist du doch, rätselhaft, oder?«

Ich nickte lachend und sah dem Feuer noch eine geraume Zeit zu, wie es langsam erlosch. Dann begab auch ich mich zum Schlafen in die Hütte.

Es vergingen Wochen, in denen ich die Bräuche, ja sogar die Sprache der Shoshonen zu verstehen begann. Amarok war mir dabei eine sehr große Hilfe, er sah mich nicht merkwürdig an, wenn ich ihm Fragen über seine Kultur stellte, sondern beantwortete sie mir mit einem Lächeln im Gesicht. Zudem lehrte er mich einige Wörter in seiner Sprache, sodass ich ihn und seine Stammesgenossen gelegentlich sogar verstehen konnte, wenn sie miteinander sprachen.

Bahati fühlte sich wohler denn je; er hatte hier eine Familie gefunden, spielte mit den anderen Kindern und begann ebenfalls, ihre Sprache zu sprechen.

Der Winter begann spät, aber sehr abrupt. Bis vor Kurzem war es noch mild gewesen, doch vor einigen Tagen hatte der Winter eingesetzt und nun bedeckte eine dicke Decke aus Schnee die Landschaft. Es war kühl, sehr kühl, sodass das Feuer auf dem großen Platz zu einem lebensnotwendigen Wärmelieferanten wurde. Die Indianerfrauen hatten mir warme Kleidung und Schuhe aus Fell angefertigt, damit ich nicht fror und mit Amarok und den anderen jagen gehen konnte. Manchmal nahmen sie sogar Bahati mit, um ihm zu zeigen, wie man sich in der Wildnis zurechtfinden kann. Ich wollte keine Tiere töten, um mich dann an ihrem Fleisch und Fell zu laben, doch je kälter es wurde, je härter das Überleben wurde, desto größer wurde meine Angst, es nicht zu schaffen, und diese Angst ließ mich erbarmungslos werden.

Heute denke ich, es ist die Angst, die jeden von uns einmal im Leben erfasst. Es war die gleiche Angst, der sich all die Soldaten im Krieg stellen mussten, und zugleich war es eine simple Frage, die sich einem stellte: Ich oder der andere? Vier Worte, so simpel, dass sie ein jeder von uns zu verstehen glaubt und dennoch keiner nachvollziehen kann, wenn er nicht vor diese Frage gestellt wird. Denn ist man im Krieg, und dies waren wir seit zwei Jahren, dann war sie nichts anderes als die Entscheidung, ob man selbst sterben oder jemand anderem das Leben rauben würde.

Vor Matthews Tod konnte ich mich noch nicht für eine Antwort entscheiden, doch nun wusste ich, dass ich leben wollte! So fiel es mir immer leichter, die Tiere zu töten. Und irgendwann zuckte ich nicht einmal mehr mit der Wimper, wenn ich den Speer losschleuderte. Es war dieses Gefühl der Gleichgültigkeit, welches mir Angst einjagte. Ich wusste, dass es mir nicht gleichgültig war, wie es dem Tier erging, und dennoch hatte ich Angst, dass es irgendwann so sein würde, ich hatte Angst, so kalt und erbarmungslos zu werden wie Connrad und seine Männer.

Als ich meine Ängste Amarok anvertraute, schüttelte dieser nur den Kopf: »Wir sind Blutsgeschwister, Catherine, auch wenn ich nicht alles über dich weiß und du nicht alles über mich. Aber eines weiß ich gewiss: Du bist ein guter Mensch! Also sage nicht noch einmal, dass du den Konföderierten ähnlich wärst!« Er machte eine Pause und sah beschämt zu Boden, bevor er meine Hand ergriff und fortfuhr: »Ich würde mein Leben für dich opfern, wenn es dir helfen würde zu verstehen, dass dein Leben einen Grund hat!«

Ja, Amarok war ein guter Mensch, ich wage sogar zu behaupten, dass er der gütigste war, den ich je kennenlernen durfte, egal in welcher Hinsicht. Und deshalb schmerzt es mich ganz besonders, wenn ich an seinen Tod zurückdenke, der so sinnlos und grausam war, dass es mich bis heute schaudert, wenn ich nur daran denke.

29. Januar 1863, Idaho

Der Tag neigte sich seinem Ende zu, die untergehende Sonne ließ ihren letzten rötlichen Schein auf die Berge hinableuchten. Ich hatte den Frauen heute den ganzen Tag geholfen, aus den Häuten der geschlachteten Tiere Felle und Leder zu machen, damit man daraus anschließend warme Kleidung nähen konnte. Dies war eine lange und anstrengende Prozedur. Man musste die Tiere häuten, dann wusch man die Häute gründlich, bevor man sie, an einen Holzrahmen gespannt, trocknete. Abends war ich so müde, dass ich kaum mehr aufrecht sitzen konnte. Immer wieder nickte ich ein, kippte aus Versehen seitlich weg und fiel in den kalten Schnee.

Der Winter beanspruchte nun all unsere Kräfte. Mehr als diese Kälte belastete mich allerdings die Angst um Bahati. Ich hatte Angst, dass er den Winter nicht überstehen könnte. Die Mütter des Stammes allerdings schüttelten nur den Kopf, wenn ich sie mit den wenigen Sätzen, die ich sprechen konnte, danach fragte, und erklärten mir, dass ihre Kinder schon schlimmere Winter überstanden hätten.

Dann wurde es finster, der Himmel erschien in einem tiefen Schwarz und ließ die funkelnden Sterne über uns noch heller erscheinen. Der Mond, der nur noch einer schmalen Sichel glich, legte einen weißen Schleier auf den Vorplatz des Lagers. Wie immer saßen wir um das Feuer und sahen zu Hiamovi, der gerade dabei war, das letzte Stück Fleisch zu essen. Doch wir warteten nicht auf ihn, nein, wir erwarteten alle gespannt den Schamanen, den der Häuptling immer am Monatsende holen ließ, damit er die Geister im Jenseits überzeugen konnte, uns im nächsten Monat wohlgesonnen zu sein und uns, wenn nötig, unter die Arme zu greifen. Das war jeweils der Höhepunkt des Monats, alle Bewohner waren an diesem Tag besonders glücklich, sie plauderten ausgelassen, lachten miteinander und veranstalteten ein üppiges Festessen. An diesem Tag schien es keine Sorgen auf der Welt zu geben, so hatte es mir zumindest Amarok mit funkelnden Augen geschildert, als ich ihn danach gefragt hatte.

Und er hatte recht! Für einen Moment hatte auch ich all meine Sorgen, all die grausamen Bilder und den ganzen Krieg vergessen. Obwohl ich wusste, dass die Bilder nach diesem Abend wieder zurückkehren würden, fühlte ich mich erleichtert.

Plötzlich war es soweit, plötzlich trat dieser seltsame Mann aus dem Gebüsch hervor und stand inmitten des Platzes. Es war der Schamane, den ich bereits bei der Jagd gesehen hatte, nur dieses Mal trug er einen roten Umhang, der seinen ganzen Körper verdeckte. Auf dem Umhang, der an die Flammen des flackernden Feuers vor mir erinnerte, waren merkwürdige Symbole in grüner Farbe eingestickt. Der Schamane hielt wieder einen Kelch in seinen weiß bemalten Händen. Auch sein Gesicht war mit weißen Bemalungen und Linien verziert, selbst der mächtige Hut auf seinem Kopf trug weiße Zeichen.

Er verbeugte sich vor Hiamovi und ließ sich neben ihm nieder. Langsam nahm er seinen großen Hut vom Kopf, bevor er mit geschlossenen Augen den Krug öffnete und die Dämpfe eines dunklen Gebräus einatmete. Sein Mund bewegte sich, er schien einige Worte zu murmeln, die ich jedoch nicht verstand. Sein Geflüster war nicht mehr als ein scharfes Zischen, welches nur für die Geister bestimmt war und nur diese verstehen konnten. Mit großen Augen sahen Bahati und ich zu, wie sich der Schamane hin und her wiegte, während er in einen gleichmäßigen Singsang verfiel, der für mich verzerrt und äußerst fremdartig klang.

Amarok hatte wohl meine fragenden Blicke richtig gedeutet, denn er begann mit stur nach vorn gerichtetem Blick, die Worte des Schamanen zu übersetzen.

»Es ist Nacht, trotzdem kann ich unser Dorf sehen. Ich erkenne die Umrisse der Hütten und die Feuerstelle. Alle schlafen, ich höre euer Dösen, das ruhige und regelmäßige Dösen.«

Der Schamane hielt einen kurzen Moment inne, bevor er wieder den Dampf des farbigen Gebräus einatmete und weitermachte.

»Die Geister weisen mir den Weg, sie sind bereit zu sprechen.«

Nun tasteten seine Hände suchend in der Luft, als fasste er etwas Unsichtbares an.

»Ich kann die Hitze spüren, die Feuchtigkeit, ich kann das Geschrei hören und ich sehe, ich sehe …«

Der Schamane, dessen Stimme immer leiser wurde, machte eine Pause. Abrupt öffnete er seine Augen – es war, als hätten die Geister seine Seele wieder in seinen Körper zurückgeworfen, so entsetzt war der Ausdruck seines Gesichts. Ich sah die Furcht in ihnen und Bitterkeit.

Hiamovi sah den Schamanen verdutzt an, seine Miene verhärtete sich, als dieser nicht mehr weitersprach.

»Sag mir, was die Götter dir erzählten!«, forderte er ihn auf.

Der Schamane seufzte laut, senkte seinen Kopf und flüsterte Hiamovi ein paar Worte zu. Er sprach so leise wie möglich, dennoch schien Amarok seine Worte verstanden zu haben, denn ich sah, wie sich seine Augen bei den Worten des Mannes schreckhaft weiteten, bevor er sie mir übersetzte.

»Ich sehe Männer und Feuer, Waffen und Zerstörung!«

Teil 3

Narben

Kapitel 17

Lagerplatz der Shoshonen, Idaho

Entsetzt sah auch der Häuptling den Schamanen an; dessen Worte hatten ihm die Sprache verschlagen. Seine Leidenschaftlichkeit, die sonst immer alle beflügelte und allen Mut machte, verschwand auf einen Schlag, und seine Miene drückte Besorgnis aus.

»Wann wird das passieren?«, fragte er bebend.

Der Schamane, der sein Haupt noch gesenkt hielt, zuckte bei dieser Frage nur mit den Schultern, bevor er aufstand und in einer der Hütten verschwand.

Benommen erhob sich auch der Häuptling und versuchte, die Hände auf einen Stock gestützt, Zuversicht zu verbreiten.

»Macht euch keine Sorgen! Wir werden diesem Schicksal zuvorkommen und die Götter davon überzeugen, dass wir würdig sind!« Jetzt schweifte sein Blick in die Runde, von Gesicht zu Gesicht, während er immer wieder auf einzelne Männer zeigte und sie bei ihrem Namen rief, bevor er bei Amarok stehen blieb. »Amarok, du bleibst mit einer Handvoll Männer hier und beschützt Frauen und Kinder!«

Ein Lächeln huschte ihm über die Lippen.

»Ich übergebe dir das Kommando, mein Sohn!« Amarok nickte, während sein Vater sich nun den übrigen Männern zuwandte: »Ihr kommt mit mir. Wir werden uns in der Schlucht verstecken und die Angreifer von dort aus überraschen!«

Mit diesen Worten standen die Männer auf und holten ihre Waffen, bevor sie noch einmal ihre Frauen und Kinder in die Arme nahmen und dann hinter den Büschen, die uns vom Bear River abgrenzten, verschwanden. Es war schrecklich, mit ansehen zu müssen, wie diese Männer ihre Frauen umarmten, wie sie ihnen ins Ohr flüsterten, dass alles wieder gut werden würde, obwohl sie insgeheim wussten, dass dies eine Lüge war. Ich hatte das schon mal gesehen, ich konnte mich erinnern, als wäre es erst gestern gewesen. Damals, als Matthew mit den anderen Freiwilligen von Lawrence ging. Als ich aus dem Fenster gesehen hatte und die kreischenden Frauen sah, ihre Kinder, die ihre Väter nicht loslassen wollten, das Getöse, diese Trauer. Und dann Matthew, ganz allein vor dem Haus, wie er mir zuwinkte, seine Waffe um die Schulter band und für immer ging. Der Gedanke daran brach all die Narben wieder auf.

Es war seltsam, ich hatte nicht das Gefühl, dass uns jemand angreifen würde, und genauso schienen die Frauen darüber zu denken. Während die Männer sich in der Schlucht hinter dem Fluss versteckten, um Wache zu halten, begaben wir uns in unsere Hütten und legten uns zum Schlafen nieder, als wäre nichts gewesen.

Amarok begleitete mich bis zur Hütte, umarmte mich kurz und positionierte sich dann vor der Hütte.

Der Speer in seinen Armen war schwer und die Müdigkeit ließ seine Augen zufallen, dennoch zwang er sich, wach zu bleiben, so wie es ihm sein Vater befohlen hatte. Er sah über den Platz und nickte den restlichen Männern und Jünglingen zu, die sich gleichmäßig vor den Hütten verteilt hatten, um ihr kostbarstes Gut zu beschützen.

Währenddessen hatten sich die Männer in der Schlucht eingerichtet. Ihre Waffen lagen griffbereit neben ihnen, ihre Augen sahen angestrengt über den schmalen Rand des Bodens, doch nichts als Dunkelheit war zu erkennen. Hiamovi saß inmitten seiner Männer und hielt mit einigen anderen Wache. Wie ein Raubtier, das seine Beute beobachtete, blickte er mit zusammengezogenen Augen in die Weite, doch alles war ruhig.

Stunden vergingen, in denen sich die Männer zwangen, wach zu bleiben, Stunden, in denen nichts geschah. Allmählich begannen die Indianer an der Vorhersage des Schamanen zu zweifeln, ja selbst Hiamovi traute seinem treuen Freund nicht mehr so recht – bis plötzlich ein lauter Schuss erklang. Sofort schraken alle Indianer auf und starrten sich mit weit aufgerissenen Augen fragend an. Ein flehendes Aufheulen erklang und es verstrichen nicht mehr als Sekunden, bis Hiamovi den Mann neben sich zusammensacken sah. Innerhalb weniger Augenblicke war seine Kleidung rot gefärbt, bevor er mit offenem Mund reglos am Boden liegen blieb. Wieder ein Schuss, diesmal sauste er knapp neben dem Kopf des Häuptlings vorbei, der sich verwirrt fragte, woher diese Schüsse kamen.

Die Indianer, die sich gerade noch sicher gewesen waren, dass niemand angreifen würde, gerieten immer mehr in Panik und schleuderten mit zitternden Händen ihre Speere dem unsichtbaren Feind entgegen, während immer mehr ihrer Freunde den Schüssen zum Opfer fielen. Die Männer schrien und baten um Hilfe, doch die Götter erhörten ihre Gebete nicht, sondern schienen den Feind zu begünstigen, der nun immer näher kam.

Zur gleichen Zeit im feindlichen Lager

»Sir, die Indianer verstecken sich hinter dem Fluss in einer Art Graben. Diese Barbaren haben begonnen, ihre Speere anzuzünden und so drei unserer Flöße zerstört. Dabei wurden elf unserer Männer getötet!« Der Unteroffizier schnaubte tief, sein Atem war schnell und unregelmäßig, seine Augen weit aufgerissen.

Trotz allem versuchte er verzweifelt, seinen Befehlshaber, den allerorts hoch angesehenen Patrick E. Connor, davon zu überzeugen, diese Indianer in Ruhe zu lassen. Er war noch jung, das war ihm bewusst, und vielleicht war er auch unerfahren, gar naiv, doch eines wusste er: Es war nicht gerecht, diese Menschen anzugreifen, ihre Familien, ihre Kinder anzugreifen. Außerdem sollte man sich vor ihnen fürchten. Als Kind hatte er die Shoshonen immer sehr bewundert, sein Vater war es gewesen, der ihm jeden Abend eine neue Geschichte von ihren Abenteuern erzählt hatte, und jede Nacht hatte er sich vorgestellt, einer von ihnen zu sein – auch wenn alle anderen Weißen die Indianer und deren Kultur verabscheuten. Er hatte nie verstanden, weshalb dem so war, doch er wusste, dass man sich als Soldat nie dem Befehl seines Kommandanten widersetzen durfte, wollte man nicht sein Leben riskieren. ›Wieso mussten die Shoshonen auch unsere Postkutschen angreifen, die allerorts als »Ponyexpress« bekannt sind? Hätten sie diese Überfälle gelassen, wären wir alle nicht an diesem Punkt angelangt und ich müsste nun auch nicht meine Freunde sterben sehen‹, dachte er flehentlich.

Der Unteroffizier wartete noch immer auf die Antwort Connors, der seine abschätzenden Blicke auf den Fluss vor sich richtete und dabei nachdenklich über seinen vollen Bart strich.

»Michaels, reden sie keinen Schwachsinn und kreisen Sie diese Narren ein! Sie sollen uns nicht entkommen«, sagte Connor schließlich mit einem tiefen Seufzer.

Der Unteroffizier, dessen Miene sich nun bitter verhärtete, nickte schicksalsergeben, bevor er abtrat und den Befehl weitergab.

Nur wenige Minuten verstrichen, bis die Soldaten es geschafft hatten, die Shoshonen zu umkreisen. Auf das Kommando Connors hin begannen sie nun, ihre Waffen zu laden und auf die Schlucht zu schießen, aus der nun nur noch das laute Aufheulen der verletzten Indianer zu hören war.

Panik breitete sich wie eine Welle unter ihnen aus. Selbst Hiamovi erfasste die Furcht, die Nacht nicht mehr zu überstehen. Er sah seine Mitmenschen nicht mehr, konnte nur noch ihre Umrisse erkennen und ihre Wärme neben sich fühlen, das erschwerte ihm einiges. Die bittere Wahrheit war: Sie hatten zu wenig Munition und Waffen, um den Feind besiegen zu können, zudem waren sie in dieser engen Schlucht eingesperrt und litten unter schweren Verletzungen und der Kälte. Die Shoshonen begannen an sich zu zweifeln, lösten ihre Linien auf und sprangen aus ihrem Versteck über den verwüsteten Boden.

Die meisten wurden auf dem Weg zum Fluss erschossen, diejenigen, die den Fluss erreichten, ertranken sofort in den eiskalten Fluten. Nur eine Handvoll Shoshonen blieb mit Hiamovi an Ort und Stelle, um sich gegen den Feind zu wehren, der nun immer ungeduldiger wurde.

Die Schreie, die verzweifelten Rufe rissen mich aus dem Schlaf und versetzten mich in Angst und Schrecken. Ich hätte nie geglaubt, dass jemand so grausam sein könnte, die unschuldigen Einwohner eines Dorfes zu massakrieren. Doch plötzlich wurde es still. Keine Schüsse erklangen mehr, keine Rufe, nichts. Nur noch das Heulen des Windes war zu hören. Leise ging ich nach draußen zu Amarok, der sich auf dem Boden niedergekauert hatte und mit harter Miene auf das schwach lodernde Feuer des Platzes sah.

»Sie sind alle gegangen, um zu helfen, doch keiner ist zurückgekehrt!« Er schluckte.

Gerade wollte ich etwas sagen, als ich ein Knacken dicht hinter mir hörte. Ich schrak auf und sah Amarok entsetzt an. Dieser verstand sofort und zischte:

»Das Feuer, es verrät uns!«

Er zeigte auf die noch ein wenig glimmende Glut, die in der Mitte des Platzes leuchtete. Ohne meine Reaktion abzuwarten, stürmte Amarok nach vorn und trat mit zusammengebissenen Zähnen und schmerzverzerrter Miene das Feuer aus.

Der Mut Amaroks, dieses Jünglings, beeindruckte mich schwer, setzte er sich doch selbst diesen Schmerzen aus, um das Leben der Frauen und Kinder seines Stammes zu schützen. Mit stolzem Blick sah er zu mir, als das Feuer unter seinem Gewicht schwächer wurde, dann jedoch verzog sich seine Miene zu einem Ausdruck des Schreckens. Ich begriff diesen Wandel nicht ganz, sondern stand immer noch wie angewurzelt da und bestaunte seine mutige Tat, als ich plötzlich den Rauch erkannte, der um das Dorf herum in die Luft stieg.

Die Zeit schien für einen Moment stillzustehen. Währenddessen stiegen die Umrisse des schwarzen Rauchs immer höher und höher und breiteten sich überall aus. Amarok und ich verharrten reglos, sahen uns verzweifelt an. Männerstimmen erklangen, und die Soldaten, die das Dorf bis vor Kurzem durch die schützenden Bäume nicht erkannt hatten, stürmten nun schnellen Schrittes auf uns zu und ließen mit ihren lauten Befehlen und Siegesrufen keine Zweifel über ihre weiteren Absichten aufkommen.

Voller Angst schrie ich auf, bevor ich in die Hütte lief und Bahati in meine Arme riss. Als ich wieder nach draußen zu Amarok stürmte, der noch immer dabei war, die Überreste des Feuers mit seinem Körper zu ersticken, rief ich: »Schnell, hol die Frauen da raus und bring sie in Sicherheit!«

Blitzschnell erhob sich Amarok, wischte sich mit einem schmerzhaften Aufstöhnen die Asche vom Leib und stürmte dann in jede Hütte des Dorfes, um die Frauen und Kinder seines Stammes zu retten. Auch ich rannte mit Bahati im Arm von Hütte zu Hütte und versuchte so schnell wie möglich die Frauen zu warnen, die ihre weinenden Kinder bereits zur Eile antrieben.

Das Geschrei der Menschen war entsetzlich, Dutzende von Indianerfrauen stürmten panisch aus ihren Hütten über den Vorplatz, einige stolperten und stürzten, andere wurden einfach umgerannt.

Ich wollte gerade in ein etwas abseits stehendes Haus eintreten, als ich plötzlich ein Licht in der Luft wahrnahm, das immer schneller und direkt auf das Haus zuraste, bis es das Strohdach durchbrach. Die Hütte fing augenblicklich Feuer. Eine Stimme schrie auf, das flehende Rufen einer Frau, die es alleine nicht schaffte, sich aus dem Haus zu schleppen. Die Flammen wurden immer größer und begannen, das ganze Dach in Beschlag zu nehmen. Entschlossen setzte ich Bahati auf dem Boden ab und rannte in die brennende Hütte. Es war heiß, sehr heiß, sodass sich auf meinem ganzen Körper sofort Schweißperlen bildeten. Der Rauch schnürte meine Kehle zu und ich keuchte laut, während ich mühsam nach der immer knapper werdenden Luft rang. Niemand war zu sehen, keine Umrisse, keine Schatten, nur das lodernde Feuer, das immer größer und mächtiger wurde.

»Hallo, ist da jemand?«, schrie ich durch den Rauch.

Nichts.

Ich hatte mich schon umgedreht, als ich plötzlich eine kaum hörbare Stimme, ein klagendes Stöhnen vernahm. Angestrengt suchte ich nach dem Körper der Stimme, und schließlich entdeckte ich sie: eine alte Indianerin. Ihre verbrannten Finger streckten sich nach mir aus, ihr weißes Haar war durch die Flammen ganz schwarz. Ihre hilflose Blicke lähmten mich und ich sah sie eine Zeit lang nur an, während das Feuer um mich herum immer größer wurde. Ein lautes Knacken erklang, in der nächsten Sekunde brach das Dach über dem Kopf der Frau zusammen und begrub sie unter einer Decke aus Flammen. Ich schrak auf und sprang zur Seite, meine tränenden Augen sahen fassungslos auf den reglosen Körper der Frau hinab, meine zitternden Beine schienen mich nicht mehr tragen zu können. Einzig das Geschrei Bahatis, der weinend vor der Hütte saß und nach mir rief, riss mich aus meiner Schockstarre. Ich humpelte nach draußen, bevor die Hütte in sich zusammenbrach und eine Wolke aus dicker Asche in die Luft wirbelte. Keuchend fiel ich vor Bahati auf den Boden.

Das brennende Feuer ließ den ganzen Schnee in Sekunden schmelzen, und dort, wo vor wenigen Minuten noch eine wundervolle weiße Landschaft geglitzert hatte, lag nun eine dunkle Ascheschicht, die alles unter sich begrub.

Bahati, über dessen schwarzes Gesicht dicke Tränen liefen, legte seine kleinen Finger auf meinen Rücken und streichelte mich sanft, während er immer und immer wieder die gleichen Worte von sich gab.

»Nicht weinen, bitte nicht weinen!«

Schluchzend nahm ich ihn in meine Arme, ich musste einfach stark sein. Ich durfte jetzt nicht aufgeben. Matthew hätte gewollt, dass ich weiterkämpfen würde, er war nicht umsonst gestorben! Der Gedanke an seinen blutigen Körper in meinen Armen ließ mich erschaudern. Mit funkelnden Augen ballte ich die Fäuste, stand mit dem Jungen auf und rannte zum Vorplatz zurück.

Ich werde diesen Anblick wohl nie vergessen, dieses Bild, das sich von diesem Tag an in mein Gehirn gebrannt hatte und mich nie wieder losließ. Ein Bild des Schreckens, des Leidens und der Grausamkeit, dem keine Worte gerecht werden können.

Als ich mit Bahati im Arm auf den Vorplatz stürmte, sah ich das ganze Ausmaß dessen, was die Soldaten angerichtet hatten. Ich sah mit eigenen Augen, wie einige von ihnen mit einem breiten Lächeln im Gesicht das ausgelöschte Feuer der Dorfmitte wieder anzuzünden begannen, während ihre Kameraden die Hütten der Shoshonen in Brand setzten, obwohl sich dort immer noch Indianer befanden, die nun bei lebendigem Leib verbrannten. Frauen nahmen ihre Kinder in die Arme und rannten kreischend über den Vorplatz, wo sie von den Soldaten auf den Boden geworfen und erschossen wurden, während ihre Kinder dabei zusahen. Andere wurden unter dem Gewicht der zusammenstürzenden Hütten begraben, wieder andere ertranken bei dem Versuch, sich durch den eiskalten Fluss schwimmend zu retten.

All das, das Geschrei, das Getobe, das Blut, die reglosen Körper auf dem Boden, all diese Grausamkeiten! Ich weiß nicht, was in diesem Moment mit mir geschah, doch plötzlich durchfuhr mich eine Welle von Energie! Wie von Sinnen rannte ich über den Platz, huschte zwischen den lachenden Soldaten hindurch und wich den Flammen um mich aus, während ich den Kopf des Jungen an meine Schulter presste und meine Arme schützend um seinen kleinen Körper schlang. Panisch suchte ich in all der Hektik, zwischen all den Schreien, zwischen all dem Leiden Schutz für mich und Bahati.

Doch plötzlich vernahm ich die lauten Hilferufe einer Frau. Abrupt blieb ich stehen und glaubte, meinen Augen nicht zu trauen. Die Frau, die sich verzweifelt wehrte, lag unter einem muskulösen Soldaten, der ihr gerade genussvoll und frivol grinsend die Kleider zerriss, sie überall anfasste und mit ihr zu spielen begann. Sein dreckiges Gelächter hallte in meinen Ohren, die Worte, die er ihr belustigt zuflüsterte, ließen mich erschaudern. Es war, als fesselten sie mich an den Boden. Ich konnte mich nicht mehr bewegen, war wie gelähmt und betrachtete fassungslos die Szene, die sich mir bot.

Energisch setzte ich den Jungen auf dem Boden ab und rannte wie von Sinnen auf den Soldaten zu. Ich weiß nicht mehr, was genau geschah, was genau ich getan habe, ich kann mich nur noch erinnern, dass der Soldat kurz darauf von der Frau abließ und sich mit schmerzverzerrtem Gesicht im Dreck wand. In lähmendem Entsetzen gefangen, lag die Frau immer noch reglos auf dem Boden. Erst jetzt, als ich ihr ins Gesicht sah, erkannte ich sie – es war die Frau von Hiamovi.

»Geh!«, schrie ich ihr keuchend zu, bevor mir plötzlich etwas die Kehle zuschnürte.

Ein entsetzlicher Schmerz, es schien, als würde jemand meinen Hals von allen Seiten zusammenquetschen. Nun selbst auf dem Boden liegend, sah ich mit weit aufgerissenen Augen auf den muskulösen Soldaten, der sein Gewehr gegriffen hatte und es nun gegen meine Kehle drückte. Ich röchelte, strampelte mit den Füßen und versuchte mit aller Kraft, mich gegen den auf mir sitzenden Mann zu wehren, doch ich merkte schon bald, dass meine Kräfte nachließen und ich keine Chance hatte. Ich fühlte, wie meine Arme schwächer wurden und wie sich das Zittern meiner Beine langsam legte. Noch immer rang ich verzweifelt nach Luft. Das Letzte, was ich hörte, war ein lautes Aufkeuchen, bevor kurz darauf etwas Schweres auf mich fiel.

Kapitel 18

Lager der Shoshonen

»Cathie, schnell, wir müssen hier weg!«, drang Amaroks Stimme energisch zu mir durch.

Mühsam öffnete ich meine Augenlider. Das grelle Licht des Feuers, welches uns zu umzingeln schien, katapultierte mich wieder in die Gegenwart und ließ mich keuchend nach Luft schnappen. Mit schmerzverzerrter Miene hielt ich meine Kehle.

»Den Jungen, nimm ihn!«, flüsterte ich krächzend, während ich den leblosen Soldaten, der Amaroks Messer im Rücken stecken hatte, von meinem Körper wegschob.

Amarok verstand sofort. Er hob Bahati, der auf der anderen Seite des Platzes schreiend am Boden saß, hoch, nahm ihn in seine Arme und lief mit ihm wieder zurück zu mir. Währenddessen rollte ich keuchend auf eine Seite, stemmte meine Hände gegen den Boden und spuckte das Blut aus meiner Kehle. Dann zog mich Amarok mit einem Ruck auf die Beine und zerrte mich hinter sich her. Ich stolperte immer wieder über meine eigenen Füße, fiel in den Dreck und schlug mir die Knie auf, doch Amarok ließ nicht locker. Mit raschen Schritten führte er mich zu einem mächtigen Baumstamm, der brennend auf den Boden niedergestürzt war und immer noch ein wenig brannte. Unter ihm war eine Grube zu erkennen, die genug Platz für drei Personen bot.

»Kriecht in die Grube, schnell, ich komme gleich nach!«, zischte er, während er auf die Unterseite des Baumes zeigte.

Bahati krabbelte vor mir her, ich folgte ihm und zog mich schluchzend unter den Stamm, wo der Junge schon auf mich wartete und seine kleinen Arme um mich schlang. Ich wiegte ihn beruhigend hin und her, während ich abwartend die Geräusche um mich herum verfolgte und angestrengt durch den Spalt nach vorn spähte.

Der Lärm hatte nachgelassen, nur noch ein dumpfes Dröhnen war zu hören. Amarok war nirgends zu sehen. Ich wartete und wartete, doch nichts geschah.

Plötzlich hörte ich ein Wimmern. Ich drehte meinen Kopf zur Seite und konnte auf dem Platz Amarok erkennen, dessen verbrannte Hände zitternd seinen Bauch umschlangen. Als er mich sah, lächelte er verkrampft, bevor sich sein Gesicht wieder schmerzhaft verzog und er stöhnend aufheulte. Er lag in einer Lache aus Blut, das aus seinem Bauch quoll, und sein verletztes Bein zuckte wild. Ich wollte zu ihm kriechen und ihm helfen, wollte ihm sagen, dass alles wieder gut werden würde, doch das viele Blut … Wie bei Matthew! Ich erstarrte. Aber dann rief ich ihn mit tränenüberströmten Augen und aufgerissenem Mund – doch er legte nur seine blutigen Finger auf seinen Mund und schüttelte den Kopf.

Ich sah ihn eine Weile an, sah zu, wie er verblutete, wie er sich in seinem Schmerz wand, doch ich konnte ihn nicht einfach so sterben lassen. Er war mein Freund, den ich wie einen Bruder liebte! So zog ich mich keuchend unter dem Baumstamm hervor und lief mit ausgestreckten Armen zu Amarok, der mich anflehte, an Ort und Stelle zu bleiben. Ich setzte mich trotzdem zu ihm, weinte und hielt seine immer kälter werdenden Hände in den meinen.

»Ist schon gut, Catherine, ist schon gut!«, flüsterte Amarok mir zu, während Tränen meine Wangen hinunterliefen.

Seine rechte Hand löste sich einen kurzen Moment aus meiner, mit einem energischen Ruck riss Amarok die Federkette, die um seinen Hals hing, ab und umschloss sie fest, als könnte sie seine Schmerzen heilen. Mit der anderen suchte er die Wärme meiner Hand.

Das Geschrei hatte langsam nachgelassen und war nur noch als ein weit entferntes Dröhnen zu vernehmen. Dann hörte ich Schritte, und ehe ich mich versah, stand ein groß gewachsener Soldat vor mir. Seine dreckige Schuhsohle, die wie in Zeitlupe auf mich zukam, war das Letzte, an das ich mich erinnern konnte. Dann wurde alles schwarz.

Als ich die Augen wieder öffnete, hatte sich ein grauer Nebel über das Schlachtfeld gelegt, das einst unser Dorf gewesen war. Ein Geisterort. Nichts war zu hören, rein gar nichts, nur diese unbeschreibliche Stille und der markante Geruch von Asche, der in meiner Nase brannte. Ich sah um mich, bis meine Blicke bei Amarok hängen blieben, der meine Hände immer noch umschlossen hielt und mit leeren Augen in die unendliche Weite des Himmels starrte.

»Nein, nein!«, begann ich zu schreien und presste mein Gesicht gegen den Boden, während ich mit den Händen so lange gegen ihn schlug, bis sie bluteten. Doch das spielte keine Rolle, nichts schien mehr eine Rolle zu spielen, kein Schmerz hielt mich von meiner Wut, von meiner Trauer ab. Ich schrie so lange, bis nur noch ein wundes

Krächzen aus mir kam. Schließlich verstummte ich und lauschte in die Umgebung.

Stille hatte sich um mich herum ausgebreitet, einzig das Flackern der Flammen und das flehende Wimmern Bahatis, der mittlerweile zu mir gekrochen war, waren zu hören. Bahati hatte seine Arme um mein Bein geschlungen und sein kleines Gesicht darin vergraben. In seiner Unschuld und Zerbrechlichkeit glich er einem jungen Tier, das sich Schutz suchend zusammengerollt hatte. Ich riss mich zusammen und löste Bahati sanft von mir, bevor ich aufstand, mir das Blut im Gesicht wegwischte und begann, Amarok an den Händen unter den Baumstamm zu zerren.

Ich holte auch Bahati zurück zu unserem Versteck. Völlig entkräftet von dieser Anstrengung legte ich mich anschließend auf den Boden, schlang meine Arme um Bahati und wartete. Wartete auf das, was auch immer nun kommen mochte. Vielleicht wartete ich auf den Tod, vielleicht aber auch auf Hilfe oder auf eine laute Stimme am Himmel, die mir sagte, dass das alles nur ein schlimmer Traum wäre. Doch ganz egal, auf was ich wartete, es dauerte nicht lange, bis ich Schritte vernahm, die immer näher kamen.

Gleich darauf sah ich direkt vor mir die dreckigen Schuhe eines Soldaten, der sich mit einer Fackel in der Hand umsah und sich nun mit einem tiefen Seufzen bückte. Für einen Moment setzte mein Herzschlag aus. Entsetzt legte ich meine zitternden Hände auf Bahatis Mund, damit ihm ja kein Laut entwich.

Der Soldat, der mit seiner Fackel jetzt unter den Baumstamm leuchtete und direkt in mein Gesicht blickte, riss die Augen auf. Ich sah ihn fassungslos an. Er war jung, sehr jung und ich kannte dieses junge Gesicht. Es war das eines Freundes von Matthew aus Kalifornien! Ich weiß noch genau, wie er Matthew damals besuchen kam, so jung. Wie wir an einem sonnigen Nachmittag draußen gesessen und gespielt hatten, wie seine Mutter mit unserer schwatzte.

Und jetzt sah ich in sein verdrecktes Gesicht, welches schon so viel gesehen hatte, wie er in seiner Uniform dastand und in meines sah.

»Steven!«, keuchte ich hervor, eine Träne löste sich von meinen Wimpern.

Er starrte mich an. Verzweifelt hob ich meine Hände nach oben, um ihm zu zeigen, dass ich wehrlos war.

Jemand mit tiefer Stimme schrie über den Platz: »Irgendwelche Überlebenden?«

Steven sah erschrocken nach hinten zu dem Fragenden, dann blieben seine Blicke bei mir hängen. Auf seiner Stirn glänzten Schweißperlen, seine Wangen waren mit Staub und Dreck überzogen. Noch einmal sah er mich an.

»Lauf, lauf und komm nicht zurück!«, wisperte er. Dann drehte er sich um und schrie: »Nein, Sir, niemand!«

Kapitel 19

30. Januar 1863, Shoshonenlager, Idaho

Einst waren wir 300 gewesen, die in diesem Dorf gelebt hatten. Es zeugte von barbarischer Grausamkeit der Soldaten, ein Dorf mit unschuldigen Menschen mitten in der Nacht zu überfallen und niederzubrennen. Nun war es die Aufgabe von uns Überlebenden, die Toten, deren Blut den Ascheboden rot färbte, zu zählen.

Der Soldat, von dem ich nichts weiter wusste, dieser Soldat hatte mein Leben gerettet. Das ist für mich ein Zeichen von wahrer Tapferkeit, auch wenn ich mir gewünscht hätte, die Bilder des nächsten Tages nie gesehen zu haben.

Nachdem die Soldaten gegangen waren und nachdem auch das letzte Keuchen und entfernte Wimmern der verletzten Shoshonen verklungen war, breitete sich Stille aus. Sie verschlang das Dorf.

Ich musste wohl irgendwann vor Erschöpfung eingeschlafen sein, denn als ich die Augen wieder öffnete, schien die Sonne und warf ihr grelles Licht auf den Baumstamm. Müde rieb ich mir den Schlaf aus den Augen, umarmte Bahati und strich ihm sanft über den Rücken.

Ich hatte so schreckliche Angst, er würde auch irgendwann wie all die anderen verstummen und ich wäre allein, diesmal wirklich ganz allein auf dieser Welt. Nun nahm ich ihn an die Hand und lief mit ihm zum Vorplatz, um nach Hilfe zu schreien, doch der Anblick des zerstörten Dorfes ließ mich verstummen. Es gab keine Hütten mehr, keine Bäume und Pflanzen, das Feuer hatte alles dem Erdboden gleichgemacht. Der glitzernde Schnee war verschwunden, von schwarzen Ascheresten der Hütten begraben.

Meine Blicke schweiften verzweifelt hin und her, doch wohin ich auch sah, ich sah nichts als die verbrannten Leichen der Indianer, die mit weit aufgerissenen Augen und offenen Mündern auf dem Boden lagen. Und in ihren Gesichtern konnte ich die Angst und den Schrecken erkennen, die sie vor ihrem Tod gesehen hatten; ich konnte die Verzweiflung und die Ungerechtigkeit spüren. Doch das Schlimmste war, dass sie mich alle anzusehen schienen: Ihre schreckhaften Blicke schienen mich ins Visier zu nehmen, als wollten sie mir sagen, dass ich die Ursache für ihr Leiden war.

Mit der Hand vor dem Mund versuchte ich, mein Schreien zu unterdrücken, doch der Anblick all dieses Leids war unerträglich. Ich atmete den Geruch der Asche ein, er ließ meine Nase brennen und mir wurde übel. Keuchend fiel ich auf die Knie, vergrub mein Gesicht an Bahatis Körper und weinte.

Ich weinte um diese unschuldigen Indianer, die von Unionssoldaten grausam ermordet worden waren. Ja, genau: von Unionssoldaten, von Steven, dem lieben, naiven, Steven Michaels! Ich hatte mich also tief getäuscht! Bis zu diesem Moment hatte ich immer gedacht, dass die Konföderierten die »Bösen« waren, nun wurde mir klar, dass es kein Gut und Böse gab. Ganz im Gegenteil, in diesem schrecklichen Krieg gab es nur »Böse«!

Ich weiß nicht, wie lange ich auf dem Boden lag und weinte, doch irgendwann spürte ich eine Hand an meiner Schulter und gleich darauf noch eine.

Es kamen immer mehr Hände, die mich tröstend berührten, immer mehr Schritte, die auf mich zukamen. Langsam hob ich den Kopf und sah auf.

Um mich herum hatten die überlebenden Shoshonen einen Kreis gebildet.

Wir waren noch 54. 54, die übrig geblieben waren, 54 von 300.

Und dann, zwischen all den Shoshonen, die ihre Hände tröstend auf meinen Körper gelegt hatten, erkannte ich Hiamovi. Er stand mit dem Rücken zu mir, auf dem unzählige Wunden und Narben zu sehen waren. Seine Kleidung war zerfetzt und nicht mehr als ein Lumpen. Selbst sein Federhut, den er immer so stolz getragen hatte, lag vergessen in der Asche.

Mit wackeligen Beinen stand ich auf, legte den Jungen in die Arme einer Indianerin, und trat auf Hiamovi zu. Zitternd blieb ich dicht hinter ihm stehen.

Er hob den Kopf, als er mich bemerkte, und drehte sich langsam zu mir um. Seine Augen waren müde und unzählige Tränen auf seinen Wangen glitzerten im grellen Schein der Sonne. In seinen blutigen Armen hielt er den reglosen Körper Amaroks, dessen friedlich geschlossene Augen den Eindruck vermittelten, er würde schlafen.

Entsetzt starrte ich ihn an.

›Er hatte ihn gefunden, seinen eigenen Sohn tot aufgefunden!‹

»Er … er war noch so jung!«, brachte Hiamovi mühsam hervor und betrachtete weinend seinen Jungen.

Ich wusste nicht, was ich ihm sagen sollte, um ihm mein Beileid auszudrücken, wusste nicht, was ich tun könnte, um ihm etwas von seiner Last abzunehmen.

»Es tut mir so leid, es tut mir so schrecklich leid!«, schluchzte ich. »Ich wollte ihm helfen, doch ich konnte nichts tun. Er war so tapfer, er hat sich allem gestellt!«

Der Häuptling nickte nur, dann lief er quer über den Vorplatz und legte seinen Sohn auf den Boden, bevor er sich neben ihn hinkniete und mit den Händen ein tiefes Loch zu graben begann. Mit lautem Gesang betete er zu den Göttern.

Das war das Ende von Amarok. Es war das bittere Ende von vielen tapferen Kriegern.

Damals wusste ich es noch nicht, aber heute ist mir klar, dass es auch der Zerfall einer besonderen Kultur war. Die Shoshonen waren von da an auf der Flucht.

Mit Amarok begruben wir den Freund, der mich respektiert hatte, obwohl ich zu denen gehörte, die ihnen alles nahmen. Er hatte mir den Respekt erwiesen, der uns Weißen fehlte.

Und dann hatten wir wieder nichts. Das war das, wovor ich mich die ganze Zeit schon gefürchtet hatte: nichts zu haben. Der Welt ausgeliefert zu sein, das hatte Mutter wohl nicht bezwecken wollen, als sie mich in den Zug setzte. Ich fragte mich, was sie wohl machte, ob sie manchmal noch an mich dachte, mein Gesicht noch kannte.

Denn ich begann es zu vergessen, und das machte mir Angst: sie zu vergessen. Und ich lief davor weg, vor der

Vergangenheit, so wie es mir Steven gesagt hatte. Lauf! Und das taten wir.

Wir nahmen die wohl bekannteste Route der damaligen Zeit, um dies zu tun; die Route, die schon viele Goldgräber auf sich genommen hatten, um von Osten nach Kalifornien zu kommen; aber nur wenige nahmen diesen Weg, um nach Osten zu gelangen: den Oregon-Trail.

Kapitel 20

Oregon-Trail, einige Meilen vor der Grenze Wyomings

»Wo gehen wir jetzt hin?«

Meine Stimme klang bitter und fremd, während ich gleichmäßig einen Fuß vor den anderen setzte. Mit stur auf den Boden gerichteten Blicken betrachtete ich die feinen Eisplättchen auf der Schneedecke, die bei jedem meiner Tritte knisterten. Der kühle Wind peitschte mir ins Gesicht und umschlang meinen ganzen Körper, doch schien mir die Kälte durch den dicken Fellmantel nichts anhaben zu können. Es war still, so still, dass ich nur das Heulen des Windes und die Fußtritte der Shoshonen hinter mir hören konnte, die stillschweigend neben- und hintereinander herliefen. Selbst Bahati, der neben mir ging und meine Hand fest umschlossen hielt, sagte nichts mehr.

Geduldig wartete ich auf eine Antwort, obwohl ich mir nahezu sicher war, dass ich keine zurückbekommen würde.

Hiamovi hatte sich seit dem Tod seines Sohnes verändert, er sprach kaum mehr und hob den Kopf nur noch, wenn wir rasteten. Er war bitter geworden und schien mit jedem Tag mehr in seiner eigenen Welt gefangen zu sein, die offenbar nur noch aus Dunkelheit und unendlicher, unfassbarer Leere bestand.

»Wir werden das tun, was wir immer schon tun mussten – vor den Weißen fliehen!«, brachte er nach einer Ewigkeit des Grübelns schließlich hervor.

Ich nickte nur. Was sollte ich ihm erklären, was hätte das schon genützt? Ich wusste, dass ich ihm nicht helfen konnte. Anfangs hatte ich noch versucht, ihm mit aufmunternden Worten wieder etwas Zuversicht zu geben, doch ich musste begreifen, dass keines meiner Worte seinen Sohn wieder zurückbringen konnte. So verstand ich Tag für Tag besser, dass er selbst der Einzige war, der ihn aus seinem Loch der Verzweiflung herausholen konnte. Damit waren unsere Gespräche vorläufig beendet. So gern hätte ich ihm noch all die Fragen gestellt, die mich seit unserem Abmarsch innerlich auffraßen, doch es war nicht der richtige Zeitpunkt, um Hiamovi mit solchen Fragen zu belästigen. Und wer weiß, ob der richtige Zeitpunkt überhaupt jemals kommen würde? Doch ich verstand ihn. Ich wusste, wie es sich anfühlte, einen geliebten Menschen zu verlieren, und genauso wusste ich auch, dass jeder Versuch, einen solchen Menschen aufzuheitern, jedes tröstende Wort, nur eine Lüge darstellt.

Gedankenverloren schweiften meine Blicke nach vorn und ich betrachtete die weiße Berglandschaft, die in der Mittagssonne aufleuchtete wie ein geschliffener Diamant. Der Anblick dieser weiten Landschaft, die sich bis zum Horizont erstreckte, war atemberaubend schön. Ein Gefühl wahrer Freiheit erfasste mich: den kühlen Wind im Gesicht spüren zu dürfen, während meine Hände kribbelten, wenn ich die Eisdecke um mich herum berührte, dem Puderschnee zu folgen, der vom Wind aufgeworfen wurde, bevor er ihn einige Meter mit sich zog und dann wieder auf die Schneedecke gleiten ließ …

Weit vor mir konnte ich plötzlich zwei Umrisse sehen, die sich im Schnee bewegten. Mit unserem Näherkommen waren sie immer schärfer auszumachen. Kurze Zeit später erkannte ich einen Jungen, der ein Mädchen lachend beobachtete, wie sie den Puderschnee in die Luft wirbelte und ihn dann mit ihrer ausgestreckten Zunge wieder auffing. Als sie sah, dass der Junge sie beobachtete, sprang sie mit einem Satz in den Schnee, nahm eine Handvoll davon auf und warf sie dem Jungen ins Gesicht. Er sprang lachend zur Seite, bevor er sich dem kreischenden, davonlaufenden Mädchen an die Fersen heftete. Beide liefen nun auf uns zu; der Hut, der das Gesicht des Mädchens bisher verdeckt hatte, flog ihr in der Eile vom Kopf. Ihr lockiges Haar wippte im Takt ihrer Schritte auf und ab, während sie sich immer wieder nach dem Jungen umdrehte, dessen gebräunte Haut nun im Licht der Sonne aufleuchtete. Sein dunkelblondes Haar wurde durch unzählige Eiskristalle verziert, die während des schnellen Laufens durch die Luft wirbelten.

Obwohl mir die beiden bekannt vorkamen, konnte ich sie nicht zuordnen. Mein Herz machte einen Sprung, als sie immer näher auf mich zu rannten, fast so, als würden sie uns gar nicht bemerken.

Dann sah der Junge auf und ich erkannte die bernsteinfarbenen Augen von Matthew, der mich ansah, doch nicht richtig wahrzunehmen schien. Mir wurde ganz warm ums Herz und das Blut in meinen Adern begann vor Freude zu pochen. Mit offenen Armen rannte ich quer über den Schnee auf meinen Bruder zu.

»Matthew, Matthew!«, rief ich angestrengt.

Langsam sah er hoch und blickte mir intensiv in die Augen, als ich bei ihm war und meine Arme um seinen Hals schlang.

»Matthew, du bist es wirklich!«, schluchzte ich, während mir vor Freude die Tränen über die Wangen liefen.

Er strich mir sanft übers Haar und fasste mir ans Kinn, so wie er es vor seinem Abschied getan hatte.

»Wie … wie konntest du überleben …? Ich habe dich doch sterben sehen!«, fragte ich völlig aufgelöst.

Ein Lächeln huschte über seine Lippen, dann flüsterte er mit seiner tiefen Stimme, die ich so vermisst hatte: »Oh Cathie!« Seine Gesichtszüge aber verhärteten sich sofort und er schüttelte den Kopf: »Das habe ich nicht, Cathie. Wach auf, ich bin nur eine Illusion deines Verstandes, der dich in der Vergangenheit festhält! Ich werde nicht wiederkommen, Cathie, du musst mich loslassen!«

Ich sah ihn verdutzt an und schüttelte immer wieder ungläubig den Kopf. Seine Worte klangen ganz fremd. Er log, er log mich an! Ich sah ihn doch mit meinen eigenen Augen vor mir! Wieso tat er das?

»Nein, das ist nicht wahr, das kann nicht sein! Du stehst vor mir, wieso willst du nicht bei mir sein, so, wie du es versprochen hast? Weißt du nicht mehr? Unser Plan, nach dem Krieg ein neues Leben zu beginnen, unser Plan, uns mit Mutter woanders etwas aufzubauen?« Ich schluchzte verletzt auf, die Worte Matthews hatten mich verwirrt.

Matthew hielt immer noch mein Kinn und sah mir in die Augen. Meine Worte schienen ihn getroffen zu haben, denn er sah mich mit schmerzerfülltem Blick an.

»Ich weiß, Cathie, es tut mir leid, doch ich bin nicht Matthew, ich bin nur die Erinnerung an ihn! Sieh dir das Mädchen an, kommt es dir nicht bekannt vor?«

Nun sah ich mir das Mädchen genauer an, es war einige Steinwürfe hinter uns stehen geblieben und blickte uns gespannt an. Ihre Augen, ihr Gesicht, ihre Kleidung, ich hatte alles schon einmal gesehen. Die Antwort auf seine Frage bohrte sich wie ein Messer in meinen Kopf, in mein Herz und löste einen kalten Schauer der Angst in mir aus. Das Mädchen: Das war ich. Ihr Mund, ihre Haare, ihre Statur, alles glich mir.

Mit weit aufgerissenen Augen betrachtete ich sie, dann streckte ich den Arm nach ihr aus und stellte voller Verwunderung fest, dass sie dasselbe tat. Verblüfft streckte ich den anderen Arm nach vorn – wie in einem Spiegel sah ich das Mädchen wiederum dasselbe tun. Ich rieb mir die Augen, um mich zu vergewissern, dass das tatsächlich ich war, die ich da vor mir sah. Das Mädchen, ich, stand immer noch vor mir.

Ich drehte mich zu Matthew. Er sah betrübt aus, hatte den Kopf zu Boden gesenkt und sprach weiter: »Siehst du, du beginnst, Erinnerungen zu Bildern zusammenzusetzen.« Jetzt wurde seine Stimme ganz schwach, er sah auf und versuchte ein Schluchzen zu unterdrücken. »Cathie, ich bin nicht real, ich bitte dich, lass mich los!« Sein Schluchzen hatte mich zum Weinen gebracht und ich versuchte, ihn mit aller Kraft davon zu überzeugen, bei mir zu bleiben.

»Nein, nein, Matthew, bitte bleib bei mir, tu mir das nicht an!«, schrie ich verzweifelt, während ich seine Hände fest umschlossen hielt. Doch seine Hände lösten sich aus meinem Griff, er sah mir tief in die Augen und flüsterte: »Leb wohl«, bevor er immer durchsichtiger wurde. Es schien, als würde er sich einfach auflösen, und es dauerte nicht einmal Sekunden, bis er und das Mädchen verschwunden waren.

Schluchzend fiel ich auf die Knie und versuchte, ihn zurückzuholen. Meine Hand war noch immer nach ihm ausgestreckt, als Hiamovi seine Arme um mich schloss und mich zurückbrachte. Ich weiß nicht mehr, ob ich aufgestanden war oder ob er mich auf die Füße zwingen musste, doch als meine Gedanken sich geordnet hatten, lief ich wieder dicht neben Hiamovi über die Eislandschaft, Bahati fest an der Hand. Verwirrt sah ich zu den müden Shoshonen nach hinten, die noch immer stillschweigend ihres Weges gingen.

Meine Blicke streiften die einer Indianerin, sie weitete bei meinem Anblick verstört ihre Augen und sah dann schnell wieder auf den Boden. Irritiert wandte ich den Kopf wieder nach vorn und seufzte. War das wirklich passiert?

Kapitel 21

In der Zwischenzeit in Meridian

»Es gleicht schon förmlich einer Verschwendung, findest du nicht?«, hallte Connrads Stimme von den engen Wänden des Raumes wider. Mit stolzer Miene richtete er seine blaue Uniform, die mit Abzeichen und Medaillen versehen war, während er immer weiter in den schwach beleuchteten Raum hineintrat. Er lachte leise und hämisch, als er dicht vor Bryan stehen blieb, der mit den Händen an einen Stuhl gefesselt war. Nun ging er vor seinem Gefangenen in die Knie und musterte ihn genau. Er sah in seine Augen, betrachtete seine blau geschlagenen Wangen und seine aufgeplatzten Lippen, die bei jeder von Bryans Mundbewegungen zu bluten begannen.

Bryan zwang sich, die Augen offen zu halten, und sah seinem Kommandanten direkt ins Gesicht, während er ihn innerlich verfluchte.

Ein breites Grinsen huschte über Connrads Lippen, als er Bryan so entstellt und hilflos vor sich sah.

»Es ist wirklich eine Verschwendung, doch sie war vorherzusehen.« Jetzt lachte er laut.

Sein Gelächter ließ Bryan erzittern, er schwitzte am ganzen Körper und spürte, wie ihm kalte Schweißperlen über die heiße Haut liefen.

Connrad hatte wohl sein Zittern wahrgenommen, denn sogleich sah er Bryan mit übertrieben mitleidiger Miene an. Er legte seine Hände behutsam an Bryans Gesicht und strich ihm seine Tränen von den Wangen – die allerdings nicht Tränen der Trauer waren: Diese Tränen hatte der Hass auf Connrad verursacht.

»Nein, bitte weine doch nicht. Nein, ist schon gut!«, flüsterte ihm Connrad immer und immer wieder ins Ohr, während seine rauen Hände über Bryans wunde Wangen strichen. Dann stand er auf, klatschte wie von Sinnen in die Hände, um Bryan aufzuwecken, dessen Müdigkeit ihn immer wieder in den Minutenschlaf zwang. Bryan wusste, dass Connrad versuchte, mit ihm zu spielen, doch der bloße Gedanke daran, dass dessen Worte vielleicht doch einmal, dieses Mal, wahr sein könnten, machte ihn so nervös, dass er sich auf die erneute Tyrannei seines Vorgesetzten einließ.

»Was für eine Verschwendung?«, fragte er keuchend.

Connrad lachte genüsslich, bevor er grinsend auf die Frage antwortete: »All deine Bemühungen, sie waren für die Katz! Dein heldenhafter Versuch, die Frau deines Herzens zu retten, um ihr ein besseres Leben zu ermöglichen, all dein Schmerz ist nichts als eine Verschwendung!« Jetzt kam er mit seinem Gesicht so nahe zu Bryan, dass sich ihre Nasenspitzen fast berührten, und zischte ironisch: »Zu meiner Überraschung schaffte sie es bis zu einem Shoshonenlager in Idaho. Zufälligerweise hatten diese Barbaren vor nicht allzu langer Zeit unseren Ponyexpress attackiert, von daher sahen sich die Kalifornier unter dem Befehl von Colonel Connor dazu gezwungen, das Dorf samt all seiner Bewohner niederzubrennen. Zufälligerweise hat einer von Connors Unteroffizieren das Mädchen erschossen und da er noch eine Rechnung bei mir offen hatte und das Mädchen exakt auf die Beschreibung meiner Suchblätter passte, teilte er mir alle Details mit.« Er lachte hämisch. »Dieser so leicht zu erpressende Schwachkopf soll ein Colonel sein! Ich hätte diese Wendung wirklich nicht erwartet, doch der Schluss ist ganz amüsant.«

Er machte eine Pause und sah zu, wie Bryan mit lautem Gebrüll um sich schlug und immer wieder schrie: »Nein, das ist nicht wahr!« – so lange, bis er das Gleichgewicht verlor und mitsamt dem Stuhl auf den Boden fiel. Heftig atmend presste Bryan sein Gesicht gegen den kalten Boden und verfluchte diesen Tyrannen, der ihn gefangen hielt.

Connrad sah ihn finster an, dann zupfte er seine Hose zurecht und kniete abermals auf allen vieren neben Bryan nieder. Er strich ihm mit den Händen durchs Haar, eine Berührung, die Bryan erschaudern ließ. Was war Connrad nur für ein grausames Geschöpf!

»Ganz ruhig, mein Großer. Du hast ja noch gar nicht den Schluss gehört.« Er atmete tief die stickige Luft des Raumes ein und fuhr fort: »Gestern erfuhr ich von diesem Unteroffizier, den Connor mir aus unwichtigen Gründen«, er grinste breit, »überließ, dass er das Mädchen mit einem schwarzen Jungen zusammen unter einem Baumstamm versteckt aufgefunden hatte, nachdem seine Freunde das Dorf niedergebrannt hatten.« Er machte eine kurze Pause und legte seinen Mund auf Bryans Ohr, dann flüsterte er: »Er sah sich gezwungen, sie und den Kleinen zu erschießen!«

Seine Worte hallten als vielfaches Echo von den Wänden wider und bohrten sich tief in Bryans Herz.

»Nein, du lügst, du lügst!«, schrie Bryan immer und immer wieder. Er versuchte sich von den Fesseln an seinen Armen und Beinen loszureißen, doch es war sinnlos. »Nein!«, schrie er so laut, dass es in seinen Ohren schmerzte. Er konnte es nicht fassen.

Er brüllte, strampelte mit den Beinen, versuchte Connrad zu treten, doch dieser war schon auf dem Weg zur Tür. Bevor er jedoch den Raum ganz verließ, schrie Bryan ihm mit verzerrter Stimme nach: »Du Schwein! Du widerliches Schwein!« Seine Schreie waren so laut, dass sie ein Surren in Connrads Ohren verursachten. Ein Surren, welches ihn blitzartig hochschrecken ließ. Mit hochrotem Kopf sprang Connrad in wenigen Sätzen zurück zu Bryan, kniete sich neben ihm am Boden nieder und drückte seine Hand mit aller Kraft auf Bryans Mund. Dieser verstummte blitzartig und sah seinen Kommandanten mit weit aufgerissenen Augen an.

»Du wirst mir jetzt zuhören!«, presste Connrad mit bebender Stimme hervor und drückte seine Hände noch fester gegen Bryans Mund. Eine Weile sah er Bryan nur an, während sich sein Brustkorb schnell hob und senkte. Als sich seine Muskeln langsam wieder entspannten und sich sein Atem wieder beruhigt hatte, fuhr er fort: »Du wirst gleich Bekanntschaft machen mit einem Unionssoldaten; ich hasse Unionssoldaten mehr als die Pest, das kannst du mir glauben. Doch ich war so großzügig, mich auf einen Deal mit ihm einzulassen!« Er grinste breit, während die Ader über seiner Schläfe heftig pochte. »Mit dem Mord an deiner kleinen Prinzessin hat er mir einen guten Dienst erwiesen. Im Gegenzug dazu lasse ich ihn gehen. Er hat sich seine Freiheit erkauft, verstehst du?«

Connrad schnaubte, dann lief er auf die Tür zu. Er stoppte, bevor er den Raum verließ und flüsterte, ohne sich nochmals umzudrehen: »Unterhaltet euch schön!«

Kapitel 22

Im Stützpunkt des Gefangenenlagers, Mississippi

Der Stuhl, an dem Bryan festgebunden war, wurde aufgerichtet, sodass er diesem gefangenen Unionssoldaten direkt in die Augen sehen musste, der sich da auf einen Stuhl vor ihm gesetzt hatte. Ein Wächter beaufsichtigte beide – für den Fall, dass es zu »Komplikationen« käme, wie Connrad angewiesen hatte.

»Ein Haufen Abschaum!«, fauchte Bryan.

Der Unteroffizier der Unionstruppen war jung, nicht älter als zwanzig, doch sein Gesicht wirkte ganz alt. Seine Augen waren immer in Bewegung, als würde er jede Sekunde ein neues Bild vor sich sehen. Nervös tappte er nun mit den Füßen auf dem Boden. Seine Blicke mieden die von Bryan, huschten über den Boden zu dem Wächter, der sich an der seitlichen Wand positioniert hatte und die beiden stets im Auge behielt.

Bryan saß zusammengekauert auf seinem Stuhl, er sah den Unteroffizier an, sah seine schwarzen Augenringe, sein verdrecktes Gesicht, sah die Jugend, die ihm geraubt worden war. Er sah ein junges Gesicht, das sich hinter einer alten Maske verbarg, und er spürte die Nervosität und die Spannung im Raum. Dennoch schien er durch den Mann hindurchzusehen. Bryans blaue geschlagene Wangen waren tränenüberströmt, seine Sicht durch all die Schläge ganz verschwommen. So viel Hass trug er in sich, so viele unausgesprochene Worte, so viel Schmerz. Er wäre am liebsten aufgestanden und hätte diesen Unteroffizier mit beiden Händen erwürgt, hätte geschrien und geweint.

›Doch was nützt es? Cathie ist tot und ich kann sie nicht zurückholen!‹ Und dabei hatte er sie ihr ganzes Leben lang beschützen wollen und ihr versprochen, dass alles gut werden würde. ›Ich hatte fest daran geglaubt, sie zu finden, mit ihr wegzugehen, ich hatte sie so geliebt! Mehr geliebt als mich selbst!‹

Tiefe Stille hatte sich in dem Raum ausgebreitet. Das Einzige, was man hörte, waren die nervösen Klopfgeräusche des Unteroffiziers und die Atemzüge der drei Männer im Raum, die sich gegenseitig ansahen und schwiegen.

Bald jedoch wurde die Tür zur Kammer einen Spalt weit geöffnet und Connrad zischte hämisch in den Raum: »Huhu! Ich höre euch gar nicht sprechen! Steven, erzählen Sie unserem Bryan doch, wie sie die Kleine umgebracht haben. Ob Sie sie schnell umbrachten oder ob Sie vorher noch …!« Er lachte vieldeutig.

Steven drehte sich um und sah Connrad verständnislos an, auf seiner Stirn begannen sich Schweißperlen zu bilden.

»Sir … Bei allem Respekt, ich … ich kann nicht …!«

»Oh doch, Sie können und Sie werden, Steven!«, fauchte Connrad blitzartig zurück. »Sie wollen doch nach Hause, nicht wahr? Wie ich hörte, haben Sie eine kranke Mutter, die Sie braucht. Es wäre doch schade, wenn Sie sie nicht mehr pflegen könnten!«

Steven nickte unterwürfig, dann drehte er sich wieder zu Bryan um, während die Tür langsam ins Schloss fiel und er zu reden begann.

»Sie lag dort, winselnd, bettelnd unter diesem umgestürzten Baumstamm. Ihr Körper zitterte so heftig, dass das Kind, auf dem sie gelegen hatte, unter ihrem Gewicht laut keuchte.«

Unzählige Tränen liefen über Bryans Wangen und er sah Steven hasserfüllt an. Die Worte des Unteroffiziers hatten seine harte Schale gebrochen, sodass er nun nur noch schreien konnte.

»Nein, das ist nicht wahr! Das ist nicht wahr, du lügst, das kann nicht sein!«

Steven unterdrückte ein Wimmern, dann fuhr er fort: »Sie hat mich angebettelt, sie zu verschonen, sie hat lange geschrien. Dann war sie still. Das Kind starb kurz davor!«

»Sie hat kein Kind, das kann nicht sein!«

Steven senkte den Kopf. »Doch das hatte sie!«

Bryan heulte auf, als hätte ein Messer sein Herz durchbohrt. Er versuchte seine Fesseln zu lösen, versuchte aufzustehen, um den Unteroffizier zu erwürgen, doch durch sein Strampeln verlor er nur das Gleichgewicht und fiel abermals rücklings auf den Boden. Er schrie, er konnte nichts anderes mehr tun, als seinen Schmerz in die Welt zu schreien.

Plötzlich sah der Unteroffizier auf, blickte an die Wand hinter dem Wächter und rief: »Passen Sie auf, hinter Ihnen!«

Der Wächter riss seinen Körper blitzschnell hoch, drehte sich um und blickte hektisch die dunkle Wand vor sich an, doch er konnte nichts Auffälliges entdecken.

Und während der Wächter mit seinen Blicken noch immer die Wand absuchte, zog der Unteroffizier schnell einen Stift aus seiner Hosentasche und schien etwas auf seine Hand zu schreiben.

Als der Wächter Steven nun fragend ansah, hatte dieser seinen Stift schon wieder in seiner Hosentasche verschwinden lassen und sagte erstaunt: »Ich muss mich entschuldigen – der Krieg lässt mich Dinge sehen, die nicht real sind!«

Der Wächter brummte misstrauisch.

Steven sah eine Weile lang beschämt auf den Boden, um seine Worte wirken zu lassen, dann stand er auf und kniete sich neben Bryan nieder, so wie es Connrad getan hatte. Nun sprach er mit großen Gesten und permanenten Handbewegungen zu Bryan, der ihm jedoch gar nicht mehr zuhörte.

Das Einzige, was Bryan noch wahrnahm, war der unsägliche Schmerz, den er verspürte. Aber dann fielen ihm plötzlich die Hände von Steven auf, die immer noch erhoben waren, obwohl dieser gar nichts mehr sagte. Auf der linken Hand des Unteroffiziers standen Worte! Bryan verstummte. Er starrte auf die Hand – und nach einem endlosen Moment völliger Stille, in der er langsam zu begreifen schien, begann er hemmungslos zu weinen.

Der Unteroffizier lächelte schnell, dann stand er auf und sagte augenzwinkernd: »Grüßen Sie mir von Cathie!«

Der Wächter schnaubte: »Das kann noch lange dauern!«

Bryan ignorierte den Wächter, er nahm ihn gar nicht richtig wahr. Das Einzige, was für ihn Bedeutung hatte, waren die verschmierten Worte auf Flints Hand: »Sie lebt!«

Kapitel 23

Oregon-Trail, Wyoming

Ein halber Monat war verstrichen, seit wir den Weg nach Osten auf uns genommen hatten. Tag für Tag liefen wir nun, so schnell und so weit wir konnten; nachts schliefen wir nur wenige Stunden. Es war so entsetzlich kalt, Tiere, die wir jagen konnten, fanden wir kaum, Pflanzen und Gräser wurden unter der dicken Schneedecke begraben, sodass wir immer länger nach etwas Essbarem suchen mussten. Wir hatten keine Zelte und keine Vorräte, auch unsere Waffen waren mit fast allen unserer Sachen im Feuer begraben worden. Hungernd stapften wir durch den kalten Schnee, ohne Pausen, ohne Kraft. Bald glichen wir lebenden Skeletten, die nur noch mechanisch funktionierten.

Ich hatte seit zwei Tagen nichts mehr gegessen, denn ich gab alles, was ich fand, Bahati, und trotzdem schien es nicht auszureichen. Sein Bauch wurde immer aufgeblähter und seine Augen immer müder, doch sein flehendes Schreien nach Nahrung ließ es mich leichter ertragen. Er lebte, und das war das Einzige, was zählte.

Tag für Tag, jeden Abend, wenn er hungrig schlafen ging, stellte er mir die gleiche Frage: »Werden wir sterben?«

Seine Frage fraß mich innerlich auf, meine Antwort war immer ein klares Nein, doch mit jedem Tag, der verstrich, wurde ich mir unsicherer. Vielleicht würden wir ja doch sterben, wer wusste das schon? Aber das konnte ich einem Vierjährigen nicht erklären, wie hätte er das begreifen sollen? So sagte ich nur Nein und schwieg, während ich Nacht für Nacht versuchte, trotz der Bauchkrämpfe, Schlaf zu finden, und trotz der Angst, die Augen am nächsten Morgen nicht mehr öffnen zu können. Ich spürte, wie ich schwächer wurde, spürte, wie jeder Schritt, den ich machte, eine Qual war, und mir wurde bewusst, dass ich so nicht weiterleben würde.

Der Abend war hereingebrochen. Hatte das rötliche Licht der Sonne die Eislandschaft vor wenigen Minuten noch in ein Märchenland verzaubert, erschien im nächsten Moment die Welt wieder dunkel und unheimlich. Und mit der Sonne verschwand auch die Wärme.

Ein kühler Wind ließ mein Haar in der Luft flattern, bevor er sich wie ein kaltes Band um meinen Körper schlang, sodass ich trotz des dicken Fellmantels, den ich aus den Trümmern unserer Siedlung noch hatte retten können, unsäglich fror. Müde und mit keuchendem Atem bemühte ich mich, mit dem Tempo der Shoshonen Schritt zu halten, die schweigend und hungrig wie ich ihres Weges gingen. Bahati hielt meine Hand fest umschlossen und hüpfte in den Schnee, während er immer wieder unsicher zu mir hochsah, als wolle er sich versichern, dass es mir gut ginge.

In den letzten Tagen war er stärker geworden, das merkte ich. Er nahm sich die Indianer als Vorbild, deren Stärke, deren Wille zu überleben, und er gewöhnte sich an das entbehrungsreiche Leben. Er war ein Kämpfer. An diesem Abend war er besonders aufgeweckt, sprang herum, war fröhlich und lachte sogar. Ich wusste nicht, weshalb er sich so glücklich fühlte. Spürte er, dass sich an unserer Situation bald etwas ändern könnte?

Wolken hatten einen feinen Schleier aus weißem Nebel über den Mond geworfen, sodass sein fahles Licht uns nur schwach leuchtete. Mir war kalt und mein Kopf dröhnte. Der quälende Hunger wurde mit jedem Schritt unerträglicher, die Luft mit jedem Atemzug knapper, und meine Beine waren schwer wie Blei.

Plötzlich hob Hiamovi die Hand und wir alle blieben ruckartig stehen. Der Häuptling trat einige Schritte in die Dunkelheit, wo nun die verschwommenen Umrisse eines Mannes erschienen. Er musterte unsere Gruppe offenbar, bevor er zu sprechen begann. Im Verlauf des Gesprächs deutete er mehrfach auf mich und trotz des schwachen Mondlichts konnte ich noch seinen besorgten Gesichtsausdruck erkennen. Dann wurde alles schwarz um mich herum.

Als ich meine Augen langsam öffnete, war zunächst alles dunkel. Dann nahm ich Lichtblitze wahr, unzählige Lichtblitze in verschiedenen Farben. Stimmen waren zu hören, die für mich jedoch alle in einem monotonen Donnern endeten, weit entfernt und kaum hörbar wie in einer anderen Welt. Ich presste meine Augen zusammen und konzentrierte mich, die Stimmen, das weit entfernte Dröhnen, es schien immer näher zu kommen und stärker zu werden. Ich sah Mutter vor mir, hörte sie reden, sah Matthew und Bryan, Vater und Mrs. Darwinson, Annie und Kenny, alle waren da und schrien mich an. Sie verfluchten mich, brachten ihre Abscheu mir gegenüber zum Ausdruck.

»Wieso hast du uns sterben lassen, wieso?«, erklang die Stimme von Mutter, die immer härter und fremder wurde.

»Du bist an allem schuld!«, schrie Annie und zeigte mit dem Finger auf mich.

Mrs. Darwinson vertrieb sie aus meinem Kopf, trat vor und zischte: »Das hast du nun davon! Deinetwegen sind alle tot!«

Mein Kopf schmerzte, alle Gesichter, alle wütenden Blicke kamen immer näher, das Geschrei wurde immer lauter und die Blicke immer düsterer. Schreiend riss ich die Augen auf. Ich hatte meine Arme um meinen Kopf geschlungen, die Beine an den Körper gezogen.

Überrascht sah ich in die braunen Augen eines Mannes und musterte ihn hektisch atmend. Er hatte eine leicht gekrümmte Nase, einen feinen Mund und ein markantes Kinn. Sein braunes Haar wurde von einem großen Bauernhut bedeckt. Besorgt sah er mich an.

»Ist alles in Ordnung?«, fragte er vorsichtig und mit einem freundlichen Lächeln im Gesicht.

Ich versuchte mich zu orientieren. Meine Blicke schweiften durch den Raum, in dem wir uns befanden. Ich lag auf einem großen Koffer, um mich herum waren überall Gepäckstücke verstreut, das Dach der Behausung war nicht mehr als eine weiße, im Wind flackernde Plane. Einige Sekunden verstrichen, bis ich realisierte, dass ich mich nicht in einem Raum, sondern in einem Planwagen befand. Trotzdem es eisig kalt war, war die Stirn des Mannes, der mich nun erwartungsvoll musterte, mit unzähligen Schweißperlen übersät.

»Bin ich tot?«, antwortete ich, die Beine immer noch an meinen Körper gezogen.

Der Mann begann zu lachen, dann setzte er sich auf eines der Gepäckstücke am Boden.

»Nein, nein, das bist du nicht, keine Sorge!« Nun nahm er seinen Hut vom Kopf und strich durch sein zerzaustes Haar, bevor er sich räusperte und zu erzählen begann: »Du warst sehr schwach. Es gleicht einem Wunder, dass du noch unter uns weilst, Catherine!« Er lächelte mich an.

Ich wich zurück und fragte verstört: »Woher kennen Sie meinen Namen und wo sind die anderen?«

Er hob entschuldigend die Arme, dann erklärte er ruhig: »Den anderen geht es gut, sie sitzen draußen am Feuer und essen etwas. Der Häuptling verriet mir deinen Namen und deine Herkunft, er machte sich sehr große Sorgen und erzählte etwas von einem Fort – mehr konnte ich nicht verstehen, doch es klang alles sehr verwirrend.« Er sah mich wohlwollend an, dann sagte er leise: »Keine Sorge, du musst mir nichts erzählen, ich kann es mir schon vorstellen. Du und deine Freunde, ihr seid hier sicher!«

Ich kannte diesen Mann nicht, doch seine Augen sahen besorgt aus. Sie sprachen mir Mut zu, schienen ganz vertraut. Ich verspürte keine Angst. Vielleicht war es auch sein ruhiger Tonfall – ich beruhigte mich tatsächlich und meine Muskeln entspannten sich wieder. Ein dankbares Lächeln huschte mir über die Lippen. Ich nickte dem Mann zu, als dieser nun aufstand und zur Tür schritt. Neugierig sah ich ihm hinterher.

›Wo geht er jetzt hin? Und was wird mich draußen erwarten?‹

Entschlossen stützte ich mich auf den Koffer unter mir und setzte meine zitternden Füße langsam auf den Boden des Wagens, bevor ich ganz vorsichtig aufstand. Ich wollte dem Mann gerade nach draußen folgen, als meine Beine nachließen und ich mich mit einem Schmerzensschrei auf dem harten Boden wiederfand. Durch den Sturz hatte sich mein dicker Mantel geöffnet, sodass ich nun in aller Deutlichkeit meinen abgemagerten Körper erkennen konnte. Ich sah meinen Bauch, ich sah einzelne Knochen und Rippen hervorstehen, und ich sah die Narben des Stacheldrahts, die sich wie ein Muster über meine Beine zogen. Hässlich und hilflos. Ich auf dem Boden. Mit Tränen in den Augen betrachtete ich mich und fragte, was der Krieg aus mir gemacht hatte.

Der Mann hatte meinen Schrei wohl gehört, denn er war sofort wieder bei mir und half mir aufzustehen. Seine Hände stützten meinen Körper, er sah mich eindringlich an, während ich immer noch entsetzt meinen ausgemergelten Körper betrachtete. Als der Mann den angewiderten Ausdruck in meinem Gesicht bemerkte, band er schnell meinen Mantel wieder zu, bevor er mich mit einem schiefen Grinsen bedachte.

»Komm, wir gehen ein bisschen frische Luft schnappen!«

So liefen wir langsam zum Wagenende, wo der Mann die weiße Plane zurückwarf und uns ein kühler Wind ins Gesicht schlug. Es war noch immer dunkel, nur die funkelnden Sterne schienen auf uns herab, als wir nun zu einer großen Feuerstelle gingen, um die sich einige Menschen versammelt hatten. Hinter dem Feuer waren noch einige andere Planwagen zu sehen, die eine Reihe nach Osten zu bilden schienen – in die Richtung, in die wir Morgen wieder laufen würden. Der Sonne entgegen. In der Ferne konnte ich noch andere Feuerstellen erkennen, um die sich die Menschen des Trecks versammelt hatten.

Ich fragte mich, wie viele diesen gefährlichen Weg auf sich genommen hatten, weshalb sie nach Osten reisen wollten, fragte mich, was geschehen war. Hiamovi hatte mir gesagt, dass es gefährlich wäre, nach Osten zu reisen, da viele denken würden, wir hätten Gold aus dem Westen bei uns. Und dennoch nahmen so viele den Weg auf sich. Ihre Situation musste genauso hoffnungslos wie unsere sein.

An der Feuerstelle vor mir erkannte ich Hiamovi und die anderen Shoshonen, die mit leeren Blicken trostlos ins Feuer starrten. Doch da waren auch noch Menschen, die ich nicht kannte. Unter anderem eine Frau und viele Kinder, die etwas aßen und sich fröhlich unterhielten, während sie immer wieder zu den Indianern schauten. Und endlich sah ich auch meinen Jungen: Bahati hatte sich zu einem etwa gleichaltrigen Jungen gesellt und spielte mit ihm.

Schwer atmend humpelte ich zum Feuer. Als ich zusammen mit dem Mann vor der Feuerstelle stand, richteten sich alle Augen plötzlich auf uns. Auch Hiamovi strahlte mich mit leuchtenden Augen an.

»Catherine, du lebst, du bist wieder da!«, rief er mit heiterer Stimme, die mir bei ihm ganz fremd vorkam. Es schien, als hätte ihm diese Tatsache auch selbst wieder Leben eingehaucht, sein zuletzt so monotoner Wortklang wurde ganz hell und froh, seine Augen leuchteten, und er kam mit erhobenen Armen zu mir und drückte mich fest an sich. »Ich wusste, du schaffst es!«, flüsterte er in mein Ohr, während er meinen Kopf mit den Händen an seine starke Schulter drückte.

Ganz versteckt nahm ich ein unterdrücktes Schluchzen wahr. Das alles hatte mich so überrascht, dass ich nicht die passenden Worte finden konnte. Ehe ich mich versah, stand der Häuptling wieder neben mir und lächelte mir zu, während Bahati aufsprang und kreischend in meine Arme fiel. Mit einem Aufschluchzen umarmte ich ihn, sein Kopf war ganz warm und das Gefühl, ihn wieder bei mir zu haben, erfüllte mich mit Glück. Mein Herz machte einen Sprung, als er mich anlächelte und seine Arme um meinen Hals legte. Eine Weile hielten wir uns einfach nur fest, bevor Bahati mir tief in die Augen sah.

»Wir nicht sterben. Wir wie Indianer!«, flüsterte er.

Ich lächelte mit Tränen in den Augen, seine Worte berührten mich tief. Nach all den Tagen der Verzweiflung und der Entbehrungen sah ich endlich einen Hoffnungsschimmer. Er hatte recht, wir würden uns nicht dem Krieg ergeben oder uns von ihm bestimmen lassen.

»Nein, das werden wir nicht!«, sagte ich leise, so leise, dass es niemand hören konnte. Diese Worte galten allein mir und der Stille der Nacht.

Als wir bei den anderen auf dem Boden Platz nahmen, kam sogleich die Frau zu mir, die bislang bei ihren Kindern gesessen hatte. In den Händen trug sie einen Teller mit einem großen Stück Fleisch sowie einem Laib Brot, der herrlich duftete. Sie sah mich durchdringend an, und es war mir, als würde ich in der Tiefe ihrer Augen in eine andere Welt versinken. Die Frau hatte ein sehr schönes, zartes Gesicht.

»Hier«, sagte sie mit sanfter Stimme, »ich dachte, du hast vielleicht Hunger.«

Lächelnd stellte sie den Teller vor mich hin und ging dann mit schnellen Schritten wieder auf ihren Platz zurück. Ich hatte mich nicht einmal bei ihr bedankt. Ihre Augen waren so ausdrucksstark gewesen, so arglos. Ich sah ihr noch kurz hinterher, bevor ich meine Aufmerksamkeit dem Essen zuwandte, bei dessen Anblick mir schon das Wasser im Mund zusammenlief. Gierig stopfte ich mir das Fleisch und das Brot in den Mund. Ich hatte solchen Hunger, dass ich alles um mich herum vergaß. Es fühlte sich wunderbar an, wieder einmal etwas Richtiges essen zu können!

Als ich fertig gespeist hatte, hob ich den Kopf. Es war, als wäre ich für diese wenigen Minuten in einer anderen Welt gewesen und würde mich nun wieder auf der Erde einfinden. Die meisten der Kinder hatten sich schon auf den Boden gelegt und dösten leise vor sich hin, nur noch wenige flüsterten miteinander und sahen immer wieder zu mir herüber. Die Shoshonen schliefen ebenfalls schon tief und fest, sie waren erschöpft. Doch ich verspürte merkwürdigerweise keine Müdigkeit, nein, ich fühlte mich lebendiger als je zuvor.

Hiamovi saß noch aufrecht neben seinem Stamm und sah ins lodernde Feuer, seine Augen schienen ganz schwer und fielen immer wieder zu, doch er zwang sich aus irgendeinem Grund, wach zu bleiben. Ich denke, es war der Instinkt, seinen Stamm, oder besser gesagt diejenigen, die noch übrig geblieben waren, zu beschützen. Denn das Massaker hatte ihn schwer getroffen. Er gab sich die Schuld für diesen Übergriff, das wusste ich, obwohl er nicht mehr viel sprach. Seit Amaroks Tod hatte er keinen Grund mehr zu sprechen.

Ich verstand ihn nicht, er trug keine Schuld. Wie hätte er das alles verhindern können? Wir waren im Krieg, da gab es nun mal keine glücklichen Gewinner. Und auch wenn der Krieg irgendwann vorbei sein würde, würde man nicht von einem glücklichen Ende reden können, ganz im Gegenteil. So viele Menschen würden bis dahin ihr Leben verloren haben; der Preis war einfach zu hoch. Der Gedanke blieb in meinem Kopf hängen. Für was bezahlten wir denn einen so hohen Preis? Ich musste die Worte wohl laut ausgesprochen haben, denn die Stimme des Mannes, der mich nach draußen begleitet hatte, riss mich aus meinen Gedanken.

»Für die Freiheit!«, sagte er mit bebender Stimme, während er sich neben mir niederließ und mir einen Becher Wasser in die Hände drückte.

Ich nickte dankbar und nahm einen Schluck Wasser, das belebend meine Kehle hinunterrann. Der Mann hatte recht! Das war die einzige Erklärung, der einzige plausible Grund für all diese Schmerzen und das Leid. Freiheit, ja, natürlich, doch nie hätte ich gedacht, dass man dafür zahlen musste. Es schien mir eine Selbstverständlichkeit, frei zu sein, doch dies war offenbar doch nicht immer so. Sie musste schwer erkämpft werden.

»Ich heiße übrigens Dr. Andrews, aber nenne mich bitte Clark!«, stellte er sich vor und streckte mir lächelnd seine Hand entgegen. Nun gesellte sich auch seine Frau zu uns, Thalia, wie ich gleich darauf erfuhr. Clark musterte mich neugierig und fragte: »Der Häuptling sagte, du kommst aus Kansas?«

Ich bejahte lächelnd. Allein der Klang des Wortes Kansas ließ mich erstrahlen und innerlich aufblühen. Es war mehr als nur ein Wort für mich, es war meine Heimat, die ich jahrelang nicht gesehen hatte und vielleicht auch nie wieder sehen würde. Gedankenverloren nickte ich, während ich immer noch den Nachklang des Wortes spürte, das mehr Gefühle in mir auslöste als jedes andere Wort dieser Welt.

»Ich komme aus Lawrence, aber ich habe es seit zwei Jahren nicht mehr gesehen«, antwortete ich, während meine Blicke immer mehr ins Leere versanken. »Mittlerweile habe ich an vielen Orten gelebt. Ich war in Meridian, übernachtete unter den Sternen und …« Tränen stiegen mir in die Augen und es gelang mir nur sehr schwer, die Worte, die sich in meinem Kopf gebildet hatten, auch auszusprechen. Der Gedanke an den nächsten Satz, an all die inneren Bilder – sie waren so grausam und schienen mich wieder mit sich in ein tiefes Loch zu ziehen. Mit bebender Stimme und einem unterdrückten Schluchzen brachte ich schließlich hervor: »Ich war in Vicksburg, und dann wieder in Kansas, bevor ich auf jemanden traf, der mich zum Bear River brachte. Und nun bin ich hier!«

Ich schluckte tief, während ich mir schnell die Tränen aus den Augen rieb und zu Clark und Thalia sah, die mich mitleidig anblickten. Ich wollte nicht, dass sie mich so ansahen. Dabei kam ich mir so bedauernswert vor. Und genauso wenig wollte ich, dass mich die Menschen mit anderen Augen ansahen, nur weil ich den Krieg miterlebt hatte.

»Bitte hört auf, mich so anzusehen, ich brauche kein Mitleid!«, zischte ich sie wütend an.

Sofort sah Thalia entschuldigend zu Boden, während Clark mich immer noch fokussierte.

»Ich weiß, Catherine. Doch ich sehe dich nicht anders an, ich denke einfach nur darüber nach, wieso jemand wie du ein solches Schicksal verdient hat!«

Ich hob den Kopf und starrte in seine Augen, blitzschnell verhärteten sich meine Gesichtszüge.

»Sie kennen mich nicht und wissen nicht, was ich erlebt habe, wie können Sie so etwas dann sagen?«

»Ich sehe es in deinen Augen. Ich sehe das Leid und die Ungerechtigkeit, und ich sehe den unausgesprochenen Hass, den du in dir trägst.« Er machte eine kurze Pause. »Aber ich sehe auch Hoffnung, tief verborgen und versteckt, doch immer noch greifbar.« Jetzt stand er auf und trat auf mich zu.

Ungläubig starrte ich ihn an. Woher wusste er das alles? Ich verstand das nicht, konnte meine Gedanken nicht mehr richtig ordnen. So wartete ich einfach ab, was Clark weiter sagen würde. Er stand nun direkt vor mir. Seine Hand streifte meine Schulter, bevor er ging, und ich konnte seine Worte nur noch als leises Flüstern vernehmen. Als ich mich später müde auf den Boden neben Bahati legte, der schon längst in seinen Träumen versunken war, ging mir noch immer Clarks Satz durch den Kopf.

»Greif' nach ihr, Catherine, das ist der einzige Weg!«

Müde kniff ich die Augen zusammen und wälzte mich auf die andere Seite, während sich langsam meine Sinne zu schärfen begannen. Dicht hinter mir hörte ich Stimmen. Kalte, frische Luft kribbelte in meiner Nase. Ich öffnete langsam die Augen und fand mich auf dem kühlen, nassen Boden wieder. Verwirrt sah ich auf, es dauerte etwas, bis ich mich wieder orientiert hatte.

Clark und seine sieben Söhne waren gerade dabei, die weiße Plane des Wagens straff zu ziehen, während Thalia und die fünf Mädchen die Decken und die restlichen Esswaren wieder in den Wagen luden. Hiamovi saß neben mir auf dem Boden und sah in die Ferne, die anderen Shoshonen begutachteten die Ochsen, die den Wagen ziehen würden.

»Ist alles in Ordnung, Hiamovi?«, fragte ich vorsichtig.

Angestrengt lächelnd sah er mich an, dann nickte er. Ich wusste, dass er mich anlog, und wollte gerade etwas erwidern, als Clark mich aus der Ferne unterbrach.

»Kommt nun endlich, wir müssen los!«

Mit einer energischen Handbewegung zitierte er uns zu sich, hob mich in den Wagen, in dem bereits die vier jüngsten Kinder saßen, und schrie den anderen noch einige Befehle zu, bevor sich der Zug in Bewegung setzte.

Hiamovi nahm Bahati auf den Arm und lief neben den Ochsen her. Der Wagen schlurfte über den schneebedeckten Boden hinweg, während meine Blicke zu den Kindergesichtern schweiften, die mich neugierig und zugleich ängstlich ansahen. Das älteste Kind im Wagen war etwa sechs Jahre alt, das jüngste war noch ein Säugling und lag in den Armen seines Bruders.

Stillschweigend saßen wir eine Weile nur da und sahen uns an. Ich wusste nicht, was ich sagen sollte, die Worte, die mir durch den Kopf gingen, fühlten sich alle irgendwie sinnlos an.

Da erklang plötzlich die helle Stimme eines kleinen Mädchens: »Wieso ist dein Kind schwarz?«

Sie war nicht älter als vier Jahre und musterte mich von oben bis unten.

Lächelnd erwiderte ich: »Weil der Herr wollte, dass ich ihn zu mir nehme!«

Natürlich hätte ich ihr die Wahrheit erzählen können, ich hätte ihr genauso gut schildern können, wie ich seine Eltern aufgehängt gesehen hatte, wie das Blut die Büsche rot gefärbt und den Boden getüncht hatte, doch das tat ich nicht. Ich erzählte diesen unschuldigen Blicken meine eigene Wahrheit, und das war auch gut so. Meine Gedanken wurden durch die Frage des ältesten Jungen unterbrochen, der immer noch den Säugling in den Armen hielt.

»Willst du auch nach Iowa?«, wollte er mit seiner zarten Stimme wissen.

Das war eine gute Frage, darüber hatte ich bis jetzt noch gar nicht nachgedacht. Um ehrlich zu sein, wusste ich nicht einmal, wo wir hingehen würden, und Hiamovi genauso wenig. Ich zuckte mit den Schultern, der Junge sah mich grinsend an, dann herrschte wieder Stille. Die Stille im Wagen war angenehm und linderte das dröhnende Chaos in meinem Kopf etwas. Einzig und allein das Rütteln der Räder, die über Gestein und Unebenheiten polterten, und das ferne Gerede der übrigen Reisenden waren zu hören. Es wehte ein eisiger Wind an diesem Tag, der uns trotz der schützenden Plane des Wagens frösteln ließ. Ich war noch immer sehr schwach, und auch wenn ich es mir nicht eingestehen wollte, so war ich doch auf die Hilfe dieser Menschen angewiesen, die uns über den Trail führten und uns mit Nahrung versorgten.

Auf diese Weise reisten wir Tag für Tag, bis jeweils wieder die Nacht über uns hereinbrach und wir ein Lager errichteten. Clark hatte mir befohlen, mit den Kindern im Wagen zu bleiben und mich auszuruhen, während die anderen nebenherliefen.

Es verstrichen Tage, Wochen. Der Winter neigte sich dem Ende zu und mit ihm verschwand auch die eisige Kälte. Das Leben wurde wieder einfacher. Ich merkte, wie meine Kräfte zurückkehrten, ich fühlte die Energie, die mich langsam wieder durchströmte. Doch obgleich damit der Traum, mit Bahati und den Shoshonen allein weiterzureisen, in greifbare Nähe rückte, wollte ich Clark und seine Familie nicht wieder verlassen. In den letzten Wochen waren sie mir ans Herz gewachsen. Abend für Abend hatten sie mir die abenteuerlichen Geschichten ihrer Kindheit in Oregon geschildert, mir von wundervollen Feldern, bunten Wiesen, den unzähligen Flüssen und Seen in ihrer Heimat berichtet. Sie erzählten mir von ihrem Wohnort und der Tatsache, dass sie aus familiären Gründen nach Iowa auswandern wollten. Die Reise über den Trail begann, mir richtig zu gefallen. Ich kann mich nicht mehr an alle Details dieser unglaublichen Wanderschaft erinnern, doch einen Tag werde ich wohl nie vergessen.

Wir waren schon Wochen unterwegs, die karge Landschaft war kalt und düster, seit Tagen hatten wir keinen Fluss mehr gesehen. Die Angst, kein Wasser mehr zu haben, bedrückte mich mit jedem Tag mehr, doch was dann passierte, hätte ich nie erwartet.

Erschöpft setzten wir einen Fuß vor den anderen, auch ich lief an diesem Tag hinter Clark und Thalia her. Ich wollte endlich wieder einmal frische Luft atmen, mich bewegen und mich nicht wie eine Verletzte oder Kranke im Wagen kutschieren lassen. Wir waren so müde, dass nicht einmal mehr die Kinder vor sich hin plapperten.

Plötzlich jedoch begannen die Männer und Frauen in den Planwagen vor uns, hektisch miteinander zu sprechen. Die Worte sprudelten schnell und erregt aus ihren Mündern, als stünden die Menschen unter Zeitdruck. Wir hoben unsere müden Köpfe, konnten aber außer den Planwagen vor uns und der Weite der Landschaft nichts sehen. Da hielt der Treck abrupt an. Das Quietschen der Räder war ohrenbetäubend, die Verwunderung stand allen auf die Stirn geschrieben. Laute Stimmen waren zu hören, die wild um sich schrien. Ein kalter Schauer jagte mir über den Rücken – war es möglich, dass Connrad mich gefunden hatte?

Stocksteif stand ich an Ort und Stelle: Doch da war nur ein langer Treck, der sich vor uns in die entgegengesetzte Richtung bewegte. Als er etwa auf gleicher Höhe wie unserer stoppte, konnte ich in die müden Gesichter der Menschen sehen. Genauso wie wir trugen sie selbst gefertigte Mäntel und zerschlissene Schuhe, die nicht mehr als Stofffetzen an ihren Füßen waren. Allgemeines Erstaunen und Verwunderung machten sich breit.

Nun trat ein großer, schlaksiger Mann zwischen all den Planwagen hervor. Seine Kleider hingen wie Lumpen an seinem schmalen Körper; das Glühen seiner markanten Augen stach sichtlich aus seinem ausgemergelten Gesicht mit dem ungepflegten Bart heraus. Der Ausdruck eines Notleidenden war nicht zu verleugnen.

»Ihr …!«, sagte er und zeigte mit dem Finger bedrohlich in unsere Richtung. Seine Haltung war gekrümmt und seine Augen funkelten im Licht der Sonne.

Clark versuchte seine Kinder schützend hinter seinem Rücken zu verstecken, und auch Thalia trat einen Schritt vor und nahm die kleinsten ihrer Kinder zu sich. Clark sah dem Mann gerade ins Gesicht.

»Ihr Goldgräber, ihr Reichen, weshalb habt ihr nur das Recht, anerkannt zu werden?«, schnaubte dieser nun bedrohlich.

Ich hatte keine Ahnung, von was dieser Mann sprach, und wunderte mich nur über die absurde Situation, in der wir alle uns befanden. Clark rückte näher an mich heran und flüsterte mir zu.

»Keine Sorge, Catherine, tu einfach, was ich dir sage, und sprich kein Wort!«

Ungläubig sah ich Clark an, ich konnte nicht fassen, was er mir da zugeflüstert hatte. Ich fühlte mich wie früher, als mir alle immer gesagt hatten, was ich zu tun hatte, und ich spürte die Wut in mir hochsteigen.

»Weshalb sollte ich das tun, von was spricht dieser Mann?«, fragte ich mit bebender Stimme.

»Er glaubt, wir wären im Besitz von Gold. Weißt du, seit man vor Jahren in Kalifornien auf Gold gestoßen ist, ist der Osten davon überzeugt, dass es im ganzen Westen nur so von Gold wimmelt!« Seine Stimme klang angespannt.

Ich konnte es nicht fassen. Glaubten diese Menschen wirklich, dass wir im Besitz von Gold wären? Wie konnten sie sich nur anmaßen, so etwas zu glauben? Ich meine, wir sahen doch wirklich nicht aus wie reiche Menschen? Die Wut breitete sich in meinem ganzen Körper aus, unaufhaltsam drängte sie an die Oberfläche. Mit hochrotem Kopf zwängte ich mich zwischen Clark und Thalia hindurch und stand dem bedrohlichen Mann gegenüber. Obwohl ich ihm gerade mal bis zur Brust reichte, verspürte ich keine Angst. Er öffnete seinen Mund, um etwas zu sagen, doch da schnitt ich ihm schon das Wort ab.

»Wie können Sie glauben, dass wir reich wären? Wir haben alles verloren, genauso wie ihr, sind schon Wochen unterwegs, in denen wir unsere Nahrung rationieren müssen, und haben den Rand der Verzweiflung allmählich erreicht!« Ich presste die Zähne aufeinander und machte eine kurze Pause, während mich der Mann verblüfft anstarrte. »Glauben Sie, es ist lustig, über diesen gottverlassenen Trail zu laufen, glauben Sie, wir würden uns das antun, wenn wir zu den reichen Bürgern gehören würden? Lassen Sie uns in Ruhe, Sie alle! Von Ihnen gibt es schon genug auf der Welt!«

Ich atmete tief ein und aus, die Wut verrauchte langsam – und was blieb, war die Müdigkeit. Dem Mann schien jegliches Wort entfallen zu sein, auch die anderen seines Trecks sahen mich nur mit großen Augen an.

Da stürmte plötzlich Bahati nach vorn, der bis jetzt still auf dem Ochsen geritten war.

»Cathie, nicht traurig sein!«

Der Mann sah ihn merkwürdig an, seine Gesichtszüge verhärteten sich und er sagte: »Sie wissen, dass dieser Junge gefährlich ist! Menschen wie er tragen die Schuld für diesen Krieg.« Mit diesen Worten wandte er sich um und ging zurück zu seinem Treck, der daraufhin weiterzog.

Ich wollte diesem Mann noch so vieles sagen, am liebsten hätte ich mich umgedreht und hätte ihm ins Gesicht geschrien, doch meine innere Müdigkeit ließ mich schwach werden. Zudem konnte ich meine Machtlosigkeit gegenüber diesem Mann spüren. So schwieg ich, bevor ich mit schweren Schritten zu den anderen zurücklief und wir uns wieder auf den Weg machten.

»Was denkst du gerade?«, fragte mich Clark, als wir abends am Feuer saßen und aßen.

Es war schon dunkel, die Sterne leuchteten über unseren Köpfen und verwandelten die unheimliche Landschaft in eine unwirkliche Oase der Träume.

Clarks Worte hatten mich aus den Gedanken gerissen, mit leeren Blicken hatte ich gerade Bahati betrachtet, der seinen Kopf auf meinen Schoß gelegt hatte und friedlich schlief. Ich konnte Clarks Frage gar nicht richtig beantworten, ich dachte über so viele Dinge nach und gleichzeitig auch wieder über nichts. Es waren mehr Bilder als konkrete Überlegungen, die durch meinen Kopf strömten und mich wieder in die Vergangenheit zerrten.

»Nichts, worüber es sich zu sprechen lohnt«, antwortete ich schließlich mit einem Schulterzucken.

Die Worte schienen Clark zum Nachdenken anzuregen. Er fasste sich konzentriert an sein Kinn und murmelte etwas vor sich hin, dann meinte er: »Dieser Satz, er kommt mir bekannt vor.« Er lächelte. »Er stammt von einem alten Freund von mir, ich kenne ihn schon sehr lange. Als wir uns zuletzt gesehen haben, waren er und seine Frau Bauern. Doch er erzählte mir damals auch etwas von Wildnis und Büffeln.« Nun lachte Clark. »Ich habe nicht verstanden, was er mir da mitteilen wollte.«

›Büffel? Er meint doch nicht etwa Jack?‹ Mit funkelnden Augen platzte ich aufgeregt heraus: »Meinen Sie vielleicht Jack?«

Clark sah mich verblüfft an, seine Augen hatten sich vor Überraschung geweitet, während er still nickte.

Bei der Erinnerung an Jack huschte mir ein breites Grinsen über die Lippen, es schien, als hätte allein der Name mich wieder in die Realität zurückgeholt. Ein Gefühl der Freude breitete sich wie ein Lauffeuer in mir aus und ich fühlte mich seit Langem wieder wohl in meiner Haut. Dann begann ich, Clark alles zu erzählen. Ich berichtete ihm von meiner Heimat, von Matthew und Mutter, vom Lager und meiner unglaublichen Reise mit Jack, und schließlich von dem Massaker. Ich erzählte ihm alles, was ich erlebt hatte. Seit Clark von Jack gesprochen hatte, wusste ich, dass ich ihm wirklich vertrauen konnte.

Lange saßen wir da, genauso wie Jack und ich damals am Feuer gesessen hatten. Clark hörte zu und nickte manchmal, und als ich endlich fertig war, erzählte er mir seine Geschichte.

Er schilderte mir seine Kindheit mit Jack in Ohio, berichtete mir von ihren gemeinsamen Abenteuern als Jugendliche und erzählte mir viele lustige Geschichten. Er erzählte von ihrem letzten Abenteuer und wie Clark dann mit seiner Frau wegzog.

»Ich habe nie an dir gezweifelt, Cathie, aber dass du so tapfer bist, das erstaunt mich nun doch!«, beendete er seine Erzählung, als es schon tief in der Nacht war.

Als ich mich in dieser Nacht zum Schlafen niederlegte, erschienen mir die Sterne größer und leuchtender. Die Welt hatte an Glanz gewonnen. Diese Pracht des Universums, diese unzähligen funkelnden Diamanten am Himmelszelt, diese Idylle, die mir bewies, dass es zwischen all den Grausamkeiten und dem Leid dieses Krieges doch noch ein Paradies gab. Ich stellte mir vor, dass Matthew einer dieser Sterne war, die auf mich herabfunkelten, und ich fragte mich, ob die Welt für ihn dort oben auch so wundervoll aussah wie für mich in diesem Moment.

Einige Tage später

Immer mehr Planwagen unseres Trecks hatten zwischendrin an einem der Forts, die wir auf dem Weg passierten, Station gemacht, um etwas zu reparieren oder um Zugtiere gegen Nahrungsmittel einzutauschen. Wir selbst hatten bisher dort nicht haltgemacht, sondern waren einfach weitergelaufen. Zu essen hatten wir noch genug, ebenso fehlte es nicht an Kleidung. Zudem konnten wir es uns einfach nicht leisten, ein Zugtier einzutauschen, das hätten wir nicht überlebt.

Doch gestern Abend hatten Hiamovi und Clark ein langes Gespräch miteinander geführt, die halbe Nacht hatten sie miteinander diskutiert. Heute Morgen erfuhr ich dann von Hiamovi, dass wir in Fort Laramie einen Halt einlegen würden. Weshalb, war mir zwar nicht klar, aber anscheinend war es nun auch bei uns an der Zeit, einige Dinge auszutauschen.

Im Laufe des Tages hatte ich die Hoffnung, dass wir dieses Fort jemals erreichen würden, schon beinahe aufgegeben. Meine Glieder schmerzten, meine Schritte wurden immer langsamer. Doch plötzlich schrie eines der Kinder laut auf, zeigte nach vorne und rief immer wieder: »Vater, ein Fort, ein Fort!«

Kapitel 24

Fort Laramie, Wyoming

Es war wie in einem Traum, alles schien unecht – und auf irgendeine Weise auch falsch. Die letzten Wochen hatte ich damit verbracht, mir unsere lang ersehnte Ankunft vorzustellen, nach so vielen Tagen endlich eine Bleibe zu erreichen. Ich hatte mir überlegt, wie ich mich wohl fühlen würde, wenn ich unser Ziel sehe, doch nun sprengte das Bild vor meinen Augen alle meine Vorstellungen. Die Pracht, die vor mir lag, war atemberaubend!

Der ganze Treck war stehen geblieben, ich nahm das fragende Gemurmel der Menschen hinter mir wahr, das in meinem Gefühl der Überwältigung nur als dumpfes Dröhnen zu mir drang. Wir standen allesamt vor den Planwagen und betrachteten das Fort vor uns. Ich hatte meinen mageren Körper zwischen Hiamovi und Clark hindurchgequetscht und erblickte nun die hölzerne Palisadenwand des riesigen Forts. Die bereits hoch am Himmel stehende Sonne beleuchtete den zentralen Wachturm über dem Eingang des Forts, der durch hohe Holzstämme wie von Säulen getragen wurde. Die weiteren zwei Wachtposten sicherten die Palisadenwände im Osten und Westen und schienen die im Wind flatternde Amerikaflagge in der Mitte des Forts zu umkreisen.

Es war ein unglaublich überwältigender Anblick. Von Weitem erschienen die Menschen ganz klein; im Vergleich mit den riesigen Ausmaßen der Festung sahen sie aus wie winzige Ameisen. Die lauten Rufe der Menschen und das dröhnende Geräusch von Hufgetrappel drangen bis zu uns herauf.

Mit einem lauten Seufzer der Erleichterung legte Hiamovi seinen schweren Arm um meine Schulter und grinste breit, im selben Moment drehte sich Clark zu dem Treck und schrie:

»Wir haben Fort Laramie erreicht, meine Brüder und Schwestern!«

Ein lauter Jubel der Hoffnung scholl ihm entgegen. Die Männer und Frauen, ja selbst die Kinder des Trecks begannen, ihre Hände hoch in die Luft zu heben, und schrien vor Stolz und Erleichterung, so laut sie konnten. Sie weinten und lachten und fielen sich gegenseitig in die Arme.

Dann nickte mir Clark lächelnd zu, bevor er seinen Planwagen und damit den Treck wieder in Bewegung setzte und auf das Fort zusteuerte.

Auf der noch verbleibenden kurzen Wegstrecke waren viele Trapper und Händler zu sehen, die sich geschäftig an uns vorbeibewegten, doch auch Hunderte Indianer, die die zerrissenen Kleider von Hiamovi und den anderen mit ungläubigen Augen betrachteten, bevor sie mit ihren Pferden davonsausten.

Der Treck hatte vor den Toren haltgemacht. Ich sah an der Palisadenwand empor und erkannte die vielen Wachen, die ihre Waffen auf uns richteten und uns mit finsterer Miene betrachteten.

Die Sonne färbte den Himmel rot, wobei die Wolken sie wie ein Vogelschwarm zu umgeben schienen. Ein feiner Windhauch wiegte die Grashalme des harten Bodens hin und her, während die befehlsgewohnte Stimme eines Mannes zu uns drang. Die Worte klangen für mich unverständlich und misstrauisch, doch Clark schien sie verstanden zu haben, denn er hob die Hände und rief:

»Wir sind weit gereist, bitte gewährt uns eine Rast.«

Der Mann verstummte, und kurz darauf öffneten sich mit einem lauten Knacken die Tore. Ich umklammerte die Hand von Bahati, der neben mir herlief, noch fester, dann folgte ich Clark und den anderen ins Fort. Obwohl ich wusste, dass wir hier in Sicherheit sein würden, hatte ich Angst vor dem, was passieren könnte. So viele Male hatte ich das, was ich liebte, schon verloren, und so viel Leid hatte ich bereits erlebt – was würde nun auf mich zukommen?

Während ich darüber nachdachte, folgten meine Blicke den hohen, aus Holz gefertigten Wänden, die zuerst einen schmalen Eingang bildeten und uns dann zu einem großen Vorplatz führten, der von den lauten Stimmen der Händler und Geschäftsleute erfüllt wurde. Wo man hinsah, konnte man Menschen erkennen, die ihre Waren herumzeigten und wortreich anpriesen. Andere hatten auf dem Boden Platz genommen und tauschten Zucker, Tabak, Felle und Whisky, wieder andere saßen auf ihren Pferden und bereiteten sich auf ihren Abmarsch vor. Viele von ihnen waren Indianer! Auch sie hatten, wie Hiamovi, einen prächtigen Federhut auf dem Kopf und waren in lange Gewänder gekleidet.

So viel Neues gab es hier zu entdecken, so viele Menschen waren zu sehen, so viele Kulturen vereint. Trotz meiner Ängste faszinierte mich dieses Fort, die darin vereinte Vielfalt war einfach überwältigend.

Plötzlich wurden meine Gedanken durch eine energische Stimme unterbrochen und ich sah in die Augen eines Soldaten, der sich vor uns aufgebaut hatte.

»Bitte folgen Sie mir!«, forderte er uns, an Clark gewandt, auf.

Dieser sah schnell zu Thalia, ihre Blicke streiften sich für einen Augenblick, und sie nickte ihm müde zu. Dann drehte sich Clark zum Treck.

»Hiamovi, Catherine und der Junge kommen mit mir! Der Rest bleibt hier und passt auf die Planwagen auf, wir sind gleich zurück!«

Mit diesen Worten folgte er dem Soldaten, der bereits ungeduldig auf uns wartete.

Ich verstand nicht, weshalb ich auch mitsollte, stellte jedoch keine Fragen, sondern trottete einfach hinter Hiamovi und den anderen her. Wir schritten durch die Türen eines festungsartigen Gebäudes, liefen dort durch einige Räume mit hohen, dunklen Decken, bevor wir in einem großen Salon haltmachten. Der Soldat vor uns murmelte ein paar Worte, dann drehte er sich um und schritt zur Tür. Ich sah mich erstaunt um; meine Blicke schweiften von der hohen Decke über die wundervoll rustikalen Wände bis zu dem schönen Steinboden. Wo ich nur hinsah, gab es aus Holz gefertigte Kommoden und Schränke, die mit wunderschönen Mustern und Schnitzereien versehen waren. So etwas kannte ich gar nicht. In der Mitte des Raumes thronte ein langer Tisch, der aus massivem Holz gefertigt war. Auf dem Tisch stand eine Schale mit Obst, die mir das Wasser im Mund zusammenlaufen ließ.

Ein Knarren riss mich aus meinen Gedanken und ich sah zum Eingang des Salons, durch den nun eine hoch aufgerichtete Frau mit hoheitsvollem Gang schritt. Sie trug eine rosafarbene Robe, die sie durch die vielen Rüschen und Seidenfäden noch königlicher erscheinen ließ. Ihr braunes Haar wurde durch eine weiße Haube zusammengehalten und trat an manchen Stellen hervor, weiße Handschuhe machten das elegante Bild komplett. Sie kam mit schnellen Schritten auf uns zu und das Klappern ihrer Schuhe durchbrach die Stille, bevor sie die Wachen mit einer knappen Kopfbewegung nach draußen zitierte.

»So, Sie haben also unser Fort aufsucht, Häuptling der Shoshonen!«, begann sie und fügte gleich hinzu, während ihre Finger über das dunkelbraune Holz des großen Tisches strichen: »Ich dachte, die Shoshonen betreiben keine Geschäfte mehr mit Fellen?«

Mit einer schwungvollen Handbewegung zog sie nun einen der Stühle zu sich und setzte sich elegant, bevor sie uns unsere Plätze gegenüber dem Schreibtisch zuwies.

»Setzten Sie sich bitte!«

Diese Worte waren wie Musik in meinen Ohren, denn nach der langen Reise konnte ich mich kaum noch auf den Beinen halten. Sofort lief ich auf einen der Stühle zu, nahm darauf Platz und setzte Bahati auf meinen Schoß. Die Frau sah mich nicht an, ihre Blicke fokussierten allein den Häuptling, der als Einziger stehen geblieben war und die Frau skeptisch musterte.

»Können wir bitte Ihren Mann sprechen?«

Die Frau schnaubte, dann entgegnete sie mit einem aufgesetzten Lächeln: »Mein Mann ist gerade mit wichtigeren Dingen als dem Handel mit einem Indianerhäuptling beschäftigt.«

Hiamovi biss sich auf die Lippen und erwiderte bemüht freundlich: »Wir kommen nicht, um Ihnen unsere Felle zu verkaufen, wir suchen einen sicheren Ort für das Mädchen und den Jungen. Wir bitten nur um etwas Vorräte für uns, dann gehen wir wieder!« Hiamovis Stimme klang bitter, als er nun mit dem Finger auf mich zeigte. Sofort schweiften die Blicke der Frau zu mir und sie sah mir tief in die Augen. Ihr anfangs noch hoheitsvoller Blick und ihre Arroganz verschwanden auf einen Schlag, als sie den sichtlich unterernährten Jungen betrachtete.

Doch da war noch etwas anderes, tief in ihren Augen konnte ich es sehen. Ihre Blicke, die Art, wie sie mich ansah – sie verbarg etwas vor mir! Sie wusste etwas über mich, das konnte ich deutlich wahrnehmen! Verblüfft sah ich zu Hiamovi, beugte mich weit über den Tisch und rief aufbrausend:

»Was, ihr bleibt nicht hier? Was wollt ihr denn machen?«

Doch anstatt meine Frage zu beantworten, schüttelte Hiamovi nur den Kopf und wandte sich wieder der Frau zu.

Ihre Hände spielten nervös miteinander, Schweißperlen bildeten sich auf ihrer sonst so makellosen Stirn und sie begann unruhig auf dem Stuhl hin und her zu rutschen.

»Ja, das … das ist natürlich verständlich«, sagte sie nun langsam. Ihre Blicke ließen mich nicht mehr los, angestrengt suchte sie nach passenden Worten, während sie sich gleichzeitig den Schweiß von der Stirn wischte.

Clark musste ihr merkwürdiges Verhalten genauso wie mir aufgefallen sein, denn jetzt beugte er sich über den Tisch.

»Miss, wir wären in den letzten Monaten beinahe verdurstet. Ich bitte Sie um Vorräte für mich und meine Familie und einen sicheren Ort für das Mädchen und den Jungen!«, sagte er ernst.

Ich wusste nicht, was los war, doch allmählich machte mich das Verhalten dieser Frau gereizt. Sie war so merkwürdig und plötzlich so still, dabei hatte sie doch anfangs den Eindruck von Stärke und Eleganz vermittelt.

»Wer ist sie? Wie ist ihr Name?«, fragte sie schließlich mit bebender Stimme.

Ich sah sie ernst an, meine Blicke hielten den ihren stand, dann sagte ich bestimmt: »Ich heiße Catherine Lanchaster und komme aus Kansas!« Die Worte klangen sicherer, als ich gedacht hatte.

Als ich meinen Namen genannt hatte, weitete die Frau schreckhaft die Augen; es schien, als sähe sie plötzlich ein Monster vor sich. Fragend sah ich sie an, ihre Reaktion hatte eine Woge der Angst und der Unsicherheit in mir ausgelöst. Vielleicht hatte Connrad sie beauftragt, mich zu finden und dann zu töten? Oder, noch schlimmer, mich ihm auszuliefern, damit er noch mit mir spielen konnte, bevor er mich töten ließ?

Ich wollte gerade aufstehen und den Raum verlassen, da lief die Frau schon um den Tisch auf mich zu und nahm mich schluchzend in ihre Arme. Dann ließ sie mich los und sah mir tief in die Augen.

»Catherine, erkennst du mich nicht wieder? Ich bin deine Tante Margred!«, flüsterte sie mit bebender Stimme.

Kapitel 25

Fort Laramie, Wyoming

Tante Margred. Ich erinnerte mich kaum an sie. Als ich meinen Kopf nach ihrem Namen durchforstete, fiel mir nur der Tag ein, an dem sie Mutter flehend gebeten hatte, mit ihr nach Wyoming zu ziehen, um dort zusammen in einem Landhaus zu leben.

Ich hatte mit Matthew draußen auf der Treppe des Flurs gesessen und den Worten Margreds gelauscht, die mit allen Mitteln versuchte, Mutter davon zu überzeugen, mit ihr zu kommen. Mutter hatte Matthew und mich kurz vor der Auseinandersetzung mit ihrer Schwester aus dem Zimmer geschickt – da dies nun eine Angelegenheit der Erwachsenen wäre, wie es Mutter formuliert hatte. Dennoch hörten Matthew und ich jedes gesprochene Wort durch die dünnen Wände des Hauses hindurch.

»Komm, Elisabeth, ich bitte dich: Packt eure Sachen und kommt mit mir nach Wyoming! Dort gibt es meilenweit Graslandschaften, wunderbare Flüsse und Berge. Wir könnten den ganzen Tag über den Vögeln zusehen, wie sie fröhlich umherfliegen, und abends vor einem wärmenden Feuer einschlafen. Du müsstest nie wieder in dieser stickigen Seidenfabrik arbeiten, müsstest nie wieder so hart schuften; das würde auch deiner Gesundheit gut tun. Es wäre ein besseres Leben als das jetzige!«

Sie machte eine Pause und schnaubte atemlos. Die Bemühungen, ihre Schwester zu überzeugen, schienen ihr alle Kraft zu rauben.

»Ja, du hast recht, dies wäre mein Traum und auch der Traum meiner beiden Kinder, aber genauso ist es ihr Traum, einen Vater zu haben, der vor wenigen Wochen in den Krieg zog und uns versprach wiederzukehren«, widersprach Mutter ruhig.

Margred seufzte laut. Dann erfasste sie Wut. Wut, dass ihre geliebte Schwester nicht mit ihr kommen wollte, Wut, dass sie dieses Leben einem besseren vorzog. Völlig außer sich verlor sie die Kontrolle über ihre Worte.

»Elisabeth, er wird nicht zurückkommen, ist dir das denn nicht bewusst? Als er aus dieser Tür schritt, da wusste er, dass er sie nie wieder betreten würde, und du solltest es auch wissen! Willst du deine Kinder denn belügen, ihnen dort Hoffnung machen, wo es keine gibt?«

Sie machte eine Pause.

»Ich bitte dich! Ich sehe doch, wie schlecht es dir hier geht. Der Staub der Seidenbänder, den du Tag für Tag in der Fabrik einatmest, wird dich noch umbringen, und dann sind deine Kinder Waisen. Bitte komm mit mir!«

Minuten verstrichen, in denen kein Laut mehr nach draußen drang.

Dann stürmte plötzlich Tante Margred mit hochrotem Kopf aus dem Häuschen und blieb vor uns stehen. Sie besann sich kurz, strich uns beiden übers Haar – und das Letzte, an was ich mich erinnern konnte, waren ihre leisen Worte, die sie uns sagte, bevor sie die Treppen des Flurs hinunterstürmte und nie wiederkam. Diese Worte hallten nun durch meinen Kopf, sie waren all die Jahre über tief in mir verborgen gewesen, nun jedoch traten sie wieder hervor.

»Wir werden uns wiedersehen, keine Angst!«

So blieb ich mit Bahati im Fort zurück, während die anderen weiterzogen. Natürlich hatte Tante Margred darauf bestanden, dass die Shoshonen und der Rest des Trecks sich hier einen Tag erholten, bevor sie weiter Richtung Osten zogen. Sie stellte ihnen Vorräte und Kleidung für einen Monat zur Verfügung. Ich aber ertrug es kaum, meine neu gewonnene Familie wieder verabschieden zu müssen. Dennoch zwang ich mich dazu. ›Sie wären so oder so gegangen, da ist es eine Sache der Ehre, mich bei ihnen zu bedanken.‹ So dachte ich.

Der Treck stand draußen vor dem mächtigen Holztor. Hiamovi und ich sahen uns eine Weile lang nur an, während ein leichter Windhauch mit den Federn seines prächtigen Hutes spielte. Tante Margred wartete ein paar Schritte hinter mir und beobachtete mich mit zusammengekniffenen Augen.

Mein Herz tat mir weh, als ich Hiamovi in die Arme schloss und mein von Tränen durchnässtes Gesicht in seiner kräftigen Schulter vergrub. Er drückte mich fest an sich und strich mir mit den Fingern durchs Haar, dann sah er mir tief in die Augen und nickte, während er seine Faust in meine Hand legte und mir eine Kette übergab. Ich wollte sie gerade ansehen, als er seine Hand auf die meine legte.

»Nein, noch nicht! Du wirst genügend Zeit haben, sie dir anzusehen, wenn ich fort bin. Pass auf dich auf, Catherine! Ehre Amarok, indem du beweist, dass er nicht umsonst gestorben ist.« Er schluckte ergriffen.

»Und wie kann ich das tun?«, fragte ich zitternd.

Hiamovi lächelte. »Das musst du schon selbst herausfinden, mein Kind!«

Mit diesen Worten gab er mir einen Kuss auf die Wange und wandte sich Bahati zu, der dicht neben mir stand und mit trauriger Miene an seinen Fingern nagte. Hiamovi sprach ein paar indianische Worte, hob den Jungen hoch und drückte ihm einen Kuss auf die Stirn. Dann ging er einen Schritt zurück, um Clark Platz zu machen, der mich mit schmerzenden Blicken musterte. Er umarmte mich.

»Leb wohl, meine Catherine!« Dann drehte er sich um und ging, so wie es Matthew damals auch getan hatte.

Ich wischte mir eine Träne aus dem Gesicht. Der Schmerz, der sich wie eine schwere Decke über mein Herz legte, wurde immer größer. Ich war es leid, immer die Menschen verabschieden zu müssen, die mir ans Herz gewachsen waren; ich hatte all den Hass und den ewigen Schmerz der Menschen satt, die ständig durch diesen Krieg verursacht wurden.

Die Planwagen des Trecks setzten sich langsam in Bewegung. Ich blieb mit gebrochenem Herzen zurück. Am liebsten hätte ich mich ihnen angeschlossen. So gern wäre ich eine von ihnen geworden! Doch Hiamovi hatte recht: Ich musste Bryan und Mutter wiederfinden, um meinem Leben einen Sinn zu geben.

Mit einem unterdrückten Schluchzen öffnete ich meine geballte Faust und betrachtete die lederne Kette, an der eine wundervoll geschwungene Feder befestigt war: Amaroks Kette – die er festgehalten hatte, als er starb, die seine Schmerzen erträglicher gemacht hatte. Ein unendlich wertvolles Geschenk lag da in meiner Hand. Ob sie mir wohl den Weg zur Freiheit zeigen würde?

Die ersten Sonnenstrahlen schafften es gerade über den Horizont, legten einen rötlichen Schleier auf die Landschaft und ließen den letzten Schnee des Winters glitzern, als trüge er Millionen von Diamanten in sich. Meine Augen folgten den schwachen Umrissen des Trecks, der immer unschärfer wurde, bis er irgendwann am Horizont verschwand.

Schluchzend stand ich da, meine Beine hielten mich kaum noch gerade, so erschöpft und müde fühlte ich mich. Mit zitternden Händen umklammerte ich Bahati, der immer noch nicht verstand, weshalb die anderen gegangen waren.

Tante Margred hatte mich wohl zurückgeführt, denn plötzlich fand ich mich auf einer großen Wiese wieder. Es geschah alles so schnell. Ein kühler Wind bewegte die Grashalme der Wiese und ließ mich frösteln. Tante Margred stand neben mir und sah mich mit besorgtem Blick an, dann fasste sie mich am Arm und führte mich über den großen Platz zu einer Wohnsiedlung. Ein breiter Weg verlief zwischen den Reihen von Gebäuden hindurch und wir gelangten schließlich zu einem schönen Haus mit einem großen, von Säulen getragenen Eingang.

»Da wären wir!«, sagte Tante Margred, stieg die Treppen hoch und öffnete mit einer schwungvollen Handbewegung die Haustür. Sie winkte mir zu, dann trat sie stolz lächelnd ein und verschwand sogleich in der Küche.

Ich folgte ihr mit Bahati in den Flur und betrachtete die Treppe, die direkt vor mir nach oben führte und mich an die in John und Lindas Haus erinnerte. An die Treppe, die mich in mein Zimmer geführt hatte. Die Treppe kam mir sogleich ganz vertraut und heimisch vor, dass sich das Gefühl von einem Zuhause in mein Herz schlich, obwohl ich keines mehr hatte. Das Geländer bestand aus mächtigem Stein und war so poliert, dass man sich darin spiegeln konnte. Meine Blicke schweiften über die hohen Wände zur Decke, die von dicken Holzbalken getragen wurde, und folgten den Bildern und Kunstwerken an den Wänden, bevor Tante Margred wieder in den Flur kam und Bahati eine Scheibe Brot in die Hand drückte.

»Um Gottes willen, er muss ja Hunger haben!«, sagte sie fast schon überdreht, dann zog sie mich am Arm die Stufen hinauf. »Ich habe das Fort ein bisschen dekoriert, um es heimischer zu machen«, erklärte sie stolz und führte mich in ein großes Zimmer, in dem ein riesiges Bett sowie geschmackvolle Möbel standen. Alles sah so aus, wie ich es nur aus Erzählungen und Märchen kannte, elegant und königlich, sodass ich mich gleich wie eine Prinzessin fühlte. Ich war so in meine Gedanken versunken, dass ich nicht einmal bemerkte, wie Tante Margred leise den Raum verließ.

*

»Catherine, hörst du mir zu?«, fragte Tante Margred etwas ungehalten und verärgert.

Ich schrak hoch, die Worte rissen mich blitzartig aus meinen Gedanken und ich wandte meine Aufmerksamkeit wieder meiner Tante zu, die gerade mit zusammengefalteten Händen am Tisch saß. Sie trug eine gelbseidene Robe, weiße Samthandschuhe und eine elegante Haube. Mich hatte sie in eine rote Robe gesteckt, deren Korsett mir bei jeder Bewegung die Luft abschnürte. Tante Margred sah mich noch immer intensiv an, während sie mit ihrer Hand auf den groß gewachsenen Mann neben sich deutete, der mich ebenfalls musterte. Er hatte braunes, volles Haar, das er streng zur Seite gekämmt trug und das ihn gepflegt – und eitel erscheinen ließ. Sein zerzauster Bart jedoch vermittelte gleichzeitig etwas Wildes, etwas, das eigentlich nicht zu einem hohen Dienstgrad wie seinem passte. Ich hatte Tante Margred zwar nicht im Detail zugehört, als sie mir lang und breit erklärt hatte, was ihr geliebter Gatte schon alles für unser Land getan hatte, doch seine Uniform zeigte, dass er eine hohe Position innerhalb dieses Stützpunktes einnahm.

»William ist Oberstleutnant, dank ihm wohnen wir hier, Catherine!«

In ihrer Stimme lag Stolz und sie lächelte mich breit an, als wäre ich ein Kind, das die Welt noch nicht verstand.

Ich blickte den Mann, auf den sie mit ihrer schmalen Hand zeigte, an, blickte in seine braunen Augen, die unter seinen dichten Augenbrauen hervorstachen. Und ich sah die Skepsis in seinem Blick. Ich wusste nicht, weshalb er mich so misstrauisch betrachtete, doch ich nahm es ihm, anders als Margred, die ihn ständig höflich darum bat, mich netter anzusehen, nicht übel.

»William, bitte, sieh das Kind doch nicht so streng an«, sagte sie leise und in einem Ton, der mehr einer Frage denn einer Aufforderung glich.

Jetzt schweiften seine Blicke zu seiner Gattin und seine Gesichtszüge verhärteten sich noch mehr.

»Ich muss sie nicht mit einem gespielten Lächeln betrachten, nur weil sie und der Junge viel erlebt haben! Viele haben genauso viel gesehen und werden auch nicht besonders sanft behandelt«, fauchte er und fuhr gleich fort: »Sie muss lernen, sich mit dem Leben abzufinden. Heuchelei macht unsere Situation auch nicht besser!«

Tante Margred sah ihren Gatten ungläubig an, sie hatte das Besteck in ihren Händen elegant abgelegt und tupfte sich nun mit einer Serviette würdevoll den Mund ab, bevor sie sich räusperte und entschuldigend nickte.

William wandt sich mit einem aufgesetzten Lächeln zu mir.

»Schmeckt der Dame das Essen etwa nicht?«

Er sah mit ernster Miene auf meinen Teller, auf dem immer noch ein unberührtes Hühnchen mit Gemüse lag. Daneben waren auf beiden Seiten etwa fünf verschiedene Messer und Gabeln platziert.

Ich sah unsicher auf den Tisch. Ich wusste nicht, wofür die einzelnen Teile jeweils verwendet wurden. So lange hatte ich in der Wildnis gelebt, so lange war ich von jeglicher Zivilisation abgeschieden gewesen, dass ich vergessen hatte, wie mit diesen Dingen umzugehen war. Ich fühlte mich unsicher und verzweifelte unter den durchdringenden Blicken Tante Margreds und ihres Mannes. Tränen stiegen mir in die Augen, als ich hektisch die Besteckauswahl vor mir betrachtete. Ich fühlte mich allein, so schrecklich allein auf dieser einsamen Welt, in der alles verloren schien.

Bahati hatte aufgehört zu essen, er hatte wohl bemerkt, dass ich mich in diesem Moment einfach nur schlecht gefühlte. Er drehte den Kopf zu mir und sah mich mit seinen großen Augen an, während der Löffel in seinen Händen mit einem lauten Geräusch auf seinen Teller zurückfiel.

»Nicht weinen, Catherine, ich zeige es dir!«, sagte er mit einer schon fast flehenden Stimme, die mir wieder Kraft gab.

Ich unterdrückte ein Schluchzen, dann schloss ich ihn in meine Arme. Es war so ein wundervolles Gefühl zu wissen, dass es einen Menschen auf dieser Welt gab, der sich traute, den Mund für mich aufzumachen. Bahati war, auch wenn er meine Situation gefährlicher machte, zugleich das Beste, was mir hatte passieren können. Nur er gab mir das Gefühl, nicht fehl am Platz zu sein, nur er gab mir den Mut weiterzuleben, um irgendwann, auch wenn die Chance noch so klein war, Bryan und Mutter wiederzufinden. Ich verstand die Welt nicht mehr, oder besser gesagt, ich hatte sie noch nie verstanden, doch nun, wenn ich in die braunen Augen dieses wunderbaren Jungen sah, den man als Sklaven misshandelt hatte, da war ich mir nicht mehr sicher, ob wir Menschen überhaupt das Recht hatten, uns in irgendeiner Weise als die Krönung der Schöpfung zu bezeichnen. Und ich weiß es bis zum heutigen Tag nicht.

Wir sprechen von menschlich, wenn etwas gerecht, solidarisch und gut ist, doch genauso könnte menschlich doch auch grausam, ungerecht und schlecht bedeuten – wie dieser elende Krieg zeigte, der von uns Menschen angezettelt worden war. Sind die Menschen gut, die ein unschuldiges Indianerdorf mitten in der Nacht angreifen und die Bewohner töten? Sind die Menschen gut, die Angehörige anderer Rassen an Bäumen aufhängen? Und ich spreche jetzt nicht über die Union und die Konföderation, nein, um das ging es doch nie, oder? Diese Sklavenfrage war nur ein Vorwand für ein ganz anderes Problem:

für den Streit um Macht und Gerechtigkeit! Es ging um Vorwürfe, Aufstände, Provokationen. Und es waren die Kalifornier, die uns am Bear River angegriffen hatten, Unionssoldaten; es waren unsere Brüder, die solch ein grausames Massaker verübt hatten.

Was also ist menschlich?

Die Antwort, die sich mir offenbarte, war weder die, die ich erwartet hatte, noch die, die ich haben wollte. Ich kam zu dem Schluss, dass all die grausamen Dinge der Welt genauso menschlich sind wie die schönen. Denn wir Menschen, und das begriff ich erst durch diesen Krieg, sind nicht nur gut. Ich denke, dass wir letztendlich nur weiterentwickelte Tiere sind, die sich irgendwann entscheiden, ob sie leben oder sterben wollen. Und um zu überleben, muss man nun mal Zähne zeigen.

Als ich in die Augen des Jungen sah, die unangenehmen Blicke Williams auf mich gerichtet, in diesen Sekunden, in denen die Zeit stehen zu bleiben schien, da dachte ich einfach nur an die Sinnlosigkeit dieses Krieges.

Wieso bekämpften wir uns? Wir waren doch Nachbarn, ein Netz aus Staaten, die einander sowohl Respekt als auch Hilfe schuldeten, Nachbarn, die bis vor nicht allzu langer Zeit gut miteinander leben konnten und sich nun nicht mehr in die Augen sahen. So viel Schmerz war über uns gekommen, mit so viel Vergeltung hatten wir jeweils geantwortet. Wunden waren entstanden, die man nicht mehr heilen konnte, Fehler, die nicht mehr rückgängig zu machen waren.

Wären wir überhaupt in der Lage, diesem Krieg ein Ende zu setzen?

»Dann iss von mir aus mit deinen Händen, doch lass das Essen nicht stehen!«, riss mich William wieder aus meinen Gedanken.

Ich nickte, dann wischte ich mir die Tränen aus dem Gesicht und begann, das Hühnchen mit den Händen zu essen, so wie ich es bei den Shoshonen auch getan hatte. Tante Margred sah mich nur betrübt an und aß genusslos ihren Teller leer, während William ebenfalls nachdenklich schwieg. Einzig Bahati flüsterte noch ein paar Worte, legte seine kleine Hand auf meine und lächelte mich an: »Nicht traurig sein, Cathie!«

Die darauffolgenden Tage verbrachten Bahati und ich damit, uns in diesem riesigen Fort umzusehen. Dazu liefen wir aus dem Offiziersquartier, unserer derzeitigen Behausung, über den großen Appellplatz – eine riesige, in der Sonne schimmernde Wiese –, und besichtigten die Wohnquartiere der Unteroffiziere und Rekruten, deren Häuser, verglichen mit dem von William, in einem weit schlechteren Zustand waren.

Bahati und ich blieben stets so lange wie möglich draußen auf den Wiesen des Forts, wo wir die Palisadenmauern und Stützpunkte betrachteten und den Indianern und Trappern zusahen, wie sie mit den Rekruten Handel trieben. Tagtäglich sahen wir verschiedenste Menschen, die auf dem Oregon-Trail unterwegs waren und ihre Planwagen oder Zugtiere gegen Nahrung oder Felle eintauschten. Doch alle gingen sie wieder. Selbst am Abend noch sahen wir den Soldaten zu, wie sie die Tore schlossen, da wir keine Lust hatten, wieder in diesen vier Wänden, die gerade unser »Zuhause« waren, eingesperrt zu werden und uns von irgendjemandem bemuttern zu lassen. Denn Tante Margred wurde immer besorgter. So besorgt, dass sie Bahati immerzu in die Arme schloss und ihn nicht mehr auf dem Boden ließ, so besorgt, dass sie mir bei allem, was ich sagte, recht gab und mit mir sprach, als wäre ich ein kleines Kind.

Ich fühlte mich unwohl und wich Tante Margred aus, indem ich mich, sobald ich in ihrem Haus war, in dieses riesige, märchenhafte Zimmer verzog. Ein Zimmer, wie ich es mir als kleines Mädchen immer gewünscht hatte und das sich nun immer mehr wie ein Gefängnis anfühlte. Alles hatte seinen Platz, und egal, welche Kleinigkeit ich veränderte: Tante Margred unternahm alles, damit es wieder ihrer perfekten Ordnung entsprach.

Und dieser Spiegel vor meinen Augen, dieser wunderschöne Spiegel mit diesem fremden Spiegelbild, er machte mich krank. Ich erkannte die Person nicht mehr, die mir hier entgegensah, sie war so fremd und falsch, sie trug Samthandschuhe und enge Korsettkleider, die sie glücklich machen sollten, sie jedoch nur innerlich quälten. Das wunderschöne Bett, die weiche Matratze, auf der ich nicht schlafen konnte, diese vielen Kissen, die Tante Margred schön ordentlich auf dem Laken positioniert hatte, all das wurde zur Qual. Und dann noch die Worte von William, die mich jedes Mal zornig machten: Alles schien mir an ihm Arroganz und Überheblichkeit. Und die Tatsache, dass er mir sagte, was ich zu tun und zu lassen hätte, erzürnte mich.

An einen Abend kann ich mich noch besonders genau erinnern: Tante Margred hatte, wie bisher jeden Tag, ein üppiges Mahl für uns zubereiten lassen. William war gerade von der Bisonjagd zurückgekehrt, hatte sein Gewehr neben der hohen Eingangstür des Salons abgelegt und setzte sich nun ans Tischende neben mich.

Tante Margred begrüßte ihren Mann mit einem Kuss und setzte sich dann mit durchgedrücktem Rücken auf ihren Stuhl, bevor die Bediensteten ein großes Stück Fleisch mit Kartoffeln, einem Laib Brot und Wein servierten.

Bahati begann gierig zu essen, während ich nur gedankenverloren in meinem Teller herumstocherte. Ich stellte mir sehnsüchtig das Gesicht von Bryan vor, der mich vor meiner Flucht noch geküsst hatte, doch mein Kopf schaffte es nicht, die Bilderfetzen seines Gesichts wieder zusammenzusetzen. Das Einzige, was mir noch gegenwärtig war, waren seine meeresblauen Augen. An mehr konnte ich mich nicht erinnern, und diese Tatsache machte mich verrückt. Ich wusste nicht einmal, ob er noch lebte oder ob Connrad ihn schon längst umgebracht hatte.

»Hast du keinen Appetit?«, fragte Tante Margred besorgt, während sie sich besorgt an den Hals fasste.

»Doch, doch, ich bin nur etwas erschöpft«, log ich, um sie zu beruhigen.

Nun ergriff William, der bis jetzt still gegessen hatte, das Wort.

»Dieser Hiamovi, oder wie er auch immer heißt, ist in Wahrheit ein gefährliches Tier der Prärie«, sagte er belustigt und sah seiner Frau tief in die Augen. »Wusstest du, dass man ihn auch *Bear Hunter* nennt?« Er sah uns fragend an, dann sprach er ohne eine Antwort abzuwarten weiter: »Schlussendlich ist er wie jede andere dieser Rothäute nur ein barbarischer Schänder, der eine Kultur erhalten will, die bereits todgeweiht war, als die ersten Kolonien in Amerika aufkamen!«

Ich sah ihn fassungslos an. ›Wie kann er nur so taktlos und unverschämt sein, meinen Retter dermaßen in den Dreck zu ziehen?‹

Tante Margred hatte wohl meine wütenden Blicke gesehen, denn sie tätschelte leicht den Arm ihres Mannes und sagte mit aufgesetztem Lächeln: »Ach, so was, das wusste ich gar nicht, Schatz.«

Das war sozusagen der Startschuss für William, seine Geschichte weiterzuerzählen, und er fuhr mit einem tiefen Grinsen fort: »Ja, ich habe gehört, dass seine Prüfung als Jüngling darin bestanden hatte, mit bloßen Händen einen Bären zu töten, und nachdem ihm diese Heldentat gelungen war, wurde er zum Häuptling ernannt. Dies jedoch reichte ihm nicht, um seinem Stamm zu beweisen, dass er nicht umsonst den Platz am Bear River beherrschte, und so nahm er Jahr für Jahr aufs Neue die Jagd auf die Bären auf und erhielt so den Titel Bear Hunter.« Er schnaubte. »Doch ich denke, das sind nichts als Lügen, die man den Kindern vor dem Einschlafen erzählt, um das Ansehen dieses Wilden aufzublähen.«

Während seiner Erzählung war ich immer wütender geworden, das Blut in meinen Adern pochte. ›Wie kann er nur so herablassend über Hiamovi reden?‹ In meinem Kopf bildeten sich verschieden Szenarien, wie ich William meine Meinung sagen könnte, und es war mir völlig egal, dass ich sein Gast war, und völlig egal, dass ich eine Frau war. Hiamovi hatte mir geholfen, er war gütig, großherzig und weise – im Gegensatz zu diesem Barbaren, der da am Tischende saß und glaubte, er wäre durch seinen

Reichtum und sein Ansehen wertvoller als alle anderen zusammen.

»Wie kannst du es wagen, so etwas über den Mann zu behaupten, der mich aufgenommen hat? Wie kann man so schamlos sein und diese Menschen als Barbaren bezeichnen, die Menschen, die von uns erbarmungslos abgeschlachtet wurden wie Tiere? Ihr solltet euch schämen!«, schrie ich und funkelte ihn wütend an.

Margred erhob sich, tupfte mit einer Serviette ihren Mund ab und meinte: »Du hast recht, mein Kind!«

Atemlos keuchte ich auf, ich wollte gerade an William vorbei und in mein Zimmer rennen, da packte er mich grob am Handgelenk und zog mich unsanft zurück.

»Wage es nicht noch einmal, dich gegen mich aufzulehnen! Das ist mein Haus, und in meinem Haus wird so gesprochen, wie ich es für richtig halte. Und jetzt geh, ich will dich nicht mehr sehen!«, schrie er mich mit vor Wut zitternden Lippen an.

Dann ließ er mich los und ich rannte mit Bahati in mein Zimmer. In was für ein Leben war ich nur geraten? Genau davor hatte mich Vater doch gewarnt!

In meinem Zimmer angelangt, schlug ich die Tür hinter mir zu, setzte mich an die Wand auf den Boden und vergrub mein Gesicht zwischen meinen Knien. Margred und William, sie verstanden es nicht, sie würden es wohl nie verstehen. Die schreckliche Art, wie sie über die Menschen herzogen, die mir am Herzen lagen, ihre Art, ihr Gefühl, etwas Besseres zu sein; es machte mich krank.

Monate verstrichen, und ich fühlte mich immer fremder. Jeden Tag musste ich an diesem riesigen Tisch Platz nehmen und mir anhören, was William wieder Unglaubliches geleistet hatte, musste zuhören, wie er heldenhaft auf Bisonjagd ging oder wie gut er seinen Stützpunkt führte. Er war so von sich überzeugt, redete nur über seine Triumphe und guten Taten und bezeichnete sich als Held und als Retter dieser Bewohner.

Ich saß nur da und konnte nichts tun, weder für mich noch für meinen Jungen. Das Einzige, was mir blieb, waren die Nachmittage, an denen ich mit ihm aus dem Haus ging und das Fort erkundete. Doch am Ende des Tages half das auch wenig, denn wenn wir nach Hause kamen, fing alles wieder an, und bei jeder Kleinigkeit, bei jeder Unstimmigkeit nahm mich Tante Margred in die Arme und erklärte mir, was ich zu tun und zu lassen hatte. Zudem stritten wir uns immer öfter, und auch wenn Tante Margred es jeweils als Diskussion bezeichnete, so wurde unser Verhältnis nicht besser. Sie meinte es nur gut, aber ich hatte immer das Gefühl, dass sie mich beschützen wollte wie eine zerbrechliche Vase.

»Die Welt ist gefährlich und dunkel!«, pflegte sie mir in solchen Fällen zu sagen, doch das wusste ich wohl besser als sie, schließlich hatte ich den Krieg hautnah erlebt und mich in der Wildnis durchgeschlagen. Noch schlimmer waren Erklärungen und Sprüche wie: »Du hast recht, kleine Catherine!« oder »Weißt du, du bist noch ein wenig zu jung für diese Gespräche, das ist eine Sache für die Erwachsenen!« Den Gipfel all dessen bildeten die Worte, die sie mir eines Tages während eines Streits sagte.

Um diese Geschichte zu erzählen, muss ich allerdings einen Schritt zurückgehen. Wir schrieben das Jahr 1864, der kalte Winter schien allmählich nachzulassen, die Vögel begannen schon zu zwitschern und einige Blumen bohrten sich bereits durch die Erde ins Freie.

William benahm sich in letzter Zeit merkwürdig, er sprach nicht mehr viel, sondern hatte nur immer diese nachdenkliche Miene des Schweigens aufgesetzt, die Tante Margred Tag für Tag ein wenig nervöser werden ließ. Immer wenn sie ihn etwas fragte oder mit ihm sprach, nickte er lediglich gedankenverloren; es schien, als befände er sich in einer weit entfernten Welt, in die nur er allein eintauchen könnte. Natürlich sprach Tante Margred ihren Mann eines Tages auf sein merkwürdiges Verhalten an, und nach einem langen, beinahe unaufhörlichen Streit zwischen den beiden stellte sich heraus, dass William beauftragt worden war, ein neues Fort einige Kilometer flussaufwärts zu errichten. Anfangs zögerte William, da er sich nicht sicher war, ob er dazu sein jetziges Fort und somit seine Frau verlassen wollte, doch es fiel ihm auch schwer, sich diese Gelegenheit entgehen zu lassen. So stimmte er schließlich zu und packte seine Sachen, um von Fort Laramie wegzugehen.

Tante Margred hatte tagelang geweint, sie hatte regelrecht vor Schmerz geschrien, hatte ihren Gatten angefleht zu bleiben oder sie mitzunehmen, doch er hatte dazu immer nur den Kopf geschüttelt.

Das erinnerte mich an die Zeit, als Matthew das Haus verlassen hatte und ich lange nur im Bett lag und weinte. Ich verstand Tante Margred und so begann ich, sie zu pflegen. Ich machte ihr Tee, führte sie ab und zu nach draußen oder las ihr Geschichten vor. Ich war fest davon überzeugt, dass es ihr dadurch besser gehen würde, dass ich sie heilen könnte. Doch mit der Zeit wurde mir schmerzlich bewusst, dass man ein gebrochenes Herz nicht heilen kann.

Und genauso wurde mir klar, dass ich ebenfalls ein gebrochenes Herz hatte. Bahati und die Tatsache, dass ich Bryan noch in den Nächten vor mir sah, halfen mir ein wenig über diesen Schmerz hinweg, doch ich wusste, dass mein Herz nie wieder ganz geheilt werden würde.

Seit William gegangen war, war alles noch schlimmer geworden. Tante Margred war nicht mehr dieselbe, ließ sich gehen und vernachlässigte ihr Äußeres, sodass die Kleidung, die sie trug, allmählich Lumpen glich, die an ihrem mageren Körper herunterhingen.

Nun war es meine Aufgabe, Tante Margred zu pflegen, mit ihr in diesem trostlosen Haus zu bleiben und sie zu bemuttern. Ich versuchte, Bahati und meine Tante gleichzeitig zu versorgen, doch ich merkte bald, dass das unmöglich war. Wir litten alle und ich war völlig am Ende mit meinen Kräften; nahezu ein Jahr meines Lebens hatte ich nun diesem trostlosen Leben schon geopfert.

Eines Tages, es war schon Ende März 1865, da wurde mir plötzlich alles zu viel. Ich weiß nicht mehr, was das Thema unserer ermüdenden Diskussion war, doch das ist auch gar nicht so wichtig, wichtig sind die Worte, die sie mir sagte, diese Worte, die mich kränkten. Tante Margred stützte sich mit ihren Händen auf die Kommode neben ihrem Bett, im Zimmer war überall auf dem Boden getragene Kleidung verstreut, was den Raum muffig machte. Zusätzlich waren sämtliche Vorhänge zugezogen, damit ja kein Sonnenstrahl in diesen von der Außenwelt abgeschirmten Raum eindringen konnte. Meine Tante trug eine alte Weste, ihre Haut war fahl und die strähnigen Haare hingen ungepflegt herab. Ich stand vor ihr, Bahati hatte sich hinter dem Türrahmen verschanzt, streckte seinen Kopf ins Zimmer und beobachtete das Geschehen aus der Ferne. Gerade hatte ich meiner Tante ein Glas Wasser gebracht. Wir waren dabei, in Streit zu geraten. Tante Margred sah mich nur an, nickte und lächelte mir zu, während sie mit ganz ruhiger Stimme sagte:

»Ganz ruhig, Catherine, du hast ein schlimmes Trauma, da ist es normal, ab und zu auszurasten!«

Ich kann nur schwer beschreiben, wie ich mich in diesem Moment gefühlt hatte, denn es verletzte mich so sehr, dass es mich gleichzeitig wütend werden ließ. Und dann kamen alle Bilder zurück, all die schrecklichen Erinnerungen der letzten Jahre, all das vergossene Blut, all die flehenden Schmerzensschreie. Doch das war es nicht, was mich verrückt machte, sondern dieses Umfeld, das machte mich verrückt, diese Menschen und ihre Vorstellungen vom Leben. Obwohl ich jung war, hatte ich mehr gesehen und über die Menschen gelernt, als William und Margred in ihrem ganzen Leben je sehen und lernen würden, das wusste ich.

Ich bliebt beherrscht, nicht so wie die vielen Male davor, als ich in mein Zimmer gerannt war und Dinge darin zerstört hatte. Aber in mir wuchs der Wunsch, alles um mich herum anzuschreien und zu zerstören, die ganze Welt anzubrüllen und alle Menschen darin für mein schreckliches Schicksal zu verfluchen.

Ja, ich weiß, rückblickend betrachtet hatte ich ein sehr schlimmes Trauma. Der Krieg hatte seine Narben hinterlassen. Tief im Innern wusste ich, dass ich nicht mehr dieselbe war, doch Hiamovi und Amarok hatten mir beigebracht, stark zu sein. Dort stark zu sein, wo Schwäche ist. Sie hatten mir beigebracht, meine Schwäche nicht vor dem Feind zu zeigen – auch wenn ich in diesem Moment nicht mehr wusste, wer der Feind war. Doch ich konnte jetzt keine Schwäche zeigen.

Ich konnte nur noch schreien, Tränen stiegen mir in die Augen. Ich schluchzte unaufhörlich.

»Trauma?!«

Dieses Wort war so verletzend, so unbeschreiblich schmerzhaft, dass ich es nur schwer zu beschreiben vermag. Es fühlte sich so an, als hätte mich ein brennender Pfeil direkt ins Herz getroffen und verursachte dort eine Welle aus Schrecken und Wut. Schweren Atems trat ich einige Schritte zurück und sah Tante Margred fassungslos an. Tausend Worte durchströmten meinen Kopf, ich hatte so viel zu sagen – und doch gelang es mir nur schwer, die einzelnen Silben aus meinem Mund zu pressen.

»Du weißt nichts, gar nichts!«, begann ich nun mit bebender Stimme. »Ich …ich habe kein verdammtes Trauma, du hast nicht das Recht, mir so etwas zu unterstellen, niemand hat das Recht, das zu tun!« Ich schluchzte. »Meinst du, ich habe mir dieses Leben ausgesucht? Ich wollte das alles nicht, ich wollte diesen Krieg nicht, diesen Schmerz, dieses Leid, und ich habe nichts, rein gar nichts getan, wofür mich der Herr bestrafen könnte. Niemand von uns hat das!«

Ich keuchte, mein Herz pochte mir bis zum Hals.

»Es ist nicht meine Aufgabe, dich bis an das Ende deiner Tage zu pflegen, dir zu sagen, dass William zurückkommen wird, obwohl ich genau weiß, dass er mit dem Verlassen des Forts auch dich verlassen hat. All die Lügen, die ich dir erzählen musste, damit du besser mit dem Leben zurechtkommst. Ich habe es satt, mich in diesen dunklen Räumen aufzuhalten, mit diesen Menschen, die mich verrückt werden lassen. Mit dir, die alles schönredet und sich hinter diesen Wänden versteckt. Du hast keine Ahnung von der Welt da draußen!« Einen kurzen Moment hielt ich inne, es verstrichen Sekunden, in denen Margred mich nur fassungslos anstarrte und schwieg.

»Du hast mich nach Matthew gefragt und ich habe dir gesagt, dass es ihm gut ginge, doch ich habe gelogen!« Nun wurde meine Stimme immer lauter und gleichzeitig immer verbitterter. »Hörst du? Er ist tot! Und ich wünsche mir jeden Tag aufs Neue, dass das alles ein schlimmer Albtraum ist, ich bete jeden Tag, dass ich endlich aufwache, doch das tue ich nicht. Ich wünschte, ich wäre an seiner Stelle gestorben, er hätte gewusst, was nun zu tun wäre.« Ich schluchzte auf und wischte mir die heiß brennenden Tränen aus dem Gesicht. »Ich bin so verloren in dieser Welt, Margred, ich drehe mich und drehe mich in einem Kreis aus Illusionen und Lügen. Ich kann nicht hier bleiben, ich bin völlig erschöpft! Es tut mir so leid, dass ich nicht mehr tun konnte!«

Tante Margred schien für einen Moment in einer anderen Welt zu sein. Zunächst bewegte sie sich keinen Schritt weit und sah mich nur traurig an. Dann lief sie zu mir, drückte ihren mageren Körper an mich und hielt meinen Kopf in ihren weichen Händen, während sie mir immer und immer wieder einen Satz ins Ohr flüsterte: »Ist schon gut, mein Kind, ist schon gut!«

Es gibt so viele Menschen, die das gleiche, wenn nicht noch ein schlimmeres Schicksal erleben mussten, Stimmen, die nicht erhört wurden, die bis heute nicht erhört werden. Ich war eine solche Stimme unter vielen anderen, die von niemandem wahrgenommen wurde. Anfangs dachte ich, es läge daran, dass ich eine Frau war. Ich erkannte, dass ich meine Stimme erheben musste, um überhaupt gehört werden zu können. Ich hatte schon viel zu lange gewartet, hatte mich viel zu lange schon vor dem Krieg versteckt; es war höchste Zeit, mich mit Bahati auf den Weg zu machen, um Bryan und Mutter zu suchen.

Doch sehr bald begriff ich, dass es zu spät war, um alle meine Ziele noch zu verwirklichen. Besser gesagt begriff ich es am 22. März 1865, als ich einen Brief von Meredith, unserer früheren Nachbarin, erhielt. Sie war es gewesen, die Mutter dazu animiert hatte, mich auf diesen elenden Zug zu schicken, ihr allein verdankte ich mein Leben und gleichzeitig so viel Schmerz.

Ich musste den Brief nicht einmal lesen, um zu wissen, was darin stand.

Ich weiß es noch, als wäre es erst letzten Sonntag gewesen. Dieser Tag vor so vielen Jahren. Der Todestag von Mutter. Bahati und ich hatten einen Spaziergang durch die Räume des Forts gemacht, da es draußen stürmte. Irgendwann begann er müde zu werden, und ich lief mit ihm auf dem Arm zurück ins Dachgeschoss des Hauses. Man hörte, wie der Regen gegen die Fenster peitschte, das Dröhnen des Donners draußen. Bahati war schon eingeschlafen, als ich das Zimmer erreichte. Ich legte ihn auf mein Bett und setzte mich an die Bettkante, als ich den Brief auf der Kommode neben dem Bett sah. Ich wagte es nicht, ihn anzufassen, sondern las nur die Adresse darauf. Er war von Meredith! Ich musste ihn nicht einmal öffnen, um zu wissen, was drin stand. Ich drückte den Brief fest an mich und weinte. Er roch nach ihr, nach Blumen. Ich weiß nicht weshalb, aber er roch nach meiner Mutter.

Ich fand nicht die Kraft, die Zeilen zu lesen. Wie hätte ich das auch können? Also zerriss ich den Umschlag und dann verbrannte ich ihn. Während die Flammen das Papier verschlangen, hatte ich mir vorgestellt, was wohl drinstand, mir überlegt, wie Meredith diese schreckliche Nachricht wohl formuliert hatte, doch ich fand nicht die Kraft, ihn zu öffnen. Aber das Schlimmste war, dass ich mich nicht einmal von Mutter hatte verabschieden können. Ich hätte alles getan, um meine Arme noch ein einziges Mal um ihren zarten Hals schlingen und diesen vertrauten Duft von frischen Blumen riechen zu können.

Ich weiß nicht mehr, wie lange ich dalag und weinte, doch irgendwann wachte ich wieder in meinem Zimmer auf und die Welt war anders als zuvor. Sie war hoffnungslos. Der Krieg war tatsächlich drauf und dran mich zu brechen, zumindest würde er das, wenn ich noch weiter hier leben würde. Und so beschloss ich, mit Bahati von hier fortzugehen, ich beschloss, unser Leben in die Hand zu nehmen, ihm wieder einen Sinn zu geben. Ich wollte Bryan finden.

Ich packe also unsere Sachen und reiste mit dem Jungen am darauffolgenden Tag ab.

Tante Margred blieb mit gebrochenem Herzen zurück. Auch sie musste lernen, ihr Leben wieder in die Hand zu nehmen. Zum Abschied nickte sie nur schicksalsergeben, so wie es Mutter am Bahnhof vor Jahren auch getan hatte, und mit diesem Nicken wandte ich mich von der Vergangenheit ab und richtete meine Blicke auf die ewige Landschaft Wyomings.

Sechzehn Tage lang ritt ich mit dem Jungen, der nun endlich wieder beim Anblick der blühenden Vegetation erstrahlen konnte, durch die Weiten Nebraskas nach Lawrence zurück, bis wir endlich ankamen. Ich weiß noch genau, wie ich vor einem verkohlten Schild angehalten hatte, um es zu betrachten, ich kann mich noch genau an die zerschlissenen, kaum lesbaren Lettern auf dem Schild erinnern, die das Wort »Lawrence« bildeten.

Ich sehe das Bild dieses Ortes, das Bild dieser Zerstörung noch so genau vor meinen Augen, als hätte ich es erst gestern gesehen, und das Gefühl des Hasses und zugleich der Trauer brodelt jedes Mal von Neuem in mir auf. Damals, als ich in Lawrence war, nach all den Jahren, in denen ich mir sehnsüchtig vorgestellt hatte, wie ich eines Tages wiederkommen würde, damals, als ich die zertrümmerte Siedlung sah, die wenigen Häuser, die man wieder erbaut hatte, fühlte ich den Hass der Konföderation. Es schien, als hätte der Hass Gestalt angenommen, als wäre er ein Geist, der vom Boden aufstieg und umherschweifte. Ich konnte ihn zwar nicht sehen, doch ich fühlte diesen tief verwurzelten, unaufhörlichen Hass, der uns alle zu Monstern machte – ein Gift!

Ich erkannte meine Heimat nicht wieder. Die ganze Landschaft war umgestaltet, einige Häuser bestanden nur aus Gerüsten. Und die Landschaft, die Wiesen, über die Matthew und ich gerannt waren, sie war schwarz. Niedergefackelt und unbrauchbar. Keine Blumen, keine Vögel.

Keine lachenden Menschen, die die Welt ausfüllten. Meine Blicke schweiften von Haus zu Haus, aber das waren nicht die Häuser, die ich kannte. Das, was einst meine Heimat gewesen war, war nun eine Wüste. Ungläubig sah ich mich um, alles schien so unreal, so fürchterlich fremd, dass ich mich schämte, meine eigene Heimat nicht erkennen zu können.

Mit stockendem Atem lief ich ein paar Schritte nach vorn, doch bei jedem Schritt, den ich machte, wirbelte ich eine Aschewolke auf, die vom Wind mitgetragen wurde und so sehr in meiner Nase brannte, dass ich das Gefühl hatte, mich gleich übergeben zu müssen. Verzweifelt blieb ich stehen, überall um mich konnte ich nur Asche sehen, nichts als Asche.

Plötzlich klammerte sich Bahati an mein Bein, sah zu mir hoch und fragte: »Ist das dein Zuhause?«

Ich schluchzte; es tat so weh, diese Frage zu beantworten, die Wahrheit war so unendlich schmerzhaft.

»Ja, das war es einmal!«, flüsterte ich mit schwacher, fast tonloser Stimme.

Ich sah gedankenverloren nach vorn, alles um mich herum schien nicht mehr von Bedeutung zu sein. Es fühlte sich an, als würde ich nicht mehr richtig leben, es schien, als wäre ich in einer ganz anderen Welt gefangen, in einer Welt aus Trauer und Zerstörung. Wenn ich so darüber nachdachte, war das schon lange meine Welt, doch als ich dort stand und überall Asche sah, wo früher lachende Kinder gespielt hatten, wurde es mir plötzlich bewusst. Ich hatte immer geglaubt, dass irgendwann alles wieder gut werden würde, doch nun ... Ich war kein Kind mehr, ich wusste, dass ich mich getäuscht hatte.

Eine Anhöhe aus aufgetürmten Holzbalken und Steinen, die zur Rekonstruktion der Häuser dienten, zog meine Aufmerksamkeit auf sich und ich machte mich, ohne ein Wort zu sagen, auf den Weg und begann, sie zu erklimmen. Mein Kleid wurde durch den aufgewirbelten Staub ganz schmutzig und die stickige Luft brannte in meiner Kehle. Es war mühsam, doch irgendwann hatte ich es geschafft, ich war ganz oben und hatte nun das gesamte Ausmaß der Zerstörung vor Augen. Es schien, als würde dieser Anblick meine Beine lähmen, ich fiel einfach auf die Knie und riss dabei meine Haut auf, doch der Schmerz ließ mich völlig kalt. Er war so belanglos im Vergleich zu dem Schmerz, der mich nun ergriff, als ich in meine »Heimat« sah. Überall waren dunkle Flecken zu sehen, ganze Landstriche waren vernichtet. Dazwischen diese fremden Häuser und Gerüste, diese fremde Stadt. Es erinnerte mich an das Massaker am Bear River, damals als die Soldaten mit den Fackeln kamen und die Hütten niederbrannten, die Schreie der Frauen, dieses Getöse. Ich kann mich nicht mehr an alles erinnern, nur Bildausschnitte sind geblieben. Amarok und das Blut, die Flammen, das alles ist geblieben. Und die Beerdigung. Wie Hiamovi seinem Sohn über die Augen fährt und ihm einen Kuss auf die Stirn gibt, bevor er ihn mit den anderen Leichen verbrennt.

Ob man die Toten von Lawrence auch verbrannt hatte?

Ob ich bei jedem meiner Schritte über deren Asche lief, über die Asche meiner Mutter, meiner Heimat?

Ich schrie vor Schreck und Verzweiflung, schrie um diese unschuldigen Menschen, wegen der Ungerechtigkeit. Doch vor allem schrie ich um Mutter. Weshalb hatte ich sie gehen lassen, weshalb nur musste sie so sterben?

Ich bemerkte das Keuchen des Jungen neben mir, während ich verzweifelt mein rotes Gesicht in meine Hände grub und mir Vorwürfe machte. Bahati legte seine kleine Hand auf meinen Rücken, er sah nur mich an und wagte es nicht, die Außenwelt mit ihrem ganzen Schrecken zu betrachten. Bahati war stärker als ich, er war ein wundervoller Junge, voller Neugier und Gutmütigkeit, der es nicht verdient hatte, mich so zu sehen. Ich musste mich zusammenreißen, für Bahati. Ich musste, genauso wie Vater es mir gesagt hatte, stark sein, um mich der Zukunft zuzuwenden.

So stand ich mit zitternden Beinen auf und fasste Bahati an der Hand, bevor wir begannen, über den Boden zu steigen, um mein früheres Zuhause zu finden. Ich hatte so Angst, auf Mutters Leiche zu stoßen, befürchtete, ihre Asche mit einem meiner Tritte zu zertreten, sie niederzutreten. Der Gedanke zerriss mich innerlich. Es war so schrecklich! Dennoch biss ich die Zähne zusammen und lief weiter, ich musste Mutter finden, musste ihr die letzte Ehre erweisen, um sie dem Herrn zu übergeben!

Wir suchten lange, bis wir nach Stunden die abgerissene Hälfte meines Viertels fanden, das bei jeder Bewegung des Windes ein Knarren von sich gab – als würde es jeden Moment in sich zusammenbrechen. Ich erkannte es, ich war mir ganz sicher, dass es unser Häuschen war. Es bestand aus nicht mehr als einem verkohlten Gerüst; die Zimmer waren noch deutlich sichtbar, doch erschienen sie nur noch in einer schwarzen, trostlosen Farbe. Für einen Moment konnte ich das Häuschen von damals vor meinem inneren Auge sehen, konnte mein Zimmer erkennen, Matthew schlich sich in meine Gedanken, auch Mutter – bevor alles wieder verschwand und ich an diesen trostlosen Ort zurückgeschleudert wurde.

Ich riss mit einem Ruck ein Stück meiner beschmutzten Kleidung ab und knotete es am Ende zusammen, bevor ich den Stofffetzen mit ein wenig Asche des Bodens füllte und ihn hochhob. Ich schluchzte, mein Herz schien zu zerbrechen, als ich den schwarzen Beutel betrachtete, der beinahe überlief.

Dann hörte ich plötzlich jubelnde Stimmen hinter mir. Blitzschnell hob ich den Kopf und drehte mich ängstlich um. Vor mir sah ich eine Gruppe heiterer Menschen, deren Kleider wie Lumpen an ihren Körpern hingen. Obwohl ihre Haut ebenfalls von Asche übersät und aus ihren Augen jeder Glanz gewichen war, schienen sie beängstigend heiter. Sie sahen aus wie lebende Tote, denen man die Seele aus dem Leib gesaugt hatte, warfen ihre Arme hoch und hielten die zerrissene Flagge der Amerikanischen Union hoch in die Luft. Dazu schrien sie immer wieder die gleichen Worte: »Wir haben gesiegt, wir haben gesiegt!«

Ich sah sie fassungslos an, während ich Bahati fest an meinen Körper drückte. Wie konnten sie nur so etwas sagen? Wir hatten doch nicht gesiegt! Da verwandelte sich meine Trauer endlich in Zorn und ich ging langsam auf diese Menschen zu.

»Gesiegt?«, fragte ich zitternd. »Wer kann hier von einem Sieg reden?«

Meine Blicke schweiften von Gesicht zu Gesicht, doch keines schien mir bekannt zu sein. Plötzlich allerdings blieben meine Blicke bei einer Frau hängen. Das lange, zerzauste Haar fiel ihr bis weit über die Schultern, ihre Arme hingen schlaff an ihrem Körper, ihre Beine zitterten vor Anstrengung. Sie trug ein zerlumptes Kleid, das sie nur noch halb bedeckte, während ihre Augen trostlos ins Leere starrten. Sie sah abgemagert aus, ihre Wangenknochen ragten sichtbar hervor, ihre Lippen waren ganz trocken und aufgerissen. Ich kannte sie, da war ich mir sicher, ihre tiefbraunen Augen, ihr Gesicht …

»Meredith?«, brachte ich tonlos hervor.

Blitzschnell sah sie auf, ihre Augen schienen sich bei meinen Worten plötzlich mit Leben zu füllen.

»Catherine, bist du das?«, fragte sie atemlos.

Ich antwortete nicht, der Schmerz in mir war zu groß. Doch das musste ich auch gar nicht, denn sie kannte die Antwort auf ihre Frage bereits. Sofort schlang sie ihre knochigen Arme um mich und drückte mich weinend an ihren mageren Körper.

»Cathie! Ich wusste, du würdest kommen, ich wusste es!«, sagte sie immer wieder, während sie mich in den Armen hielt.

Es tat so gut, nach all den Jahren, in denen ich immer nur hatte stark sein müssen, endlich Schwäche zeigen zu dürfen. Das Gefühl, jemand Bekannten, Vertrauten umarmen zu können, zog jeglichen Schmerz aus meinem Körper und ersetzte ihn durch Hoffnung. Dennoch fühlte es sich falsch an. Ich weiß nicht, was es war, doch tief in mir fühlte ich die Skepsis.

Meredith war eine wundervolle Frau, jedenfalls war sie es gewesen, bevor sie ihren Sohn an den Krieg verloren hatte. Doch als sie ihren Mund an mein Ohr legte und die Worte »wir haben gesiegt« flüsterte, da wusste ich, dass sie genauso wie alle anderen diesem Gift des Hasses verfallen war.

Ich befreite mich aus ihrer Umarmung und sah sie mit weit aufgerissenen Augen an.

»Gesiegt? Was ist denn bloß in dich gefahren, Meredith?«

Meredith schwieg kurz, bevor sie meine Frage beantwortete: »Weißt du es denn nicht? Vor wenigen Tagen entschied sich die Konföderation, sich zu ergeben, wir haben gesiegt, mein Kind!«

»Gesiegt? Ist dir, ist euch allen denn nicht bewusst, wie viel wir verloren haben? Wie viele gute Männer sich für diesen Krieg geopfert, wie viele Mütter ihre Söhne verloren haben, wie viele Kinder ermordet wurden?« Ich schluckte tief, versuchte, gegen die Tränen anzukämpfen, doch sie waren nicht aufzuhalten. Ich fühlte mich plötzlich so schwach, dass ich nur noch müde zu Boden sackte. »Wir haben doch alles verloren, das hatten wir schon, als der erste Soldat fiel!«

Meine Stimme war zuletzt nicht mehr als ein Wispern, doch klang sie in der darauffolgenden Stille, die sich zwischen uns allen ausbreitete, ganz laut. Ich zog Bahati an mich und weinte leise vor mich hin.

Plötzlich durchbrach eine bekannte Stimme die Stille.

»Sie hat recht!«

Ich kannte den Mann, dem diese Stimme gehörte, ich kannte ihn gut. Und dann sah ich ihn: Bryan, der hinkend auf mich zukam und mich anstrahlte. Es war wie in einem Traum. Plötzlich stand er vor mir und lächelte mich an, während ich in seine wundervollen blauen Augen sah, die mir nun noch tiefer und schöner vorkamen als je zuvor. Auch er schien verändert, abgekämpft und entkräftet, doch seine Augen waren wie früher, wunderschön.

Die Menschen um mich, die sich nun fragend und kopfschüttelnd ansahen, Meredith, die ihren Kopf weinend senkte, all das schien nicht mehr zu existieren. Es zählte nur noch eins, nur noch Bryan, der mich gefunden hatte! Er legte seine Hände auf meine Wangen und küsste mich sanft, bevor er den Jungen schweigend betrachtete und mir zunickte.

»Wie hast du mich gefunden?«, brachte ich keuchend hervor.

Bryan grinste. »Ich habe ein wenig nach dir gesucht, weißt du. Jedem dein Bild gezeigt. Doch das ist jetzt unwichtig!«, er lächelte.

Mit entkräfteter, fast tonloser Stimme sagte ich: »Ich bin so entkräftet, Bryan. Ich bin nicht mehr die, die ich einst glaubte, gewesen zu sein. Der Krieg, er … er hat mich zerstört!«

Bryan legte seine Hände auf mein Gesicht und nickte.

»Mich auch, Cathie. Aber ich verspreche dir bei meinem Leben, dass wir weggehen werden, um unsere Ruhe zu suchen. Und wenn wir sie gefunden haben, setzen wir uns gemeinsam wieder Stück für Stück zusammen. Und wir werden leben, zusammen werden wir leben.« Er machte eine kurze Pause, sah mich intensiv an und flüsterte mir dann ins Ohr: »Ich liebe dich, Cathie, und ich werde auch den Jungen lieben!«

Mit diesen Worten half er mir auf die Beine und wir machten uns zusammen auf den Weg. Er fragte mich nichts, er sprach nicht über seine Vergangenheit, und es gab keine Diskussion, ob wir Bahati mitnehmen würden. Doch das brauchte es auch gar nicht, denn Bryan begriff genauso wie ich, dass wir drei nun eine Familie waren und ein neues Leben beginnen würden.

Und so zogen wir weit weg, ohne noch einmal zurückzusehen, ohne der Vergangenheit noch einmal Beachtung zu schenken.

Ich habe mich immer gefragt, wie es Bryan gelungen war, Connrads Fängen zu entkommen und mich zu finden. Jahrelang hatte ich darüber nachgedacht, wie er auf die Idee gekommen war, mich in Lawrence zu suchen. Er hat mir immer nur gesagt, dass er schlichtweg großes Glück hatte, doch ich bin überzeugt, dass es Matthew war, der ihn zu mir geführt hatte.

Bryan hat nie darüber geredet, wie er Connrad entkommen war, in all den Jahren hatte er immer nur den Kopf geschüttelt und schnell das Thema gewechselt, wenn wir auf Connrad zu sprechen kamen. Aber ich musste ihn auch gar nicht fragen, um die Wahrheit zu erfahren, denn ich sah sie in seinen Augen. Ich wusste, dass er ihn auf irgendeine Art und Weise getötet hatte, ich wusste, dass er genauso wie ich Dinge getan hatte, die nicht zu vergessen waren und mit denen wir lernen mussten zu leben.

Und das taten wir auch, auf unsere ganz besondere Art und Weise. Wir fanden unseren lang ersehnten Frieden, gründeten mit Bahati eine neue, eine eigene Familie, die uns immer an das Gute im Leben erinnern sollte.

Epilog

Vicksburg, Herbst 1933

Während ich noch den letzten Satz ausspreche, gleite ich wieder in die Gegenwart zurück, und von einer Sekunde auf die nächste befinde ich mich wieder in meinem alten Körper, trage mein weißes Haar und habe faltige Haut. Ich sehe mich um und finde mich auf dieser grünen Wiese wieder, die durch die Blätter vereinzelt braun anmutet und sich meilenweit in alle Richtungen erstreckt.

Hinter mir stehen die anderen mit noch immer gesenkten Köpfen, die sie nun allmählich heben. Ich sehe in die Augen meiner Kinder und Enkelkinder, ja selbst in die meiner Urenkel, und ich erkenne die Trauer in ihren Gesichtern. Dann schweifen meine Blicke zu Bryan, der dicht vor mir steht und mich wie früher mit seinen wundervollen blauen Augen ansieht. Ein feiner Windhauch erfrischt mich, bevor ich mich meinem zweitältesten Sohn zuwende, der seinen Arm um die Schulter seiner Frau gelegt hat.

»Bryan und ich heirateten einige Jahre, nachdem wir in den Norden gezogen waren, und ich wurde kurz darauf schwanger. Dein Vater und ich nannten dich nach meinem Bruder Matthew, damit wir nie vergessen würden, wie er aussah. Denn mir war bewusst, dass ich mit den Jahren sein Gesicht vergessen würde, wie es mir auch bei meinem Vater passierte. Matthew ist ein Teil von euch allen, sein Blut fließt auch in eurem, und immer, wenn ich dich ansehe, mein Sohn, dann weiß ich wieder, wie dein Onkel ausgesehen hat. Ihr habt so viel gemeinsam.«

Nun schweifen meine Blicke zu Bahati, der mich mit einem stolzen Lächeln betrachtet, und dann zu meinen Töchtern Elisabeth und Linda, die wir nach Mutter benannt hatten und nach Linda, der Frau, die ich auch nie vergessen werde.

»Vor Jahren schon habe ich erfahren, dass Hiamovi, der seinen Stamm nach Iowa geführt hatte, eines Nachts inmitten seiner Stammesmitglieder friedlich eingeschlafen ist. Nun sieht er sicherlich mit Amarok an seiner Seite auf uns hinunter und lächelt uns zu, da bin ich sicher.« Ein Grinsen huscht über meine Lippen, bevor ich fortfahre. »Und schließlich wurden John und Linda die Eltern von sieben wundervollen Kindern, die sie in einem friedlichen Amerika aufzogen, und sie mussten nie befürchten, dass diese je dem Krieg zum Opfer fallen würden. Und ich hoffe, das bleibt auch so!«

Jetzt schnaube ich tief, es ist, als würde ich alle Luft in meinem Körper ausatmen, um mich wieder mit frischer Energie versorgen zu können.

»Wir haben alle sehr viel durchgemacht, und auch wenn ein jeder von uns einiges vergessen möchte, so können wir es nicht. Niemand kann sich dies alles vorstellen, wenn er es nicht mit eigenen Augen gesehen hat, diese schrecklichen Taten, diese Grausamkeit. All diese Bilder sprengen unsere kühnsten Vorstellungen! Ich denke jeden Tag an den Krieg, fürchte mich jede Nacht, dass er wiederkehren könnte. Doch ich habe gelernt, mit diesen Ängsten umzugehen. Der Krieg ist ein Teil von mir, er war es, seit Fort Sumters beschossen wurde. Aber jetzt, da ich hier bin, wurde mir alles wieder bewusst, jede Erinnerung, jedes Detail. Ich habe nicht Angst um mich, nein, ich habe mein Leben gelebt, ich fürchte mich nur davor, dass ihr ein solches Schicksal erleben müsst und ich euch nicht davor schützen kann.«

Eine Träne läuft meine faltige Wange hinunter und ich wische sie mir schnell aus dem Gesicht.

»Mehr als 10 000 grausame Kämpfe gab es damals zwischen uns, über 620 000 Menschen sind in diesen Jahren gefallen. Wir opferten über eine halbe Million Bürger für unsere Freiheit! Doch wisst ihr, weshalb es das Böse auf dieser Welt gibt?« Ich warte einen Moment, um die Frage dann gleich selbst zu beantworten: »Damit sich das Gute durchsetzen kann. Das erinnert mich immer an einen sehr berühmten Brief, den Abraham Lincoln an die Mutter von fünf Söhnen schrieb, die alle im Krieg starben. Er bat sie darin um Verzeihung, obwohl er wusste, dass dies nicht zu verzeihen war …«

21. November 1864, Washington, D. C.

Abraham Lincoln saß an seinem großen Mahagonischreibtisch, der durch die vielen Karten und Akten kaum sichtbar war. Mit stur auf das Blatt vor ihm gerichteten Blicken sah er auf die Worte, die er bereits mit Tinte auf das makellose Weiß des Papieres geschrieben hatte. In seinem Kopf las er sich die Worte vor.

Sehr geehrte Dame.

Das war alles, was ihm bis jetzt eingefallen war, obwohl er schon seit dem gestrigen Tag an diesem Schreibtisch saß und auf das weiße Blatt Papier starrte. Nahezu mühelos konnte er Reden und Ähnliches schreiben, doch nun … Was konnte er schon sagen, wie dieser Frau Trost spenden, sie um Verzeihung bitten?

Er sah aus dem Fenster und sah die grünen Gärten des Weißen Hauses, die in der Mittagssonne aufleuchteten, und er betrachtete die vielen Blüten, die wie bunte Farbtupfer darin erschienen.

Und dann dachte er an all das Leid der Menschen in den letzten Jahren und spürte die Schuld, die sich wie ein Messer in sein Herz bohrte. Er versuchte, seine Gefühle in Worte zu fassen und begann die Demut, die er empfand, niederzuschreiben.

Es war Abend, als Tom, Lincolns Cousin, in den dunklen Raum trat und vor dem mächtigen Tisch stehen blieb. Er wirkte besorgt und musterte Abraham mit einem Seufzen.

»Was machst du denn noch hier, Abraham? Deine Frau wartet schon sehnsüchtig auf dich, so komm doch endlich!«, sagte er betrübt.

Lincoln sah auf, seine Augen waren ganz müde, die Feder in seinen Händen zitterte vor Anstrengung. Ohne die Worte seines Cousins zu beachten, erzählte er:

»Gestern früh hat mir jemand von einer Dame berichtet, deren fünf Söhne alle mit dem Versprechen wiederzukehren in den Krieg gezogen waren.« Er schluckte tief. »Keiner von ihnen ist zurückgekommen. Nun ist es meine Aufgabe, dieser Mrs. Bixby mein aufrichtiges Beileid für ihren schweren Verlust mitzuteilen. Ich weiß, das wird ihre Söhne nicht zurückbringen, doch es wird ihr vielleicht helfen, ein bisschen besser damit leben zu können.«

Seine Stimme war bitter und wurde von der darauffolgenden Stille verschlungen. Dann stand Abraham auf, las den Brief vor und bemühte sich gleichzeitig, seine Tränen zurückzuhalten.

»Sehr verehrte Dame,

aus den Akten des Kriegsministeriums wurde mir die Mitteilung des Generaladjutanten von Massachusetts vorgelegt, nach der Sie die Mutter von fünf Söhnen sind, die ruhmreich auf dem Schlachtfeld gefallen sind. Ich kann erahnen, wie schwach und vergeblich jedes meiner Worte sein muss, deren Absicht es ist, Ihnen über den Schmerz eines so überwältigenden Verlustes hinweghelfen zu wollen. Ich kann jedoch nicht umhin, Ihnen als Trost den Dank der Republik, für deren Rettung sie ihr Leben gaben, auszusprechen. Ich bete dafür, dass unser Himmlischer Vater die Qualen Ihres schmerzlichen Verlustes lindern möge und dass er Ihnen das eherne Andenken Ihrer lieben Verstorbenen lasse sowie Ihren heiligen Stolz, ein so großes Opfer auf dem Altar der Freiheit gebracht zu haben.

Hochachtungsvoll, Ihr sehr ergebener A. Lincoln.«

Vicksburg, Herbst 1933

Das Heulen des Windes reißt mich aus meinen Gedanken über Abraham Lincoln, und ich wische mir eine Träne aus dem Gesicht, bevor ich mich wieder meiner Familie zuwende.

»Bitte lasst mich einen kurzen Moment mit ihm allein«, sage ich mit unsicherer Stimme und wende mich dem Grabstein hinter mir zu, der auf weißem Gestein die dunklen Lettern »Matthew« trägt.

Als ich den Namen lese, wird mir ganz flau im Magen. Die Worte, die ich all die Jahre in meinem Kopf bewahrt hatte, die Worte, die ich all die Jahre vorbereitet hatte, sie scheinen nicht mehr von Bedeutung. Mit stockender Stimme beginne ich schließlich.

»Da bin ich nun, so wie ich es mir schon immer geschworen habe. Ich hatte solche Angst, hierherzukommen, Angst, diese Bilder wieder in meine Gedanken rufen zu müssen, Angst, die Vergangenheit würde mich einholen.«

Ich stocke einen Moment lang, die Worte kommen nur ganz schwer aus meinem Mund, es scheint, als müsse ich sie förmlich aus mir herauspressen.

»Du dachtest immer, dass du an allem Schuld warst, du hattest Angst, nicht richtig auf mich aufgepasst zu haben. Das wolltest du zwar nie zugeben, doch ich wusste es! Und ja: Du allein bist für mein Leben verantwortlich, denn du warst es, der mich auf den Boden zurückgeholt hat, nur dank dir konnte ich ein neues, ein richtiges Leben führen! Ich habe dich nie vergessen, ich sehe dein Gesicht noch immer vor mir, ich sehe dein Lachen, das mir so unendlich fehlt, höre deine Worte, die mich immer aufgeheitert haben. Als du starbst, starb auch ein Teil von mir. Ich vermisse dich so sehr Matthew, es tut so weh!«

Ich falle schluchzend auf die Knie, meine Kehle brennt, doch ich nehme das gar nicht richtig wahr. Meine Konzentration gilt allein dem blauen Vogel, der sich nun auf den Grabstein von Matthew setzt und mich betrachtet. Es ist ein Diademhäher, der Vogel, den Matthew und ich damals vor so vielen Jahren auf dem Feld sahen. Damals,

als wir noch zusammen waren. Ich strecke, wie damals, meine Hand nach diesem Vogel aus, der allerdings im selben Moment abhebt und hoch in die Luft fliegt, immer weiter und weiter.

Meine Blicke folgen ihm, wie sie es damals auch schon getan hatten.

»Ich konnte dich nie richtig loslassen. Wie könnte ich das auch nur? – Doch es ist in Ordnung. Du kannst gehen!« Ich wischte mir eine Träne aus dem Gesicht. »Wir werden uns bald wiedersehen. Ich hab' dich lieb, ich hatte dich schon immer lieb!«

Der Wind nimmt die Worte mit sich ins ferne Nichts, und auch der Vogel entfernt sich immer mehr. Wenn ich den Diademhäher betrachte, der jetzt nicht mehr als ein feiner Umriss am Horizont ist und in der gleißenden Mittagssonne saphirblau leuchtet, dann geht mir plötzlich ein Licht auf. Es ist, als hätte ich etwas erkannt, was schon viele Jahre in mir geschlummert hatte. Es fühlt sich merkwürdig an, so erleichternd und schön, dass ich es kaum zu begreifen vermag. Ich spüre die Erkenntnis, erkenne das Rezept des inneren Friedens, durch das ich mich endlich bereit fühle. Bereit, von diesem Leben Abschied zu nehmen, wenn die Zeit dazu gekommen ist. Ich hatte so lange einen Hass auf die Konföderation, so lange lebte ich im Dunkeln …

Mit der Zeit verschwand der Hass, er wurde sinnlos. Dennoch werde ich nie vergessen, was geschehen ist, niemals. Aber das muss ich auch gar nicht, denn nun lerne ich etwas viel Wichtigeres.

Ich lerne, mit meinen 86 Jahren loszulassen.

Und ich lerne zu vergeben.

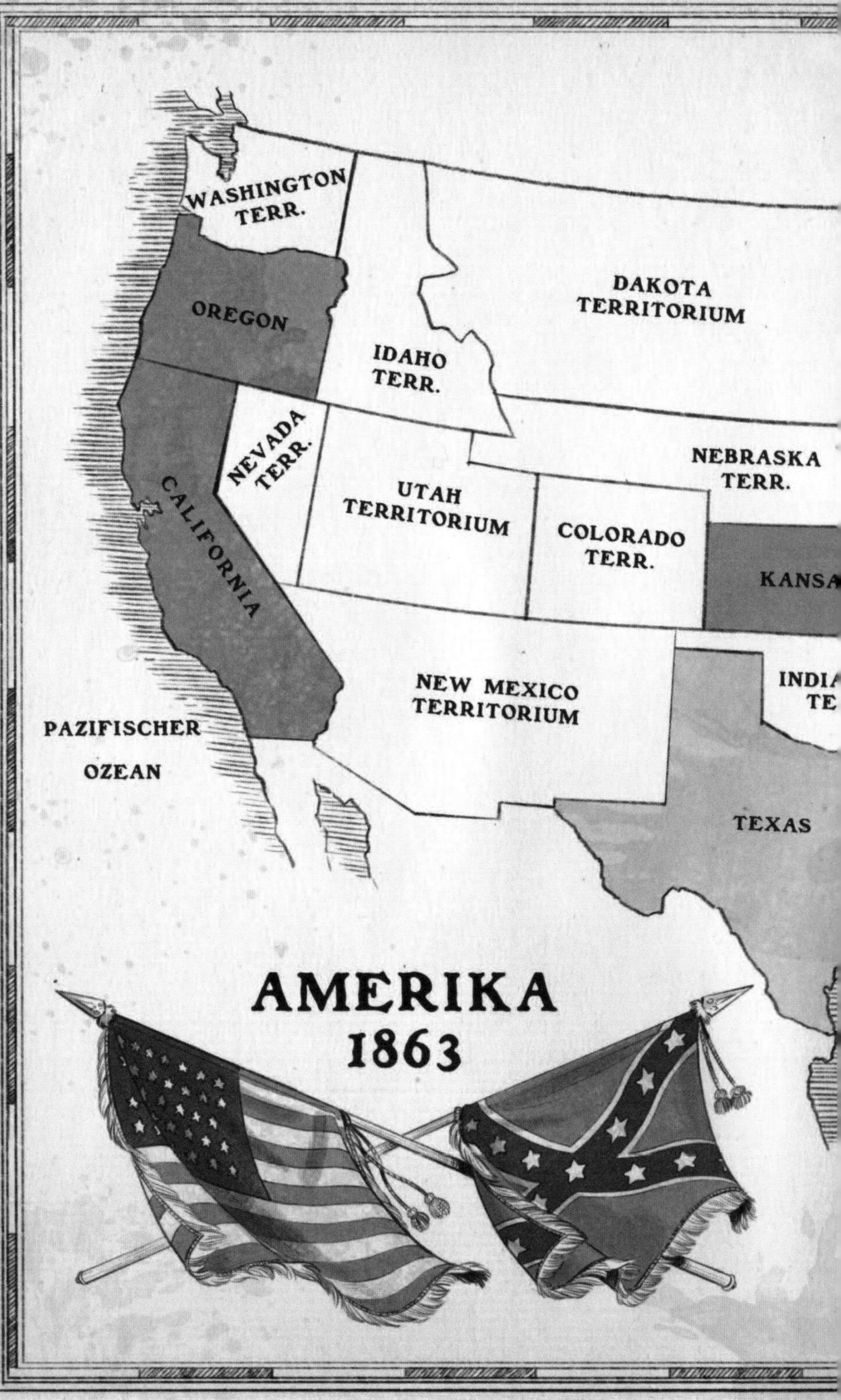
WASHINGTON TERR.
OREGON
IDAHO TERR.
DAKOTA TERRITORIUM
NEVADA TERR.
CALIFORNIA
UTAH TERRITORIUM
COLORADO TERR.
NEBRASKA TERR.
KANSA
NEW MEXICO TERRITORIUM
INDIA
TE
TEXAS
PAZIFISCHER
OZEAN
AMERIKA
1863